MINGUO TONGSU XIAOSHUO
DIANCANG WENKU

似水流年

民国通俗小说典藏文库·张恨水卷

张恨水◎著

中国文史出版社

MINGUO TONGSU XIAOSHUO
DIANCANG WENKU

似水流年

民国通俗小说典藏文库·张恨水卷

张恨水◎著

中国文史出版社

小说大家张恨水（代序）

张赣生

民国通俗小说家中最享盛名者就是张恨水。在抗日战争前后的二十多年间，他的名字真是家喻户晓、妇孺皆知，即使不识字、没读过他的作品的人，也大都知道有位张恨水，就像从来不看戏的人也知道有位梅兰芳一样。

张恨水（1895—1967），本名心远，安徽潜山人。他的祖、父两辈均为清代武官。其父光绪年间供职江西，张恨水便是诞生于江西广信。他七岁入塾读书，十一岁时随父由南昌赴新城，在船上发现了一本《残唐演义》，感到很有趣，由此开始读小说，同时又对《千家诗》十分喜爱，读得“莫名其妙的有味”。十三岁时在江西新淦，恰逢塾师赴省城考拔贡，临行给学生们出了十个论文题，张氏后来回忆起这件事时说：“我用小铜炉焚好一炉香，就做起斗方小名士来。这个毒是《聊斋》和《红楼梦》给我的。《野叟曝言》也给了我一些影响。那时，我桌上就有一本残本《聊斋》，是套色木版精印的，批注很多。我在这批注上懂了许多典故，又懂了许多形容笔法。例如形容一个很健美的女子，我知道‘荷粉露垂，杏花烟润’是绝好的笔法。我那书桌上，除了这部残本《聊斋》外，还有《唐诗别裁》《袁王纲鉴》《东莱博议》。上两部是我自选的，下两部是父亲要我看的。这几部书，看起来很简单，现在我仔细一想，简直就代表了我所取的文学路径。”

宣统年间，张恨水转入学堂，接受新式教育，并从上海出版的报纸上获得了一些新知识，开阔了眼界。随后又转入甲种农业学校，除了学习英文、数、理、化之外，他在假期又读了许多林琴南译的小说，懂得了不少描写手法，特别是西方小说的那种心理描写。民国元年，张氏的父亲患急症去世，家庭经济状况随之陷入困境，转年他在亲友资助下考入陈其美主持的蒙藏垦殖学校，到苏州就读。民国二年，讨袁失败，垦殖学校解散，张恨水又返回原籍。当时一般乡间人功利心重，对这样一个无所成就的青年很看不起，甚至当面嘲讽，这对他的自尊心是很大的刺激。因之，张氏在二十岁时又离家外出投奔亲友，先到南昌，不久又到汉口投奔一位搞文明戏的族兄，并开始为一个本家办的小报义务写些小稿，就在此时他取了“恨水”为笔名。过了几个月，经他的族兄介绍加入文明进化团。初始不会演戏，帮着写写说明书之类，后随剧团到各处巡回演出，日久自通，居然也能演小生，还演过《卖油郎独占花魁》的主角。剧团的工作不足以维持生活，脱离剧团后又经几度坎坷，经朋友介绍去芜湖担任《皖江报》总编辑。那年他二十四岁，正是雄心勃勃的年纪，一面自撰长篇《南国相思谱》在《皖江报》连载，一面又为上海的《民国日报》撰中篇章回小说《小说迷魂游地府记》，后为姚民哀收入《小说之霸王》。

1919年，五四运动吸引了张恨水。他按捺不住“野马尘埃的心”，终于辞去《皖江报》的职务，变卖了行李，又借了十元钱，动身赴京。初到北京，帮一位驻京记者处理新闻稿，赚些钱维持生活，后又到《益世报》当助理编辑。待到1923年，局面渐渐打开，除担任“世界通讯社”总编辑外，还为上海的《申报》和《新闻报》写北京通讯。1924年，张氏应成舍我之邀加入《世界晚报》，并撰写长篇连载小说《春明外史》。这部小说博得了读者的欢迎，张氏也由此成名。1926年，张氏又发表了他的另一部更重要的作品《金粉世家》，从而进一步扩大了他的影响。但真正把张氏声望推至高峰的是《啼笑因缘》。1929年，上海的新闻记者团到北京访问，经钱芥尘介绍，张恨水得与严独鹤相识，严即约张撰写长篇小说。后来张氏回忆这件事的过程时说：“友人钱芥尘先生，介绍我认识《新闻报》的严独鹤先生，他并在独鹤先生面前极力推许我的小说。那时，《上海画报》（三日刊）曾转载了我的《天上人间》，独鹤先生若对我有认识，也就是这篇小说而已。他倒是没有什么考虑，就约我写一篇，而且愿意带一部分稿子走。……在那几年间，上海洋场章回小说走着两条路子，一条是肉感的，一条是武侠而神怪的。《啼笑因缘》完全和这两种不同。又除了新文艺外，那些长篇运用的对话并不是纯粹白话。而《啼笑因缘》是以国语姿态出现的，这也不同。在这小说发表起初的几天，有人看了很觉眼生，也有人觉得描写过于琐碎，但并没有人主张不向下看。载过两回之后，所有读《新闻报》的人都感到了兴趣。独鹤先生特意写信告诉我，请我加油。不过报社方面根据一贯的作风，怕我这里面没有豪侠人物，会对读者减少吸引力，再三请我写两位侠客。我对于技击这类事本来也有祖传的家话（我祖父和父亲，都有极高的技击能力），但我自己不懂，而且也觉得是当时的一种滥调，我只是勉强地将关寿峰、关秀姑两人写了一些近乎传说的武侠行动……对于该书的批评，有的认为还是章回旧套，还是加以否定。有的认为章回小说到这里有些变了，还可以注意。大致地说，主张文艺革新的人，对此还认为不值一笑。温和一点的人，对该书只是就文论文，褒贬都有。至于爱好章回小说的人，自是予以同情的多。但不管怎么样，这书惹起了文坛上很大的注意，那却是事实。并有人说，如果《啼笑因缘》可以存在，那是被扬弃了的章回小说又要返魂。我真没有料到这书会引起这样大的反应……不过这些批评无论好坏，全给该书做了义务广告。《啼笑因缘》的销数，直到现在，还超过我其他作品的销数。除了国内、南洋各处私人盗印翻版的不算，我所能估计的，该书前后已超过二十版。第一版是一万部，第二版是一万五千部。以后各版有四五千部的，也有两三千部的。因为书销得这样多，所以人家说起张恨水，就联想到《啼笑因缘》。”

不论张氏本人怎样看，《啼笑因缘》是他最有影响的作品，这一点毫无疑问，可以随便举出几件事来证明。《啼笑因缘》发表后，被上海明星公司拍成六集影片，由当时最著名的电影明星胡蝶主演，同时还被改编为戏剧和曲艺，在各地广泛流传；再有《啼笑因缘》被许多人续写，迫使张氏不得不改变初衷，于 1933 年又续写了十回，张氏在《我的写作生涯》中说：“在我结束该书的时候，主角虽都没有大团圆，也没有完全告诉戏已终场，但在文字上是看得出来的。我写着每个人都让读者有点儿有余不尽之意，这正是一个处理适当的办法，我绝没有续写下去的意思。可是上海方面，出版商人讲生意经，已经有好几种《啼笑因缘》的尾巴出现，尤其是一种《反啼笑因缘》，自始至终，将我那故事整个地翻案。执笔的又全是南方人，根本没过过黄河。写出的北平社会真是也让人又啼又笑。许多朋友看不下去，而原来出版的书社，见大批后半截买卖被别人抢了去，也分外眼红。无论如何，非让我写一篇续集不可。”这种由别人代庖的续作，出书者至少有四种：惜红馆主《续啼笑因缘》、青萍室主《啼笑因缘三集》、康尊容《新啼笑因缘》和徐哲身《反啼笑因缘》。虽然远不如《红楼梦》续作之多，但在民国通俗小说中已经是首屈一指了。张氏在《我的小说过程》一文中还说：“我这次南来，上至党国名流，下至风尘少女，一见着面便问《啼笑因缘》。这不能不使我受宠若惊了。”

《啼笑因缘》使张氏名声大振，约他写稿的报刊和出版家蜂拥而至，有的小报甚至谣传张氏在十几分钟内收到几万元稿费，并用这笔钱在北平买下了一所王府，自备一部汽车。这自然不是事实，但张氏当时收到的稿酬也有六七千元，的确不能算少。这样，他就可以去搜集一些古旧木版小说，想要作一部《中国小说史》。就在此时，日寇侵华的“九一八事变”爆发，张氏的希望随之化为泡影。作为一位爱国的作家，在国难当头的状况下自不会沉默，张恨水在1931至1937的几年间，先后写了《热血之花》《弯弓集》《水浒别传》《东北四连长》《啼笑因缘续集》《风之夜》等涉及抗敌御侮内容的作品。

1934年，张恨水到陕西和甘肃走了一遭，此行使他的思想发生了很大的变化。张氏在《我的写作生涯》中说：“陕甘人的苦不是华南人所能想象，也不是华北、东北人所能想象。更切实一点地说，我所经过的那条路，可说大部分的同胞还不够人类起码的生活。……人总是有人性的，这一些事实，引着我的思想起了极大的变迁。文字是生活和思想的反映，所以在西北之行以后，我不讳言我的思想完全变了，文字自然也变了。”此后，他写了《燕归来》，以描写西北人民生活的惨状。

抗日战争全面爆发后，张恨水取道汉口，转赴重庆，于1938年初抵达，即应邀在《新民报》任职。抗战八年间，他除去写了一些战争题材的小说外，还有两种较重要的作品，即《八十一梦》和《魍魉世界》（原名《牛马走》），均先于《新民报》连载，后出单行本。抗战胜利，张氏重返北平，担任《新民报》经理，此后几年他写了《五子登科》等十来部小说，但均未产生重大影响。1948 年底，张氏辞去《新民报》职务。1949 年夏，他患脑溢血，经过几年调治，病情好转，张氏便又到江南和西北去旅行。1959 年，张氏病情转重，至 1967 年初于北京去世，终年七十三岁。

张恨水一生写了九十多部小说，印成单行本的也在五十种左右。说到张氏作品的总特色，一般常感到不易把握，因为他总在不断地变。其实，这“变”就正是张恨水作品最鲜明的总特色。

张恨水是一个不甘心墨守成规的人，他好动不好静，敢于否定自己，这正是作为开创者必须具备的素质。读一读张氏的《我的写作生涯》，就会发现他总是在讲自己的变，那变的频繁、动因的多样，在民国通俗小说作家中实属仅见。……待到《金粉世家》《啼笑因缘》相继问世，张恨水的名声已如日中天，他在思想上的求新仍未稍解，他说：“我又不能光写而不加油，因之，登床以后，我又必拥被看一两点钟书。看的书很拉杂，文艺的、哲学的、社会科学的，我都翻翻。还有几本长期订的杂志，也都看看。我所以不被时代抛得太远，就是这点儿加油的工作不错。”

追求入时，可说是张恨水的一贯作风，不仅小说的内容、思想随时而变，在文字风格上也不断应时变化。仅就内容、思想方面的变化而言，在民国通俗小说作家中也很常见，说不上是张氏独具的特色，但在文字风格上也不断变化，就不同于一般了。张氏在《我的写作生涯》中经常提到这方面的事例，譬如他曾提及回目格式的变化，他说：“《春明外史》除了材料为人所注意而外，另有一件事为人所喜于讨论的，就是小说回目的构制。因为我自小就是个弄辞章的人，对中国许多旧小说回目的随便安顿向来就不同意。即到了我自己写小说，我一定要把它写得美善工整些。所以每回的回目都很经一番研究。我自己削足适履地定了好几个原则。一、两个回目，要能包括本回小说的最高潮。二、尽量地求其辞藻华丽。三、取的字句和典故一定要是浑成的，如以‘夕阳无限好’，对‘高处不胜寒’之类。四、每回的回目，字数一样多，求其一律。五、下联必定以平声落韵。这样，每个回目的写出，倒是能博得读者推敲的。可是我自己就太苦了……这完全是‘包三寸金莲求好看’的念头，后来很不愿意向下做。不过创格在前，一时又收不回来。……在我放弃回目制以后，很多朋友反对，我解释我吃力不讨好的缘故，朋友也就笑而释之，谓不讨好云者，这种藻丽的回目，成为礼拜六派的口实。其实礼拜六派多是散体文言小说，堆砌的辞藻见于文内而不在回目内。礼拜六派也有作章回小说的，但他们的回目也很随便。”再譬如他在谈及《金粉世家》时说：“以我的生活环境不同和我思想的变迁，加上笔路的修检，以后大概不会再写这样一部书。”诸如此类的变化不胜列举。

张氏的多变还体现在题材的多样化。他说：“当年我写小说写得高兴的时候，哪一类的题材我都愿意试试。类似伶人反串的行为，我写过几篇侦探小说，在《世界日报》的旬刊上发表，我是一时兴到之作，现在是连题目都忘记了。其次是我写过两篇武侠小说，最先一篇叫《剑胆琴心》，在北平的《新晨报》上发表的，后来《南京晚报》转载，改名《世外群龙传》。最后上海《金刚钻小报》拿去出版，又叫《剑胆琴心》了。”第二篇叫《中原豪侠传》，是张氏自办《南京人报》时所作。此外，张氏还写过仿古的《水浒别传》和《水浒新传》，他说：“《水浒别传》这书是我研究《水浒》后一时高兴之作，写的是打渔杀家那段故事。文字也学《水浒》口气。这原是试试的性质，终于这篇《水浒别传》有点儿成就，引着我在抗战期间写了一篇六七十万字的《水浒新传》。”“《水浒新传》当时在上海很叫座。……书里写着水浒人物受了招安，跟随张叔夜和金人打仗。汴梁的陷落，他们一百零八人大多数是战死了。尤其是时迁这路小兄弟，我着力地去写。我的意思，是以愧士大夫阶级。汪精卫和日本人对此书都非常地不满，但说的是宋代故事，他们也无可奈何。这书里的官职地名，我都有相当的考据。文字我也极力模仿老《水浒》，以免看过《水浒》的人说是不像。”再有就是张氏还仿照《斩鬼传》写过一篇讽刺小说《新斩鬼传》。张恨水的一生都在不停地尝试，探寻着各色各样的内容及表达方式，他甚至也写过完全以实事为根据、类似报告文学的《虎贲万岁》，也写过全属虚幻的、抽象的或象征性的小说《秘密谷》，他的作风颇有些像那位既不愿重复前人也不愿重复自己的现代大画家毕加索。

张恨水写过一篇《我的小说过程》，的确，我们也只有称他的小说为“过程”才最名副其实。从一般意义上讲，任何人由始至终做的事都是一个过程，但有些始终一个模子印出来的过程是乏味的过程，而张氏的小说过程却是千变万化、丰富多彩的过程。有的评论者说张氏“鄙视自己的创作”，我认为这是误解了张氏的所为。张恨水对这一问题的态度，又和白羽、郑证因等人有所不同。张氏说：“一面工作，一面也就是学习。世间什么事都是这样。”他对自己作品的批评，是为了写得越来越完善，而不是为了表示鄙视自己的创作道路。张氏对自己所从事的通俗小说创作是颇引以自豪的，并不认为自己低人一等。他说：“众所周知，我一贯主张，写章回小说，向通俗路上走，绝不写人家看不懂的文字。”又说：“中国的小说，还很难脱掉消闲的作用。对于此，作小说的人，如能有所领悟，他就利用这个机会，以尽他应尽的天职。”这段话不仅是对通俗小说而言，实际也是对新文艺作家们说的。读者看小说，本来就有一层消遣的意思，用一个更适当的说法，是或者要寻求审美愉悦，看通俗小说和看新文艺小说都一样。张氏的意思不是很明显吗？这便是他的态度！张氏是很清醒、很明智的，他一方面承认自己的作品有消闲作用，并不因此灰心，另一方面又不满足于仅供人消遣，而力求把消遣和更重大的社会使命统一起来，以尽其应尽的天职。他能以面对现实、实事求是的态度对待自己的工作，在局限中努力求施展，在必然中努力争自由，这正是他见识高人一筹之处，也正是最明智的选择。当然，我不是说除张氏之外别人都没有做到这一步，事实上民国最杰出的几位通俗小说名家大都能收到这样的效果，但他们往往不像张氏这样表现出鲜明的理论上的自觉。

张恨水在民国通俗小说史上是一位名副其实的大作家，他不仅留下了许多优秀的作品，他一生的探索也为后人留下了许多可贵的经验。

目　录

自　　序

尝闻老辈言：希望可达，奢望不可达。希望与奢望之分别，吾不知其意何在，然私意揣之，不外二义：一曰人当知足，一曰人当悬一可达之目标而求之，而已。

大凡少年人，干黄口，脱乳牙，而其所希冀者，必三事同时起，则为求学、求业、求恋。顾此三事，不能并得，必有先后。而少年人昧之，恒颠倒其本末，乃先求恋。求恋必有所立，于是求业；求业非有本能不可，始乃求学。于是始也纷然，继而茫然，其结果必至不可收拾而后已。

此尤为平常人而言也。乃若学问既有根基，事业无所恐惧，而爱情之伴侣亦复相得而相亲。此则凡百满足，为人生之黄金时代。而当事者反不觉悟，自撤藩篱，足而思更足，遂登高跌重，自陷绝境，可怜亦复可叹矣。

是书叙一少年人，欲三者得之，结果乃三者失之。事在人情之常，绝非耸听之说，少年人功业稍暇展卷一读，或亦有所借镜，较胜于风花雪月、神鬼怪异之文乎。

是为序。

二十一年十二月一日张恨水识于旧都

后　序

予去春来申，正值衢头卖天竹蜡梅时，而《似水流年》于焉出版，不啻为我作一纪念。光阴不再也。今春来申，又是卖天竹蜡梅时，而《似水流年》再版。光阴匆匆，转瞬便是三百六十五日。人生百年，其不禁几次回顾，正复如是。因是书之名而值此事之巧，皆愈足增人之怆感矣！

赵子豪君为《旅行》杂志编辑者，予书由《旅行》杂志发刊，而再制单行本，皆君董其事。予既来申，君乃告以再版之故，令予再作一序。以此故事已由天一公司制为影片，更欲知予之感想如何。影片予未及见，不能有所言，但导演此片之高梨痕君为予二十年来老友，对予必有较深切之认识。“如花美眷，似水流年。”其出典已尽告之吾人，而八字又为世所称道，则赵君、高君，读者、观者，均可莫逆于心，余亦不必赘言矣。

夜阑人静，爆竹声喧。回思燕地家人围炉煮酒，将何以消遣此日？而我则衣食驱人，岁暮天寒，做飘泊江湖之客；进德无方，日向中年而入半老之途。则为此书作序，更不胜其怆触矣！

努力爱朝华。予愿敬以赠之读予书者。

二十三年二月九日，古历将及岁除之夜，

张恨水序于上海

第一回

秋水望穿采菱舟去
栏杆依遍拂面香来

话说一年之中，最可爱的是春天的四五月和秋天的九十月，那个时候，都是不寒不热、起居合宜的日子。平常的人说到江南，都觉得是杂花生树，群莺乱飞，以春天为可爱。其实江南春天，又有一件可厌烦的事，便是雨天多似晴天，家居既闷，出游又有所不可。若是秋天呢？江南第一是不像北方冷得那样快，第二是天高气爽，也没有连绵不断的风雨。在这时候，以近乎有水的地方，风景最好。

在这本书开幕的时候，便是江南一个水村，水村位在两个湖汊港里，港里的青芦长得有人样高，在绿色里面，带着一点儿焦黄，有些早开的芦花，由绿丛中伸出很长的直茎，迎风摇摆，这便暗示水边人家已是秋深了。青芦外面是水，有些近村的渔船直撑到芦叶里面去，一点儿船影也不看见，只有船上烧茶饭的柴烟，由芦里冒出来，或者船头上那根插船的篙子，伸入空际，会让人知道有船。

这村里有一个少年叫黄惜时，他就最爱这芦里藏着渔船的生活，他原是一个中学毕业生，暑假期中，很想到北京去投考大学，无奈自暑假以前，京汉津浦两路就因为发生了军事交通断绝。他的父亲黄守义又不主张他走海道，因此耽误下来，还守在乡下。他自十六岁进中学而后，就不曾在家里经过三秋天气，现在乡居，由中秋又到了重阳，不断地发现家乡山水之美。

这日，正是天晴，他带了几本书，一人到小船上去看，将书看得久了，未免有点儿倦意；偶然抬头，只见对岸芦丛上，零落不成行的几棵枫树，那叶子都红了一大半。湖上的西风吹了过去，将那满树的红叶都在半空里打战，灿烂飞舞。惜时看着很有趣味，便想把船撑过岸去，泊在那枫树下，去领略红叶的颜色。于是放下书本，站到船头，拔起篙子，一篙点在岸上，船就由青芦丛里倒退出来。船到港中间，水很深，篙子使用不大利落，放下了篙，正要扶起桨来，划过港去，只在这时，却听到青芦丛中有一阵笑语之声。

原来湖的汊港多半是弯曲的。惜时泊船之处，又正在一个之字形的拐角地方，所以船在水中央，被芦洲挡住，却看不到上流的来船。惜时听那笑语声，分明是两个女子，同村子里虽然也有妇女们能够驾船的，然而这里是不出鱼的所在，只浮水面满铺着野菱角罢了。自己只管犹豫，船就让流水横过头去，在原地方流下七八丈路，赶忙拿起篙子，在船头上一拦，将船头横了过来。自己只顾撑自己的船，却忘了上流头已经有船下来，这里将船横过去，恰好上流头那只船横着双桨，顺流而下，两下一凑合，看看便要碰上。惜时一阵手忙脚乱，连忙将篙子一伸，点住了来船，同时，来船也有人拿了短桨，将这里的船也顶住，两船缓了势子，慢慢地靠拢。

惜时这才有工夫看那船上的人，果然是两个妇女，一个将近四十岁，犹是乡中人打扮；一个却是剪发少女，上身穿着一件白色翻领的粉红短褂子，两袖露出圆藕似的胳膊。在这水面上，最是红色的衣服看着鲜明，这样一个时装女子，又是乡中向来不经见的，突然遇到，不由人不吃一惊。那个中年妇人在船艄上扶着桨。前面那个少女坐在浅舱里。面前两个竹篮盛满了两篮子鲜菱角，这不必说，是在湾子里采了菱角回来的了。那少女手上也拿了一支短桨，她抬起一只手来，笑嘻嘻地理着纷披到脸上的短发，掠到耳朵后头去。只在她这一抬手之时，那一弯玉臂格外地显着欲红还白，正和那个苹果色的圆圆脸儿，露出筋肉之美。在惜时这样赏鉴时，那中年妇人在艄上催着两支桨悠然而去。

惜时扶着篙子，忘了撑船，只是奇怪起来：这乡下哪里有这样一个女子？心里想着，只管向着下流看去，一直望到那船快要抵这一湾港汊的尽头，船只有一只野鸭那样大。他忽然省悟，何必这样呆？这船知道到这里来采菱角，当然船主住在不远的地方，我何不划了船紧紧地跟着？无论如何，我总可以找出她家在何处。

正在这里想着，忽有人在岸上大喊道："惜时你看什么，看出了神？"惜时回头看时，却是他的族兄黄介人，回答道："我要划船到对岸去。"黄介人道："你把船划回来，我有话告诉你，前面去的那一条船，我知道是哪一家的。"惜时道："我打听那船做什么？她没有碰着我的船，我也没有碰着她的船，我们并没有什么纠葛。"黄介人便不多言，掉转身走了。

惜时撑着船，弯到对岸枫树下面，将篙子把船插住，但是没有心看书，也没有心看风景，望着一湾流水明闪闪地叠着小浪，流入两方青岸合缝之处，只是出神在船头坐了一会儿，自己一个人忽然说起话来道："还是去找介人问一声吧。"于是将船撑过岸，携了书本，到村庄东头一个私立小学校来访黄介人。

原来他就是这里的小学校长，他早就散了学，背了手在田埂上走，看看他家的佃夫挑了新割的稻子，挑向稻场去，偶一回头，看见惜时来了，便迎上前笑道："你是找我来了吗？"惜时道："我回家去，顺便看看稻。"介人摇着头，笑了一笑道："老弟，你既然有事求我，你就不该说谎呀！"说着，用手一指稻场上的稻堆道："我爱着这个，是为了一年之内可以不挨饿，你爱着这个，与你有什么关系？你爱是爱着一样，不过是在水面上的活动东西。"说着，他伸手拍了惜时的肩膀，笑着轻轻地道："你的眼力不错，那个人儿原不是我们这里的人物。"

惜时道："不是我们这里的，难道还有几百里路以外的人跑到我们这里来采菱角吗？"介人道："自然不是为了采菱角而从几百里路外跑来，然而几百里路跑了来之后，再来采菱角，这总也是可以的吧？告诉你吧，她是由省城里来，到水竹庄陈家来看她姐姐的。"惜时道："莫不是陈步贤的小姨子？那她应该姓白了。"介人点点头。惜时道："你怎么认识她的呢？"介人道："我也不认识，是步贤的孩子在学校里对同学说，他城里的小姨来了，小姨天天到湖汊子里采菱角给他吃。我刚才在岸上看见那采菱角的船，我想不是她，这里还有谁？"惜时笑道："步贤是我很熟的人……"说了这句，他接不下去了，心想问这个姑娘与陈步贤熟不熟有什么关系哩？介人道："是啊，我也没有说你和他是生人，你若去见步贤，或者他可以介绍她和你见面的，哈哈。”惜时笑着，道了一声：“胡说!”掉背回家去了。

乡村人家到处都露着古风，物质上的设备往往是和城市上相隔几个世纪的。在城市里的人总是羡慕乡村自然的风景，在乡村里的人也总是羡慕城市里的物质文明。惜时回到家里，天色已是昏黑了，走到堂屋里，远远地就看到祖宗神位下香案之上放出一点儿绿豆大小的火焰，照着屋子里带着一种淡黄色。那正是一个黄篾架子，上面摆了一只圆瓦碟，碟子里盛了一碟子菜籽油，放了两根灯草，这就是所谓油灯了。惜时立刻想到住在城市里，电灯是如何的光亮，而今在家里，却是过这样三百年前的生活。然而还有城里人老远地跑了来过这种日子，这又可想各人见解不同了。

正想着，忽然有人叫道：“黑漆漆的你一个人站在这里做什么？快吃晚饭去。”

说话的便是惜时的父亲黄守义，他是终日衔着一杆旱烟袋的。惜时虽不曾看得清楚，只在这一阵辣气冲人的烟味里认识着，知道是他的父亲了，便到厨房里去吃饭。乡下人的厨房都是很大的，照例是柴灶的对方，放着桌子吃饭，为的是盛菜装饭来往方便。这一个大厨房，就是灶头上烟囱边放了一盏竹架子的煤油灯，这种架子很像城市里的自来水塔，也像消防队的警楼，只是一面多了一个提携的提柄。架子上架着一个洋铁扁壶，因为绝像无腿的甲鱼，所以乡下人就叫着洋龟，龟嘴细而且长，挺直地伸着，吐出一根灯草，那里就是灯的发亮处了。

对于这盏灯，惜时曾屡次提议要革除，只看着那洋龟灯头上，半寸长的火焰倒吐出四五寸长的黑烟来，是多么有碍卫生。父亲每年收着整千担稻子，要合四五千块钱，为什么省着一盏玻璃罩的油灯都舍不得买？黄守义先是不理会，后来惜时又说：“人生要钱，无非是为的衣食住，并不是为求着堆在家里好看，有钱不花在衣食住上，挣钱就没有意思，本来不花钱，何必拚了命去挣呢?”黄守义听了这话，只说：“小孩子胡闹，若是挣来就花掉，世上哪来几百万几千万的大财主?”惜时觉得一盏灯的事小，挣钱为了什么这个理由必得说一说，就对人说：“有一天钱到了手里，必得要狂花一阵。”倒是这句话打动了黄守义的心，就折中两可，买了三盏玻璃罩灯，惜时的书室里一盏，卧室里一盏，厨房里桌上一盏。那三盏灯虽然天黑时就点着了，可是要等惜时用得着的时候，才能大放光明，不然，就只留着红绳粗细一丝光焰。

这时惜时走到厨房里来，他母亲乌氏看见，连忙将桌上一盏玻璃灯的灯头拧得大大的。惜时皱了眉道："这为什么？还要等到我来才亮上煤油灯，就是先点着了，也耗不了多少油。大概卖一担稻，足够点两个月吧！"乌氏笑道："孩子，我们虽省俭一点儿，但是在你头上并没有省过钱啦！况且我们省下这份家财来，也是留给你，你还有什么不愿意的呢？将来你成了家，你就知道做父母的苦扒苦省是为了什么了。"惜时也不作声，自坐到桌子边吃饭。

他家虽是一乡的巨族，可是自家吃饭的人很少，只有五个人，除了黄守义夫妇和惜时，此外还有个寡嫂冯氏、一个六岁的小侄子小中秋儿。三代坐了四方，桌上一碗煮豆腐、一碗盐菜、一碗炒老茄子，都放在桌中心。另外一碗红辣椒煎干鱼、一碟煎鸡蛋，都放在惜时面前。小中秋儿和他母亲一方，另用一个小碟子，盛了一块鸡蛋几块豆腐放在他面前。惜时吃着饭说："若是火车不通，我就先到上海去，家里我住不惯了。"乌氏望着冯氏道："哦，我忘了叫陈大嫂晚上蒸腊肉了。"

陈大嫂是他家帮工的，在灶前收拾余火，将火钳夹着烧着的柴段，放进瓦罐子里去，好闷成焦炭，一听东家奶奶说，放了火钳，笑着站起来道："我忙着给二先生炒南瓜子，把这蒸腊肉忘了。中午还剩有几块咸鸡，二先生吃吗？"惜时瞪了眼道："冷东西不卫生，我不要，你们乡下人知道什么！"黄守义将筷子头梳了一梳短胡子，笑道："你不要骂她是乡下人，我和你妈、你嫂嫂，"说着，放下筷子来，用手摸了一摸小中秋儿的头，笑道："他也是个乡下人，不单是陈大嫂一个人是乡下人啊！"惜时也觉得自己的话有点儿不对，便不作声了。

吃过了晚饭，他就没有心思看书，想到乡下物质不文明，又由此想到弃了城市来欣赏自然的那个女郎。介人既然说她每日都到湖汊子里来采菱角的，一定也知道她是什么时候来，可惜当时因为自己有些不好意思，不曾把这话问出来，若是他的话可靠，今天她一定还会来的，照着昨日的时间计算，早早到河里去等着，大概会碰到她的。

他这样想着，带了两本书，又带些茶叶干粮，独自一人到船上去，心中又想着，船弯在河这边，她们的船走那边去了，会看不见，弯在那边，对于这边，也是一样。于是将舱里收着的一个不常用的小锚翻了出来，将船撑到河中间，将锚抛入水内，这样地守着，无论船打上下左右来，都是可以看见的了。将船弯好了，拿了一本书，便躺在船头上来看。然而今天看书，却和往日不同，书上的字说的是些什么，一点儿也不知道。看了几页书，忍耐不下去，船上本有炉罐柴片，便到后艄去烧水泡茶喝。烧开了水，泡了茶，吃着干粮，混了不少的时间。这河汊里静悄悄，只听到两岸的虫声偶然一叫，哪里有一点儿篙橹之声发生在水上？

惜时等了个不耐烦，一摸身上，还有两条小手绢，便伏在船边，将手绢洗了；洗过了手绢，又把洗船的扫把伸到水里去蘸着水，将船的四周都洗擦遍了，然而抬头看一看天上的太阳，依然正正当当地高照在头上，时候还早着呢！没有法，复又躺到船头上去看书，因为怕太阳晒，将船的席篷扯上前来，挡住了一边。工作了许久，人已是倦了，看书又看不入味，眼皮一涩，便蒙眬地睡去。这一睡，也不知经过了多少时候，忽听得有人叫道："是哪个的船？停在河中心，挡住了人家的路。"

惜时听那说话声音正是女子，猛然惊醒，坐了起来，只将席篷一推，便见昨天那只船挨船而过，船上还是那两个人，只是那个女子将粉红衣服换了淡青的了。只是这样一犹豫，那一只船已经开到两三丈路之外。那个女郎倒坐在船板上，脸正对了这边，伸出一双白臂，将船板上堆着的菱角蔓子，一面理着向水里丢，一面摘了菱角，抛到筐子里。偶然一抬头，将头上的散发掀到后面去。就在这时，远远地和惜时打了一个照面。

惜时的船是抛了锚的，看着人家的船悠然而去，自己的船一尺也移挪不动，待要抢着将锚拔起赶了上去，又觉得太着了痕迹，只好呆呆地望着这只船越走越远。今天什么都准备好了的，衣袋里正藏着一只闷表，连忙掏出来看时，乃是三点三刻。那么，明天她们要再来的时候，也不过三点前后，以后可以按着时候来等她们的了，今天虽然等着了，那也只好算白费了一天工夫，自己将这事闷在心里。

到了次日，又依照预定时间到湖汊子里去等。可是今天和昨日又不同了，一直等到红日西下，望着这一湾流水，也不见采菱船的踪影。自己想着：这或者是自己来晚了，采菱角的人已经满载而归了。到了第三日，还是吃了午饭就到河下来，以为她们绝不能不吃饭就出来，今天是准可以遇到的。然而望着这一湾流水的上下游空悠悠的，除了几只白鹭会由上游飞过来，此外还有什么？连候二日不见，大概是不来了。本来采菱角也是一种游戏的事，何必日日都来，大概是从此终止了。他在船头上，向着前边呆呆地望了许久，叹了一口气，自回家去。

这一天算了，到了次日，想起黄介人的话，她是陈步贤的小姨子，陈步贤家住在水竹庄，离这儿不远，何不前去看看？或者能探出一点儿消息来也未可知。因之，换了在乡下从不穿出来的西装，装着观看风景，慢慢地踱到水竹庄来。

这个庄子前面临水，三面都是竹林，除了有水路前去，来客都是由后面抄上前面，所以直到庄边，还看不见庄前的人物。惜时转过竹林，便听到前面一阵喧哗之声。看时，只见一群男女站在河岸上，只向河里招手说笑，赶过庄前一所打稻场，却是河里一只小船，载着人和行李，向下流而去。原来这里出门，因河流之便，多不坐车，就是用小船将人载出河汊，再到大河去搭船。看这样子，这庄上是有人远行了。

惜时正在忖度，他所要会的那个陈步贤也在河岸上送客，看到他，连忙过来问道："好几天不见，我以为你早到省城去了，原来你还在家里。"惜时道："我不到省里去，我打算到北京去，但是因为铁路不通，我还走不了呢！"陈步贤道："哪个说的铁路不通？我们这位舍亲现在就是回省后再上京。"说着，手向河下一指。惜时心里一惊，问道："是哪位令亲？"陈步贤笑道："是我姨妹，人很开通的，你昨天不来，要是你昨天来了，我就可以给你介绍了。"惜时听了这话，不觉默然。陈步贤道："我不骗你的，你回去打听打听，火车的确是通了。"

惜时听着话，偷眼看看河里的船，早无影无踪，心里实在懊悔昔日在河下等她，早到这里来，岂不是和她早成朋友了？因道："你令亲在省里住家，消息当然是比我更灵通，火车通了，这话一定不假，回家我和家父商量，一两天之内，我也要走了，但不知道令亲到北京去，进的是什么学堂？"陈步贤笑道："这个我是外行了，不过她也说了是要考大学。"惜时笑道："你真是外行，北京的大学多得很，叫我到哪里……”说到这里，自己忽然省悟起来：姓陈的并没有叫我去找她，我怎么倒反问起姓陈的来？便改着说道：“哪里去知道呢？”陈步贤倒也不曾用心，说过去就算了，倒约着他到家里去喝茶。惜时道：“我在家里闷得不得了，听到火车通的消息，我急于要回去商量起程了，改日会吧。”说着，点头作别，就回家了。

到了家里，看到他父亲嘴里衔了旱烟袋，烟荷包里满满装着一荷包关东叶子，踱出大门口来。惜时两手一伸，拦住去路，便道：“你老人家这一出大门，又不知道什么时候回来，不要走，我有几句话说。”守义由嘴里取旱烟袋，将烟嘴子指点着他道：“你这个孩子又是这样冒失，有什么事？这样等着我说哩！”惜时道：“你老人家预备几百块钱吧！我明天就动身到北京去。”黄守义道：“你一晌都没有提到要走，怎么今天突然地说要上北京去呢？”惜时道：“以前我是不知道火车通了，所以等一天又等一天。现在火车通了，我怎样不走呢？”守义道：“就是火车通了，也应当有一两天筹备，怎么说走就走？”惜时道：“我在乡下，又没有一点儿事，今天走，明天走，都是一样，我何必多耽误念书的时间！况且说是收拾行李，有今天晚上一整夜，也够收拾的了。我明天一早就到省里去，不知道你老人家能筹多少钱？”守义道：“你说走就走，我能筹多少钱？等你到了北京，我陆续汇给你吧！”惜时道：“那我怎样等得及呢？”守义道：“最好你还是迟一两天走，让我把款子筹起来，让你带了走。”惜时道：“你老人家在乡下的面子，要筹个千儿八百块钱，难道还有什么问题吗？”

守义笑道：“小孩子倒会说大话，乡下人哪个人家里终年地存着大批现款，等人来拿？真是存着有洋钱的，他们都挖了窖将钱埋着，一直把洋钱满了绿锈，他也舍不得花费一文，又哪里肯移挪给我们用？现在要钱，只有两个法子：一是开了仓门，卖一两百担的稻；其二，是到镇上几家熟铺子里去借一借，但是我向来没有和人家开口借整批的钱……”惜时道：“那要什么紧，我们又不是借了钱不还。他们若是嫌钱拿进拿出有些费事，我们就按着月息给他利钱，十天是给一个月利钱，三天也是给一个月利钱，这也就不亏负他们了。”

守义听了他的话，心里十分不高兴，但是儿子要去求学，是一件好事，又不愿扫了他的兴致，因道："既是你明天一定要走，恐怕你妈手下还存有一点儿钱，叫她先拿出来吧！"惜时道："一点儿款子怎行？就是你老人家随后寄给我，我也要带三百块钱才能走呢！"黄守义见儿子说话时两条眉毛只管皱了几皱，便衔着烟袋点了点头道："好吧，我给你凑齐来就是了。"于是回身进家和乌氏商量这事。乌氏更是疼儿子的，五年前收藏了二百块新龙洋，放在箱子底下做压箱钱的，当晚便一齐拿了出来，此外还差一百块，再三地和惜时好说："在家里还忍耐一天，等卖了几十担稻子，第二天再走。"惜时一想，只耽搁一天，也误不了什么事，只好忍耐了。

到了动身的那一天，守义和乌氏都一齐送到河岸上。乌氏用手巾擦着眼睛，却对了惜时不住地张着嘴笑，笑了一阵，又向地下摔着清鼻涕。惜时的行李早有家中两个长工给他搬上了小船。到了河边，守义和惜时都上了船，乌氏勉强大着声音道："你一路都要写信回来，到北京路远，不要像在省城里那样动不动整个月不写信回来。"惜时一回头，见他母亲眼睛里两包眼泪几乎要滴了出来，心里不免受了一种奇异的感触。站在船上，呆呆地向母亲望着。

那个小中秋儿，和了家里人，也送到河岸边，两只小手拖了祖母的一只手，跳着脚道："爷爷和叔叔到哪里去？我也要去！"乌氏将手摸着他的小和尚头道："你叔叔到北京去，明年才回来。唉！爷爷送他到镇上就回来的，回来的时候，会带芝麻饼给你吃的。"乌氏说了这话，眼泪水已是滴在小和尚头上。守义见小孙子闹着要去，连忙催着长工将船开了。惜时在船上远远地望着，只见他母亲将衣襟擦着泪，兀自站在两株老柳树下，直到模糊得看不清人影，才掉过头去。

到了小镇上，便是大河，有到安庆省城去的班船弯在码头。守义吩咐长工，将小船靠了班船，自己先爬上去，然后让长工扶了惜时上来，再搬行李。船家认得这是附近一个小财主，好好地招待进舱。守义知道船还有些时候开，到岸上买了一些糕饼送到船上来，对惜时道："你要有一年才回来，家乡的风味带了到北京去慢慢吃吧。"说着，在袖子笼里摸出一个白绒手巾卷儿出来，悄悄地递到惜时手上，因道："你是会用钱的，穷家不穷路，我又在镇上临时移了五十块钱来，你连手巾一路带着吧！"

原来乡下人不知道用什么手绢，不是用布块，就是用洗脸的毛巾，这是守义平常用的一条手巾，就给儿子包了洋钱了。惜时接过钱，放进小箱子里去收好。守义又掏出一包铜币和小银币交给他，让他一路好开发船钱脚力钱。这时船快要开了，镇上搭班船的人都纷纷上船。守义将左手扶了右手的袖头擦着眼泪，说道："惜时，你好好念书，老远的路，我这大年纪，不要让我记挂，钱我随后就寄来。过了年，或者我会到北京来看你。"

惜时在家里时，觉得父亲爱钱和守旧一点儿，现在看起来，父亲对于儿子是真不惜钱，唯其守旧，才是这样对着骨肉之爱十分地恋恋。母亲一哭，已是把心哭软了，父亲又一哭，就更觉支持不住眼泪了。因道："你老人家快回去吧！小中秋儿还在家里望着呢！你老人家说的话，我都记着。"守义也怕孙子还在家里哭，就洒泪而别。

惜时一路上都不免想着慈爱的双亲，心里兀自难受。这小镇上到安庆只有大半天的水程，天色到黑，也就到了。惜时在省城里读书多年，本有很熟的寓所，在寓所里住了一天，打听得津浦路火车已经能通车到北京了。寓里恰好有一批同学是赶上北京的，拉在一处，约了次日便走。惜时本想在省里打听打听那位白女士的消息，同学一纠缠，分不开身来，只得与他们在一处混着，又一同上了江轮。

当学生的人，坐船坐车，都是竭力省俭川资的，大家都是坐在轮船统舱里，这一个舱里列着好几十副木床，上下两层，住着二三百人。这虽是秋天了，然而空气是非常之恶浊。人既多，那舱里的谈话声也就彼起此落，嗡嗡嗡地连成一片。惜时和着大家一处，不得不住统舱，他所睡的铺位乃是正中一排的下层。这铺左右后面都是连着的铺位，只左边是同伴。后面是一个鸦片鬼，铺中间点了灯，不住地烧着大烟。右边是个乡下黄脸婆子，带了两个孩子，除了孩子哭闹不休，还有一股子汗臭。前面铺子倒有一点儿空地方，乃是和对面铺位共分的一条人行路。这条路上，除了茶房在铺前放下一个高木柜子，还堆了许多行李网篮，有了下脚的地方，又没有放身子的所在。加上这地下，又是痰和鼻涕，又是瓜子壳和水果皮，又是茶水，也不能下脚。要说躺在铺上吧，和上面一张铺只相隔一尺多高，头也不能抬。

惜时为了这种环境的不堪，只得拿了一本书，就到船边上去看。这江轮的船边都有五六尺宽，外面拦着栏杆，就靠了栏杆坐在一个系铁链的铁墩上看书。江风阵阵，迎面吹来，胸襟非常舒服，这比之在统舱里面，真有天上人间之别了。他看了几页书，偶然一抬头，只见对面一片芦洲，看不见人家，芦洲之中，隐隐露出一片白光，却是隐藏着的小湖。湖那边，有些断断续续的树林，树林之外，却是深蓝色的远山。这种景致有远有近，分着这样很显明的层次，真个不啻是一幅很好的图画。

惜时放了书本，伏在栏杆上，便静静地领略这寥阔清爽的秋色。正看得入神，仿佛之间，有一阵香味袭入鼻端，这种香味，只有几次在男女合座的娱乐场合，坐在女宾身后，所闻到的一种香味，在这扬子江心，这种香味从何而来？回头看时，只见离着这里有一丈多路，有一个女学生掉转身躯，向船尾上去了。

在这一刻工夫，分钩式的短发，翻着白领的粉红短衫，以至于那女郎的身材，都和在家乡湖汊里所遇的女郎完全一样；只是她转身得太快，她的面孔却没有仔细去看清楚。本来她是要到北京去考大学的，那么，她也搭着这一只船到南京去，由津浦路北上，并非是不可能的，也许这个就是她了。自己在乡下守了她多少天，为了要寻她，赶着到省里来碰机会，现在居然同舟共济，这个机会岂可失过？这不能不去看一看究竟是不是她。这样想着，立刻站起身来跟了上去。

这一截船边，一直通到船尾，除了那女郎之外，恰是并没有第二个人，自己若是苦苦地追着人家，似乎有点儿轻薄相，而且也怕那女郎疑心起来，有些不便，心里一犹豫，不能上前，就斜靠了栏杆向外看去，停了一停，那女郎却转过船艄去了。惜时因她转过船艄，便看不见了，赶快又跟了上去，到了船艄，恰见她转过到船那边，自己又怕人家会知道他是紧紧跟着的，于是背了两手，口里唱着《大江东去》的歌，放出从容不迫、无所用心的样子来。在他这样做作，步子就格外地放得慢，而那女郎的后影越看越像是心中所念念不忘的女郎的面孔，是更急于要证实了。自己这样并不像跟随人家而跟随着上去，看那女郎又伏在栏杆上了。

这边的船边和那边不同，来来往往的人不少，栏杆上也伏着不少人。惜时跟着一个女郎走，又想到外人旁观者清，或会看出来的，倒是不上前的妙，于是他又不敢太近，又在栏杆上伏住了。由惜时到那女郎身边这一段栏杆，还是没有第三个人，因装着赏玩船前去路的江景，就看到那女郎的侧面。那苹果色的颊儿掩映着一剪黑发，多么美丽！纵然不是采菱舟上的那个女子，也是一个安琪儿了。那女郎这时是醉心于江上的风景，在衣襟上掏出一方手绢，右手拿了，不住地绕着左手的手指。

他忽然想道：上海的游戏小报上，登过女郎们有用手绢抚弄代表说话的，莫非她知道我跟了来，对我说什么？可是自己向来就不懂这个，她有话不是白说吗？想到这里胸口里便不觉跳了两跳，脸上也发起热来。继而一想，不对，人家是个纯粹学生样子，这样浪漫式女子的行为，她岂能有？于是第二个感想把第一个感想推翻。不过在他这里沉吟时，又有两阵风由人家身上吹来。同时，便有令人回肠荡气的一种香味微微地钻入鼻孔。

这种香气比白兰地的酒力还大，立刻鼓舞起了惜时的精神，无论如何，要看一看她整个的面孔。于是由她一手的栏杆靠着，调了一个位子，调到她下手的栏杆上靠着，至于相距的度数，也不知是何故，自己只是不肯太近了，反觉得远些。在这时她也许有点儿知道，起直了腰来，伸手理了一理鬓发，掉转身向后艄去了。

惜时一见，悔得了不得，若是老在下风站着，岂不把她的面孔看到了？这时再要跟去，不但她会疑心是有意跟着，就是别人也会疑心的。有了！我何不由这边进统舱，再出统舱那边的门，就可以和她顶头遇见了。这种办法，是必中而又不露出任何形迹的。这样想定了，马上进了统舱。可是一进统舱，遇到一个同伴，将他拦住了，说是船票丢了，问他看见没有。惜时道："你的船票，我怎么会看见？你这冒失鬼！"那同伴哦了一声，笑道："你这句骂得好，你提起一个'冒'字，我想起我船票塞在帽子里哩！"说毕，笑着去了。

惜时被他扰乱了几分钟，再出舱门看时，并不见那个女郎了，心里恨那同伴无意识的纠缠，耽误了事情。然而这女郎既是同舟，反正跑不出这船去，各舱都找一遍，总也可找出来的。于是装着参观船的内容，上下跑了一周，总也算他用心良苦了。要知他究竟能找着那女郎与否，下回交代。

第二回

千里同车萍踪偶合
孤灯入梦玉臂微依

自从黄惜时要想再看看那个女郎究竟是不是心意中的那一位，不料将轮船找遍了，也不见那一位。同伴们也不知道他失落了什么东西，却是满船寻觅，都追着问其所以然。同伴里有个邱九思，是个在北京的老学生，同伴的人路上有什么事不明，都向邱九思去请教。黄惜时虽然不便将心中的事也去问他，可是船中有人不明了的问题，总要问他一问。

这邱九思正躺在对面一个铺位，他表示是个老出门的样子，安之若素地捧了一本杂志，支着一只右腿，看得很适意，只看他的手微微有些颤动，就可以知道这船身一些的震荡都和他同化了。他一心都在书上，没有留心到书外的一切。他嘴里衔了一支烟卷，并没有点着，不时地却伸手到枕褥下去摸索，似乎是在找火柴。惜时拿了一盒火柴，抛到那边铺上去，说道："要洋火吗？我给你。"邱九思为了擦火抽烟，这才把书放下，掉转身来。惜时道："你真可以的，一上船就是这样躺着，也不出去透一透空气！"邱九思道："这样出门，已经是舒服极了，还有什么不满意的？轮船挤得站着地方都没有的时候，也要熬上几天几夜呢！"惜时道："船上挤得那样满，不知道有多少人，设若有个人在船上，我们要找他，找不找得着？"邱九思道："你要找什么人？原来你在船上跑来跑去，是要找人。"惜时道："我不过譬方说一声罢了，有什么人可找呢？"邱九思笑道："你不要那样说，出门的人，最容易和出门的人说投机的，若是遇到了异性，真能一拍即合。我有一个朋友，他的夫人就是在轮船上开始认识，然后由朋友进为夫妇的。"

惜时让他说中了心病，只好不作声，他也为了要看书，并不继续地将这话向下说，不过他这几句话，更打动了惜时的心事。既是他举出了一个例子，说是朋友相逢在轮船上，结果便成了夫妇，可见自己理想中的幻境也不能说完全无可达之境。自己这样想着，不觉由铺上坐起，在铺底下捞出鞋子来，穿上了站在铺前，见同伴并没有注意到自己，于是就慢慢地踱出统舱来，只是各处游览遍了，也不见那个人。

在他这样自相纷扰之中，在船边闲眺的人遥遥地指着江水尽头；那里有一堆小小的山影，连着江边黑巍巍一片，说是已经快到南京了。惜时到南京，这还是初次，为了避免误事起见，只得放下心头的幻想，且去收拾行李，在舱里收拾行李的时候，听到船外一阵喧哗，接上如潮水一般，有一批人拥了进来，只听到叫着“泰安栈!”“迎宾旅馆!”“南京饭店!”还有叫着:“要挑子不要?”“要马车不要?”如深夜失火，叫着求救一样，声音是非常高，在这声音之中，有拿了红纸帖的，有拿硬壳子车照的，有拿了绳索的，在睡铺前的夹道里，发了狂一样，只管乱跑。初出门的人看到这种神情，不由人不吓一跳。

所幸同伴里有个邱九思，他是极内行的人，他跳下铺位，两手一叉腰，无论是什么人来问话，都只当没有听见，不去理会。因之这些人只管乱哄哄的一阵一阵过去，等这些人乱过去了，邱九思找了一个旅馆接江茶房，点明了行李告诉他，由那茶房招待登岸，同往一家旅馆。

不过住在旅馆里以后，惜时觉得发生了一个问题，因为这些同伴，他们有了老出门的领导，老早地托人在陆军部弄了许多便宜半价票，这种票子只能由浦口坐车到天津，不能坐京浦通车到北京。惜时既没有半价票，邱九思就劝他坐特别快车一直到北京，因为比坐寻常快车稍微多花一点儿钱，车子上人很少，也省得在天津转车。邱九思和同伴们今天下午就过江登车，约了惜时后天一早上特别快车，他们可以按着车到北京的时刻上车站来接。惜时觉得这种办法很是妥当，而且自己从来没有到过南京，现在到了，应当看上一看名胜。于是就决定了后天上车。

到了下午，同伴过江去了，惜时便雇了一辆马车，看看明故宫、秦淮河，次日又出城探了莫愁湖和明陵，第三天，由客栈里茶房送着过江登车，茶房因为得的小费不少，这天就把他送到三等茶房车上去了。这茶房车是归茶房管理的，坐的人得另外赏钱，所以这车上的人格外少。惜时找了车角上一列椅子倒坐着，因为这两天也跑倦了，现在一人坐着，又是孤寂得很。因之，车子一开，颠簸了一阵，自己就昏昏然入睡乡了，及至醒了过来，火车已开得离浦口很远了。

茶房见他醒过来，就拧了一把热手巾递给他擦脸，惜时接着手巾站了起来，不由他大吃一惊，就是轮船上看到的那个女郎也在这车上，她穿的是粉红的衣服，也是背着脸朝了那边。在轮船上寻找了她大半天，要证明是不是乡间遇到的白女士，把机会失掉了，现在同在一节车上，无论她怎样守着沉默，总不能没有回过头来的机会，只要她有回头的时候，总可以见一面了；又好的是自己并没有同伴，不像在轮船上藏藏躲躲，还要避同伴们的耳目，心里就宽畅了许多。只是一件，自己坐的这一把椅子是对着壁子坐下去的，正和那女郎背对着背，若时时刻刻地回过头来，恐怕让车上的客人发觉，于是等着车子上人安定了一点儿，便装着由那边车门出去，在车的月台上略站了一站，然后再进来，当推开车门的时候，目光早就射到那个女郎座上去。

门一开，一阵风向里一射，那女郎倚椅斜坐，沉沉入睡，忽然一惊，抬起头来，正和惜时打了一个照面。只她那一双黑白分明的眼睛，在额前的刘海发下那样向人一转，就可以认识她，那正是采菱船上的那位白女士。惜时真不料猜得一点儿不错。由轮船上以至刚才，虽不曾与她会面，然而已经和她的背影认识得很熟悉了。自己本就计划着十二分周到，更预备着十二分的毅力要把这背影的前影探个水落石出，不料真正看见人家的面孔时，自己忽然胆怯起来，好像人家的眼珠一转，就把自己胸藏的一部诡计完全看见了。而且她脸上也有惊讶之色，仿佛是说这人好像认得，他何以也来了？

在他这样自己犹豫不定，脚是依然向前走着，一刹那间，已是走过了人家的座位。自己不知不觉地又回头去看了一看，自己一回头，那白女士却也掉头向这边看来，因见惜时也看过去，她立刻就回转头去了，惜时这越发地可以证明她也是认识我的。不然，她不会对于一个同车的男子会如此地注意。

因站在自己座椅边，斜斜地靠着，装是看窗外的景致，便去侦察那白女士的态度。这时她手上已端了一本书，斜坐着看，她一人坐了一把椅子，正对面却是一个斑白胡子的老者，那老者说话却是一个山东口音，大概不是她的同伴。这车上的椅子，除了四角而外，都是两把椅子相对的座位，一把椅子又应该坐两个人，看白女士的形状，似乎她是一个人，因为一个人坐在车座的中间，举目无相识之人，感到有许多不便，于是便和一个老者坐在一处了。而老者又腐化一点儿，是无可交谈的，于是就低了头，端一本书看。这样的长途旅行，她心里的寂寞与烦恼，在惜时看时，他觉得所猜的，当有十之八九是不错的。在自己孤身旅行，有了这样一个对象，自己觉得是很可以混日子过的，但不知道她心里是否也有一个对象？心里想着，看见人家的后影，不断地添些奇异的思想，后来索性坐在椅子头上，横着身体，这就可以很随便地看人了。

过了半天，到了蚌埠了。许多搭客都拥上车来，白女士坐的地方不由分说是加上了两位客。白女士站了起来，脸上显着很不乐意的样子，叫了一声“茶房!”茶房见她原坐的椅子上，现在坐了一个穿长衫马褂的汉子，就明白了，因笑道：“小姐，你打算调一个位子吗?”白女士点了点头，茶房道：“我给你想想法子看。”说着话，已经走到惜时这边来，这里车门的两边都是两把面壁的单椅，惜时据了门左的一椅，门右的一椅也是一个老人，而且椅子上放了不少的东西，茶房便笑着向那老人道：“老先生，你不是到徐州去的吗?”老人道：“是的，若是那位小姐要到这里来坐，我可以让让，出门的人，大家方便。”那人说着话，脸上显出十分和气的样子，他早已猜出了茶房的心事了。茶房连连笑道：“好极了，好极了!”说着，他便掉转身来，四周一看，那意思是要给这老人找个地方，惜时站起来道：“你不用找了，我和这位老先生并一个座位吧。”茶房连连道着谢，就把惜时的东西搬了过来，腾出那张椅子，然后将那位女士引了过来。那女士早都看见了，便对老人和惜时点了一点头，笑着道了一声“谢谢”。茶房指着惜时道：“这位先生也是上北京的，好在这位老先生是到徐州的，椅子空出来，也不耽误他睡觉的。”那女士听说，又对惜时笑着点了一点头，这才整理着东西坐下去。

惜时和这老人坐在一椅，少不得就谈着话，惜时操着一口安庆话，又说是到北京去投考大学的，那个女士在一边听到，似乎很注意，就偏着头听了下去。一会儿，茶房过来招呼茶水，那女士和茶房说着话，老人对惜时笑道："这位小姐的口音和你先生差不多，大概是同乡吧！"惜时倒以为这老人家有点儿唐突，便低了头，鼻子随便哼着答应了一声，那女士却是很大方，笑道："是的，你老人家在说话的声音里听了出来了。"老人家道："你这位小姐也是到北京去上学的吗？"那女士笑道："是的，大凡一个青年，坐这通车到北京去，总十有八九是上学的，我们同乡原有一大批同来的，到了南京，我们就散开了。"

惜时原有一本书放在座椅上，这时将书拿在手上，随便翻了几页，望着书，很不在意地答道："是的，他们那班人都有半价票，搭了寻常的通车走了。"那女士道："半价票实在也省不了多少，而且还要在天津转一道车，出门的人，何必这样地不怕烦。"惜时见她正式地谈起话来，也就正着脸色和她答话。先还有那个老者从中插话，后来他们的话说得有点儿专门近于家乡了，那老者索性是一言不发，静静地在一边听着。

惜时提到了家乡，就有点儿笑容了，因道："我似乎在什么地方会到过密斯白一回的。"白女士笑道："是的，我也有些仿佛，大概是在水竹庄的小河上吧！你先生怎么知道我姓白？"惜时道："令亲陈先生是我的好朋友，当密斯白由水竹庄走的时候，我正到那里去访他，他知道我是要上北京的，说是可惜迟来了一天，若是早来一天，他可以介绍介绍，到了北京以后，也多认识一个同乡，不料就是不用令亲的介绍，我们居然也认识了，人生的遇合真是难说啊！"白女士道："我真是大意，谈了许久，我还没有请教你先生贵姓？"惜时道："我们交换一张名片吧！"于是，他首先在身上取出皮夹子，拿了一张名片，离着座双手递了过去。白女士接着看了，点了一点头，也就在线织的手提囊里拿了一张名片回给惜时。惜时接着一看，乃是"白行素"三个字，此外并无别的字样，因笑道："这名字真是高雅得很，在这三个字上面，就可以看出密斯白的个性来。"白行素只望了他微微一笑，却没有加以分辩。

惜时将那张名片看了之后，先放在皮夹子里，把皮夹子刚揣到身上，又想起什么似的，就把放在座椅上层木格子上的小提箱拿下来，意思是想要拿书看，取了书出来，把椅子上的书收到提箱子里去。同时，把身上的皮夹子取出，又将人家送的那张名片也放到提箱盖下的夹页里去。白行素坐在那边，看他要看些什么书，把他这种行为都看见了。

惜时将箱子归拾好了，书放在一边，却不曾去看，尽管把考学校的事来和她讨论，她也露出一点儿消息，说是“要考好几个学校，或者总有一个碰得上的，好在各大学现在都收女生，倒不一定要专考女学校，不过若是考得上女校的话，却愿意入女校，北京有几家亲戚，都可以暂时借住，倒也不愁没有人照应”。惜时问道：“令亲是在政界的吧？在政界的人，他们比较地要守旧一点儿……”说到这里，觉得这种无的放矢的批评太无所谓，便向着人家微微笑了一笑，白行素却不曾注意到他这一句话，答道：“那也不见得。”

惜时默然了一会儿，微笑道：“若是我和密斯白碰巧考到一个学校里去的话，也许我们成了同学。”白行素道：“怎么‘也许’呢，那自然是同学了。”说毕，嫣然一笑。惜时一想，果然自己这话不对，可是自己心里的意思并不是说着泛泛的“同学”两个字，既是更正不得，也就一笑了之，好在彼此已经谈到考学校的事了，把这一个错误揭了过去，这又可以把大学的试题拿来研究研究。

白行素说：“别的都罢了，只有数学一门太没有把握，现在是补考，一报名就要考试的了，一点儿补习的工夫都没有！”她说了这话，眉毛就皱了一皱，惜时道：“密斯白，是代数生一点儿呢，还是几何呢，还是三角呢？我对于数学的功课比较地熟一点儿，若是我们能在一个学校，又同场补考的话……”惜时说到这里，不免偷看了一看她的颜色，然后才笑着道：“我或者可以帮点儿忙的。”白行素笑道：“若是这样，那就很好。但是，不见得恰好有那种好机会。”惜时道：“我还有一个聊备一格的法子，我上半年曾经托朋友在北京买了一本过去两年的考试必读，上面各学校的考试题目都有，倒可以参考一下。这本书就是，密斯白可以看看，若是有什么疑问的话，我们可以互相研究。”说着，就把他在箱子里早已拿出来的那本书双手递了过来，白行素这才知道他特意拿出来的是这一本书，便道了一声谢，将书接着，坐到椅子上，翻了两页，首先将各校考的数学题目查了一查，一看之下，十个倒有七八个不能了解的，虽然书上一般地列着有答案，可是这答案，也有些看不懂的地方。

惜时见她左手捧着书，目光注射在书上，右手却用一个食指，一下一下地轻轻弹着下嘴唇皮，看那样子，已是十二分出神了。久而久之，她还是看那打开来了的两页书，这分明是她被几个疑难的题目拘束住了，先伸着头一看，见正是数学一门的题目当中那几页书，于是站起来问道："密斯白，你看这些题目深吗？"白行素将书放在大腿上，摇了摇头笑道："我对于这题目的答案都找不出它的所以然来，考试若是这样的深，我简直要交白卷了。"

说时，她就拿了书，要站起来。惜时道："你请坐！你请坐！让我看看这题目。"白行素果然坐下了，惜时接过书来，先看了一看，然后两手捧了书，弯着腰，直送到她面前去。白行素既不便就让惜时坐在一张椅子上，又不便正端端地坐着，让人家站在面前伺候，也只得身子略起了一起，将手撑住了椅子背。于是惜时的头恰好俯到她胸前面去，在这时间，就觉得微微有一阵粉香由她的衣领子里透了出来，一闻之下，不觉悠然神往，左手捧着书，右手伸了一个指头在书上画着，口里说着："这个问题，也很容易的，先明白了……"他说到这里，自己也莫名其妙，这应该下个什么定义哩？口里就不住地说着"这个这个……"白行素一想，他也让题目难倒了，便笑道："我已经明白了！你请坐吧。"

惜时只得将书交回了她，坐到自己椅子上来，等到自己坐下；第一个感觉指导了自己，刚才未免有点儿神经错乱，接上第一个感觉，又显着自己暴露了短处了，为什么对人家解题目，久久说不出所以然来呢？其实这是自己极了解的题目，为什么倒说不出来？自己夸说自己的数学极有把握，马上就在数学问题上困难住了，显然自己是个撒谎大家。这样地一踌躇，不觉充分地不安起来，可是偷眼看白行素，倒也并不在意，于是又借着讨论学校的事，慢慢地扯到数学，就将自己所学的心得，以及练习数学的秘诀都和人家说了。

自从白行素和他开了口以来，惜时就不住地谈着关于学业的事情，可是话虽多，态度是十分从容，声音也是非常柔和，不知不觉之间，度去了大半天。一会儿，看见同车的人有叫茶房送蛋炒饭和炒面的，因向茶房要了两盘火腿炒饭，又是两碗鸡丝汤，白行素见他要的是双份，好像要说一句什么话，半中间又忍住了，却只轻轻叫了一声“茶房!”偏是那茶房事忙，转身就走了，不曾听见，不多大的一会儿工夫，茶房提着一个食盒子来了，放在惜时面前，揭开盒子盖便是两盘饭、两碗汤。惜时叫茶房拿起一份来，然后脸上装出很郑重的样子，将手向白行素座位上一指道：“送到那边去。”于是茶房提了食盒到她这边来，她才笑着站起身来道：“黄先生，你怎么客气起来?”说着，身子向后退了一步，望着惜时露出一点儿笑意，两只雪白的手掌翻来覆去地彼此握着，在这里面充分地可以知道她却之不恭、受之有愧的为难情形了。惜时道：“密斯白，请你不要客气，随便一点儿吧。我就是不会客气，我要是客气，就不这样冒昧了。”他一提出了“冒昧”两个字，白行素若是不接受，便现得真是嫌人家“冒昧”了，只得笑着道了一声“谢谢”。茶房就把饭与汤一齐都搬到她坐的椅子上去，她似乎总带点儿羞态，于是将汤饭又移靠了车窗，将背向了人，半侧着身子吃喝。

惜时心里默念着：爱情是神秘的，害羞就是一点儿神秘意味的透露，若是交际十分的公开，就那是表示心里不带一点儿爱情之影，不过是平常的交际，就无可玩味的了。她这样在大方之中，带一点儿害臊的情形，这正合了那神秘意味的条件，或者她不至于仅仅以平常的朋友来看待我吧！这样一想，又看了一看她的背影，觉得骨肉停匀，美而没有病态，正是新式美女应有的态度。眼望着人，手上拿了个长柄铜匙，一下一下舀着蛋炒饭，只管向嘴里送，这一盘子蛋炒饭早是送完了。但是他依然作了挑饭之势，嘴里虽不曾咀嚼着，却也不知道已经是没有了饭。

还是茶房过来，轻轻地问道：“先生，汤不要了吗?”惜时这才一看是拿着空盘，便点头让他收碗去，一面掏出钱来，悄悄地给了，那意思就是怕白女士看见又要谦逊一番。果然给过了钱，她也就吃完了，她看到茶房手上拿了钱，也只好等他收了碗去，又向惜时道了一声“谢谢”。惜时笑道：“我们以后同在北京作客，总免不了有些往来，若是像密斯白这样客气起来，倒反有许多拘束了。”白行素道：“并不是我客气，是黄先生客气起来。”这以下，她似乎感到无甚可说了，又对了惜时一笑。

两人经了这一度酬酢之后，又感到更熟识些了。她却不像先时要惜时问了她，她才回话，她自己也感到长途旅行的寂寞，常常也有些话来问惜时。车子到了徐州，那个老先生已经下车了，于是这两张椅子上就只剩了他和她。

这时，天色已是昏黑了，火车棚顶上，垂下几个乳式的电灯玻璃罩，罩子里的电灯虽然也放出一些光来，然而带着一层金黄的颜色，这是三等车中特殊的情形了。在这样的黄昏状态的灯光下，已是不能看书，看看同车的旅客，除了几个人口里衔着烟卷昂头冥想而外，其余的旅客都是斜靠了座椅，头垂在肩上，充分地现出倦容来。车的那一头，还有两个旅客断断续续地谈着话，然而这时车子是加足了速度，极力地向北快走，一片轰咚嘀嗒之声如推山倒海一般跟着火车在耳边或脚下哄闹，人家说些什么这里也听不见，不但说话的声音听不见，就是一切别的声音让火车的车轮和铁轨的宣战也盖过去了，因此惜时在极热闹的环境中，也沉寂起来。

看白行素时，见她抬起一只胳膊放在窗格上扶着她的头，她微闭着双目，额前一绺散发直垂下来，掩过了她的眉尖，那种浓厚的睡态，知道她已忘了一切，惜时只管看着她，也跟着她忘了一切。她猛然一抬头，似乎吃了一惊的样子，回头看到惜时，用手理着她的散发，向他笑道：“什么时候了？到了什么地方？”她这一问，不知是偶然的一问，也不知是特意提出来的一个问题，然而惜时也是睡着了一般，不知到了什么地方。白行素突然一问，他真不知从何说起，就道：“大概过了徐州吧！”白行素笑道：“过了徐州，我是知道的。”

惜时一想，对了，在徐州站的时候，同座还下去了一个旅客，岂有不知之理？用手将头上的乱发向后连抹了两下，笑道：“是的，我也坐着睡了一觉，糊里糊涂，就不知到了什么地方了。密斯白就这样坐着，不觉得受累吗？”白行素听说，便笑了一笑，原来女人家的举动有许多是神秘意味的；就是睡觉，也是视为神秘的一种，平白地却不愿当着人伸了腿睡觉。惜时见她对于所问的话笑而不答，料着就与旁的女子无别，是把睡觉的事认为是神秘的，便笑道："出门的人，哪里顾虑得许多，也只好含糊一点儿了。"

白行素知他猜中了心事，却又不肯承认，因笑道："我并没有什么顾虑，只是铺盖行李，我全送到行李车上去了，果然睡下去，恐怕还会受了凉。"惜时道："我这里预备得全有。"说着，连忙就在座椅底下抽出一个小铺盖卷来，一阵工夫，解开了绳索，打了开来，便是一条小锦绸褥子、一床白毯子。茶房车上，本都预备小条板，预备座客睡觉的，茶房看到惜时在解铺盖卷，以为他要睡觉了，连忙就端了一块条板过来，预备在惜时座椅这边放了下去。惜时伸着两手，一阵乱摇道："不是！不是！你放到对过那张椅子上去。"白行素当了茶房的面，却是不好意思拒绝，只得让茶房放下，随后惜时就把铺盖卷儿一捧，双手捧了过来。茶房道："小姐，这铺盖我给你铺上吗?"白行素道："不用，你去吧!"

茶房转身去了，白行素拿着毯子的一角，微微地抖了一抖，回转身来，又向惜时这边看了一看，见这边并没有铺盖，是光光的一张座椅，就用很低的声音笑着对惜时道："这真对不住，黄先生自己呢?"惜时笑道："我向来很能熬夜，再加上一件衣服，靠着椅子躺躺就行了，若不是为了密斯白，这铺盖卷放在椅子底下，我也不会拿出来的，请密斯白不要客气，只管睡下。"白行素手上拿了毯子的一角，斜靠了座椅，呆了许久，忽然一笑道："没有这种道理。"只说了这六个字，将毯子的一角放下，却笑着摇了一摇头，那意思是表示深切不可的样子。

惜时站起来道："这倒是我多事连累密斯白了，我不将铺盖送过来，密斯白还能坐着打瞌睡，我把铺盖送过来之后，连密斯白的座位都没有了，我心里真是二十四分抱歉，我要怎样才能解释一下子呢?"说着伸了手到头上就乱抓一顿。白行素本来看到惜时不睡，将铺盖让了过来，因之心里过意不去，而今他反说自己站着，是铺盖送过来的缘故，只得站起来陪着，这更是过意不去了。便笑着连说了几个不是，自己就先坐下了。因笑道："我真是却之不恭，受之有愧，我现在做一个折中的办法：我留下一条毯子，褥子就让给黄先生吧！”惜时道：“那更是不好，我有了褥子，有垫无盖，密斯白有了毯子，又是有盖无垫，密斯白以为这是折中办法，其实倒成了个两无所得的办法，那又何必呢?”

说到这里时，茶房也给惜时端了一块木板来，惜时看到了，远远地向茶房乱摇着手道：“不要，不要，不用拿过来！”说时，头也不住地摇摆。茶房看他那样着急的样子，笑着将板子端走了。白行素见他对于不睡觉有这种坚决的表示，当然是不能再睡下，若把毯子褥子硬塞过去，仿佛有点儿拂逆人家的盛意，只得坐下去，将一只手抬了起来，扶着自己偏过去的头。

惜时道：“密斯白，你可以安息了吧！何必还坐着呢?”白行素笑道：“还早呢！而且我也不要睡。”她说了这话，似乎还不能够证明她不倦，于是又拿了一本书，端着看了一看，但是这车棚顶上的灯，照着人发出那黄色的惨光，哪里看得书上的字清楚?越是努力去看，越觉得眼睛有些昏涩，慢慢地向下沉，书竟落了下来。惜时便道：“密斯白，你已经很疲倦了吧?要睡就睡，不必客气了。”白行素微笑着，又道了一声“不要睡”。

惜时看她当着自己的面绝不肯睡下去的，于是不再和她说话了，就将头靠了椅子缓缓地睡过去，渐渐地便打起呼声来。白行素心想怪呀！这人是这样容易地睡着，头一歪过去，人就打起呼声来了，不要是假装着睡熟，好让我躺下吧！人家有这样的好意，倒不可辜负了他。只得放好铺盖，和了衣服躺下，因为没有枕头，将个盛零碎小提箱塞在褥子底下，头昂得高高的睡下。自己本来是很疲倦的，坐着兀自打盹儿，可是现在躺下之后，颇觉得惜时这人对于朋友真是十分客气。他先借铺盖给我之时，说是他不要睡，及到铺盖借了过来，为着要我睡下，他又坐着睡着了。一个初见面的朋友，倒不料这样体贴入微，虽然男子对于女子都是极力表示客气的，然而客气到他这种程度，实在还是有生以来初次见到，我真不知道要怎样地答谢他。白行素只管这样想。心里想着，同时眼睛也就看了惜时出神。

惜时在那边睡着，果不出她所料，原是假睡，等到白行素睡下去，微微地睁开一丝眼光看她在做什么。见她弯了一只白胳臂环在头上，加倍地显出妩媚来，心里这一份舒快简直不可以言语形容，看她双目灼灼只管看着我，似乎有个什么问题，望了自己亟待解决一样。一个男子让女子这样饱看，实在是少见的事，真是人生幸福呀！她这样地看，看她要看到几时，我现在只要略动一动，就会把她的视线打断，我且始终地装着睡，让她将我这个影子深深地印到脑筋里去。

自己这样想着，于是只管靠了椅子背睡下去，脖子虽然觉得很是疼痛，也极力地忍耐着，一个钟头之间，曾偷偷地睁开眼睛看了几次，她总是望着这边。到后来，始终没有去理会她，她也慢慢地入睡了。惜时先还不敢陡然坐起来。怕惊醒了她，后来仔细地一看，她果然是睡着了，这才慢慢地坐起来。望了她那雪白的脸，闭了双眼，一条弯弯的黑线隐在很深的睫毛里，那漆黑的头发在额前脸上两面分披着，真个带着三分画意，看她微曲着身体，抬起来的那只雪藕似的手臂，更是整个透露在外面了。

惜时看了又看，不免沉沉地随着眼光想了下去，设若她和我的友谊很不错，我一定可以拿了她的手臂，握上一握，据我想去，那一定也是丰若无骨的了。她刚才将我看了一个饱，我现在也要看她一个饱；她把我的影子深深地印到脑筋里去了，自然我也要把她的影子印到我的脑筋里来。这样想着，不由得自己心里有一阵奇怪的愉快要发泄出来，脸上只管发着微笑。

他正看得入神之际，偏是这车棚的电灯不作美，一共三只电灯，却灭了两只，只剩下那头远远的一只了。这样一来，车上就越是昏暗，看白行素时，身子蜷缩，盖的毯子已有一只犄角拖到椅子下面来，她露出胳臂的那半边身子更显出一大截来。惜时心里老挂念着，她不会受凉吗？可惜我不是这车上的茶房，我若是车上的茶房，一定要上前把她叫醒，设若我这时上前给她盖上，她或者不会说我冒昧吗？望了白行素那张椅子，伸手又将头搔了几下，自己踌躇着，却不知道如何是好。呆呆地望着，沉沉地想着，自己也就充分地有些倦意。

一时之间，也不知道怎样神使鬼差，竟自拿了毯子，轻轻地将两只毯子角高高地提起，向她身上盖了下去，这一盖之间，少不得有一阵凉风就把白行素惊醒了。仿佛这车棚顶上的电灯已是大放光明了，照见她脸上深深地泛出两道红晕，睡眼惺忪地向人微微一笑，连忙坐了起来，却一伸手握着惜时的手道："黄先生，你为什么这样客气？"惜时被她的手握着，觉得又暖和又绵软，绝不是自己理想中所猜得那样冰凉，就笑道："原来你的手这样地暖和，我真惦记着了不得，总怕你受了冻哩！"说时，就挨着坐下了。白行素眼睛向他一溜，微笑道："我凉我的手，为什么要你惦记哩？"惜时看她样子，也是未免有情，便笑道："密斯白，我这话或者说得冒昧一点儿，你要知道，我在家乡采菱船上看到你的时候，我便十分地爱你了，你若是肯说一句真话，大概也不能不说爱我吧？我们彼此都很好的，我们就订了婚，你看好不好？"惜时说了这话，白行素倒有点儿女子态，不觉把头低了下去，那远处的灯光射在她苹果色的嫩腮上，更是娇艳动人。惜时握了她的手道："密斯白，你这样一个豪爽的人物，对于婚姻大问题，难道还有些害臊吗？"白行素偏了头一笑，微微地伸了一个懒腰，她一只右手平伸出来，在椅靠上平着惜时的肩直伸过去，惜时身子向后一靠，头向后一垂，便枕在白行素的手臂上。白行素向着他脸上看了笑道："你对我这只手打了一夜的主意，现在总算你如愿以偿了。"惜时听了这话，也不觉柔情荡漾，只管对了她微笑。

就在这时，忽然耳边下一阵怪叫，有人骂道："哪里来的这种不要脸的青年，当着人明目张胆调戏妇女，打！打！"一言未了，便听到一片"打！打！"之声。惜时吓了一跳，连忙身子向上一站，急要躲开。无如身子一点儿气力没有，两只脚其软如绵，哪里站得起来？眼看喊打之声越来越紧，浑身大汗如雨一般地淋了下来。这一场风流罪过，真要不免于难了，要知惜时究竟如何能解此围，下回交代。

第三回

每日必来狂风欺客
无书不读妙语撩人

却说惜时正陶醉在甜蜜的环境里，忽然听到有人喊“打！打!”之声，吓得浑身汗如雨下，睁开眼一看，原来是一场大梦，自己依然坐在一张藤椅上，将头靠在椅子背上，火车的身子已经停住，不知到了什么站上了。这大概是一个大站，别个火车上的汽笛正呜呜然发着声音大叫。惜时将眼睛重复闭上，出了一会儿神，这才想出来，果然是在火车上打盹儿，坐着做了一个梦。车棚顶上的三盏灯，现在依然是一明两暗，自己坐了起来，揉了一揉眼睛，再回头看睡着的白行素时，蜷缩着身体，依然睡得很甜，一角毯子还拖到椅子下面来。

惜时看看她这睡态惺忪，又回想起刚才梦里的情形，不觉心里一动，恰好她翻了一个身，一只白手臂由下而上，又是一大截露了出来，放在被头上。惜时想着，自己在梦里的为人固然是十分莽撞，可是和她的友谊，若是像在火车上这样进行得猛烈，那么，不必要若干的时候，就可以和她很熟很熟。到了很熟很熟的程度，纵然不一定就可以拿了她的手臂当枕头，但是像她现在整个的白手在外面受凉，自己走上前去牵一牵被，将手扶到被里去，当然也不算什么冒昧，然而现在看到，却只能做一种幻想罢了。他心里这样地想着，眼睛还是望了白行素，见她那样睡得甜蜜，似乎她也沉迷在梦境里。心想我这样地注视她，不知道她是否受一点儿影响，在梦境里梦到了我？照精神学上说起来，我这样地望着，全副的精神都射到她身上，和她的灵魂吻合了，那么……

正这样想得入神，火车扑通一下子开了，人猛然向后一倒，就向椅子上一碰，这一碰，出于不料，着实地吓了一跳。及至坐定，白行素也惊醒了，一睁眼，见惜时正望着她，就连忙坐了起来，一手抬起来，缓缓地掠着鬓发，向耳朵后理了过去，因笑道：“密斯脱黄，坐到这时候，还不曾睡觉吗？怎么车上的灯这样的昏黑？”惜时道：“我睡过一觉了，是刚才醒过来的，密斯白睡得安稳吗？大概身上很凉吧！”白行素心想：他自己呆挺着坐在那里，倒问我凉不凉。心里明知道人家比自己还凉，可是这话放在肚里，却不好去问人，因道：“有盖有垫，这还凉什么，那也未免太不知足了。”惜时道：“我看那玻璃窗子没有关紧，还露着一条微微的缝，没有风吹了进来吗？”说着，便走了过来，用手将窗子摸了一摸，笑道：“果然有点儿风呢，若是不嫌烦，密斯白和我对调一调地方好吗？”白行素笑道：“不必费事了，我不觉得有风吹进来呢。”惜时道：“那么，我就不说话了，免得耽误了密斯白的睡，请你安歇吧！我眼皮很涩，还靠一靠吧！”说完了这句话，就一言不发，将两手抄在胸前，头靠了椅子背，自睡着了。

白行素眼望着他，许久，果然他动也不一动，沉沉地睡过去了。白行素明知道他这种睡觉是假的，然而他睡觉的用意无非是让自己好安然睡下去，若不睡下去，倒辜负了人家一番好意了。因此也不作声，又睡了下去。惜时偷偷地睁开一丝眼光望着她，见她虽然躺下，脸却朝着这里，是否也望着自己却不得而知，因为灯光被椅子背挡住，却看不出来呢！后来白行素真个睡了，他依然是不住地望着人去揣测。这一晚上他就是这样似梦非梦、似想非想、糊里糊涂的，半睡半醒地闹到天明。

天色一亮，白女士也就醒了，她坐起来第一句话，便是：“密斯脱黄，一晚都不曾睡觉吧？”惜时听了这句话，真比安安稳稳地睡了一晚还要舒服，便笑道：“其实我也是睡到刚才方才醒过来，舒服……得很！”这两个字还在口里没有说出，心想这有点儿不对，一个人在一张硬的木椅子上打了一夜瞌睡，要说舒服得很，纵然是安慰对方的话，未免过于作伪，人家哪里肯相信呢？因此连忙就改口道：“虽然不十分舒服，这火车走起来像小孩的摇床一样自然会把人引得入梦乡的；我的睡眠平常有六小时也就够了，昨晚上睡的时间，恐怕还不止八小时呢，那是足够的了。”

行素她一句要道歉的话还不曾说了出来，人家倒说了这一大套的客气话，这更让她不知所可了，也就只得含着微笑，不向他再表示歉意了。自此以后，一路之上，惜时索性老实地招待，行素也不能因为他招待了一道又申谢一道，也只好由他去客气了。大凡孤身出门的人，纵然走十几里路，也觉得路途遥远，若是有了良好的伴侣谈谈说说，也就不知不觉之间把时间忘了，很快地到了目的地。

黄白二人，这日在火车上继续地谈话，一直到了天津，惜时才提起来："行素住在什么地方？关于投考学校的事，也好大家约着会面有个商量。"当他这样问时，却是吞吞吐吐地很慢地说出来，而且脸也不敢朝了行素望着，行素倒很坦然地不以为意，又在小皮包里拿出一张名片来，再用自来水笔在名片后面添注了两行字，然后微笑着，递到惜时手里道："电话也有的，最好是先打一个电话给我，我好在家里等着你。"惜时将名片拿在手里，很静默地看了，将头连点了几点。看完了，先收在里衣的袋里，刚揣进去，将衣裳按了一按，似乎想着什么，又把名片拿了出来，再看上一看。最后，他还是在座椅上的架格子里面取下小提箱，拿了日记本出来，将名片上的字照抄了一份在上面，日记本改放在身上，名片却放到小提箱里去了。

他忙碌着办过了这一套手续之后，回头看到行素望着自己，这才觉着自己的举动或者不免于有人介意，因笑道："我的记忆力非常之坏，只要是有数目字的事情，若不记下来，我准会忘记的。"行素原不曾问他，是他自己这样解释的，不便说什么，就只对了他一笑而已。

车子快到北京，惜时便有点儿心中不宁，因为这地方自己从来没有到过的，若是同乡们并不来接，真不知瞎撞木钟，要撞到哪里去。而一方面，对于行素，要装出一个保护者来，要给她整理着东西，还要用话去安慰她，可是她倒很不在乎地坐着。车子进了东便门，座客都纷纷乱起来，一大半人都伏在车上向外看着，各人的座位横七竖八放着大小的行李包裹，现出那种人心凌乱的样子来。惜时既要照应着自己的事，又要挂虑行素无人来迎接，她是否能平安地到投居的亲戚家去。他心里是这样地不宁，表面上倒十分地镇静了。

车子进了站，早见车子外面人头攒动，拥挤成为一层。行素也是靠了车窗向外看看，她伸了手向外连连招了两下，叫道：“在这里！在这里！”不一会儿工夫，早有好些人拥上车来：其中还有两个女子，一个人拉着行素的手，又笑又说地道着阔别；同时便有人由车窗里将她的行李包裹一件一件接了出去，行素让车里车外的人包围起来了，就顾不到惜时。末后，她就随着一群人下车而去，直走到车门口，才回转头来，向惜时说了一句“再会”，也不等她说第二句，已被人簇拥而去了。

惜时望着人家的后影不觉呆了。肩膀上忽然有人拍了一下，接上说道：“人都走光了，你一个人还在这里等些什么？”惜时回头看时，正是在南京先动身的那个同乡邱九思。惜时一看，这节车里，可不是一个座客都没有了吗？连忙握着他的手道：“有劳了！有劳了！我一个人到了这地方，人生地不熟，你叫我向哪里走？所以我站在这里呆住了。”邱九思道：“我也是料到了这一层，同乡们大家都走散了；各住各的公寓，各住各的会馆，都不在一处，我要邀他们来接你，那很不容易，而且有我来接你就行了，也不必费那么大的事。”惜时道：“有你一个人来接我，我就很感谢了，哪经得惊动许多同乡呢？”邱九思道：“我看你初到北京，遇事都少不了要一个人引导，你和我同住一个公寓好吗？”

惜时在南方，只听到说在北京当学生的人，除了住学校寄宿舍而外，便是住会馆、住公寓。究竟公寓会馆里面是怎样一个情形？他并不知道，当时一口便答应了和邱九思同住。于是他就放出那一切内行的样子，引了惜时下车提取行李，雇好马车，然后一同进城，到了一家太平公寓来。这邱九思就在他的隔壁屋子里给惜时定好了一间屋子，里面裱糊得很干净，床铺帐椅电灯俱全，问一问价钱，连伙食在内，只要十六块钱一个月。惜时原听到北京生活程度高，而这屋子里的陈设又等于南方的中等客栈，价钱却便宜得多，这一切都是邱九思代为安排的，心里自是十分感激。

接着，邱九思督率着公寓里的伙计和他整理屋子，然后又陪着洗澡吃小馆子，一切的费用也都是邱九思开销的。惜时心里想着：果然他乡遇故知。这种情形，和交结别种朋友不同，你看他这种招待，真是过分的殷勤，自己从前没有一分好意对付人家，将来少不得要酬劳酬劳他。自己这样想着，越发将邱九思当了一个极好的朋友，所有的事都向他请教，只有在火车上遇到了白行素的话，几次说到嘴边，依然吞了回去，觉得还是不和他说明的好。

头一天，自己行程劳顿，到了晚上，便早早地安歇了。及至次日，用过了早饭，就请邱九思领导着，拜访了几个同乡朋友，打听打听考学校的事。混了几个钟头，想到了约好了白行素，不能不去看一看，不知她住在什么人家。她只说是一个亲戚家里，这人家究竟是维新的，或者是守旧的，都不得而知。若是维新的，将来互相来往，倒还不成问题；若是守旧的，头一下子去拜访她，恐怕就要饱受人家的冷眼。然而不怕头一下怎样为难，若是不先去看看，心里这一层困难就没有法子解决，这个问题不解决，心里总是不安，无论做什么事，也没有兴趣的。因此就对邱九思说："要去访一个亲戚。"离开了他。

走到大街上，将身上揣着的日记本子拿了出来，翻到白行素的住所，乃是比翼胡同二号双宅。就按着地点，雇着人力车坐了去，到了胡同口上，为慎重起见，先走下车来，然后一家一家慢慢访了过去，免得一车冲到人家门口。

及至走到这二号门口看时，不由人不猛吃一惊，原来是一所其长过丈的大门楼，两扇朱漆大门敞开，里面闪出一所屏墙，正中刻了一个红地黑色大"囍"字。惜时看那情形，分明是个富贵人家，这种人家，十成之八九就是守旧的，这要跑到人家门房里去，说是来访一位小姐，未免荒唐不经了。因之，停住了脚，对着大门发了一会子愣，自己一抬脚，正欲上前走一步，那大门里却走出一个形同听差的人出来，一直冲向街心，惜时倒吓了一跳，这不要是来驱逐我的吧？开步便走，走过几家门口，回头看时，那听差正向胡同口提高了嗓子，连喊了几声"洋车"。惜时这才觉得自己误会了，待要马上就转身回去，也觉得是老大不便。因看到这里有个横胡同，不管好歹，且先向横胡同里避上一避，在这小胡同走了一小截路，然后装出找门找不着的样子，复又退了回来。

但是走到二号门牌口上时，见那个听差正恶狠狠地向一个年轻乞丐发怒，说是年轻的人不学好，所以落得要饭，有钱也不能给这等人。他大声吆喝着，两只眼睛瞪得圆圆的，眉毛高举起来，成了一条直线。惜时觉得这个时候去打听一位小姐的下落，更是不对了。于是又毫不注意那大门以内，直走了过去，可是走不了多少路就是大街，离着人家寓所更远了。

自己踌躇了一会子，老远地专程跑了来，难道就在门口望了一望就算了事不成？因此复回身来，到了二号门口，鼓着勇气上前，走到门限边，咳嗽了一声，见没有人出来，又高声问了一句道："有人吗？"这句话一说，先前那个听差走出来了，他对惜时满身上下看了一看。惜时向他点了一个头道："我是新从南方来的，昨天，你们府上也有一位从南方来的吗？"听差听了他这话越发莫名其妙，因道："我们这儿姓双，你要找哪一位？"惜时道："有一位姓白的，和我同车来的，我有事要会她一会。"听差道："不错，有一位姓白的，可是人家是一位小姐。"他说了，瞪着眼望着惜时。惜时本可以说，我就是来会白小姐的，无奈他给听差一望，把话全吓回去了。

正没有办法，只听到里面一阵笑声，有三四个人走了出来，除了小孩子而外，白行素和一个女郎携着手走到大门口来。惜时认得那个女郎，正是昨日到火车上去接白行素的，便向前和她们点了一个头，白行素就笑着介绍，那是她的表姐双玉佩。惜时道："我刚才看一个朋友回来，由这门口经过，特意来打听打听密斯白是不是就是寓在这里，要出门去吗？我明天再来奉看吧！"

行素道："没有什么事，我们也不过出去玩玩，请到里面坐一坐再走吧！"惜时本是赞成的，又不便说我要进去，便站定了笑了一笑。行素对玉佩道："我们请黄先生到客厅里坐吧！"两人向旁边一侧着身子，意思是让惜时走进去，惜时自家也不知哪里来的许多礼，又和人家点了一个头，然后向前走了，到了里面一重院子，又停住了脚，让两女士向前，走来也特别的从容，似乎到了什么大礼堂上来了一般，行素将他引到一个客厅里。惜时一看，四周设着雕花紫檀的椅杌，壁上垂的字画，长可及丈，这样堂皇布置的所在，自己走进来，越发地矜持起来。行素说了好几声"请坐"，惜时方才在一把大椅子上坐下，玉佩喊着听差倒茶，虚周旋了一阵，她们隔了一张紫松大理石面的圆桌，在对面椅子上坐下。

行素先是问惜时："住在哪里？方便不方便？投考哪个学校，决定了没有？"只隔了二十小时没有见面，当然不能就把投考的学校决定，但是惜时答应没有决定之后，却也照样地去问行素。行素笑道："到了京之后，亲戚忙着招待，我还没有提到这件事上来呢！"说完了这个问题，惜时没有什么可问人家的了，行素也是一样，无话可说。

恰好有一个三岁的小女孩，穿了一件小洋衣，披着黑发，露着小白腿，将右手一个食指放在口里，站在客厅门口向里望着。惜时可有了说话的题目了，笑道："这小妹妹好玩！洋娃娃一样，几岁了呢？"双玉佩笑道："三岁了，淘气得很，是我的小侄女儿。"行素也就招招手道："小妹妹进来，叫叔叔。"说着，把那小女孩抱进来，放在身边站着，用手去摸她的头发，借着这小孩子，于是谈了一会儿话。惜时始终觉得没有什么话可说，呆呆地坐着也未免无聊，于是站了起来，向两位女士告辞。

行素道："我倒想起一件事，你的寓所不是到培本大学很近吗？顺便请黄先生给我要一份简章来。"惜时道："可以可以，明天我就送来，密斯白什么时候在家呢？"行素道："每天上午总在家的，到了下午，北京这些名胜总要去看看，若是不看，心里也不能够安然的，黄先生也打算去看看吗？"惜时以为她约他去游览，连连答道："去的！去的！这样秋高气爽的时候，正好结伴同游呢！"行素明知道他误会了，当着双玉佩的面也不好否认，令人难堪，当时一笑而罢。

惜时辞别回公寓，就打听培本大学在哪里，打听得了，立刻就坐了车子前去，在号房要了一份章程回来，将章程从头至尾一看，原来这是一个教会办的学校，一切费用固然比公立的大学多，就是比一切私立的大学也多；看看他们的功课，除了英文而外，只有"圣经"是重要的，这与自己向来宗旨很不相合，白行素为什么要进这么样一个学校？很不可解。自己这样想着，少不得有一番意见要贡献给她。因此到了次日一早起来，便要将章程亲自送到双宅去。

洗过脸，喝过了一壶热茶，一看同公寓的人，十有七八不会起来，忽然一想：她住在那种有钱的人家，当然是晚睡晚起的，一早跑了去，她也许没有起来，并没有什么要紧的事，这样早去惊动人家，不怕人家腻烦吗？这样想着，于是立刻又把要去拜访的念头按下。可是白行素说了，下午保不定在家，若是挨到下午去，又怕不在家。自己仔细算上一算，由公寓里十点半钟出门，坐车在路上耗费半点钟，那么，十一点钟可以到双家了，无论如何，这个时候，她不能没有起床，至于出门一层，更是不必顾虑到了。

他这样很精密地算着，果然当他到了双宅门前时，不迟不早是十一点钟。昨天那个守门的听差今天认得他了，一见面便道："你是会白小姐的吗?"惜时也似乎自己今天又来了，不大好意思似的，便道："是的，白小姐叫我和她取一份章程，我给她取来了。"听差听了他的话，毫不介意。本来送章程不送章程，与他有什么相干，便道："你等一等吧，让我进去看看。"这本是北京各宅门的规矩，有客来会，听差决计不敢说是"请"，先问一声主人，好有周旋之余地。听差说毕进去了，惜时却不解其意，心想：果然是自己来得太密了，惹了人家这样的不欢喜。自己站在大门过道中，脸上红一阵白一阵，也不知道要怎样是好。

所幸不多一会儿，听差就出来了，他却随便说了"请吧"两个字，招招手，将惜时向里引。惜时听他请字下有个吧字，这又是不太高兴的样子，只好一声不发跟了他走进里院，今天所到的不是那个伟大的客厅了，又进了一重跨院，乃是三间北房，里面摆列满了图书，还有许多讲义和课本分摆在几张写字台上，分明这是好几个学生共用的书房了。

正在这里打量，白女士却一个人进来了。惜时不等她让座，已从身上掏出那一份章程，笑着用双手递了过去，因道："昨天下午，我就到这学校里去了，建筑倒很堂皇，但是一个教会学校呀!"白行素接了章程，且不看，答道："我也没有决定就考这个学校，不过听说他们那里有补习班，要份章程来看看，其实密斯脱黄用一分邮票，由邮局里寄来就行了，何必还要亲自送来!"惜时道："不要紧，我是每天必出来的，顺便来走一趟，那也不费什么事。"

白行素到了这里，似乎不如在火车上那样豪的谈兴了，说了几句门面话之后，她就将手斜靠了桌子，两手捧了章程，一页一页地展着看。这个当儿，惜时不便说话来烦扰人家，便掉转头四周去看悬挂的字画；看到一轴带西洋派的山水，上款题："玉照学兄清玩"，由玉佩女士的芳名推衍下来，可以知道这位玉照先生是行素的平辈了。等着行素将章程看完了，她一抬起头来，惜时连忙指着书画道：“这一轴画，也是人家送给双女士的吗?”行素道：“不是的，这是别人送我表哥的。”

惜时不听这“表哥”两个字还罢了，听了“表哥”这两个字，不由得心里扑通一跳，勉强笑道：“哦，原来是令表兄，何不介绍和我们见一见面。”行素道：“我表兄不在北京，他和表嫂一同到美国留学去了。”这一句“到美国留学去了”已经是一颗加大的定心丸，而且又加上“和表嫂一同”，这更是给他一种莫大的安慰了。惜时听了这话，就不由得心里一阵愉快，扑哧一声笑将出来，行素倒莫名其妙，这笑声何由而至?

惜时立时省悟过来，觉得这一笑有点儿失于检点，便望了她手上的章程道：“密斯白对于这个学校的意思怎么样?”行素道：“这章程是一年以前印的，有些地方恐怕还有变更，总得到学校里亲去打听打听。”惜时道：“好极了，我可以陪密斯白一同去一趟，明天上午去，好吗?我到这儿来邀密斯白……”说到这里，向着她脸上呆望着，好像感到自己这一句话有点儿过于冒失，便突然地顿住了，脸上一种极不自然的笑容里泛出一种浅浅的红晕来。白行素知道他有点儿踌躇，连忙接嘴道：“可以吧！但是贵寓到培本大学很近，应该我去邀密斯脱黄才对。”惜时道：“固然是，可是公寓里杂乱得很，而且我每天都要到这边来，由门口经过的，自然，这是不费什么时间的。”这一套话，他每句一转，然而觉到还没有透彻，正待再向下说，行素笑道：“就是这样约定，我在家等候你的大驾就是了。”惜时连道：“是！是！我一定来。”但是自此以后，又没有话说了。倒是行素比他还大方得多，就把同乡到京考学校的事问了一遍。本来同乡考什么学校与他无干，而且这种话，在火车上也谈得不止一回了，不过不把这种话为题，实在也没有其他的话可说。

谈话时，行素连看了两回手表，惜时忽然省悟过来，是了，快到十二点钟，人家要用午饭了，这才起身告辞。他心里想着：若是明日能邀她一同出门，我就可以和她商量同进一个学校了，在我们做了同学之后，友谊是一定的增加。从此以后，我们就可以成为更好的朋友了。明日上午，我邀她到学校里去访问，那也不过一二小时的耽搁，然后我请她吃午饭，吃过了午饭，我邀她去同游一两处名胜，那么，北京回去的同乡夸耀着带爱人逛公园的韵事，自己也要尝试了。这样想着，就不觉眉飞色舞起来。

回到公寓，就向人打听名胜地方要怎的游览，哪个地方有馆子。都问过了，晚上又到理发馆去理了一回发，回来时，还怕头发会因睡觉睡乱了，特意在箱子里找出一个发罩，将头发罩住了。这一晚上，都是计划着明天要怎样善为说辞。

不料一觉醒来，只听到窗子外面哗啦哗啦的声音由天空一阵阵送过，正当着这声音发生的时候，同时门的开合声、窗户的震撼声，以及院子中间的零星物件倾倒声，乱成一片。原来这正是发生了大风，吹动了一切，这公寓的院子里，前后正种了几棵大树，那树枝在平空拂动着，正助长了不少的风声与风势。人睡在床上，仿佛坐着船在大海里漂荡一样，惜时在南方就听见人说北方的风大，还不知道风势大到什么样子，现在一看，果然风势不小，但是这还是听到风声，却不曾看见风色，心里也不会想着这与游览有什么关系。

及至起床以后，这才觉得很是奇异，只见桌子上堆着黄黑色的浮尘，如粉漆一般盖上了一层，再一看别的所在，椅子上、脸盆架上、箱子上，以及瓶儿罐儿上，凡是现着平面的地方都盖上了一层灰。最奇妙的是自己脱下的一双袜子，放在椅子上，那折叠的皱纹里也是一层一层将浮尘盖着。将玻璃窗内的布帷一揭，向外看时，天色很是奇怪，也不是晴，也不是阴，天空里是一片浑黄之色，那半空里的树枝，让大风吹得向一边极力地歪斜，犹如一把倒立着的扫帚一般。惜时看了，这才懊丧起来，原来北方的风是这样厉害的！这还要邀女朋友去游览，是不可能的了！自己懊丧着，也不知道怎样是好，但是有了约会，无论如何是不能失信的。因此，漱洗完了，到了十点钟的时候，照常换着衣服，出门而去。

刚要出门的时候，那公寓里的伙计却笑着向他道："这大的风，先生，你还出门吗？"惜时以为这是一种寻常闲话，也可以算是应酬语，却未曾留意。及至走出大门，大街上迎面一阵风来，呜的一声，几乎把人都要倒转过去。只见前面有一大块浮尘，就地一卷，卷上来有一丈多高，然后像撒网似的直扑过来，一刹那间，眼见那一卷浮尘吹到面前，身不由主，将身子侧着避了过去，只觉有许多细沙子似的东西打在脸上和脖子上，呼的一声，将头上的盆式呢帽吹了过去几丈远。自己向前追帽子，帽子也在地上翻着筋斗向前跑，好容易将帽子追着了，一蹲身子，衣服一齐让大风吹着掀了过来，人就几乎向前一栽。将帽子拿在手上，站了起来，连忙闪避到人家屋檐下来，再一看这大街上时，果然只有一阵一阵的飞沙由北向南刮了去，街旁边那横拦在空间的电线，让风吹着，吱吱地乱叫。街上走路的人已经是很少，再让吹起来的浮尘布上了一片黄雾，远望一切人家，都隐隐约约地只觉得景象分外的凄惨了。

然而惜时只是初次看到这种景象，以为奇怪，并没有什么恶影响把他访友的豪兴拦回去，便雇了一乘人力车，向比翼胡同来。他所行的路恰好是由南向北，大风只管向面上吹来，透气不得，好容易到了双宅门口，跑下车来付了车钱，就向门洞里躲。那个听差现在已知道是来访白小姐的了，不用再问，先把他引到少爷书房里去，然后再到上房去通知白小姐。

行素走到客厅，情不自禁地先咳了一声，然后微笑道："这样大的风，还让你老远地跑了来！"惜时笑道："我怎能失信呢？"行素笑道："那也不能算失信，这大的风，我也不能出门的。"她说着话，眼睛就不住地对惜时脸上看了几回，趁着老妈子进来送茶，便道："你把脸盆手巾，送一盆洗脸水来。"惜时这还不知道她是什么用意，不曾拦阻，让老妈子预备去了。一会儿，老妈子将水捧了来放在茶几上，行素笑着对惜时道："黄先生，请你洗一把脸吧！"惜时笑道："不用客气，常来的客也客气不了许多。"行素笑道："还是洗一洗吧，很干净的！北京这地方就是这样，遇到大风的天，不能出门，一出门，满身就是黑灰了。"说到这里，向惜时嫣然一笑。

惜时忽然省悟起来，进门的时候，听差望了一望自己的脸，后来老妈子又对自己脸上望了一望，莫不是自己脸上有了黑灰了？直等人家说破了，才知道要洗脸，这未免有一点儿不好意思，于是也只得笑了一笑，走上前去洗脸。只刚到茶几边，见一条雪白的毛手巾漂浮在水面上，热气腾腾的，便有一种香气冲入鼻端。细闻那种香气，并不是香水胰子味，乃是一种脂粉气。这样看来，这脸盆手巾，当然是白行素自用之物了。彼此不久的交情，她居然肯把自己用的东西给我来用，这不是十二分的相知是不肯如此的。心里一阵愉快，低了头，捞起热手巾就一擦。

这一擦不打紧，睁眼一看，把雪白的毛绒手巾擦黑了一大块，这才知道自己脸上果然是让风土刮了一脸的黑迹，脸上这样地不干净，还老远地来拜访人家，真是笑话了。就着水盆一点儿光亮向里一照，左边脸上依然还是黑着一片，尤其是眼眶以下颧骨以上，让浮土遮掩得一丝白皮肤没有，不敢用手巾擦了，先用手捧了水，在脸上洗抹了多次，然后才用手巾来擦。那白行素对于这一点，似乎很关心似的，坐在一边，默然相向地看着。

惜时洗完了脸，坐下来笑道："我不知道北京的风土有这样的厉害！密斯白不必出门了，哪天天气晴了，我再来奉邀吧！"行素低头想了一想，笑道："不吧，你住的那公寓里不是有电话吗？明天若是天晴了，我先用一个电话通知，然后到贵公寓里去拜访。"惜时正要客气着，说一句不敢当，第二个感触连忙继续而生，心想那还是"不敢当"，她若是误会了，岂不以为是我拒绝了她，心里这样犹豫着，口里就随便答应着："不吧，你太客气，好！很好！接着电话，我一定在家里等，哪一天呢？"说到这里，更不对了，人家不是说了若是明天天晴嘛，只得改了口道："什么时候呢？请你先赐一个电话，我一准等候。"

行素见他说话，两只手只管握住互相揉搓着，脸上似乎泛出了一层浅浅的红晕。那样子分明神经错乱，不知所可了。便只当不知道，只管向他点着头，说是"就是明天吧！好在我先有电话通知的"。惜时也觉察出自己举动有点儿失常，不再坐了，告辞便走，行素送在后面，送到里院门口，笑道："很对不住，这样大的风，要你又空跑了一趟。"惜时连说着"不要紧"，走到了大门过廊下，却听到旁边门户里隐隐有一种笑声，心想：莫非他们是笑我来得太勤了，这班东西可恶。回转头和行素一点首，赶快就走出大门来。

不远有一辆人力车停在墙角避风，不管好歹就坐上车去，车夫扶着车把，问要拉到哪里。惜时连道：“比翼胡同！比翼胡同！”车夫道：“我问先生要拉到哪里？”惜时又连说：“比翼胡同！比翼胡同！”车夫也急了，因道：“先生，这里不就是比翼胡同吗？你叫我拉到哪个比翼胡同哩？”惜时这才省悟过来，不由得笑了，因道：“我要到太平街太平饭店，快走！快走！”车夫一想，这个人犯了什么毛病？好在他是不讲价钱坐车的，拉了走再说，也不多辩，开起快步就走了。惜时坐车到了公寓里，只吩咐伙计付车钱，伙计便笑着答应道：“是由比翼胡同来的吗？今天好大的风，多给两吊吧！”伙计原也不知道他是到那里去会什么要紧的人。不过接连几天，都是由那里坐车回来的，今天大风出去，当然不会比那地方更要紧的，所以随便地猜了一猜，这是出于无意的。惜时听了这话，不由得脸上一红，只好由伙计去开付车钱不再过问了。

进得房来，首先就是拿起镜子，照一照究竟是什么样子。一照之下，果然又是一个黑脸张飞，这还是避风回来的，先前迎风而去，那情形也就可想而知了。这一天风还没有息，也就藏在屋子里没有出来。

隔壁那个屋子里的邱九思在旁的屋子里打麻雀牌消遣，打完了牌，两个手指头夹了一支烟卷，口里哼着西皮的青衣腔：“‘儿的父，去从军，无音信，母子们，在寒窑，苦度光阴’，伙计呀！提开水来。”他这样向外院吆喝着，接上砰的一声，一脚把房门踢开了，他向床上一倒，两脚伸了出来，只管摇曳着文气，因听得隔壁房子里有响声，便向着板壁问道：“老黄，回来了吗？今天不再出去了吧？到京以后，我看你很忙。考学校的事办得怎样了？”惜时含糊地答应着，也没有说明，问道：“你没有出去吗？到我屋子里来坐坐，好不好？”

邱九思一头坐了起来，便走到惜时房门口来，两手笼着袖口，一脚踢开了门，走了进去，笑道：“你走哪一条路子考学校？怎么行动老守着秘密？要不，怎么这样大风天，也是一个人不作声地溜了出去。我在二号房间里来了四圈，倒也不错，挣了一块六毛六。”他一个人自言自语着，又向惜时的床上一倒。惜时背了两手，在屋子里来回地走着。邱九思又摇撼着架起来的两只脚道：“老黄，你有什么心事？只管说出来，也许可以和你分忧解愁。”惜时笑道：“我有什么心事？不过出去不了，在家里闷得很！到北京来了这几天了，学校里的事一点儿没有头绪，只东拿一份章程，西拿一份章程来看看，这算什么意思？再耽误几天，下学期的日子去了一大半，进学校更不容易了，进国立大学当然是不可能的，进私立大学，几家办得好一点儿的，到了这个日子，似乎也不好意思收学生。其他只要缴学费便收下的那种学校，当然是不必谈了。”

邱九思突然向上一站，拍了一拍他的肩膀道：“你若为别的事发愁，我没有办法，若是为了学校的事，这个不成什么问题，我给你想法子。”说着，伸手一拍胸脯，表示极有把握的样子。惜时道：“你知道我要进什么学校？这样有把握。”邱九思道：“你无论要考什么学校，我都能给你想点儿法子，总而言之，我总让你考上一个有面子的大学，管保你写信回家，家里头一定很欢喜，不断地寄钱来。只要这一层有了保障，别的事情，你还有什么可说的吗？”惜时道：“照你这样说，到外面来读书，第一个大目标就是希望家里寄钱来，只要这个问题解决了，别的都是附带的吗？”邱九思笑道：“我就是这样想，有了钱，什么事都好办，漫说要在大学里混毕业。”

惜时正要说时，房外面有几个人一阵嚷：“老邱哪里去了？赢了钱就溜了吗？不行！得请客。”说着，早有两个人跳了进来，都是二十多岁的青年，一个穿了西服衬衫，外面罩着一件深灰哔叽背心，一条红艳夺目的领带在背心外面飘荡着，一个下身穿的是长脚西服裤子，上身紧绷绷地套着一件黑毛绳褂子，头上戴了红白相间的运动帽子。看他们的神气十足，倒是两个活泼的青年。邱九思两手连摇了两摇道：“别闹！这是人家的屋子。”那个戴运动帽子的道：“你知道是人家的屋子，那就很好，赶快回你屋子里去。”说毕，不容他分说，和那个穿衬衫的，一个人挽住他一只胳膊就向屋子外面拖了走。惜时知道这家公寓里住的都是些学生，当然这也是邱九思的好友。刚才闯进屋子来这一件事，也就不去追究了。

自己一人在屋子里坐了一会儿，那个戴运动帽子的将门一推，一只手握了一把落花生，一只手连向他招了几下，笑道：“到隔壁屋子里吃花酒去。”惜时还不曾答言，那边邱九思已提了嗓子嚷道：“老黄！来吃大花生。”惜时因为有人亲自见招，不好意思不去，随手将门一带，就到了隔壁屋子里来，只见一张方桌子上堆了一大堆大花生，又是一只酒瓶子、两个茶杯，一个人正端着杯子，哎的一声，抿了一口，然后放下。同时，就感到这屋子里一阵香气扑鼻，这明白了，所谓“吃花酒”，就是这种花生下酒的简称了。邱九思将手指着桌上笑道：“来吃花生，他们说我赢了钱，要绑我的票。”那个穿衬衫的笑道：“这就算绑票吗？晚上风停了，非请我们镶个边不可呢。”说着哈哈一笑。

原来这屋子里除了那三人之外，还有两个穿蓝布长衫的青年，见了生人，也不谦逊，竟自吃花生喝酒。还是惜时觉着不便，才一一请教，穿长衫的，一个叫冯尚德，一个叫于世杰，穿衬衫的叫卓新民，戴运动帽子的叫铁求新，这四个人，三个在悟仁大学，姓铁的却在经济讲习所。惜时因都是学生，便一个一个问着功课。铁求新站在桌子边，将桌子上的花生拿了两粒在手上，连环地向上抛着，又接着。听到这话，微微做个一跳的势子，笑道：“功课！别提了，我们这里有四个字的口号，乃是无书不读。”惜时道：“无书不读，这个志向很大呀！”邱九思道：“你不要把字面活看了，这里用得着新式标点了：‘无书’这两个下面，应该打一个小逗点，然后‘不读’两字之下，画二个惊叹号，你就可以明白了。”说时，他手上端了一杯酒，头就如车轮一般，向屋子周围看了一看，笑道：“我们这屋子里，你瞧有书架子没有？一些讲义和几本参考书都扔在床下网篮里，这是‘无书’主义，还有‘不读’主义，就是我们这样成天地瞎混了。”

惜时早已看出邱九思是个不用功的学生，但是不用功到了这种程度，实在是做梦也不会想到，便笑道：“‘无书不读’四个字，这样来解释，倒是特别，可是考起来了，怎么办呀？”卓新民剥了花生仁放在手掌心里，张着口，老远地就向口里一粒一粒地抛去，嚼着花生仁，笑道：“那要什么紧！到了那个时候，我们自然有办法，伍子胥没有过不了的关。”说着，又将花生仁不住地向口里抛，笑嘻嘻的，现出那毫不在乎的样子。

于世杰一伸手，拍了一拍邱九思的肩膀，笑道：“不说这些事了，今天晚上，老五那里去开一个盘子好不好？”邱九思道：“归里包堆，我只赢一块多钱，吃了花生喝了酒不算，还要我去开盘子，未免不近情理。”于世杰笑道：“废话，难道你不赢钱，就不去看老五吗?”邱九思道：“我当然去，可是凭什么一定要请你喝边呢?”于世杰道：“好哇，你别再求我了，将来考政治学的时候，别再求我打枪了。”邱九思笑道：“我也不是白求的，有国际公法交换呢。”惜时听他们所说，分明是交换着打枪，便笑道：“这种交换办法，有几位呢?”邱九思道：“我们有六七个人开着合股公司呢！一个人只要担任一两样。考起来，轮到谁的功课，就归谁总起稿，所以我们事半而功倍。”

惜时心想：怪不得邱九思说，到北京来读书，第一个目标只是和家里要钱，当然可以实行那没有书、不必读的主义了。这样一想，立刻觉得这班青年都不是好朋友，与他们住在一处是有损无益；因之坐在一边，沉默着不说什么话，可是他这一沉默，便生出了是非，要知如何生出是非，下回交代。

第四回

走马看花犹怜此豸
焚香扫地为候伊人

却说惜时听到邱九思这班朋友所说的话，对于做学生的人，未免离题太远，不愿加入他们的团体说话，于是就默然地坐在一边。卓新民看到，知道他有点儿不大赞成，就和铁求新丢了一个眼色，笑道："老铁，今天晚上，我们找一个地方去玩玩吧！"铁求新见他说话时嘴微微向惜时一努，便笑道："密斯脱黄，晚上和你逛夜市去，好吗?"惜时道："什么叫夜市?"卓新民道："这是南方所未有的呀！这北京城里，有小市，有黑市，有夜市，有庙会，是所有卖东西的人，都于这一定的时间，在一个地方摆出来，热闹极了。"惜时道："那么，所谓夜市，就是夜晚的市场了！在什么地方，这里去很远吗?"卓新民道："告诉你在什么地方，你也是没有到过的，反正不远就是了，你若是愿意去，我们一定奉陪。"惜时听说是夜市，就是夜市罢了，倒也很愿看看，便问道："密斯脱邱去不去?"九思望着卓铁二人，他二人都带着微笑，邱九思便点着头道："若是你高兴的话，我一定可以奉陪。"惜时哪里能领会到这另有什么用意，就听着这几个人的话，决计去逛夜市。

到了下午，风势慢慢地小了，邱卓铁三人更是有兴致，各吃过了晚饭，就忙着洗脸，惜时不曾有什么预备，先信脚走到九思屋子里来坐，只见桌上摆了平安剃刀，两手不住地摸着两腮和下巴，看看胡子是不是刮干净了。桌子犄角上放着一面小镜子，他弯了腰对着镜子里望了又望，然后拿了一块香胰子，在手里使劲搓了几搓，向脸上一涂，涂出了许多白沫，将盆里毛手巾，带水捞了起来，低着头，把一张胰子面孔，直插到水盆里去，这才稀里呼噜有声将脸洗了干净。洗了之后，对着镜子，揩了好几把，将手巾在壁上吊绳上挂起，随手在窗台上，一把拿下四个玻璃瓶罐来，先是倒出一点儿蜜水，用手匀抹在脸上，其次打开一大罐子雪花膏，右手的食指向罐里一伸，又是一绞，约莫掏起一茶匙膏子来，拓在左手心里，于是平伸着两只巴掌心，互相一揉搓，犹如烙了两张薄饼在手心里一般，只听噗的一声，两手向脸上一扑，先是乱抹一阵，次是慢抹，再次是在脸上使劲地擦着，立刻在灯光下映着，便是一张雪白的脸子。这两个瓶子又用完了，再看他便是将生发油倒了一小酒杯子在手掌心里，向头发上一抹，抹得头发油淋淋的。这还不算，把凡士林油更抹上一道，在抽屉里找出一个长柄牙梳，对着镜子，从从容容地梳得一丝不乱，头发杪子一齐朝后，像一顶乌缎帽子一般罩在头上。

惜时站在一边，却看得呆了。邱九思见他靠了门站住，一言不发，笑道："老黄，你望什么？用一点儿雪花膏吗？"惜时笑道："不用！不用！我向来没有用过这些东西。"邱九思道："你不知道，北方的气候非同南方可比，冬天里的风吹到脸上，犹如刀子割人一般，若是脸上不抹些雪花膏和蜜水，脸就会裂得像鸡皮绉一样，所以出门之先，总得擦一点儿东西。"惜时道："这一节算我明白了，但不知头上擦了油再出去，也有什么用意没有？"他这一句话，本来是随口说出，实在没有打趣人家的意思。邱九思笑道："这件事，不是个中人，懂不了这里头的精微奥妙。现在不用问，将来你总有明白的一天。"惜时虽不懂得这句话要怎样的解释，也猜不到这是开玩笑，也就含笑不提了。邱九思找了一把刷子，将衣服细细刷了一遍，然后罩上一件花缎马褂，笑道："你也可以罩件马褂，要不罩一件小坎肩也行。"惜时道："夜市不就是在街上举行的吗？为什么还要穿得这样恭而且整的？"九思道："你不知道，这夜市上什么朋友都有，也许能会到，若是会到了，光秃秃的，有点儿不好意思。"惜时一听他的话很有理，就走回房去，取了一件马褂在身上穿着。出门时，卓、铁二人也各将西装穿好，在院子里等候。

于是四人一同出门，早有路边歇着的洋车，拉了车子向前围着道："先生，我拉去吧！韩家潭。"旁的车夫就接嘴道："不价，人家要到石头胡同。"邱九思道："好吧！就是石头胡同，一毛钱，你们愿拉不愿拉?”那车夫笑道:“怎么着,我猜就是石头胡同不是?先生你瞧着办吧!老拉的,你还会少给吗?你就上车吧!”邱九思首先上车,大家也就跟着,一阵风似的,车夫拉了车子就跑,何消半个钟头,就拉到石头胡同口。

车子停下,大家步行向前,惜时一看,这两边的人家既不是店铺,也不是住宅。电灯都是大小方圆的灯罩,照着雪亮,在电灯下门楼以上挂了许多的牌子,牌子上都是些花月香艳的字样,猛然省悟过来,在南方听到北京有所谓八大胡同,不要就是这里吧?再一看,这些地方都是车马盈门,那门楼上一块大铜额写着什么班、什么馆,这更可以证明是娼馆所在之地了。因将邱九思的衣服一拉,低低地问道:“你们带我到什么地方来了?这个地方我不逛,我一个人先回去了。”邱九思笑道:“你不是要逛夜市吗?这就是夜市呀!”惜时道:“这就是夜市吗?两边怎么没有什么店铺呢?”卓新民笑道:“这是刚刚进夜市口,再过去两家,就是夜市最好的一段了。”铁求新扶了他的肩膀道:“到前面去看,准没有错,夜市上真有个意思。”

惜时本待一人抽身回去,怕和他们太决绝了,有些对不住朋友,而且他们说夜市在前面,也许那是事实,就跟着他们再走一程,看看到底是些什么。于是又慢慢地随在他们身后,一步一步地走着。转过了几条胡同,也不知道到了什么地方。那两旁人家门首的电灯比较地暗些了,那些写着花月香艳的牌子也不曾挂着,只是在门口挂了一个小木牌子,什么三喜茶室,什么莲香茶室,一家一家地挨着下去,多半是如此。惜时一想:这是什么地方,开了许多茶铺,怪不得这是夜市了。

正自这样想着,铁求新笑道:“老邱,到了,我们进去吧!”卓新民道:“到了这里,还有什么可考量的,进去就是了。”说时站在一家茶室门首,抬头看了看,然后三个人将惜时向前一推,一阵哈哈大笑,一路走了进去,惜时以为这总是茶室,大家进去喝一杯茶,这也没有什么关系。及至跟着这三个人到了院子里,这才吃了一惊!只见一个女子扶着一个男子的肩膀,笑嘻嘻地由屋子里走出来,同时有个女子一掀门帘子,笑着跳了出来,跑上前执着邱九思的手道:“老邱,今天怎么来了,是上午的大风把你刮了来的吗?”邱九思道:“怎么着,一进门就拿话损我，是我来坏了吗？既是我来坏了，那好办，我回去就是了！”说着，掉转身来就要走。惜时这一下子看明白了，这正是一个妓院，糊里糊涂让人家带进来了，正恨着抽身不得，现时邱九思说要走，真个是临死放了一条生路，不待人家告诉，一直就向外走。

不曾走到三步，忽然一种烫热的东西执着了自己的手，接上有人笑道：“哟！这位朋友干吗呀？你不劝着老邱，倒先要走起来。”惜时回头看时，正是刚才拉住邱九思手的那个妓女，握着了自己的手，自己正是极力避闪的时候，不料倒反让这人拉住了手，待要和那妓女说两句，又不知道从何说起，口里只是连连啊了两声，幸而是晚上，要不然真会疑心他喝多了酒，满脸都是酒色了。

卓新民故意要和他为难，便对那妓女笑道：“你若是将他先拉到屋子里去了，我们就跟进去，要不然我们就不进去了。”那妓女笑道：“我真是要请的话，这位先生也不好意思不进去吧！”于是那一只手依然执着惜时的手，另一只手却将他拦腰抱住，笑道：“走吧！我们一路先进去吧！”她带说带推，弄得惜时万分的不好意思，口里只说“不要这样，不要这样”。还是邱九思不忍他十分受窘，才道：“他是老实人，你别和他开玩笑，我们进去就是了。”那妓女才放了手，嚷人打帘子，将他们引进房。

惜时到了此时，想不跟着进去也是不可能，只得随在最后面，走进了屋子。一看这里面，屋子里倒有几件桌椅，正面一张大木床，叠着好几床被，倒也花花绿绿的，屋中间垂了一盏草帽瓷罩子的电灯，照着方桌靠住的壁上，有一张画摊子上出卖的时装美女图，两边悬了一副红纸对联，乃是“三如蛾眉月，宝是意中人”，上款“三宝校书爱玩”，下款“明珠暗投客赠”。心想原来这妓女叫三宝，但是这一副对联，未免有点儿肉麻，怎么还高高地悬起。他这样想着，便对了那对联出神，那妓女一手拍了他肩膀道：“这位为什么不坐，认得三宝吗？老是看着那副对联做什么？”惜时正借此躲闪她的纠缠，不料适得其反，偏是人家要拉着说话，只好回转身找地方坐。可是这屋子里只有四张椅子，现在只有靠床最近的一张椅子空着，还是坐与不坐呢？要是不坐，也许他们更要取笑，这也只好坐着再说了。

自己正待回身坐下去时，那妓女一把将他拉了，笑道："这是三宝的床，你喜欢，你就先在她床上坐下，我去给你把她叫来。"惜时挣了一个通红的脸，只管向后退着，勉强笑道："不要闹！不要闹！"邱九思道："小梅，你先把三宝叫来！不要和他闹！"她听了，才放了手掀着帘子，连在房门口嚷了两声"三宝"，果然来一个妓女，看那样子，她也不过十六七岁，一头漆黑的头发，两边长鬓直插入耳下，圆圆的一张白面孔，并没有抹着什么脂粉，身上只穿了一件齐平膝盖的黑底小红点的短旗衫，露出一双雪白的线袜子，素中带艳，不像那个叫小梅的，穿了红夹袄紫裤子，那样华丽。惜时进来之时，原不肯用眼光去正看着她们，现在这个三宝进来了，也不知什么缘故，就连连看了她几眼。那小梅因为三宝进来了，已经走出屋子去，这里只剩三宝一个人了。

邱九思站了起来，捞了她一只手，拉到身边站着，笑道："很对不住，我们占了你的屋子了。"三宝笑道："那不要紧，一来我屋子里没有客，二来诸位又是朋友。"说毕，抽脱了邱九思的手，在桌子抽屉里拿出一副扑克牌来，站到桌子边，一张一张抽了出来，伏在桌子上过五关儿。卓新民看到也就站将起来，伸出一双手，插到桌子上来弄牌，笑道："我们两个人玩，好不好？"三宝笑着望了他一望，也没说什么。卓新民道："再添上三个人，五个人打两牌。"三宝皱了眉道："你不要胡闹！让我卜两卦。"卓新民道："卜什么卦，打算要找小女婿子吗？我怎么样？"说着把一个头直伸到三宝耳朵边来，意思就是想和她亲上一亲。三宝向后退了一步，瞅了他一眼道："你这人想揩油，也揩得太不管地方了。"说着，向惜时一努嘴道："你看这位客人，多么老实。"邱九思笑道："这倒有个意思，他喜欢你，你也喜欢他。要不……"说到这里，惜时站将起来，向他连连摇手道："不要胡闹！不要胡闹！"九思望着惜时，微笑了一笑道："今天暂且不说吧！"他说时，三宝将一双眼睛圆溜溜的只管望着他，好像正等发表下文似的，及至他提到暂且不说吧，似乎有个大大的失望，随着她又站到桌边，默然地抚弄着她的牌去了。惜时以为三宝大大地失了望，倒替她很难过。

就在这个当儿，小梅走了进来，招着手笑道："到我屋子里去坐吧！快走哇！人家自己要屋子了。"说着，拉了求新就走，大家也就一齐起身到小梅屋子里来。惜时到她屋子里看时，比较地宽大一些，除了一套白漆桌椅，还有一架玻璃橱子，壁上已不是那种美女画片，另有两个玻璃镜框，装裱了印的风景画片。这时，小梅很活泼地招待大家坐着，却由邱九思衣袋里掏出一盒烟卷来分敬。惜时心想：怎么？做嫖客还要自己带烟的吗？正在出神，只见小梅端了只小玻璃碟子向面前一伸，问道："您贵姓?"惜时一看碟子里是瓜子，也不知道怎样是好，还是卓新民在一旁代答了，他姓黄。小梅手上伸了瓜子碟儿，回不转去，笑道："请你用一点儿瓜子。"

惜时到了此时，虽然不知道这瓜子是不是可以吃，然而人家直伸着手，也没有不理会之理。因之从从容容地伸着三个指头，钳了几粒，小梅向他们几个人，却只虚伸了一伸，然后一把拖着邱九思一块儿坐在床上，邱九思趁势将她搂住，于是两人互抱着，趁势一倒，就在床上滚将起来。卓铁两人笑道："要闹大家闹，别让一个人独占便宜呀!"说着，他两人也就向床上横下去，这一张床，四个摊面条子似的，在一头睡着，只看那八只脚，悬在床外，彼起此落，真有个意思。惜时坐在一边，只是拿了瓜子嗑着，上前是不好意思，不上前，未免形容自己是一个傻瓜。

正觉着极无聊的时候，只见门帘子掀起一小角，有一张白脸向里张望了一下，然后有一个人走进来，那人正是三宝。她手上拿了一条白手绢，老远地伸出来，问道："这是哪一位的手绢？丢在我屋子里。"惜时一摸衣袋，自己一条手绢正是丢了，便哦了一声道："我的手绢丢了。"三宝将手绢交到他手上，笑道："看这老实人，用的手绢倒是香喷喷的。"说着，眼睛又向他一溜走了。惜时看她这样子，似乎很是有情，便觉得这里面的人并不是坏人，也大有好人在内，所谓倚门卖笑，也不可一概而论啦！心里这样想着，就不住地沉吟，邱、卓、铁三位只管大闹特闹，惜时坐在一边，总是不作声。

但是也不过十分钟的光景，门外忽然有人吆喝了一声七姑娘，小梅就连忙由床上坐了起来，整了一整鬓发，出门而去。这一去，有十几分钟才回来，她两手抱了邱九思的脖子，笑道："老邱，对不住，外面我还有两班客，请你调一个屋子坐坐，行不行?"九思道："总算我倒霉，我这一程子，来了没有坐过半点钟的，你也别请我们调屋子，干脆我们走开就是了。”说着，在身上掏出了一块现银圆，当的一声向桌上一抛，见自己的帽子在旁边茶桌上，两手推开了小梅，拿了帽子向头上一磕，马上就走出房来，大家无甚话说，也跟着出来了。

小梅见邱九思真生了气，也只得跟上去，执着他的手道：“老朋友，好意思为一点儿事生气吗?”说着，又是两手抱了老邱的脖子，就对着他的脸乱亲乱嗅了一顿。邱九思究竟不便再生气了，就点了点头道：“我生什么气！我们还要走两家呢。”小梅道：“那么，明天来！别让我想你想成了相思病。”九思点着头，鼻子里哼了两声。小梅又道：“明天来呀！明天可是要来呀!”惜时走在最后，回头看时，见她说第二句明天来时，已是和院中一个嫖客笑嘻嘻地拉着手了。惜时想道：那妓女的爱情就是这样，这什么会叫作相思病。花钱的人睁着眼花这样的冤钱，也未免太无意识了。

一路走了出来，邱九思他们还是游兴刚发的时候，哪里肯休手，还接上地要逛。惜时道：“我一点儿感不到兴趣，我失陪，要先回去了。”说着，掉转身来就跑，所幸他们三人似乎还有一种什么密约，见他跑得如此的快，也不勉强相留，就让他走了。

惜时雇了辆车子直回公寓，一进房，便向床上躺下，心想这真是想不到的事情，跑到北京来，什么也不曾去瞻仰，倒先跟着他逛起妓院来！一个读书的青年正是发奋有为的时候，怎么做出这样下流的事，设若这件事传到家乡去了，我这人岂不是毁了？他们这些人自己不学好还不算，还要拉着别个干净人下水，这是什么用意？从今以后，就是他们约到任何地方去玩，也不可以相信了。邱九思虽然很帮忙，可是他为人很放荡不羁，和他在一处，恐怕沾光的时候多，吃亏的时候也不少。这样想着，立刻决定主意，赶快搬开这公寓，另找一个地方住。只是这住的地方，总宜和学校相近才合宜，不知道白行素愿进哪个学校，若是她决定了进这个培本大学，无论如何，自己也得进去。那学校有的是寄宿舍，我可以住在寄宿舍里，又不必忙着搬了。

一想到了白行素，就像吃了一枚橄榄一样，觉得津津有味，心想那些二等茶室里的妓女，涂脂抹粉到什么地位，也是一朵肮脏的残花。像白行素这样清白的女郎，才算是我们读书人的伴侣，为什么和那种不相干的人来往呢？有了这样一个转念，立刻兴奋起来，自己闩上房门，早早地睡了。一觉醒来，听到邱九思屋子里有几个人说话，接着还有开酒瓶塞倒酒声，有嗑瓜子剥花生声，有啃骨头声，说说吃吃，好不热闹。直等他们声音全息，远远地听到账房里的钟敲过了两下了，又过了一会儿，惜时才睡着，似乎已达三点钟，可是自己起来的时候，也不过七点钟。

冬日夜长，天色也不过刚刚发亮，披衣起床，打开房门，叫了好几声茶房，茶房却不曾答应，一看这些同寓的人将门紧紧地关着，还只睡到半酣的时候呢！惜时一想：客人都未曾起床，一个人把茶房喊醒，恐怕人家不高兴。因之自到厨房里去，舀了一些冷水洗脸，洗脸之后，口里觉得干燥燥的，又含了一口冷水在嘴里，把牙冰得凉凉的，向下一吞，一股凉气由嗓子眼里直冷到肚子里去，自己觉得有点儿发愣，便在门边靠住。

呆立了一会儿，一待这股凉气散了，在院子里找了一把扫帚，将屋子先扫了一个干净，接着就要揩抹桌子，无如匆忙之间，不曾预备下抹布，要用手巾来擦，又是刚买的一条雪白的新手巾，有点儿舍不得；站在屋子中间，望了桌子，没有个作道理处。也是人急智生，忽然看到桌子下档上，悬了两只旧线袜子，还不曾拿去洗，不如借来一用，于是将两只袜子向脸水盆里一按，浸得水淋淋的，然后拿了起来，带着桌上的油痕墨迹，一阵乱揩，揩是揩了，桌上的水渍，又一时难于干净，索性将椅子上两只干的包脚布，重新抹过一道。桌子抹了，椅子也抹过一道，所有零碎衣物一齐向网篮里一塞，网篮向床底下一推，将床毯子垂得低低的，把床遮掩了。床上的被褥本来叠好了，这时，又用手重整理一番，使它一点儿皱痕没有。

箱子里收的一些旧书，这时一齐找了出来，叠得整整齐齐，放在桌上，却把两本高深一些的书摆在浮面。桌上墨盒子将它擦得亮亮的，笔也一排顺地放在笔架上，然后在桌子面前铺了一张洁白的纸，挑了一本新式言情小说，打开半本，放在座位的前面。将这几样要紧的事都件件做了，看看茶房们还是未曾起床，于是又把房子里的书架茶几，各个整顿一下子，坐着看了壁上挂的一张地图，有点儿歪斜，也把它扶正了。

混了许久，好容易，这才有个茶房起床，他一见，便笑道："早着啦！黄先生你就起来干什么？还躺一会儿吧！"惜时道："我早就起来了，当学生的人都像你们一样，睡到这时候再起来，那还念什么书哩！"茶房笑道："这样说，先生你倒是个用功的学生了，我给你去找洗面水去吧！"惜时道："那用不着，这附近地方有买檀香的地方没有？"茶房听了这话，倒愣住了。站在一边，望了惜时的脸笑道："难道像你先生这种人还敬佛爷吗？"惜时道："胡说！难道除了敬佛爷，就不用檀香不成！我们念书的人，讲究的就是焚香扫地，窗明几净。但是这种话对你说，你也未必懂，我敬佛也罢，敬观音菩萨也罢，只要买得到，你马上跟我买来就是了。"说着，将两毛钱毛票递给茶房道："你只要买一毛钱就行了，多的送你坐车，只是一层，你要快快地买了回来！"茶房见有了车钱，就很高兴地在胡同口上把檀香买了来，也不过十分钟的时候罢了。

惜时见他办事敏速，笑着和他点头道："你这人办事很好，回头我再给钱你喝酒，你跟我先烧一壶水来，我要泡一壶茶，最好你能给我办起四只干果碟子，钱你就先拿了去。"说时，掏了一块钱给茶房，又点点头，操着新学得的北京话道："劳驾！劳驾！请你快一点儿给我买来吧！我等着用的呢！"他这样说着，已经在网篮里拿出一个小铜香炉，掏出身上的手绢，细细揩抹了一阵，然后放在桌上，焚起一炉香来。

茶房将糕点买来了，和茶房要了四个瓷碟子，将四碟东西齐齐整整地摆在桌子当中，又取出家乡带来的茶叶，先让茶房沏好一壶茶，又怕茶搁久会凉了，却搁在床头边一张方凳上，用床上的毯子将茶壶来包好了，一切东西都已预备妥当，这才腾出工夫来自己洗脸漱口，先是忙乱了一阵。及至漱洗以后，反而觉得无所事事了，自己对一小炉檀香、四碟糕点，斯斯文文地把书展开来读，虽然并无心事读书，然而坐着又怪闷的，心里尽管不念书，眼睛却只是望了书上，聊以解嘲。自己计算着：白行素早在家里起床了！应该洗脸完毕了！应该坐车出门了！不过十分钟就也到了。自己心里计划不停，恍如就跟着白行素在走路一样，可是算过一番，再算一番，那白行素女士始终不曾到来。

照说，白女士说得那样肯定，决计是不会失信的。俗言道得好，等人易久，自然是无故烦躁，绝不能说是人家失信。再看一看手上戴的手表，还只有八点三刻，时间还很早呢！平常这个时候，人家就是上学校也不过刚去，何况是会客呢！于是自己安慰着自己，又坐着翻弄了几页书，九点钟打过了，九点一刻也过了，公寓里的寄宿者渐渐地有人起来了，这位白女士还是不见到。这时候不来，时间就未免迟了，院子里不少的人来往，若是看见有一位女士光临，大家都要加以注意！就是要说话，也要极端慎重，免得人家把话听了去，又是一种谈话的材料。

想到这里，不能坐着看书等候了，就走出大门口来，当是闲望的意思，只管向胡同口外看了去。不过在大门外站着候人，让人看见了，又要说是自己不庄重，装着散步的样子，形式放出来很自在，背了两只手，在公寓门口踱来踱去，表面上就像是完全没有什么事一样，在门口又盼望了许久，还是不见等的人前来。心里焦躁极了，心想难道她就这样失信！昨天说的话，今天就完全不算事吗？心里一烦躁，脚上更溜达得厉害，胡同路过的洋车夫以为他是在门口找车子，两个拉车的拖了车子直围了上来，口里叫道："先生上哪儿？我拉去！我拉去！"惜时一想：态度或者是有些令人分外注意，又只好抽身走回公寓里面去。

到了房里，一看是茗熟于壶，香热于鼎，糕果碟子是陈列于案，这一个客人却始终不曾来，这真令人苦恼万分。于是在屋子里又转圈圈溜达起来，看看手表，已经是九点三刻了，不用说了，白女士一定爽约了。女子对于男子，总是执着骄傲态度的，男子越是对于女子表诚恳，女子越是不在乎，自己以己之心度人之心，真是过于老实了。屋子里陈设得这样恭而且整的，若是邱九思这些人起来看见，少不得查问一番，若是说等客的，客却没有来，岂不是一个大笑话？他们昨夜虽然睡得很晚，然而到了十点钟总会起来的，若是白女士来了，敞开门来，让他们看看，倒也无所谓。现在屋子里备下许多东西，他们来一看，空空如也，人家要说我患色情狂，有单思病了。

这一想，把房门就掩起来，无聊地坐下，随手抓了几粒花生糖放在嘴里咀嚼，抓顺了手，一碟子花生糖不觉吃去了一大半，及至自己发觉时，碟子露了底，已经无法遮掩了。四个碟子，只有三个，不大合适。

人反正是不来了，也不必将碟子徒然摆在桌上，于是拿出一张报纸铺在上面，将三碟糕点东西一齐倒在报上，糊里糊涂包着一包，也向床底下网篮里一塞。四个空碟子乱摆在桌上，在床头边将毯子包的茶壶拿了出来，自己斟上了一杯茶，站着靠了桌子，拿了杯子柄，目光看着茶上的热气，有一口没一口地呷着。不知不觉之间，喝完了一杯，又喝一杯，一壶茶也喝下一大半去了，出神之间，自言自语地说了一句道："我真是见鬼！忙了这一早上。"

这一句话不曾说完，忽然听得茶房在院子里说道："您找黄先生的吗？在家！在家！黄先生有客会你来了。"惜时一听这话，慌了，一定是白女士来了，自己真是荒唐，等客等了这半天，什么都预备好了，偏是客人要来的时候，把所有一切的设备都毁得干干净净。口里啊啊了两声，手里放下茶杯，便上前去开房门，只听到茶房说："这就是黄先生！"惜时手一推房门，向着走上前的人就是一鞠躬，可是这一鞠躬之间，腰已微微弯着，头还不曾点了下去，发现对面的人并不是一位女士，他是一个男子，同性的，身上穿了一件灰布夹袍，深深的积垢、浅的浊渍涂了许多长短方圆的块儿，上身罩了一件青布马褂，胸面前黑得显出一大片油光来！五个纽扣，倒有三个不曾扣住，脸上虽是干净无须，可是铜子大的红疙瘩将五官都遮掩遍了。看去约莫有四十余岁年纪，见着人一笑，露出满口黄板牙齿来。惜时立刻将脸色一沉说："找哪个的？"那人将胁下夹着的一个蓝布包拿了出来，捧着向惜时连拱了两下手道："我是益寿参局子里的伙计，先生不买一点儿好参送南方朋友吗？"惜时也不知这一口闷气由何而出，扑通一声将房门关上，自坐向椅子去，将桌子一拍道："讨厌的东西！哪个叫你来！"

说时，见门外有个人影子，似乎那参局伙计还想拉开门进来，便道："你这人真不会看颜色，没有理会你，你为什么还老望这里边跑？"惜时正是骂得得意，忽听得门外有人叫道："伙计，这房子是黄先生住在这里吗？"惜时一听声音，却是女子说话，不但是女子说话，而且说话的女子正是白行素。惜时一听，连忙答道："是的！是的！我住在这里，怎么办！怎么办！屋子里糟得不成样子，请里面坐！请里面坐！"说着话时，便推开着门，向外一鞠躬。

白行素今天换了一种打扮了，她只穿了一件新的窄小蓝布长衫，将夹衫罩了，肩上却加了一条红色的绒绳围巾，配着烫成卷云式的黑发，雪白的脸，越是娇嫩，这是由小姐式更递变成北方女学生式了。只这一层，便合了古人所谓粗头乱服亦风流了。在惜时这样赏鉴之时，行素已是侧身而进，笑着向他点头道："对不住！累你久候了，我本是早要来的，一早就来了两个旧同学，多年不见面，话越说越长，我分不开身来。"惜时道："是的，老同学见面，是会格外亲热的；现在还只十点多钟，我没有等多大一会儿。好在早上我是不出门的，就是多等一会儿，那也不要紧。"一面说着，一面赶快收拾桌上的碟子，整理桌上的垫纸，忙忙乱乱，把几只碟子向桌子抽屉里一塞，把自己原坐的椅子向前挪了一挪，向行素点头笑道："请坐！请坐！"

行素看他这手忙脚乱的样子，不能再给他谦逊了，就很随便地坐下。惜时忙着把桌子弄清亮了，这才记得还没有和客倒茶，于是就拿了桌上的茶壶斟上一杯，不料刚才一人在这里发闷气，将一壶热茶喝去了十之八九，将壶提得高高的，壶嘴子里倒出来的水也只有一条线那样粗细，后来滴也滴的，滴了大半杯子，壶嘴子里呼呼直响，就一滴水也倒不出来了。那茶也不像以前热气腾腾，大概是凉透了心了，于是就提着茶壶，连叫了两声伙计泡茶。行素起了起身道："黄先生不要客气！我们都是客边人，随便就是了。"惜时将两手互相搓了两搓，笑道："我这就觉得随便极了，还不算随便吗？"说着，回身看了看，倒拖过来一把椅子塞在屁股后头，随着就坐了下去，两人相视，各淡笑了一笑。

惜时忙了一早，却不曾预备见面时首先说句什么话。惜时不说出来，行素却未便一句话也不说，即景生情地便问了一句道："黄先生这儿早上已经有一批客来拜访过了吗？"惜时一想她这话，一定是由于她看到桌上的剩茶空碟而言。若不承认，这空碟为何而设。因之随便地答应了一个"是"字。这是字刚一出口，又想不对，别的客来了，有糕点，何以到了白女士来了，连热茶也倒不出来一杯，这未免太不尊重女性了。这样一想，立刻在是字下又加了一句道："但是……不相干的朋友。"望了一望桌上，又道："他们来了就要闹、吃、喝、唱，什么都来，公寓里寄宿读书的，是不大方便的。"行素道："怎么样！黄先生打算要搬吗?”惜时道:“是……不……我也要看进什么学校再说呢!密斯白打算进哪个学校，决定了没有?”行素道:“我正是为了这事来见密斯脱黄的，你今天早晌空吗?若是……”惜时连忙说道:“有的是工夫，密斯白要我陪到哪里去?我们这就去吗?”行素道:“坐一会儿也不要紧的!登门来拜访，总应该谦逊几句的。”说着，抿嘴一笑。

在她这样不相干地一笑，惜时心里就为之一跳，心想她和我似乎更熟识许多了!由着说客气话到讨论学问，由讨论学问又到说俏皮话的时候了。循此下去，或者我们可以很随便地说笑了。你看她这样微微地一笑，含有多少美感在内。心里这样想着，这就对着行素连看了几眼，不料这一看，却让行素看出了破绽，说出一句可注意的话来。所说何话，下回交代。

第五回

奇遇难忘舄履交错
良图终就耳鬓厮磨

却说惜时尽管注意行素的面色，行素已有些知觉了，便道：“密斯脱黄，我想不到我们突然地做了朋友，你的感觉怎么样?”惜时一时理会不到她这句话是什么用意，望着她的脸色呆了一呆。行素笑道：“我想密斯脱黄的感想或有点儿不同，因为在乡下的时候，早就有我姐夫说要介绍，不是贸然而来的。”惜时道：“那么，据密斯白的意思，是介绍的好呢，是我们直接认成朋友的好呢?”说着这话，可就斜着目光去偷看她的颜色，她却是脸色正端端的没有一点儿笑容，心里一惊：莫非这话说错了?

恰好茶房来泡茶，惜时就借着给行素泡茶，背转了身去，将一杯茶放在桌子角上，然后又将桌上摆了的东西整理了一会儿，砚池移了一移，笔架上的笔也给它扶一扶正，桌上泼了一点儿水印，又找了一块旧抹布，将那些水渍细细地轻轻地擦抹了一番，擦得一点儿水渍都没有了。然后还偏着头，将眼光和桌面成了平行线，看一看水渍擦没有擦干，擦完了，又伸了头，对桌上吹了一吹灰。

行素在一边看到他那种搭讪的情形，知道他是无法转圜他的话锋，自己也没有法子说不必解释了。便道：“密斯脱黄，你就请坐吧！不必招待了，坐了一会儿，我们也就可以同去了。”惜时见她已把这话揭了过去，这才根据她这一句话，回转身来坐下。惜时道：“密斯白是初来，我就这样地简慢，心里真过意不去，我想找个地方请密斯白吃个便饭。”说着话时，伸了手，连搔了几下头发，目光也没有正对着行素的脸，只是现出踌躇的样子来。

行素只当是不知道，却笑道："以后我们也许是同学了，同学与同学之间，似乎是用不着怎样优待。"惜时道："那好极了！我就怕密斯白不愿意同学，能够同进一个学校，那自然是十分欢迎的了。"行素道："我并没有说不能进一个学校呀！就是同进一个学校，我也是这样地揣想着，因为……因为……"连说两个因为，自己倒先笑了，便道："我们讨论了许多次，志趣大概是相同的！那么，我所愿意进去读书的学校，密斯脱黄或者也能去。"惜时笑道："这话很对！譬如我所愿进的学校，密斯白当然也不至于反对的了。"

行素听了这句话，已是站起身来，到了桌子边，取过那茶来喝，在喝茶的时间，好像只是玩味这茶的滋味，惜时反言以明之的那一套话，竟会没有听见。慢慢地喝完了茶，慢慢地放下茶碗，却昂着头四周观望，笑道："公寓里有这样干净的屋子，很不容易，这是多少钱一个月的费用呢?"突然间一个话锋就转过来了。惜时道："有限得很！连伙食在内，不过二十块钱一个月罢了！再加上零用，我想每个月有四五十元，在北京足可以敷衍读书了。"行素道："那究竟也不算少，我们女学生若是能在学校里寄宿的话，半年也不过用五六十元。"惜时道："在南方我不知道公寓是这样杂乱，有了寄宿舍的学校，一定搬到寄宿舍里去，这个培本大学就是在学校里寄宿的，那么，我们就决定进这个学校吧!"

正说到这里，却听到隔壁屋子里邱九思咳嗽了两声，听他那种咳嗽声是非常沉闷的，似乎他是将头缩在棉被里面咳嗽出来的。惜时平时对于这种咳嗽，绝不会去注意，今天觉得这种咳嗽甚是蹊跷，虽然可以不理他，然而说的话，一定会让他听去了的，便很从容地对行素道："我这里真不足以招待贵客，现在我们就到学校里去看看吧!"行素也觉得主人陪客非常之窘，似乎有一种难言之隐，主人一再地说要走，自也不便久坐，于是站起来牵了一牵衣襟。惜时看这样子，是决定走的了，于是走出房去。一会儿，及至回来看时，只见行素背对了房门站着，左手拿了一面小粉镜，右手拿了一张粉纸，一下一下地在鼻子两边擦抹。她一听门响，立刻将粉镜收了藏到身上，笑道："密斯脱黄，还有什么事吗？现在我们可以去了！”惜时不知不觉之间，“好极了”三个字又脱口而出，但是说完之后自己已省悟时，已是来不及了。于是装出匆忙的样子，赶快地戴了帽子，自己先开了门闪到一边，让行素走出，然后二人一同出门来。行素道：“我知道的，这里过去不多远就是培本大学，我们走了去吧！”于是惜时略微退后了一步，在她右边走。

二人在路上走着，虽然还是很客气地谈话，然而路上行人，也不知怎么回事，总要把眼光射了过来。惜时往日在安庆城里，也偶然看到一对男女同走，觉得那种情侣令人非常欣羡，如今临到自己头上来了，也有人家来看，就非常得意，以为我也有这样一日，而且快是大学生了。行素忽然连叫了两声道：“密斯脱黄，到了！到了！你不是来过一次的吗?”惜时停了脚回头一看，果然把培本大学那一座洋楼走过头了，笑了一笑，转着身和行素一路走了进去。

先到号房里，取了章程一看，虽然学膳费多一点儿，然而有一桩好处，就是学校里除了正班之外，另设有补习班，不必考试，按着程度上课，功课补足了，随时可以升到正班去。惜时看了章程，左手托着，右手一指道：“哪！你看，这个办法很好的。”行素没说什么，笑着点了点头。号房道：“二位是报名的吗？外面就贴着一张布告，可以去看看。”二人走出来看时，那布告牌果然新贴了一张布告，大意说：“今岁因交通不便，南方士子未能于开学以前赶到北京，现在交通恢复，学生已到京，纷纷向本校要求补考，兹因诸生向学情殷，不忍拂其热忱，准于本月十五六七三日举行补考一次，当分别程度，插入各班。”惜时对这张布告仔细玩味了一番，因对行素道：“据这张布告看来，竟是考则必取，不过分别插班罢了，设若我们程度不够的话，一齐也可以送到补习班，那么，我们进这个学校是进定了。”行素因他再三再四地注重同学这一点，也不便跟着说，只是微笑而已。惜时见她抱着默许的态度，就同她一路去吃午饭，在小馆子里吃过饭，又一路照相，足足陪着乱了一天。

到了次日，又先到照相馆，代取了相片，亲自到双宅等候她，然后再一路去报名，有了这两天的忙乱，似乎彼此之间又去掉了许多客气，行动都随便得多了。不过报名的日子到考试的日子相隔只有三天，有些功课又不能不预备一点儿，因之回得公寓去，将房门掩上了，把所要预备的书都一齐搬到桌上来。平常不管那些不爱的功课倒也罢了，这会子一样一样拿起来翻一翻，都觉得太不纯熟，几乎有十分之七八是要从第一章第一节由前向后看的，翻了几页，正要向下看，又觉那一本得看看，看了那本，一回想刚看的书不大记得，再又回复转来看。

就这样把桌上几本书颠三倒四地翻弄着，心里正自这样烦恼着，隔壁的邱九思突然大喊一声道："思想起来，好不伤感人也！杨延辉，坐宫院，自思自叹！"就此向下唱起西皮慢板来了；这样一来，实在没有法子再看书，只得将书堆在桌上，坐在一边望了书发呆。邱九思将一段西皮慢板唱完，然后将板壁拍了两下，问道："密斯脱黄，不在家吗?"惜时正想劝他不要闹，便答应了一声。邱九思道："你这两天，大办其恋爱，忙得很啦！昨天晚上我们去开盘子，三宝还再三地问你哩！你这人未免太不念交情了，还是跟着我们这一条路走，容易达目的，不要发呆办恋爱吧！"

他一面说着，一面就走到这边屋子来，将门一推，先喝了一声道："好用功！堆了这一桌子的书。"惜时道："不必开玩笑，我也是临阵磨枪，没有法子，因为快要考试了。"九思道："你考哪个学校，怎么不声不响地就考上了?"说时，见墙上钉子上挂了一张培本大学的收条，便笑道："原来是考培本大学，不成问题！"惜时道："怎么不成问题?听说题目都出得很难呢！"邱九思道："这个你有所不知，他那个学校注重的是英文，只要英文考上了，其余就好办，而且题目一方面，这是补考，未曾不可以想法，这件事你拜托我就是了。"说时，他两手插在胁下的插兜里，左脚站定，右脚提起，在地上一点，自己打了一个旋转，表示他那种毫不在乎而又得意的样子。惜时道："现在考大学都很严厉了！要弄题目出来，那恐怕不容易吧！"邱九思两手依然插在兜里，将浑身摆动了两下道："那你就不用管，倘若是我帮得了忙，你……"惜时连忙道："那我一定重重相谢，不过有个条件，若是可以设法的话，东西就要弄两份，因为除了我之外，还有一个同乡，希望能取，自然我是一并重重相谢。"九思道："要两份，就是要二十份也可以，谈到相谢一层，笑话，我们这样的同乡，还谈什么谢不谢，不过前途方面，我得请人家吃一餐小馆子。”惜时道：“这更不成问题了，是哪一天呢？我请他，并请你作陪。”

九思突然将面孔摆正，微微摆了一摆头道：“那不好，你想：我去请他吃一餐饭，不过是朋友关系，不拘什么形迹，若是你出面来请，这倒成了实行贿赂，太不像话；而且彼此见面，都难为情。”惜时道：“这话对，我就一切仰仗你办了。”说着，和他拱了一拱手。邱九思道：“今天下午没事，我可以替你跑一趟，学校里是不好说话的，我一定把他拉到小馆子里去，给他灌上几杯酒，不怕他不答应。”说着话，抬头看了一看窗外的日光，向着天上沉吟着道：“这大概也就该去了！吃饭是哪家馆子好呢？当然不能太随便了。”他一个人，尽管这样地沉吟和自言自语，却不看惜时，也不提就走。惜时在身上掏出十元钞票，笑着交给他道：“这些够不够请客呢？若是不够，请暂为垫下，我一齐照补。”九思接了钞票一看，笑道：“十块！够了，密斯脱黄，你这人很干脆，说办就办，这种人我就很欢喜。本来我们要办一件事，当然望它早有结果，要花钱的地方，迟了不但省不了，也许多花出来，反正是花钱，何必不痛快一点儿，你究竟是看得透的。”说着，在身上掏出一只破得像龟板似的皮夹，把这十元钞票装起来了，向身上一揣，又牵了一牵衣服，笑道：“我这就去，绝不误事，你要买什么东西？我走大街上过，可以顺便给你带来。”惜时说是无甚东西可买，他笑嘻嘻地走了。

这一天，他忙了一天未回，约莫晚上一点钟才回公寓。惜时早已睡觉了，听到了他进房，要问一声经过如何，又怕这话让第三者听去了更是不便，这样夜深，就是知道了，也办不出什么事来，不如等到明天清早再说。因之，置之未理，直到次日早起，隔了板壁叫他，却未答应，茶房在门外答应，说是邱先生一早就出门去了。惜时心想：他没有起过这样的早，当然是为我的事，替我办去了，这种人虽然浪漫，但是替朋友做起事来却也极是热心，倒有一层可取哩。

他这样忖度，果然不错，到了十二点钟，只见邱九思满头是汗地由外面跑了进来，手里拿了一条手绢，只管擦额头上的汗，一路走进来，拿了帽子，就向惜时连拱几下手道：“大功告成！大功告成！”拖了惜时一只手，对着他耳朵唧唧哝哝说上了一段。惜时觉得他这办法倒也很周到，无论如何是不会交白卷的。连日预备的功课从此可以不管，真个如释重负。自己心里先想着，这种办法总不很正大，行素未必同意，及至和她提起，她只笑着说：“可别弄出破绽来!”却没有表示不接受，自然是默认的了。

到了考试的这一天，惜时起了一个绝早，将笔墨预备妥当，用纸包着，拿在手里，站在大门口等候，远远望见行素来了，连忙笑嘻嘻迎上前，马上雇了车，二人一同到培本大学去。到了学校门口时，只见赴考的学生，男男女女陆陆续续向学校里进去，到了重门下，旁边广告牌上，贴着大字布告：在楼上第一第二理化讲堂考试。惜时让行素在前走，所有她的笔墨文具都代为拿了，紧随在后面，上得楼来，只见站了满楼廊子的人，因为课堂门还没有开，大家都在廊子上等着。天下人都是这样，有男女共同前往的地方，大家的眼光都会射在女子身上，更会射在最漂亮的一个女子身上。

惜时虽然有个女性同来，然而有旁的女性在一处，也禁不住不看。他看见前面几尺路远有个瓜子脸的女郎，穿了一件枣红色长长的旗袍，长长地直拖到脚背上。她穿了一双高跟鞋，配着那细细的腰身，正显出她那一份新式美人的态度来，她的头发一层一层用热火剪烫着，堆云也似的，蓬松在头上，似乎清理着又未曾清理的样子，更是妩媚，若不是她手上也带了一份文具，决计猜不到她是一个学生。然而唯其是她的样子不像学生，这就更可注意了。

就在这时，学校有个职员站在人丛里对大家说道：“诸位先生，我有一件事报告：就是职员写的两张分堂考试的花名表已经遗失了！一刻儿补写不及，好在这两个教室是紧连着隔壁的，桌上写有各位的名字，请大家自己去找吧!”说时，他便拿了钥匙打开两间教室，与考的人听了这一番话，大家就像一群出笼的蜂子一般，分着两股向第一第二两理化教室挤了进去。惜时和行素两人先到第二教室，将座位上找了一个遍，并没有找到自己的位子；于是又走了出来，再向第一教室去，行素走到楼廊子上，便笑对惜时道：“劳你的驾！代我找一找吧！我脑袋都转昏了。”惜时连说：“可以可以。”便转进第一室去。

当他正要挤进去时，恰好那位穿枣红衣服的女郎也由第二教室走过来，刚要走进这门，二人不先不后，在这进门的地方肩膀碰了个正着。惜时自己觉得这事冒昧一点儿，连忙向后退了一步，当他退的时候，她却回转头来看了一看，脸上竟是和颜悦色的一点儿怒容也没有。这分明是她并不以无故这一碰有碍于她的尊严，心里不知何故，得着了十分的安慰。可是在他这样一沉思之间，那个时髦小姐她已经走进教室，在乱哄哄人群里四处寻着座位。

惜时走了进来，不知不觉之间，也就跟在她后面，四处地寻座位。原来这理化教室和平常的教室不同，乃是一层座位比一层座位高出几寸来的，脚下便是一层一层阶级。惜时只管找位子，由上而下，脚是乱放，当他一次将脚向下放的时候，恰好这位时髦小姐走尽了头，由下而上，一上一下，两个人又打了一个照面，惜时的目光都在人家脸上了，那脚不偏不倚一下正踏在她的脚上。她穿的是米色两截高跟皮鞋、肉红色高腰丝袜子，惜时这一脚，把一个漆黑的脚印印在人家这浅淡美艳的鞋袜上，实在碍眼！当时低头一看，不觉得哎呀了一声，满脸通红地对着她微微一鞠躬道："这怎么好！实在对不住。"说着一弯腰，手里拿了白手绢，恨不得给人家把这灰印掸掉了去才好。

猛然省悟，周围一看，无数只眼睛环绕着呢，怎能容人给异性去掸丝袜子上的灰，心里一叫惭愧，这脸上的颜色就更红了。站在路头发了愣，竟不知如何是好。可是这位女士究竟是个犯而不校的人，她一看到惜时为了一脚之过羞得无地自容，倒反替人家难为情，连道："不要紧的！不要紧的！快出题目了，你去找你的位子吧！"惜时见她不但不怪，反而叫自己去找位子，这个人太好了，不由得就和她笑着点了一点头。在他这一点头之间，便有一阵香味迎面而起扑进鼻端，再一看那女子，她盈盈一笑地走开了。

惜时站在这里，半天作声不得，也不知道这就是考场，更也忘了找位子了，还是行素走了进来，走到身边问道："位子找着了没有？快要出题目了。"惜时哦了一声，就四处张望，行素一手按了桌子，也在寻找，忽然低头一看，笑道："位子不是在这里，你还上哪儿找去？"惜时一看，果然是的，就笑着在身边桌子上坐下，于是检开笔墨，就等着出题目。

这个时候，监考的先生已经分布在考场四周，回头望是人，抬头望也是人，前后都有眼睛照顾着，要说作弊，那是不可能的了！讲台上站着一个穿礼服的外国人，随后又跟着一个穿长袍马褂的中国先生，他们当中而立。然后那位中国先生将两手背在身后，目光向四周一扫，将脚点了两点，身子向上冲了两冲，又咳嗽两声，才道："我们的题目，出的是两个，一个是'墨子兼爱与西哲博爱有无分别'，一个是'国学经验谈'。其先一个，比较难一点；第二个，就是你们懂得什么就谈什么，这更容易着笔了。"说毕，早有两个校役进门，按着座位散题目和卷子。

惜时卷子一到手，连忙将另纸油印的题目一看，可不是和自己草稿上写的字竟是一模一样。回转头向行素笑了一笑，她也笑了，原来二人的座位恰是联号，坐在一排呢。惜时拿了一张白纸放在卷子上，沉吟了一会儿，然后将笔在上面，随写了几行字，及至写了小半篇，然后一移东西，将这张稿子落到怀里来。那稿子在怀里，用左手捏了一团，右手却一伸手在袋里掏出一张稿子，代替着放在原来放稿子的地方，回头看行素时，也换了一张草稿了。这两张草稿都写得满满的字，不用再打草稿了，拿了卷子，照着草稿直抄就是。别个桌子上人家草稿还未做完，惜时和行素都将卷子誊清了。外国人见着他们坐在位上无事，知道他是把卷子做完了，便亲自走来收卷，将两本卷子拿到手里，看看都是做的第一题，而且字数很多，便向卷子点了点头，然后对惜时道："你们二位可以出去休息休息！考英文的时候再进场吧！"于是二人放下笔墨，走出场来。行素伏在楼栏杆上，笑道："一点儿马脚没露！这样看起来，也就不算怎样严厉了！"

惜时也伏在楼栏杆上，向楼下闲眺着，正待答话，只见一丛矮树里钻出一个人，正是邱九思。他向楼上一望，行了个举手礼，张了大嘴一下，表示问话，复向树下一指。惜时大喜，连忙跑下楼来，九思一把将他拉着，拉到树底下，低声问道："怎么样？题目完全对吗？"惜时笑着点了点头道："完全对！谢谢。"邱九思低声道："英文题目可不容易，一篇英翻汉，是英国名家小说的一段，一篇汉翻英，是庄子秋水篇。这要我来，再读三年英文，也许赶不上！"惜时听了，搔了一搔头发道："普通些的英文，我还可以对付，像……"邱九思在身上一掏，掏出两张英文稿子来，向上一举，在惜时脸上碰了一碰，笑道："这是什么？我替朋友办事，决不会耽误的，再下一场，考英文作文，原地方相会，别再谈话，省得别人注意。"说着，先抽身走了。

惜时一个人站在树下先看了一番，然后上楼来，私下递了一张稿子分给行素，到了打上堂钟的时候，就笑嘻嘻地上堂去了。这样考了一天，都是很顺利的。第二天考的是些历史地理理化，马马虎虎也就过去了。在考完之后，邱九思给了他一个消息，说是探定了消息，已经不成问题，都可以取了。惜时听了这个话，自然是一喜，不过想到那个时髦的女郎，不知道是不是也在这学校里。可惜当时离着她的座位远，没法打听，若是她也考取了这个学校，那就更有味了！

当天邱九思看见他那欢喜的样子，便用手指着鼻子道："老乡，你看我怎么样？姓邱的总算够朋友吧！现在我还不要你谢我，等到榜贴出来了，你安了心了，然后我再扰上你一顿。"惜时道："那一定可以，我还要大大地请你一顿呢！"邱九思笑道："倒用不着你大请，只要你把那位女朋友介绍着和我们见一见面就行了！我说呢，你怎么那样对朋友上劲儿，原来如此，但不知道你们朋友的程度到了怎样程度。若是还要进攻的话，我告诉你一个绝妙的主意，这培本大学在讲堂上的座子是不分男女按着纳款前后定次序的，设若你愿意和那位女朋友坐在一起的话，你就跟着她一路去缴款。不过缴款定座位还有一点最可注意的就是要打听，已经是定在哪一排哪一个位子了。若是这一排只剩一个位子，那么，两个人同时缴款，势必一个人坐在前排，一个人坐在后排，联号而不联座，那就没有什么意思了。"惜时听了这话，也只微笑了一笑，却没有怎样去答复他，但是他心里头倒觉得这个法子实在是妙，果然当学生也不能不找一个老手指导。

静等了两天，榜已经发出来了，惜时行素都取得很高，在一班读书，心里这实在无事了。每日只是在外面游览那些名胜，约好了行素同时到学校里去缴款，当二人到会计课缴款的时候，那会计先生望了一望行素，便道："我们这里的章程。教室里的座位是按着缴款次序推定的，但是今年有些女生要求，另在前排单设几个位子，把原来的次序向下推，你要不要坐在前面去呢？"惜时万不料学校又定了这样一个优待女生的新章，自己又不能代人家说话，望着墙上的月份牌，很随便地低声道：“其实太近了也不好！”行素便笑道：“一个教室有多大？前后没有多大的关系。”会计先生道：“不然。设若眼睛近视的话，还是坐在前面的好，看黑板看得清楚。”惜时道：“你怎么知道我们近视。”会计先生一想，笑起来道：“对不住！我不知道二位是同来的，要不然，我又何必多此一问呢？你们二位座位是刚好，是靠着墙两个座位呢！”行素一听这话，也忍不住要笑，但这一笑没有笑出来，自己已经感觉到笑不得，立刻将上牙微微咬了下嘴唇，到底把笑忍住。惜时对于这件事，只当是毫无用心，也并不再提一字。

他们本是补考的，学校已经上课多时了，缴款三天之后，二人都来上学。他们二人常在第七教室上课的时候为最多。在这个教室里的座位，行素坐在靠墙的一个位子上，惜时是第二个位子，位子外便是人行道。这一行座位原来是两座的，行素若是后到，还得惜时站了起来，她才好坐下去。在其余的教室里，两个人的位子自然也是联号。

惜时自从认识行素以来，虽然常见面，然而行素大大方方的，像男子和男子交朋友一般，谈不到什么亲密。现在两人却是紧紧地靠住坐着，行素那细白的脖子和手臂、脖子上那细如游丝的短发都看得清清楚楚了，尤其是她身上发出来的一种衣香，只在有意无意之间，偶然闻到一阵，令人有一种不可言喻的美感。她写字是不大用毛笔的，衣襟第二、三个纽扣之间，总挂着一管自来水笔，要写时便取下来写。惜时正坐在她左边，她右手拿了自来水笔在纸上写，脸向左边偏过来，惜时虽然不敢向她正视，然而随便一转眼，就可以见她微饰白粉的脸，尤其是她那伏在桌上的左手，整个儿放在眼前，通红的血色由细嫩的指甲里印透出来，好看极了！每看到出神的时候，心想若是没有许多同学在座的话，我一定拿起她的手狂吻一顿，想到了狂吻，禁不住头向前一伸，真要狂吻起来。可是第二个感觉立刻告诉他，这是使不得的，于是就向桌上吹了一吹灰，把一伸头的动作遮掩过去了。

不过这种鲁莽的动作可以强自抑制，有些令人不经意的小动作可就遮掩不住，譬如老是偏转头来和并不听讲，只管想心事之处，都在行素感觉之间。行素对于他这态度似乎是司空见惯的样子，并不去理会。这学校里，行素和惜时是同来的，惜时没有一个朋友，行素也没有一个朋友，在休息的时候，行素没有人可以谈话，还是和惜时谈。他们是大学预科第一年级的丙班，同班中的女生，连行素在内，只有七个人，那六个女生，偶然和行素还谈一两句话，然而为了相知日浅，不能做长谈，所以无论上课或休息，总是和惜时在一处谈话。彼此日日见面，时时谈话，这感情自然也在无形中格外浓厚起来。

下课的时候，那是不成问题的，总由惜时伴着行素走到公寓门口，直让行素雇了人力车回家，惜时才走进公寓去。当上课的时候呢？惜时就夹了讲义夹子，站在大门口静候。第一二天，行素以为事出偶然，是无意中遇到的，后来每日如此，行素知道他是故意在此等候的，设若来晚了，让人久在门口等候，这未免心里过不去；因之，往日在家里要洗脸，喝完茶，然后从从容容动身的，现在却提前了十几分钟，早些地过来，惜时果然在门口少等许多时候。有一天行素来得过早了，惜时还没有出来，行素索性到公寓里面来邀他，在她这一邀，也无非是情理上有点儿过不去，并没有含着什么深意。可是惜时这却得了一个老大的证据，知道她我之间，友谊无形中进了一步！似乎她有点儿离不开我，那么，我是乐得追随的了。

这样子的同来上学、联案读书，约莫有半月之久，又刮了一天大风，在大风之下，行素虽然是坐着车子来的，但是到了公寓门口，不见惜时在门口等候，依然下车，进来邀他。惜时在屋子里一听到房门外有高跟皮鞋声，连忙将门一推，伸出头来，笑道："请进！请进！"行素一进来，惜时就抢着将她的讲义接过，笑道："这大的风！密斯白还上学，真用功呀！我是没有打算你会出门的呢！"行素笑道："这样说，密斯脱黄是不出门的了！"惜时道："这样大风！有宝也不抢呢！"行素昂头想了一想，笑道："这话不然，有很不值一顾的事你也肯去吗？"这句平淡的话，说出来果然不值什么，但二人爱情之更加浓厚，却得了一个铁证。若知道铁证如何，下回交代。

第六回

楮墨为劳以书代舌
海天不老借月通辞

却说行素指明惜时有一件不值一顾的事，也肯冒着风出去，惜时道：“这话诚然吗？请密斯白给我一个证据。”行素微笑道：“不用我说，你仔细想想看，这种事不应该不记得吧！”说着，眼珠一转。惜时笑道：“哦！记起来了！当我初到北京的时候，有一天刮风，我冒着风到双宅去拜访过密斯白的，您莫不是指这一件事？”行素笑道：“对了！访朋友的事难道还会重似读书，还会重似抢宝吗？”惜时道：“那可不一定，有一种朋友，若是去拜访他，比世界上一切的事都要赛过去的，我说是这样说了，不知道密斯白可相信？”

行素搭讪着将讲义夹子在桌上摊开，一份一份地清理了一会儿，然后将手表看了一看，便道：“密斯脱黄，你去不去呢？只差十五分钟就要上课了，你若是不去……”惜时道：“既是你去，我也陪你去上课吧！省得你一个人很寂寞的。”行素道：“上课就光是顾着上课，无所谓热闹，也无所谓寂寞。”惜时道：“在课堂上是不寂寞的，下了课休息的时候，以及在路上来往走的时候，若只是一个人，恐怕也有点儿寂寞，我知道许多同学和你静默的态度不同，你也不会让他们接近你的。”行素摇着头，微笑道：“也不见得……这种不相干的问题，有什么讨论的价值，你还是赶快拿了东西走吧！你若是不走，我一个人就要先走了。”说着，就走了一步，手扶着门。惜时笑道：“走！走！我陪着你一块儿走！”匆匆地戴了帽子，就陪了行素一路上学去。

这天大风，果然除了住堂的学生而外，走学的，只有行素和惜时两个人来了。恰好这日上午的三堂课是两个名教授教的，他们照例是十点钟到五点钟，今天这样大的风，他们正好请假，但是为了大风请假，这个请假条子似乎也不好公布出来。因此，学校里只含糊其事，也不说来，也不说不来，上课的学生都坐在课堂上讲闲话。惜时和行素坐在一排，彼此翻了一翻讲义，觉得无事可做，还是闲谈。

行素笑道："还是偷一点儿懒的好，若是在家里的话，还可以找些别的书看看，现在坐在这里静候着，是多么无聊！"惜时道："既是无聊，我们就回去得了。"说着，在讲义里抽出一张方纸块，用铅笔写了几个字道："请到敝寓去谈谈如何？"将纸向行素面前一推，望着她一笑。行素接过纸块和铅笔，在旁边添了一行字道："要谈话，此地也可谈，何必到贵寓去？"于是将铅笔压在纸块上，用手压着纸和笔，向惜时的桌子上推了去，推过来，她可不向惜时望着，自己低了头只管去翻讲义看。惜时一看纸块，笑着点了一点头，又拿铅笔写道："您的话对了，但是我并非光请你去谈话，你可以在我那里吃一餐便饭，也不多添菜，拣你可口的做。"字写毕，这回不像以前那样在桌上推移了，一手拿着纸的上端，一手拿着纸的下端，将那张纸牵直，向行素照了一照。

行素抿了嘴一笑，望着纸又摇了一摇头。惜时将纸放下，笑道："请不动吗，还是客气呢？"行素依然摇着头道："也不是客气！也不是你请不动！今天我家里有一点儿事情。"惜时道："有一点儿什么事情？人生大事莫过于吃饭，一点儿事情，恐怕还不能大过于吃饭吧！"行素道："你何必一定要请我吃饭！我们的交情不应当建筑在吃饭上。"她刚说完了这一句话，自己觉得失态了，但是要更正，已是来不及。便拿过了那纸块和铅笔，自己只管一阵乱画，低了头却不肯去看惜时。惜时笑道："去也有个答复！不去也有个答复！怎么不理我呢？"行素依然画着字道："我怎么没有答复！我不是已经答复了，说是有点儿事吗？"惜时笑道："不赏面子，我也没有法子，只好听便了。"

行素将手上写的纸片一推，笑道："你说了这句话，我倒不能不去了。我问你，你预备了些什么菜？"惜时道："你愿吃公寓里的菜，我可以叫公寓里的厨子做。你不愿吃公寓里厨子做的，我可以到胡同口上馆子里叫来，我自己是不会做厨子，叫我预备，我是预备不来的。"行素道：“我并不是说要你预备，不过问你打算给我什么菜就是了。”惜时道：“我很惭愧！我们交朋友这久了，我还不知道你喜吃什么东西。这样吧！你马上就和我一路到公寓里去，我们先商量商量怎样的吃法。”行素笑道：“倒好！你这是得一步进一步了！”但是她虽然这样说着，已是收拾东西，站立起来，惜时当然也不必再说什么，跟了站起。于是二人一同走出课堂，向公寓里来。

走出大门，那风夹着黑沙迎面吹来，兀自未息，行素走出大门，身子又向后一缩，藏到大门洞里去，笑道：“这样大的风，连人都要吹倒，在学校里多待一会子吧！”惜时道：“我又要驳你了，来不怕风，为什么回去怕风，而且就是怕风，你也不能在学校里躲一辈子，今天总是要回去的；既是要回去……”行素对他一笑，又走了出来，看着有人力车停在一边，向车子招了招手，人力车夫拖了好几辆车子过来，将他二人包围着。惜时连忙掏出钱来，说了地点，分给了两个车夫的钱，然后才坐上车去。行素在车上笑着和他点了点头，意思是很佩服他的机灵，惜时也就忍不住笑了。惜时最喜欢的是她这种微笑，在这种微笑里面，可以给人一种无限的愉快。因之很喜欢逗她笑，也很喜欢她笑了之后，故意装出一种似生气而并非生气的样子。

两乘车子到了公寓里，惜时抢进去开了房门，吩咐伙计打一盆洗脸水上来，于是取了一条不曾用的新毛巾，覆在脸盆上，更取了一瓶雪花膏、一块未曾用的新胰子一齐放在脸盆边的一张茶几上。这还怕不足，又拿了一瓶花露水来，向着洗脸盆洒下了一阵，然后向行素一点头道：“请洗一把脸。”行素笑道：“洗脸是用得着的，但是你何必用上许多新东西。”惜时道：“男子用过的东西，小姐们总是嫌它不干净的，所以我不要客先说，自己就先预备起来。”行素点了点头道：“男朋友对于女朋友都是这样想得周到的，其实也是掩耳盗铃。譬方这洗脸一事而论吧，手巾换了，脸盆可没有换，胰子换了，花露水可是用过的……”惜时不等说完，哈哈笑了起来，便道：“若是这样说，做主人的可就不好伺候了。屋子是男子到过的，女子不能来，大街是男子走过的，女子也不能经过，那么，男女这道鸿沟未免太深。交朋友又何从谈起哩！”行素笑道：“这样说，你也就明白了。所以我……”这个我字下，自己似乎不好去继续着说，便对着惜时一笑了事。惜时想待追问一句，行素已经避到一边去洗脸。一个岔便扯开了。

行素洗完了脸，一见桌上摆着雪花膏瓶子，很不经意地拿了起来，将那瓶子转着，看那四周的花纹和商标，因道："你这雪花膏不是平常的东西呀！何以买这样好的？"惜时笑道："你何妨试上一试。"行素就用指头拓了一点儿在手心里，惜时一见，连忙将自己用的一面大镜子，由墙壁上取了下来，赶紧放到桌上。行素对着镜子，弯了腰，两手向脸上搽抹，因笑道："这面镜子是二尺多的，而且又是圆形，这是小姐们房里用的，你为什么也用？而且这雪花膏尤其不是你们所应用的。"惜时道："秋天来了，要擦一点儿雪花膏润润皮肤，其实我也是留着备而不用的。不信，你看这一瓶子，我用过多少了？"

行素笑着坐下来，先斜对了惜时，然后又偏过去正坐着，摸了一摸头发，又牵了一牵衣襟，这才道："你不是请我来吃饭的吗？怎么不说话。"惜时道："我怎么不说话，因为你不说话，所以我也不说话。其实不说话也等于说了话，因为我们是尽在不言中呀！"行素听他这话，脸上似乎有点儿难为情，抿嘴一笑，又随着谈下去，因道："时候也不早了，你既然请我吃饭，可以预备菜了。"惜时连忙叫了伙计来，草草地开了一张菜单子给他，并没有吩咐到外面馆子里去做，自然是公寓里厨房代办了。公寓里办菜，比馆子里慢得多。行素十一点钟来的，到了一点钟，伙计才将菜饭送了来。惜时陪着行素吃过了饭，不觉便是一点多钟，重新让伙计泡壶好茶来喝。

听到账房里的挂钟当当敲过两下声了，惜时将自己桌上放的一份报纸无意展了一展，笑道："今天几家电影都不错，看看电影去吧！"行素却不理会他说什么，对天上看了一看，很不经意的样子，便问道："现在风怎么样？"惜时却未曾留意她这一句话有什么用意，便道："哪有这样子快息风，还大着啦！"行素笑道："这就不怕风了，这事大概比上课还要重一点儿吧！"惜时不觉笑了起来，站起身一拍手道："这真是我所不料的事情！我只随便说了一句大风不上课，现在弄得处处作茧自缚起来，我好悔这句话不该说了。"行素道："你看了广告说电影好，究竟是哪家电影好？"惜时就把所有今天开演的电影名字一一都说了。行素道："时间未免太早了吧！"惜时道："坐到开演的时候再走，又并不是马上就去呀！"行素道："我也要回家了。"惜时道："我知道，你又要说家里有事了。但是今天你若上课怎么办？也不上课，先回家去吗？"这句话把行素问倒了，她又只笑了一笑，不再向下说。男女二人谈话，是最不觉到时间混过去的。行素让他留着，到底是等到三点钟上电影院去了。

看过电影之后再走出来，已是满街灯火了。惜时道："你回家路不近，吃了晚饭，再回去吧！"行素道："这样说，我们简直可以老不分开了。"她这句话最后三个字，似乎又感到不妥，极力想不说出来，但是不等她说出来，可吞不回去，因此只把那三个字发出来的声音低到极点，让人听不出来。接上她也就高着声音向街上大叫洋车，有辆人力车来了，行素草草地说好了价钱，就坐上车去，回转头说了一声"明天见！"车子已经拉得老远去了。

惜时觉得二人认识之后，除了在火车上经过这样长时间的聚会而外，今天是第二次了。她今天说话，每次感到太露骨，往往中止过去，这正是她真情的流露，可以看出她相对不是木然无动于衷的了。这可以知道一个人对于一件事情，只要肯去努力，事情没有不能成功的。这样一想，欢喜极了，自己忘了自己是站在大风里头，两手插在衣袋里，只管玩味那爱情的滋味。一阵风来，卷着有四五尺高的黑土，一直扑入他的眼睛，这才把他的思索力打断，想起了这应该回公寓了。

到了公寓里以后，回想这一日爱情的经过，真个可以把一切事都淡下来。静静地躺在床上，把今日的事追溯既往，又把今日的事推测将来，人都想糊涂了。忽然自己板壁有人拍着喊道："老黄，你今天招待一天的客很忙呀！我总算够交情的吧，并没有进来打搅你。"惜时一听是邱九思喊，便道："我也没有看见你们呢！下午到哪里去了？"邱九思走了过来道："我们刚开了两个盘子回来，你若是愿意去看看那个三宝的话，我还可以陪你去一趟，现在还不过是十点钟。"惜时原不曾起身，只斜躺在床上和邱九思说话。一听到这句话，突然向上站了起来道："什么？已经是十点钟了，我还没有吃晚饭哩！"邱九思道："你什么时候回来的？"惜时道："我八点钟回来的，回来之后，我就在床上躺着。我没想到公寓里开过了饭，也没有叫他们开饭。”邱九思道：“你为什么躺着不动，不叫伙计开饭。”惜时笑道：“我想功课想出了神了。”

邱九思将右手伸出来，中指和大指捏紧，啪的一声，向着惜时的脸弹了一下，笑道：“你别和我耍滑头了！你以为你的事情我不知道呢？你那人儿，我在壁缝里张望得很清楚，真不错呀！我最满意的就是那种温和的态度，你能不能实行介绍一下？有话在先，我们只是希望做朋友。”惜时道：“自然是不过做朋友而已。就是我们也不过是同学的关系，比较熟识一点儿，连朋友两个字恐怕都有些勉强。”邱九思道：“真的吗？我就要……”说着，他一脚独立，一脚悬起一点儿，又用那老法打个旋转。惜时笑道：“当然，我和她的朋友交情比泛泛之交又深一层，然而这总是一件抽象的事，你要问已经深到什么程度，这又把什么来证明？”邱九思道：“怎么不好证明，你可以陪她吃饭，而我们不能，这就是证据了。你非介绍给我谈一谈不可，不然，我就要捣乱的。”惜时对于他这种要求并不讨厌，倒很认为得意，只是嘻嘻地笑着。

等着邱九思回房去了，一个人坐在灯下，兀自想着这日一天的经过。想了一遍，倒埋怨自己无用，有许多话可以说着试试的，为什么不向她露一点儿口风？明天有了机会，我一定要问上她一问，不过每次预备着许多话，到见着她的时候，总会说不出口，也不解何故这样地无勇气。有了，我不如写一封信给她，在纸面上说得露骨一点儿，她纵然生气，我不在她当面，并不至于难为情的！而且看她那情形也绝不会予我以难堪的。这样一想就对了，马上拿了纸笔，就在灯下写起信来。可是这一提笔，写了行素学姊四个字，马上就感觉不对。其一：行素的年纪并不比自己大；其二：这是很普通的称呼，照着自己和她的交情而论不该如此。于是把姊字改个妹字，但是以妹称人，未免又过分亲热了。干脆，就写行素两个字吧！这样写，她当作亲或疏看均无不可的。这个问题解决了，接着便写了以往的认识和最近的交谊，足足写了一千多字。写毕，自己一想：这未免无意味吧！过去的意思彼此都明白，又何必说上一套。于是把这信撕了，重新写来，这信上不提以往的事了，只是说自己对于她如何倾倒，希望更做进一步的交情。

把这信写完，自己一念，又发生了疑问。进一步的交情，这话何所指呢？设若她问起来，自己怎样去回答她？又不像别个同学可以闪躲闪躲，自己和她是并案而坐的，还是要不得。于是把这信又撕掉了，接连撕了两封信，这就有点儿倦意了，于是捧了手胳膊，斜靠在椅子上，呆呆望了电灯，想着怎样措辞。忽然将手一拍桌子，有了主意了，于是展了信纸，提笔写了起来。那信道：

行素：

我们是极熟而又极相知的朋友了，而且我们每日有几小时在一处盘旋，照理说：我用不着写信来告诉你什么话了。然而我自己也不知道什么缘故，有一肚子的话要对你说。不料一见面之后，却一句也说不出来，这不是可怪吗？因此我想着：不用我这讷于言的勉强来说了，我还是写信来告诉你吧！于是我就写这封信给你，然而我这封信，是第三次稿了，在这一封信之前，我曾写了两遍，写完之后，我总觉把我的话虽然很爽快地说了，仔细研究一番，不大妥当，就把它撕了，所以你现在接着我的信，依然不能看到我所要说的话。既然我所说的话无法告诉你，我又何必再写这信呢？这也无他。不过让你知道我有一肚私情未能发泄罢了。行素，你要知道我是最崇拜你的，最信仰你的，还是那句话，我们是尽在不言中了。然而你若愿意我把我的肺腑之言说出来的话，我就老老实实写出来告诉你。你意如何呢？行素，请你不客气，回我一个信吧！

你忠实的朋友黄惜时拜上

他将这封信写完，自己从头至尾看了一遍，觉得在不露骨之中，恰是有一点儿露骨。像她那样一个聪明人，一看之下，岂有不明白之理？她若是有意，一定会回我一封信，纵然是不高兴，我又没说什么不可听的话，谅她也不能奈我何！自己揣想了一番，觉得不错，于是用一个粉色的洋式小信封将信纸封了，然后在上面写了一行字道：行素学姊玉展。一齐预备好了，揣在衣袋里。

到了次日早晌上课的时候，行素正在公寓门口遇着，惜时先笑道："昨天回去晚一点了，耽误了什么事没有?"行素随便答道："没有什么事。"惜时道："好哇！没有什么事，你为什么一再地要回家呢?"行素掏出手绢，将嘴握着笑了一笑，然后微微一跳，跑上前两步，意思是不和他并肩而行了。惜时道："无论怎样，以后我不相信你的话了。"行素听了这话，刚一回头，惜时道："哦哦！我说错了，让我解释一下，我的意思就是说以后我要请你的时候，无论你怎样推辞，我是不承认的。至于平常正式谈话，你可是没有撒过谎。"行素将眼光向他一溜，嘴一撇，依然回过头去在前面走，可没有再置可否。惜时也是一笑，心想看她这种样子是多么相熟的程度，那么，像我这信上所说的话，未必她就会有什么反应。

心里想着，不觉一伸手就把那封信掏了出来，拿在手掌心里看了一看，正想着如何递给她，她一回头，连忙将手向袋里一揣，因看她似乎注意这一揣，便道："昨天看电影的戏票还在手上呢！我的衣服袋里是什么东西都积蓄得下来的。"这样说着，行素只笑了一笑，未曾加以诘问，总算是过去了。到了学校，一同上课。惜时就不住地计划着：这信要出以怎样的方式方可以递过去。俄延又俄延，这封信始终是揣在袋里，一直到了下课了，惜时才笑对她道："请你稍缓片刻再走。"行素低声笑道："今天可不能再奉陪！我该看看功课了。"惜时笑道："并不请你去玩!"说着，走下席来，将那封信掏出来，放在桌上，用一只巴掌掩着道："我有一封信，请你带回去。"说毕，将手一放，就先走开了。

走到课堂的时候，一回头，见她已经拿着那信向讲义夹里面一夹，心里这就想着，不知道看与不看。当然的，天天见面的人，什么话也可以当面说，而今当面不谈，倒送一封信来，这里面一定有不可告人之语，既是有不可告人之语，知道她愿看不愿看呢？不过就是有不可告人之语，反正是她一个人，她就看个滚瓜烂熟，又有谁知道，我想看是一定会看的。至于看后取何种态度，却不可而知。若是她不高兴的话，每日坐在一处，这个局势可就僵极了。不过照最近二人交情而论，她也绝不会因为一封信就变更态度的，若是不冒这个险，这一点儿心事又怎样能够达到她面前去。她乐意，自然是好事从天降，她纵然不乐意，我得了一个结果，我也可以定一个新办法。如此说来，这封信不但写得并不冒昧，而且是应该写的了。他心里就是这样想着，由学校想到公寓，在公寓里白天想到晚上，时时刻刻，自己只管出了疑难的问题来盘问自己。

又不觉到了次日，他心想今天且慢出去，只管在家里坐着守，设若她肯来邀我一同上学，那么，自然是毫无芥蒂，信就不成问题了。这样想着，于是便在屋子里静候，今天恰是有些怪，慢慢等到八点半钟，她依然未来。照着往常的情形说，她已然早到了学校里，且到学校里去碰她吧，恐怕她是不高兴了。虽然往常她也有不进公寓来邀我的时候，然而那总是有原因的。不过在反一面看，也许是她以为接了信又来相邀，可着了痕迹，所以不好意思来。这样一想，于是又迷惑起来。不过事到现在，已有骑虎难下之势，只有上前，没有中止之理。不管如何，且追到学校里去看她说些什么。这样想着，就巴不得一步赶到学校。

及至到了学校时，已经上课有十分钟了。课堂上，大家正在静心听课，行素也坐在位上低头笔记，当自己坐下去的时候，她曾抬头望了一望，很淡然的样子，又低头做笔记了。惜时这一看，未免十分着急，莫非是她真生气了。正在听课听得入神的时候，这话又不便问得，自己只管着急，可不知道如何是好。将手撑着头，又搔搔头发，眼光却斜着过来看人。行素偏头偶然一看他，将头更低了一低，倒先笑了。惜时虽然只看到她半边笑脸，然而证明她是绝对不生气，既不生气，这事就好办了。于是在讲义上撅了一点儿小纸角，写了几个字道：“昨天的信，你有回答吗?”写完了，用手一推，送到行素面前。行素只一抬眼皮，看了一下，并没有表示。惜时见她并不着恼，胆子就大了，又撅了一个纸角，将铅笔写道：“我是先睹为快，若是有回答，请你先赐给我。”这一张纸条送去之后，她有了回答了，然而她的回答并不是大题目的回答，乃是小题目的回答。她在那笔记簿子上，翻过一页白纸，用铅笔写着三个大字道：“请听讲。”这字写得有寸方大一个，她也不送过来，就随手将簿子侧着竖起来，让惜时看了一看，于是她又依然去做笔记。

直待这一堂课上完之后，学生们大家纷纷下堂休息去了，行素也起身要走。惜时是坐在外面拦住了路的，他却不起身，笑道：“既是没有预备书面答复，请你口头答复一声吧！”行素就不走，坐了下来，也笑道：“你那信上，并没有提出什么问题问我，你叫我答复些什么？”惜时笑道：“怎么没有问题，若是没有问题，我就不必说了，又何必要你答复什么呢？”行素道：“虽然是那样说，但是我的回信可没有法子写。”惜时笑道：“你不答复就不答复吧！设若我再写信给你的话，你收不收呢？”行素笑道：“你这话问得奇了，我们又不是对头冤家，你写了信来，我为什么不收？”惜时道：“并不是说你不收，因为你不答复，我尽管地写信去，等于是你没有收到一样了。”行素道：“有话你就当面对我说就是了，又何必多费一道手续，更写什么信？”惜时口里吸了一口气，向了行素望着，现出那踌躇的样子来，笑道：“当面说吗？”于是伸着手，又搔了一搔头发。行素皱了眉道：“这种不成问题的事，不必再说了，怪腻的。”说毕，她一人挤着出去了。

惜时看她那样子是不怎样讨厌的，然则继续地写信，纵然她不回信，也不会出什么问题的了。于是立刻就将她的笔记簿子拿来，在最后的几页空白上用铅笔写起来。一会儿，接着上课，行素坐在她的位子，见笔记簿子在惜时面前，只当不知，并不索还。惜时也不知道上的是什么课，只管一个人低了头拼命去写信，不知不觉之间，这一堂课就完了。自己这一封信却还没有写完，那信里最精彩的一段是：

> 总之，我的心事，千言万语也写不尽，只有一句话，我对于你是极端崇拜的，除你以外，这世界上，恐怕没有我再看得重些的人了。以前我觉得世上的人不过是一种机械，只是吃喝睡穿，把日子混过去而已，自认识了你以后，我觉得宇宙处处可爱，人生也绝不是吃喝睡穿而已的了。你有这样大的魔力，简直改变了我的人生观了，我怎的不钦佩？

这一段文字并不是立刻想到，前天晚上撕去的两张信稿，已经有了这意思在内，现在重新写来，就更觉得周密一点儿。所以写到这一段的时候，笔墨飞舞，那字体写得更大些，也就更可以令人注意，可说也是良工心苦了。

行素是个聪明孩子，在昨天那一封信送来时，就是不看，已经知道惜时有一番求情的话，可是看了信之后，见他还是那样轻描淡写，已出乎意料之外了。这时惜时又把这笔记本子连课不上写了一封长信来，你想她又如何不明所以。因笑道："你这样写信，我有点儿不大赞成！"惜时倒吓了一跳，站起来问道："这是你给我的答复吗?"行素摇着头笑道："你别乱扯，这算什么答复。我是说上课的时间写信，未免不经济。"惜时笑道："原来完全是好意。我倒大吃一惊！本来这种办法不对，但是我因为要急于写给你，就顾不得许多了。从明天起，我接受你的忠告，以后不在课堂上写信了。"行素笑着将笔记本子向怀里一抢道："把人家的本子涂得这样！一之为甚，你倒还想再呢?"惜时见她那带着聪明相的眼珠这么一转，一道笑晕由嘴角直透上两腮，已经是喜欢极了。她说的那两句话是其词若有憾焉，其实乃深喜之。当时情不自禁地向行素连拱了两下手，笑道："以后我不能这样草率！在那笔记本子用铅笔瞎涂，我当然恭而且敬，用湖水色的信笺，用玫瑰色的墨水，用康克令的笔，一行一行，写得清清楚楚的送给你。"行素道："那为什么?"惜时道："交朋友一场，做个纪念吧！"行素道："你真是喜欢说废话。"说着，她一笑，夹了讲义夹子在肋下，起身便走。走到课堂门边，回头说了一句"明天见"，原来他两人只管说话，课堂上走得一个同学都没有了，只剩下他们，所以他们尽管开心说话。

这时惜时快乐得什么似的，拿了桌上的讲义，向空中一抛，用手接住，接住了，复又抛上去，抛了一阵，两手撑住了路线边左右两张桌子，提起脚来，上下晃着，一个人打了一顿秋千，口里唱着英文歌，不住地哼着"拉福油！拉福油！"这样乌烟瘴气，一个人闹了一阵子，没有人来助兴，也没有人来扫兴，自己感到了乏味，这才停住不闹，出了学校回公寓去。到了公寓里，首先所感到的便是寂无人声。原来邱九思和卓新民、铁求新到了下午四五点钟不在公寓里时，就不回来吃晚饭，要把茶围打得足足的，到十二点钟以后再见了。惜时到北京来了不久，朋友很少，公寓里这些朋友他也谈不入调。加之自己每日都沉醉在爱情场中，也没有工夫来周旋人，因此，索性不去理会那些人。这时邱铁等不在家，只是一人坐在屋子里，将在市场里买的两本言情小说很无聊地在屋子里看。

忽然茶房满面笑容走了进来，轻轻地对惜时道：“有位朋友来看您。”惜时想着，朋友来看，就请朋友来看得了。这种鬼鬼祟祟的样子做什么？正望了茶房等回话，茶房就笑道：“是女的。”惜时听说，一想，不要是行素有什么临时发生的问题要来解决。连忙丢了书跑将出来，走到院子里一看时，倒是万分想不到的角儿，就是上次在那茶室里所遇到的三宝，倒愣住了。三宝道：“黄先生，邱先生不在家吗？”惜时见她并没有搽什么脂粉，还是上次所见穿的那一套衣服，只是身上多加了一条窄围巾而已。见着人，不十分自然，低了头，抽出胁下的手绢一抹脸，倒有些楚楚可怜的样子。因道：“他一天都不在家，你找他有什么事吗？”三宝对院子四周看了一看，却又笑了，那意思是表示不便在院子里说，因指着惜时的房间道：“那是您的房间吗？”惜时点头说：“是的。”三宝伸着头向屋子里望了一望，笑道：“倒是很清爽的！”惜时到了这时，不能装着麻糊了，便笑道：“请到屋子里坐坐吧！”只这一句，她更不推辞，马上笑着进来了。

惜时虽不十分愿意，然而觉着这个妓女和平常的妓女究竟有些不同，只看她那温柔样子，便减少三分下贱相，便让她坐下，随手倒了一杯热茶给她喝。她笑道：“那天看到您以后，我就搬地方了。现在你还去吗？”惜时道：“我是不在外面逛的人！那次是他们把我骗了去的，上当也就那一回了。你找邱先生有什么事？”三宝皱了眉，又一笑道：“我是一个爽快的人，不会说假话的，因为生意不大好，所以我才搬家！不料搬家之后，生意还是不好，前两天邱先生在路上遇到了我，他答应帮我一个小忙，可是他并没有去，我打了电话给他，他叫我自己来，所以我就来了，他不在家吗？”说了这话，脸上充分现出失望的样子。惜时道：“好吧！他们回来了，我一定和你提到，包管他有回信给你就是了。”三宝微笑道：“您也可以到我那里去坐坐！我的车子还在门口等着我，就不多谈了。”说着，起身便走了，惜时本想送她到大门口，转身一想，让人识破了不很大妙，因此只送到房门口就不送了。

不料三宝走得太匆促，致落下一条白花绸手绢未曾带去，还放在她所坐椅子的旁边。惜时见着，拿起来闻了一闻，还有点儿香气，心想无论是她有意或无意落在这里的，留着总是太着痕迹，因之一路赶了出来，想交给她。然而到了大门外时，三宝已坐车子走远了。这也无法，只得带了回来，就塞在写字桌子的抽屉里，自己对于三宝虽无所谓情，然而看她那情形却又可怜。倒是要给邱九思说一说，愿去就去，不要把话骗这个可怜孩子。可是他有了这一番好意，偏偏邱九思一晚都没有回家。到了次日，自己要上课，当然把这件事就忘了。

这天行素又是先到了，她倒不等惜时先开口，就用纸条先写了一个字条，就在他位上放着，字条写着是："今天不许在听课的时候写信！有信带来，也要到下课的时候才交出来。"惜时望着字条，就点了点头，真个把信藏在身上，直等到了十二点钟的时候，两人同到学校附近小饭馆子里吃饭，找了一间单独的小雅座，才笑道："信我是写有一封，这时候有没有到投递的时候呢？"行素笑道："这很奇怪了，有什么话我们当面说不就完了？有那写信的工夫，你不会随便做一点儿功课？"惜时笑道："这也是功课呀！我借着这个机会，练习作文呢。"说着，在身上将那封信掏出来，微弯着腰，向她面前一放，她看也不看，将信在桌上拿起，就向手皮包里一塞。惜时笑道："为什么不先看看？"行素道："忙什么？反正这种信没有时间性的，揣在袋里十年，拿出来再看，我想那也没有多大关系。"惜时摇着头道："不然，今天这封信是有点儿时间关系的；不信，你瞧瞧。若是我的话不实，罚我明天再请你吃一餐饭！"正说到这里，伙计端了菜进来了，行素只抿了嘴微笑，望着惜时，微微点头不语。惜时见她不肯看信，便也不再说。吃完了饭，故意借着一件事，离开行素有半点钟之久，然后再去上课，料到有这久的耽搁，她一定已经把信看过了。

到了上课的时候，坐在位上，又飞起纸条子来，先写："信看了没有？"见行素点了点头，又写道："有答复吗？"行素正抬了头看黑板上的字，只把眼珠斜看了一看字条，微微咬了下嘴唇笑着。惜时又写着字条道："下课之后，可以不必回家了。"行素对这像是没有看到，一点儿表示没有。上完了下午三堂课，惜时笑道："请得动请不动？"行素道："电影真不必看。晚上月亮好，公园里散散步，这个倒也不要紧。"惜时大喜，笑道："那么，我们就可以走了，等到有了月亮，我们就一路踏月回家，又卫生又清雅。”行素道：“你说的事就是玩，都有这样好，怪不得你的信说的理由头头是道了。男子的嘴向来都是变化无穷的。”惜时虽要不承认她这话，然而她的话并不是恶意的，很有些俏皮的味儿哩！一个女子说俏皮话的时候，那一种眉飞色舞的样子，令人有一种极甜蜜的感触，加之行素向来不大闹着玩，这俏皮话就更有趣了。

当时二人坐了车，一路到了公园。这虽是十月的天气了，恰是连日晴暖，游人还是不少。那柏树林子颜色是刚刚苍老，树梢上抹着欲落未落的残阳，映着社稷坛的红墙。故宫的黄瓦城楼，真个如图画一般。其余的树，这时叶子都半黄了。尤其是水边几棵杨柳让太阳照着，更摇曳着金黄的颜色，非常好看。惜时陪着行素，斜背了阳光，坐在水池边的露椅上，因笑道：“我们幸运啦，会生在这社会文明的时代，要不然，我们想一同坐着看这秋景，如何能够？”行素道：“坐着同看秋景，这也没有什么出奇，算得什么幸运哩？古人就都没有看过秋景吗？”惜时道：“虽然看过，要男女都很平等地成为朋友，可以随便出来玩，古人可没有呀！”行素鼻子里哼了一声道：“原来社交公开的缘故，只要是男女在一处玩，有女子在一处玩，男子们就认为是幸运！是这样解释吗？”

惜时不料正想敷衍行素的一番话，大有侮辱女性的嫌疑，这话可就不好说了。便默然望着杨柳梢头的日落黄光和头上的一阵归鸦，看着好像是很有味，只管出神看了去，就不再答行素的话了。行素扑哧一笑，向惜时道：“你的话怎么如此不经驳？我随便说一句，你就不能回答了。”惜时笑道：“我仔细想想我的话，果然不大高明。也许是我欢喜过分，所以说出这种话来。”行素笑道：“你的话果然不大高明，这欢喜过分四个字是从何而来的呢？”惜时更没有什么话可答，索性哈哈大笑起来。于是又恢复了他以前的舌锋，牵延不断地向下谈起来。

说着话，不觉已是夜幕渐张，东方一轮待圆的月亮带着一片清华的光彩远远地发大起来，射到树上山上以及水面。这地上的月色向东一直连到大片的体育场上，望去犹如人在水中一般。惜时不觉失声叫了一句：“好月色！”行素道：“今年的月色，怕只有这一次了。再过一个月，北方也许下雪了。”惜时道：“正是这样。我觉得人生要及时行乐，方不负了这宝贵的青春！像我们这时候，知识刚刚有一点儿，知道什么叫作人生了！知道什么叫快乐了！又在年富力强的日子，多么好哇！这正是黄金时代了。”

行素笑道：“黄金时代四个字就是这样解释吗？你完全错了。不过黄金时代的四个字我倒承认的。因为就是你最后一句话，彼此年富力强，既有充量的经济来帮助我们，又在高等学府里日日和知识阶级的人往还，精神物质两方面都得着安慰，多么便利！但是这种生活能维持多久是不可知的。就是能维持永久下去，可是年岁就不同了，所以我也喜欢黄金时代，我也宝贵黄金时代。但是不在乎及时行乐那句话，我以为当借着这点儿黄金做本钱，做出一番事业来呢！你觉得我这话酸不酸？在这种地方说这种话，有点儿煞风景了。”惜时从露椅上一站起来，拍着手道：“不，不，你的话全对了。只是还该补充一点，在你所说种种的好处之上，我又有了这样一个好朋友，更是黄金时代了，我永远忘不了今晚。”行素笑着，也站了起来道：“我说男子们的功夫都在嘴上了。”

说着，踏了月色，只拣可以望着月亮的地方走去。惜时不发一言，紧紧地在后面跟着。不觉绕了大半个圈圈，走到公园后御城河边。这时已秋深了，河里的荷叶一齐都败完了，恰有几根枯梗子立在清水上。那整轮的月亮和着天空的星斗一齐倒入水底，这御城河望去有无限的深，一阵微微的晚风吹来，将水底下的天光星月一齐摇动了。月轮斜照的地方，恰有一丛高柳簇拥着一个宫城的角楼，那角楼也和杨柳一齐倒映在水里。惜时和行素背着高大的柏树林子，靠着石栏，望了月中水色、水中月影。晚风从水面上吹来，不但不凉，反觉耳目干净，精神安静起来。惜时道：“今天夜色真好！我永远忘不了今晚。”行素道：“你这话连说两遍了。”惜时笑道：“可不是吗？”就微吟着诗道：“嫦娥应悔偷灵药，碧海青天夜夜心。”说时，抬头望着月亮。行素笑道：“你倒会念两句旧诗。”惜时道：“作不来罢了，难道念还念不来！”行素道：“听你念这诗，很有替嫦娥惋惜的意思，其实真有嫦娥这个人，始终跳出是非场外，看人家团圆离别，犹如演戏一样，那多么有趣哇！”惜时用了许多工夫，要得行素一点儿表示都不可能。现在微微知道行素一点儿意思，竟是愿意碧海青天夜夜心。这未免大失所望，于是就守着缄默，不再说话了。要知他们这晚一游如何地结束，下回交代。

第七回

对女儿居楼前枯坐
作蝴蝶舞花下重逢

却说惜时和行素只管讨论月亮，讨论得彼此有些意见不同起来；惜时却有些失望，看她的意思，赞成嫦娥碧海青天夜夜心，竟是愿意守独身主义的了。女子守独身主义虽然是口头禅，然而对于交情浓厚、有了婚姻希望的不应该这样表示，若是这样地表示，那简直就是拒绝婚姻的要求了。这样想着，惜时觉得是万分的兴味索然，站在行素身后默然无语。

行素回转身来笑道："你又在想什么呢?"惜时笑道："我没有想什么。"行素道："说着话，你突然不作声了，分明是有所感动，怎样说没有想什么呢?"惜时道："我想是在想一件事，但是想入非非，不在本身问题以内了。我想男女婚配也是人之常情，为什么现在的女子都喜欢说守独身主义，不管事实上是不是如此！若照这样说，天下的女子都守独身主义，这人种岂不要绝灭了。"行素道："你何以想到这个问题上去?"惜时顿了一顿，又笑了一笑，才道："刚才你说嫦娥的生活好，可以站在一边看别人离别与团圆。那么，谁又该做离别与团圆给别人看的?"行素这才想起自己一句闲话，惜时多了心了，因笑道："你这人真是到处多心！无论听到什么话，都有研究的价值了。"说完了这一句，行素连忙走开，就由柏树林子里走上了大路，踏着月色，一步一步地数着脚儿走一般。

惜时听她的口音好像表示说：刚才是一句闲话，她的志愿并非如此。正要说两句，无奈她又走开了。于是也跟了走过来，在她身后笑道："不错！我听话是很用心的，说话也是很用心的，不过我这个用心是特殊的，对于一个人如此而已罢了！设若你答的话也很用心的话，那就你有什么意思，只要微露出一点子来，我就知道了。反之，你若是随便地答复，那就很会引起我的误会的。设若你对于我论月亮一点，你用心答复的话，你却是怎样地说呢?”行素在前面慢慢地走，对于他所说的话就像没有听到一样，只管抬着头看天上的月亮。惜时因她不说，这话也就不好向下追问，微微地叹了一口气道：“我很恨我这一张嘴笨！有话也不会说。”行素这才答道：“你还不会说话，那天下就没有会说话的人了。一句很平常的话，我看你常是绕了极大的圈子说出来，而且说出来时，也很微妙的。”惜时笑道：“你这样地了解我说话的法子，何以又答非所问呢?”

说着话时，已经由人稀少的地方走到人繁密的地方来。而行素走的脚步很快，似乎全副精神都注意在走路上。惜时所说的话又不能答复了。走了一截路，行素就在路上的电灯下看了一看手表，故意失惊道：“说着话，不料就到了八点多钟，我要走了，我如晚些回去，对我们亲戚必要声明在先的。”说完了，又是很快地向前走。惜时好容易三弯九转地说着话，有点儿讨行素口风的机会了，不料她更是机灵，一点儿机会也不给人，故意随处闪避，使人话说不进去。只急得口里又吸气，又微微叹气，行素在前面走着，只急于要出公园回家去。惜时眼望着她匆匆地走出大门，却没有法子再吐出胸中一个要吐的字。行素雇好了人力车，两足登上车去，笑着道了一声“再见”，车子拉起，如飞地走了。

惜时在门口呆站了一阵，也就回公寓去。他心里想着，在今日这种形势之下，她虽不能完全容纳我的要求，似乎也不明白拒绝，不过糊涂着说话，给我一个无结果。质言之，是没有到那种答复的程度而已。我想只要自己肯努力，绝没有不成功的。现在第一步，还是努力去增加彼此的友谊，将友谊增加到了一百度的时候，这爱情自然会随着增加，我是无论如何不会懈怠的。至于她呢？据现在她的情形看起来，并不曾有个对手方，男子方面，友谊最厚的就只有我，当然我是婚姻第一候补者，我除了自己努力而外，还要设法不让第二个候补的人产生才是道理。他这样地想着，便有些进步的计划。

恰是他在这晚，有计划进行的时候，邱九思和铁求新、卓新民回家很早，一见他屋子里灯放亮着，邱、铁二人口里咀嚼着口香糖，邱九思左手托了一小包五香瓜子，右手一粒一粒地钳着，只管向口里抛着，咯的一声，吐出瓜子壳来，接上又是一粒抛了进去。三个人那种逍遥自在的样子，笑嘻嘻地踱进了惜时的屋子。惜时笑道："你们今天是茶围打完了呢，还是还没有出发？这样早就回来了。"邱九思笑道："全不对！今天花光了，没有子儿了。前天发的快信，回家要钱去了，至早还要半个月才能到，这就得憋上半个月，真受不了。还是你好，进行恋爱有钱固然是好，暂时无钱，也不受什么影响。"惜时笑道："你这是什么话？这样说着，真有些侮辱女性。"邱九思道："不管侮辱女性不侮辱女性，但是你能说和女朋友谈恋爱，可以不花钱吗？"

铁求新将口里的口香糖吐在手上，用指头抡成了一个小球，大拇指按着中指一弹，啪的一声，弹在棚顶上，笑道："那位女士到我们公寓里也来过好几次了，我没眼福，始终没有看到是什么样子。"邱九思道："你一提这话，我倒想起来了，老黄太岂有此理！早说了给我们介绍的，可是到如今还没有实行。现在，你自己要确定一个日子！不然，你简直对不住我们这些朋友，我非罚你不可。"铁求新道："还有一件事，你对不住朋友。我听到茶房说，三宝来过一趟，和他秘密地办了交涉，并没有告诉我们。"惜时红了脸道："那是什么话？我要有什么坏心眼，不会找她去，何必……"邱九思摇着手道："不要紧！不要紧！她和我又没有什么关系，秘密也好，公开也好，我管得着吗？我们现在所要求的，就是要你介绍女朋友和我们会面，别的我们不管。"

惜时想了一想，才笑道："关于这一层，我绝无成见，只是人家乐意不乐意不得而知。你得让我先去征求了她的同意再来答复，否则我答应了她不答应，是徒然让我失信而已，那又何必？"邱九思道："这话果然说得有理，不过在另一方面看，也可以说是你故意推诿的。"惜时道："请你们给予我三天的限期！在三天之内，我总可以疏通成功。"卓新民口里衔着一片口香糖，有半片还垂在外面，就笑道："这是当然可以的！最好是你请一次客，把你那女朋友的女朋友再请上几个，于是乎也给我们一个求恋的机会。"他说话时，靠了惜时的书桌，脚一点，人竟坐在书桌子一个犄角上。

惜时看到他们这种浪漫的样子，实在有些不高兴，为着拘了面子，又不便怎样说得，就笑道："你们也太高兴了，回公寓以后，自己的屋子都不曾进去，就在我这里闹起来，这不要说是穷，若是不穷的话，应该怎样办？非闹着把这屋子拆去不可了。"邱九思笑道："别闹了！用功的先生有点儿讨厌我们了，我们走吧！"说着，大家哈哈一阵笑，拥了出房去。卓新民由桌子上跳下来，未免过于急速一点儿，把桌子摇撼着，一水盂子墨水倒泼了有一大半在外面，桌面上立刻画了一个墨水蜘蛛。他一回头说了一个英文单词"梭累"，笑着跑了。惜时望了这些人的后影子，不免连摇了两下头。这样一来，把他心里所拟的计划更坚决地要施行了。

次日上课以后，照例和行素同到小馆子里去吃饭，因对她道："公寓里简直不能住了！不但里面声音庞杂，无法念书，而且几个朋友都是浪漫人物，让他们搅扰不堪，我还是搬到寄宿舍里来，躲开他们的好。"行素笑道："我极赞成！省了走路的工夫，也可以多看一点儿书。"惜时笑道："虽然是如此说，但是……"说着，就望了行素一望，行素道："这又和我有什么关系吗？"惜时道："怎么没有？我希望你也跟着搬到寄宿舍来，相距很近，有什么事商量，也很便当。"行素笑道："别胡扯了！我们除了上课，还有什么事要商量，而且还要搬到就近来商量，未免笑话了。"惜时也笑道："虽然没有什么商量，但我很愿意搬到一处来。至少的成绩，也可以增加些我们见面的机会，我的话实是说出来了，你看怎么样？若是不肯搬来的话……"说着便一笑。行素连忙问道："不肯搬来便怎么样？"说时，嘴角掀动着，向了惜时微笑。惜时一时说不出理由来，便道："我又有什么法子呢？不过是加倍的失望罢了。"行素道："我搬到寄宿舍里来，或者不搬到寄宿舍里来，这也是极小的一件事，我看你还是搬来的好。老实说，你那公寓里我也就不大愿去。"惜时只听她这口音，已经知道她的意思如何了，便笑着跳了起来道："我今天看好房子今天就搬，明天看好房子明天就搬。"

他于是在吃过饭之后，首先就到邻近女寄宿舍的一个寄宿舍里去找房子。那里舍监说："这里的屋子都是上一学期的学生就在这里住下的，开学以前已经就满满的了，现在哪里有呢？"惜时听说，废然而返。因为自己知道离女寄宿舍远些的那个寄宿舍就空了三分之一的屋子。这边的设备还不如那边齐全，当然也是很空的，不料是适得其反。当时低了头走出那寄宿舍，无意思极了。

忽然后边有人道："你要是找个好读书的地方，我倒是有个地方可以介绍。"惜时回头看时，是这边寄宿舍里的一个校役。因摇了一摇头道："我不找公寓。"校役笑道："绝对不是公寓，你去看一看就明白了，就在这寄宿舍东边一点儿，正对了女生寄宿舍，你去看看，不赁也不要紧。"说着，他用手向一个洋式门面一指，惜时以为路既不远，跟了他去看看也好。到了门口，一看墙上已经贴了一张红纸分租帖，上面写着有洋式楼面五间，电灯电话自来水共用。只这一看，便觉得用途过于浩繁，便无租赁之意。那校役一敲门，有房东出来了。听说是看房的，自让他们进去。

惜时一看这房子，有两进已是有两家人家，只有旁边这个跨院，另盖着上下五间一字楼面，下层是房东自己用的，空了这楼面租人。惜时更是不愿和住家的人家在一处，便不打算上楼再看了。正在这犹豫的时候，那楼下房子门一开，却有两个学生装束的女子出来，只一闪，便闪到旁边屋子里去了。心想这倒不单调！可以多认识女朋友了。自己虽然不曾将这两个女子看得清楚，然而就那身材上看去，都不过是十七八岁，决计不错。那校役在廊子外楼梯上点头，让他上楼，这就不肯再考量，自上楼来。

到了楼上屋子里一看，却也收拾得干净，再出来在楼栏杆伏着，向外一看，这不得不惊为洋洋大观了。原来这里看去，不偏不倚，正看到女生寄宿舍第一个院子。那些女生进进出出，都离不开这里。若在栏杆上伏着一望，比赏鉴什么美术还要有趣了。到了这里，禁不住问了一声："要多少钱一个月？"房东说："楼房照规矩应租三块钱一间，加上电灯电话自来水，共要二十四块钱。你先生既是一个人，电灯和水都节省些，减租二十块钱吧！"

惜时想着，光是住房子，每月就花二十块钱！一个学生，未免耗费点了。他又犹豫着不能答复。那正院子里，却有个白胖的女郎向这边叫着："密斯童，我姐姐请你过去玩哩！"于是这楼下的两位女郎答应了一声，翩若惊鸿地过去了。惜时看得清楚，便问房东道：“二十元不能再少吗?”房东道：“二十元不但不能少，还要你马上就付定钱。不然，也许下午就租出去了。我们租给你，就是因为你只一个人。”惜时现在不容犹豫了，马上掏出五块钱来付了定钱。这一下子，觉得事情办得很痛快！只是家具少一点儿，五间房至少要空三间。这也不去管他，好在这一所大楼只有自己一个人住着，设若请朋友在这楼上谈话，那比在公寓里要强十倍了。

当日很高兴，回公寓去把行李收拾，算清账目，趁着邱九思他们不在家，便搬了过来。收拾行李的时候，点了一点箱子里的存款，还有四百多元，这足够新居布置的。因之索性花了一百多元，到了家具铺里置下了一些床凳桌椅，同时还买了些影印的书画。五个屋子，一间睡觉，一间看书，一间会客，忙了三天，布置妥当，在屋子里自己一看，也觉很妥了。原来的意思，只要布置好了，就想引了行素来看一看这屋子，然后要她搬到女生寄宿舍去，自己的计划便成功了。但是到了第二天，自己这种主张就有点儿摇动。

原来这楼下住的两位密斯童不过是中等人才，尚无所谓。那正院里有个密斯高，就是那白胖女郎的姐姐，却太美了；她和对面寄宿舍的女生似乎有不少的朋友，时常来往。惜时第二日下午，从外面回来，正好她在门口，她穿了一件黑绒的旗袍，配着水红的绸里，已经是颜色调和了，加上她是个丰秀的女子，那旗袍短小的袖子，露出两只粉团般手臂，可爱煞人。然而她的脸正不是那样肥，恰是圆圆的、白白的，加上两块血晕，好看得如苹果一般。她的头发梳得溜光，只卷着发梢那一小截，配着白嫩的脖子，尤其妩媚。他一看，似乎觉得比天天看熟了的白行素动人得多。而她因为加了一个孤身的院邻，一人住着五间屋子，这个学生也太挥霍一点儿，不免对于他多注意两眼。

她这种注意完全是出于好奇心，当然没有其他的作用。这一下子可引起了惜时一股热情，莫非她对我有意了，由此下去，这情局更可以打开了。这样好的机会千万不可失去，也不要让这位密斯高看出了行藏。那个密斯白暂时只要请她不要来，若是来了，她疑心我心有专属，就不会接着向我进行爱情了。女子们的妒嫉心是最大的，漫说我和白行素是形影很密切的，就是不密切，一个孤身的男子家里，有一个孤身的女子不断地往来，这一种关系还要问吗？因之，自这日起，在学校里遇到了行素，绝口不提搬家的事。

行素心里想着，这是我的不对了。他屡次试探着我的口气，我总是不即不离，最后他要搬家，希望我跟着一齐搬，我又给他大碰钉子，把他一头高兴完全压了下去，他怎样不恼？他之不肯提到搬家，一半固然是怕碰钉子，一半也是觉着屡次迁就，总得不到一个答复，这也未免太过于无味！这样说，完全是自己的不对，不能怪惜时的了。于是在下了课之后，故意迟迟不走，在课堂外等他出来，对他微笑道："每次都是你提议一路去玩，我成了一个附议的，今天我也还你一个礼，我来提议，请你，不知道你可能赏光？"

惜时的心目中现时虽另有所属，然而一见行素的面，也不知什么缘故，又不忍对她十分淡漠，依然放出以前殷勤的样子来，便笑道："这实在是难得的事了！无论是什么地方，我一定奉陪。"行素见他已欢喜了，不能再让他有什么失望之处。于是先约了他去看电影。看过电影之后，又请他吃晚饭。然而惜时和她谈话，说来说去，总不提到搬家的一件事。到吃完了饭，惜时要分别回家了，行素才提到了搬家的事，便笑道："你迁居以后，大概是很忙！怎么还没有让我去参观一下。今天已搬了三四天了，大概总已布置妥当，可以让我去看看吗？"惜时笑道："我原是打算裱糊好了，东西安置齐了，然后再来请你。你既是要去，我很是欢迎；不过已经黑夜了，又要你绕这远的路，我心里很不过意。"

行素本来奇怪着他迁居以后何以不让自己前去，现在听他所说的话又近于敷衍，这就不知道惜时有什么用意藏于其内了，勉强笑道："晚上去拜贺新居，果然是有点儿不恭敬！等你布置好了，通知我一个信，我再来拜访吧！"惜时见她说不去了，显系有些不满意。自己和行素向来是形影不离的人，今天忽然表示疏远起来，使她不明白自己的用意，心里很觉得过意不去，当时听了行素的话，简直无可答复。望了行素，只是微笑，说不出所以然来。行素道："你的新居既是还要布置，你就回新居布置去吧！我过两天再去奉看吧！"惜时已是有话在先，说布置未曾就绪，这时人家不去，一定要人家去，有点儿前言不符后语，而且自己的屋子实在也布置好了，若一定要她去，更见得自己是撒谎。只得答道："明后天一定请你过去！你什么时候搬呢？"行素道："我吗？再说吧！"说着，便是一笑。她说了这句，不再提了，径自告辞而去。惜时怏怏地回家，当晚很有些不安。

到了次日，恰好是个礼拜日，惜时偶然推开这楼后的窗子，这一下，不由他不惊奇一万分！原来同居那位密斯高的书房，恰好转了一个弯，倒转在这窗户的后面。她正开了窗子，吸收着新鲜空气，昂了头看看天上一样什么东西，出足了神。那一张可喜的面孔，不啻是整个儿送给楼上人来看。惜时手扶了一扇窗子，也就一声不响，静静地赏鉴，不知如何受了一口冷风，情不自禁地却连打了两个喷嚏。对面的密斯高转过脸来一望，才知道有人偷看她。于是瞪了一眼，砰的一声将窗子关了。惜时只看到她关窗子，却没有看到她瞪眼，她虽关了窗子，只以为她是害臊，却不知道她是生气。因之对了窗外，还是呆呆地望着。站了许久，一点儿声息没有，也就算了。他心里望着：这位密斯高，体格真是好，合了新美人的美的条件。设若她也会跳舞，露出那滚圆的手胳膊与大腿，那真可以令人销魂的了！加上她是那样对我注意，我一定可以认识她，进而为朋友的。

本来自己很无聊的，拿了一本闲书，如此想着，就看不下去，就端了一张方凳子，也坐到窗边来。自己的脸一般地对着天空，装出那照样呼吸新鲜空气以及别有所思的神气。其实他的心却照在楼下对面那间书房，看她还有再来的机会。过了一会儿，却听到楼下有一阵洞箫声，这不必猜，吹得这样悠扬婉转，一定是密斯高吹的。今天是星期，她为什么不出去？莫不是为了我？她既为了我不出去。那么，这洞箫当然是故意吹给我听的。我这次不是完全虚想，因为我每次见着她，她都是这样对于我注意的。有时走过去，还回转头来望我呢！岂能说是无动于衷？我若是全副精神去应付她，她岂能不像白行素一样，和我要好吗？我这一所房子，挑得实在是太好了！打开后窗，可以看见女性，打开前窗，也可以看见女性。接近女性的机会是这样的多，总不难找着几个女友。

他一人想入非非地坐在窗子下，静等着那密斯高再出来。不料她的行动惜时竟没有猜着，已经换了衣服走到前院打电话了。他们这电话装在前面一个过堂里，大家共用的。这过堂恰在楼下的隔壁，打电话，正可以听见。只听得密斯高道：“是密斯丁吗？今天天气很好，上公园去吧！有好些个同学去了呢！”惜时听到，突然引起了注意。心想：她打电话，又是故意让我知道的吧！不然，何以这样大的声音呢？他自己觉得十分聪明地猜着了，连忙换了一套漂亮些的西服，头发上也刷了一些凡士林，加梳了一会儿。接着洗了一把冷水脸，在脸上搽了一层雪花膏。修饰好了，对着镜子照了两次。然后找了一条花绸手绢，向左边上口袋里一塞，提出手绢两只角，大有一只花蝴蝶其势翼然欲飞的样子。各样都预备好了，带上房门，正要下楼，但是在他踏下去两层楼梯之时，低头一看自己穿的皮鞋还未曾擦油。于是重新开了房门，涂上鞋油，找了一块布，使劲擦了一顿，将脚左右歪着仔细看了一看，见是十分光亮，这才放了心，带上门匆匆忙忙就下了楼。看到一辆干净的人力车，赶快说了一句公园，也不讲多少价钱，坐了车，就让车夫拉着走。

及至到了公园门口，丢了车钱就向里走，然而这时他倒自己不知所可了。密斯高只说是到公园里，究竟到公园里什么地方来却是不知道。公园里地方很大，既不是一步便能相见，只好一人慢慢去寻找，好在她来了，不能点一个卯就走。到处留心，总也会把她们见着。

这样想了，于是先顺着大路转了一个圈圈，大圈子转完了，又随着小道乱钻了一阵。然而自己的理想究竟不易成为事实。转了许久，依然不能看到她。自己心里暗骂了一声惭愧！我这人未免太傻了。就她电话里一句邀朋友的话，我就追了来，知道她的朋友在电话里是否答应了她这个约会？设若她朋友不曾答应，她自然也不会来的，那么，我这一趟算是空跑了。仔细一想，我这人真有几分冒失！

于是顺脚所之，不觉踏到了一个菊花圃里，背了两手，顺着太阳地里列好的菊花盆景，一行一行地向前看去。这菊花最后一部分，有一架紫藤花，这时已是秋深，藤上的叶子只稀稀地留有一部分，让秋风吹着，微微发出响声。那半黄半红的颜色带着这一点儿瑟瑟之音，这种寂凉的秋意自然让人深深地感受着。惜时偶然走近了一步，只见紫藤架下，翩然有两个人影子一闪，接上还有微微的歌声传出，这分明是有女子在里面。自己若是直接上前的话，恐怕现出轻薄相来，要碰那女子的钉子。

于是绕了半个大圈，老远地抄到紫藤架后面去。这一下子，却令惜时十二分地出于意料以外，原来那里果然有两个女子，她们都披了夹的斗篷，一个是绿色，一个是米色，背着阳光，却在那里舞蹈。那轻质的斗篷，她们更用手胳膊鼓舞起来，真似两只蝴蝶，在花底下飘来飘去，这种好看的姿势，已经令人不得不注意。及至她们一抬头，看着她们的面孔时，原来一个是同院的密斯高，一个就是考学校的时候踩了她一脚的那个可认为绝美的女子。自己一个旧倾倒和一个新倾倒的，陡然一时同见着，这不能不认为是一种奇遇。因之远远地站着，倒愣住了。

她们原以为这地方是没有人到的，一时高兴舞了起来，现在密斯高猛然一抬头，看到老远一个西服少年在那里站着，立刻停止了。那个漂亮女子也看见了，笑着向那花架子里一闪，也藏起来了。密斯高认得是同院的黄姓学生。想起在家里，他在楼上偷看的那回事，不由得远远地瞪了惜时一眼。惜时一想：也许人家嫌来得冒昧，有点儿煞风景！这就不如闪开为妙。于是将两手插在衣袋里，只当是看花，慢慢地走了过去，由这里行步走上了大道，低头走着，心想：这真巧了，原来那个女子是和密斯高认识的，她们既是朋友，少不得她也要到密斯高家里去拜访的，那么，我不知道她在什么地方，她倒先知道我在这里了。这样一来，我不愁没有法子和她认识。心里想到这里，有些洋洋自得。忽然在身边发现一种哧哧的笑声，抬头一看，她们正也由对面挽手而来，两人都把斗篷搭在手臂上，脸上微微地发着红晕，她们舞得香汗津津了。笑的不是别人，正是那个同考场的女子。她一笑之后，见惜时望了她，连忙伏在密斯高的肩上，轻轻一推道："走吧！"说完了这两个字，一阵脂粉香在空气里荡漾着。

这种香气虽不知道是哪一位女士所流传下来的，然而绝不出此两人。只在这香气芳馥之间，似乎她们并不是绝不可侵犯的。密斯高是同居的，不难慢慢看出她的为人。至于另一个女郎，她为人就极其和蔼。记得同考那一次，踩了她一脚，自己十分抱歉，她不但不见怪，反笑嘻嘻地说不要紧。这种人大概是长于交际的，只要有一点儿机会和她接近，彼此就可以成为朋友的。心里这样想着，不免低了头只管向前走，走到了哪里自己也并不知道。

忽然肩膀上被人拍了一下，倒吃了一惊，回头看时，却是同班学生余超人。他先笑道：“怎么你也是一个人逛公园，密斯白没有来吗?”惜时和同班的学生原还没有熟识，也不便去反问他一句，为什么要连带着密斯白？既不便说话，也就一笑而已。余超人笑道：“刚才我们的培大之花过去了！你看见没有?”惜时道：“哪个是培大之花？我不知道。”余超人笑道：“这是因为有了爱人，不注意校中男女问题的缘故。这几天，我们学校里，大家正起哄选举校花。昨天下午揭晓了，就是刚才过去的米锦华当了选。”惜时笑道：“你还是和我白说了，哪个是米锦华我也不知道。”余超人笑道：“你这人真枉说是培本大学的学生了！连密斯米都不认识。刚才过去的，有一个穿米色夹斗篷、烫头发的女士，你看见了没有?”惜时道：“哦！她就是大家传说的米女士，果然不错!”

余超人道：“你这个哦字，大有惊讶之意，是何缘故?”惜时笑道：“说起来，我是有些惭愧！原来这次考进本校的时候，我和她同场，我不小心踏了她一脚，我当时很不过意，她倒先和我表示不要紧，因为这样，我对于她的印象很深！但是很奇怪，她既是我们的同学，何以我一次也没有见过她?”余超人道：“她是学音乐的，在分院上课，不是学校里有什么集会，她不上这边来的。可是现在她天天要到这边来了，我们学校里快要举行十周年纪念大会，女士们自然是首先所需要来点缀的。听说她除了团体音乐而外，还选了新剧和跳舞，这一回风头她真要出了一个够了。”惜时道：“到纪念大会只有上十天了。这种筹备那如何来得及?”余超人道：“老生们已经练习半年了，还有什么不成？这次新戏里，就是破格加入这样一个新生，我们就看本校校花大显身手吧！你看，她又来了。”他低着声用手碰了惜时的肩膀，让他向前看。惜时向对面看去，果见米锦华来了。这次她没有和密斯高同行，却是一人独步。

惜时和余超人本站在人行路中间，看到米锦华来了，不约而同地向路边一闪，米锦华认得这两个青年都是同学，以为人家和她谦让行礼，这也是同学的一种礼貌，未能置之不理，因之也就和他二人微笑着一点头。先时惜时感觉到在空气里荡漾的脂粉香，现在又闻到了，目视她姗姗而去。行走远了，香气犹自在空气里。余超人也是抱有同感，先笑道：“我以为女子身上的东西，无论哪一部分都带些引诱的力量！尤其是这种香味由鼻孔直钻到人的心眼里去，可惜我不是新生，我要是新生，为了精神上得着安慰起见，我要改入音乐系了。”

他这本是一句笑话，惜时听了，心里倒是一动。心想他不能加入音乐系，我可能加入音乐系，虽然音乐学好了，将来也不过当一个音乐教员，此外并无出路，然而自己家中有的是产业，并不靠着自己挣钱。本来音乐系的女生不少，真个如余超人说的话，有女子调剂情况，精神上可以得着无限的安慰。在这几分钟之间，他读书的志向立刻就变换了。和余超人在公园里兜了一个圈子，便先回寓所。

一上楼，就在后窗子里向后院里张望了一下，看看密斯高回来了没有。见那屋子窗户依然是双扉紧闭，这才收了心。又转念到音乐系的学生都是爱漂亮的。要打算和女生们接近，非有两套漂亮的西装不可。自己穿的一套西装是在省城里做的，样子不大好，而且料子也不高明，现在应该做两套新西装，料子也要最上等的，大概要一百六七十元方才够用。现在箱子里所有的钱，做衣服是够了，做过衣服之后，却怕不够零用钱。那么，还是写信回家去，让家里赶快寄几百块钱来，不要等钱快用光了再去要，那就有些来不及了。心里一有了这个念头，马上就写了一封挂号信回家，信上无非说的是北京生活程度高，冬天又快来了，应该预备一点儿皮衣服，请父亲早早寄钱来；在寄钱的这几行字上，画了两道密圈。这封信写完了，自己觉得办了一件正常事。今天星期日，发挂号信的时间已过，准备明天一早就去寄，自己还怕把这件事会忘了，又在星期一的日历上，注上了三个字，乃是“发家信”。把这一行字注明了，才放心将信放到抽屉里去。这一天晚上，似乎加倍地感到焦急，为着要安慰自己起见，就一人到电影院里去看电影，自己计划着：看了电影回来，是十一点多钟，就可以睡觉。一觉醒来，便是次日早上，发完了信，就赶到学校里去和教务长商量，将自己调到音乐系，只要他答应了，明天我就缴学费，立刻在音乐系肄业。

他如此地算着，似乎是很容易，事更凑巧，当他在影院入座之时，偏偏那位培大之花和了几个女同学坐在前一排。惜时不必看她的脸色，只她那一件米色斗篷就十分认识。因之，将座位挪近一点儿，正靠着她后面。这一坐下来，首先所感到的便是那阵脂粉香气。记得在公园花下，人去香留，为之神往。现在彼此又遇着了，而且可以靠着一处，为长时间的享受。若是和她成为朋友，这就更可享受不尽了。他只管把这香气来赏鉴着，银幕上的电影，倒成了似乎看到，似乎不看到，至于什么情节，更无所知。

半场电影完了，到了休息时间，满场的人都纷乱着，前排的人偶然一回头，看到了惜时，似乎有点儿认识，望了他一眼。惜时脸上虽不能有什么表示，心里十分欢喜，足见她已经是对我注意了，她脑子里有了我的印象，那么，我的计划更不会白费了。他想到此时，由虚无缥缈的观念一变而为乐观的事实，自是二十分高兴。也不知如何电影映完了，米锦华和那一班引人视线的人物都离开了座位，在人丛里挤着，惜时只迟一步没有赶上就分手了。他正有点儿懊悔不能跟到门口听她雇车到哪里，但是偶然一低头，却看到一样东西，又引起他的兴致来了。要知此是何物，下回交代。

第八回

大会无遮众生颠倒
名园有约一客徘徊

却说惜时低头一看，见隔座有一样可注意的东西，就连忙在椅靠上捡了起来。原来是一条花绸手绢，这手绢虽不知道米锦华有意留下的或者无意留下的，然而这在惜时是个绝大的机会。自己在电影上常看见男女无法接近，便是借着拾手绢谈话。捡到这一条手绢，且不要藏起，正可以将手绢保存好，打听得米锦华住在哪里，把这手绢亲自送了去。她既是培大之花，自然知道她的很多，大可以到学校注册课去调查一下。这样想着，大有道理，于是把自己一条新手绢打开，却把这条半旧的手绢包裹着藏在怀里。这算合了他的计划，已经把这无可奈何的一夜消磨过去了，立刻回寓睡觉。

次日起来，首先到邮政局去发了那封挂号信，然后到学校注册课去和那主任说："捡到了一包讲义，上面署名米锦华，不知道这是哪系的学生?"主任笑说："你真是个新来的学生，连米锦华这样一个人你都不会知道，她是音乐系的女生，住在女生寄宿舍里，你有什么东西，放在我这里，我和你转交过去就是。"惜时道："我不知道她是哪系的学生，东西没有带来。"说着这话，他马上就走。他的目的本来打算见教务主任，改进音乐系。现在来不及办这件事，马上跑回家，把身上的蓝布大褂脱下，换了一套西服，梳拢了一会儿头发，然后就向对面女寄宿舍来。这培本大学的校规，女寄宿舍是不许男生含糊进去的，纵然有什么事要进去，得先征求舍监的同意。惜时早打听清楚了这一种校规。因之，到了门房，首先便是拜访舍监。

凡是男女讲交际的同学，都讨厌女舍监的，也绝对没有人会去先拜访她。这女舍监听门房说有男生来见她，觉得这男生总是懂礼的，因之便出来接见。惜时先鞠着半个躬，说是“来得冒失一点儿”，表示了歉意，然后再说：“在学校里捡到了密斯米的一件东西，特意来送还，不知道可能亲自交给她？”舍监一想，这学生如此谦恭，当然是个良善的学生。而且先见了我再说这话，不见得有什么作用，再说他要亲自将东西交给本人，也许是不能让第三者知道的。便道：“黄君既是有东西送还她，自然得交本人是更为妥当。请你到接待室里去等着，我让听差去请密斯米出来。”惜时连答应两声是，就到接待室来等着。恰是这机会极好，这接待室里并没有第二个人。自己坐在椅子上，两只眼睛就如闪电一般，老早地从玻璃窗子上射将出去。

不多一会儿，一阵皮鞋响声由远而近，惜时知道是她来了，赶快整襟危坐。只见门帘一掀，米锦华走将进来，惜时便向她深深一鞠躬。米锦华一见就认得他，也就点了点头，问：“贵姓？”惜时掏出一张名片，笑着一弯腰，然后递过去。米锦华看了一看，便笑道：“这个名字很熟！我在哪里看见过。”惜时道：“既是同学，彼此的名字自然很容易知道。譬如密斯米的名字，大概是同学没有不知道的！”米锦华听到人家恭维她，不由得嫣然一笑，因道：“其实我也没有什么特长，只可以说是大家好奇心重罢了。但不知黄君特意前来，有什么事要指教？”惜时见人家如此郑重其事地说出来，自己不过是来送还人家一条手绢子而已，倒觉得有点儿不好意思，踌躇了一会儿，微笑道：“事情并不重大，但是我觉得有来一趟之必要。昨晚在电影院，我本来认得密斯米，因为没有人介绍，不敢冒昧来说话。密斯米去后，我在椅子上捡到一条手绢，我想这种手绢，也许密斯米是不愿落到旁人手上去的，所以我特意送了来。”说着，在身上掏出手绢包，将自己的手绢打开，取出米锦华的手绢来，双手捧着呈了过去。

米锦华见是这样没要紧的一件事，忍不住一笑。但是果然笑出来，又太对人家不住，因此也只装出难为情的样子，把头低了一低，手里接着手绢，就向他微微一鞠躬，说了一声“谢谢”。惜时道：“这手绢是密斯米的，没有错吗？”米锦华立刻就大方了，指着旁边的椅子道：“为了这一点儿事，还要黄君来跑一趟，我很不过意。请坐吧！”惜时真不料她还有让座的意思，以为送了手绢，就该走了的，便点了个头，坐下去。米锦华也在对面椅子上坐下了。

惜时先笑道：“我见了密斯米之后，立刻我想起了一件事，又该和您道歉了。”锦华道：“你太客气！什么事呢？”惜时道：“密斯米应当记得这回考进学校来的时候，有一个冒失的人踏了您一脚。”锦华微偏着头，想了一想，微笑道：“是有这样一件事，但是我自己都忘记了。黄君还提它做什么？”惜时道：“唯其是密斯米不计较，我心里越发不安。”锦华笑道：“不敢当！不敢当！现在我们说明了，黄君就不要再抱什么不安了。”惜时道：“若是密斯米不觉我冒昧的话，我……很……愿……高攀一点儿，和密斯米做个朋友……”

他说到最后这一句，低得像蚊子哼叫的声音一般，连自己是否听到却是一个疑问。可是锦华是个聪明绝顶的人，虽然不能够字字听得清楚，然而他的意思却完全明了的，笑起来道：“这怎么能加上高攀两个字；既是同学，也就无异是朋友了。黄君在哪一系？我很少见。”惜时说：“我在文学系，但是学文学，不是我本来的志愿，我正在这里盘算，要改入音乐系哩！”锦华笑道：“我们音乐系现在正感到人少，黄君要加入，我们是非常欢迎的。”惜时道：“这样说，随便就可以加入的吗？这也就省得我去费什么运动了。”锦华笑道：“什么？黄君还打算运动加入音乐系吗？何必看得那样郑重。”惜时也觉得自己这话有点儿露马脚，便道：“并不是我怎样郑重其事，因为这次学校里的纪念会太热烈了，引起了我一种兴趣。再说我也是喜欢音乐的人。”锦华笑道：“既是如此，为什么黄君在进学校的时候不进音乐系呢？”惜时道：“是的，是……是的，我起始是有点儿失计了，好在现时还来得及。”说到这里，也只是嘻嘻一笑，他无可说了，锦华也无可说了。

惜时看她到了这样凉天，还只穿了一件紫葡萄花纹的绸夹袍，衣襟袖子都短短的；袖子短，将一大截手臂露在外面，衣襟短呢，她一弯腿坐着直缩到膝盖以上去。于是她就将下摆扯了一扯，扯得把膝盖遮住；接着把腿缩了一缩，在她一缩之间，脸上微露出一点儿羞惭之色，看去妩媚极了。由这一看，想到了她的玉腿，更由她的玉腿，想起了跳舞。

便道："这次纪念大会，不是还有密斯米一场跳舞吗?"锦华笑道："是有这么一场，而且新剧里面，还有我一个角色呢！我希望黄君将来多多给我捧场。"惜时笑道："那是一定。其实像密斯米这样的艺术已经登峰造极，见了没有不说好的，也用不着我来捧场呢!"

锦华觉得彼此的谈话渐近于无味，于是站起身来，牵扯着自己的衣服。主人站起来了，客人不能不站起来，因之惜时只好站起来告辞。在这时候，两人对面立着，锦华却一点儿也不踌躇，伸出手来，要给惜时握别。惜时万万料不到有此一着的，猛然间看见人家一伸手，还不知命意何在，对人家的手，看着呆了一会儿，猛然省悟，这才连忙伸出手来，捉住那柔软细滑的玉手握了一握，同时也就半鞠着躬，说了一声"再会"。走出接待室来，锦华还站在院子里点点头，做个恕不远送的表示。

惜时这一阵喜欢，简直无可形容，由女寄宿舍直蹦回家去，心里想着：米女士待我，不能不算是特别优遇。一个初见面的朋友居然就同我握手，而且我说要和她做朋友的时候，我自己都觉得有点儿听不清楚，她就说着同学本是朋友，一点儿也不踌躇。如此看起来，自己就常和她通信也不要紧的。因为既不便无故常去找人，又不愿友谊略淡一点儿，只有这个法子，常常通信维系情感了。这样想着，到了第二日，便写了一封信，送将过去。好在那寄宿舍门上有个投信的箱子，那里总是受之而不辞的。这信去了以后，一直有两天，也没有得着锦华的回信，心里倒有些疑惑。大概是自己所为有点儿躐等了，不免埋怨自己情急，把好事弄糟了。

但是他所猜的却完全不对。正在他这样自怨自艾的时候，他在楼上却听到后楼窗下有嬉笑之声，赶紧开了窗户一看，只见米锦华和那个密斯高站在院子里谈天。她一听头上的楼窗开着咿呀有声，抬头一看，见是惜时，便笑着点了一点头道："原来黄君住在这里!"惜时大喜，笑着点头道："是的。我为了上课便利起见，最近搬到这里来住的。"锦华笑着哦了一声，似乎了解之意。然而密斯高，她虽然也是一望，但是立刻掉过头去，对锦华说："屋里坐!"已经进屋去了。

惜时全副的精神都在锦华一人身上，密斯高满意不满意却并没有去理会。心想：今天是她先招呼，然则我的信她看见了无疑，而且不以为怪，默然受之无疑。在楼窗下站了一会儿，便不觉得计划到进一步去办，这进一步办的事，最好是能邀她谈一谈，借此做个小东，但是要表示这个意思，又不能不写信，他想着就不肯犹豫，立刻到书桌上写起信来。好在玫瑰色的信笺、滴着香精的墨水，以及精印爱情之神的小洋式信封，都预备好了的。提起笔来，就是一封充分带着美感的信成功了。惜时将信写好了，拿着躺在床上念了一遍，觉得还妥当，便封起来了。

凡是男子对于女子初恋的信都好写，无非冠冕堂皇讨论些学问，甚至于主义或思想，爱说的都可以说一点儿。然后再说那女子的才学是如何可佩，是生平所遇到唯一的人才。她性情活泼，善交际，就夸她打破女子一切弱点，站在潮流的前面。她性情静默，不大出风头，就说人欲横流，青年思想正处危机，难得有她这样不随流俗的女子。夸奖完了，然后说自己如何苦闷，没有一个知音者，甚至可以说要自杀。然而遇了她，鼓起了自己不少的勇气，问她可不可以予以指教。最后说，生平不会撒谎，这信出于至诚，请她不要等闲视之，总要给一个答复，于是这信就完成了。惜时对于这种信，已经有了相当的研究，现在写起来，自然是驾轻就熟，预料锦华接了这封信，纵然不回信，也是默然接受，不会怎样生气的。于是高兴了一番，估量着锦华已经回家去了，马上走到对门，将这封信扔在对门信箱子里去。这一封信去了，惜时又眼巴巴地望着两天，依然不见回信，这也只好算了。

光阴流水般地过去，几天的工夫实在经不得消磨，不知不觉已经到了培本大学开十周年纪念大会的时候。惜时新做的一套西装已经在西服庄催得拿了回来，由衬衣以至领带，今天全换了一个新。他打听得清楚新戏和跳舞在什么地方，老早地就到前排去占了一个位置，无论如何，也不走开。新戏上了场，锦华在这里面并没有充什么紧要角色，倒也罢了。等到跳舞上场，这可把全场的空气都紧张了。

本来跳舞这件事也是一种神秘的艺术。几个人指手画脚地闹一阵子，也说不出什么好处，尤其是男子，设若你身上光着脊梁，下身的衣服短平腿缝，不用说抬高腿来在大庭广众之中跳舞，就让平常是这个样子，遇到了异性，至少也骂一句你短命死的。然而现在换了女子，大家就都以为是艺术，是曲线美，同是一样的人，何以男子赤身露体是野蛮，女子赤身露体便是艺术？这除了用女人就是艺术来解释而外，不能再有充足的理由。

米锦华是培大之花，她的脸子大家都看熟了，只是她身上肉体之美如何，却只在各人理想中去胡猜。所以她的跳舞是全体同学所注意的一件事。这会场上的人，在秩序单上看到跳舞要上场以后，大家就提起了精神，眼睁睁地望着舞台上。

先是几个附中的女生演了一出歌舞剧，歌舞剧下场之后，这就该米女士上场了。她上身只穿了一件绿纱的坎肩，不但两只手臂完全在外面，就是胸前背后的肌肤也隐隐约约可见。下面两条腿那是不必说，完全光着在外面，仅仅是腰以下，围了一幅一尺长短的裙子，稍微掩盖了一点儿，真个把全副人体美都暴露出来了。她一走出来，也不知是什么缘故，所有在场的人就像发了狂，噼噼啪啪鼓起掌来。她似乎为着这掌声鼓动了心房，一到台中心，便转着那黑白分明、撩人心意的眼珠，两颊上同时也泛出一层笑意。看了她那全身艳美的样子，又是一脸的媚笑，这就不再看跳舞，已经令人心荡神移了。及至她开始跳舞以后，她偏是常常平伸着两臂和高抬着两腿，谁也会想到，远看是如粉团玉琢，若是近看呢？

惜时是早拜倒在石榴裙下的。加之最近几日，又曾有片面的爱恋，他眼中所见的锦华，除了美而外，还有其他的感想在内，因之人家鼓掌，人家发笑，他全不学样，只是把他一双眼珠当作吸铁石一般，把米锦华的芳容一齐由眼珠中摄到脑筋里去。米锦华一出台，她的眼光四散，自然，台前几个人会首先看到。她见惜时斜靠了椅背，目定口呆，只昂着头望了台上，只看他这一副神气，可以知道他让自己吸引深了。心想这是个呆子。她如此想，就不觉一笑。

在台底下的人只知道台上人笑了，台上人是对谁笑、为了什么笑如何能知道？所以大家见她一笑，又是轰雷一般地鼓起掌来，有的人轻轻地道：“裙子那样短，不知道里面穿了裤子没有？”有的人又眯了双眼，只看她绿纱坎肩之中和两臂伸直时的胁下，有的见她身子一扭，虽不致像听戏一般，大声叫好，然而不吐不快，却低低地对隔座的人道：“嘿！真好真好！”及至横立在台中心，头向后仰，把肚子挺了起来，表演那腰上的功夫，台下的人就手脚一齐鼓动。脚虽不能鼓掌，然而可以在地上踏着响。因之这种热闹的成绩，是驾乎任何场游艺以上的了。

惜时是侧着身子坐的，肩膀比椅靠还要低些，他只管向台上看着，就顾不了身后。他看得久了，仿佛觉得肩上有点儿凉浸浸的，连忙回头一看，只见学校里一个老职员，两手抱了他坐的椅靠，伸出头来，只管微微地张了嘴望着台上，口角里的涎沫便如大雨中的檐溜一般，一直向下流将出来，那涎沫不偏不倚，一齐流在惜时的肩上。惜时大怒，立刻瞪了他一眼，指着肩上，轻轻地喝道："你看这是怎么样了？"那人这才知道脏了人家新西装，笑着拱了拱手道："对不住！对不住！"惜时有心要和他办交涉，然而这台上的妙舞却是稍纵即逝的，也只好忍耐着，再瞪他一眼。回转头来，那台上的锦华把各种舞法都舞完了，然后却走到台口，做个惊鸿落地的姿势，突然向台上侧着身子卧倒，把一双胳膊撑在地上，托住了自己的头，双目如电似的注视着台下。

在她这一跌之间，别的不说，那绿绸坎肩罩在胸前的一块隆然突起两块，在惜时这样坐在前排的人，靠得如此之近，看得非常清楚，好像颤颤巍巍的，将外面的坎肩都让颤动了。在惜时前后坐着的人，他们的目力不会比惜时怎样坏。惜时看见了，他们也就都看见了，一齐都鼓掌。有些人为着看得更清楚一点儿，就一直走上前，挨着台沿向锦华身上看来。不过米锦华一个人的跳舞，总不会过久的，她跳舞完了，站到台口上，左手牵了短裙子一小角，右手弯过来比着胸，然后由怀里向外翻着，朝台下做个手式，连着身子微欠，向下蹲了一蹲。这就好像表示她对大众表示歉意，而且也是把她胸里一点儿好感，如西洋人抛吻一般，现在来抛给大众。

这种表示，本来在台上的人是照例文章，绝不能认为是对谁而发，然而台底下这些人，只要锦华如此一个手式，个个都如此想，好像就是对他而发似的。凡是有了这种感想的人，少不得都要鼓起掌来。这一阵掌声比平常不同，拍了又拍，简直没有个停止的时候。台上的幕已经垂下，为了这种不断的掌声，于是二次掀开，锦华出来，又舞了一个短式的舞，才重复闭幕。可是看的人，哪里知足？又鼓起掌来，这次锦华不肯再演，让大家鼓掌去。大家的意思都是如此。惜时一人自是加倍地颠倒！这以下有什么游艺都不要看了，一人挤了出去，就在游艺场后台出来的要道上等着。

后台进出的人却也连续不断，一人独在这里站着，又怕人家疑心，因之踱来踱去，好像是散步似的。他等了许久，并不见米锦华出来。心想，难道她早就回去了？但是不能，因为她舞罢入场，自己怕失了这个机会，并不曾有片刻的耽误，已经到这里来了的。她卸装不能如此之快的，我总得在这里等着。他一人徘徊着，忽然想到了看电影，在那电影里，有以女伶做主角的时候，便常看到有一种捧角的呆子也是在后台门口这样地徘徊。在看电影的时候，常觉得那种男子无聊，但是轮到了自己头上，就不以为怪了。第一个感觉如此，而电影上给予他的这种教训，也就接一连二地上来，一想之后，心下大喜。

恰是身后有人叫了一声“密斯脱黄!”回头一看，米锦华满脸的脂粉还未洗掉，身上披了斗篷，两手抄着，把里衣都遮住了，似乎里面就是刚才演戏穿的一件粉红衫子。在平常看了这种样子，也不会有什么大印象到脑筋里去，然而惜时是刚才从舞台下面来的人，她在台上那些姿势，完全在脑筋里留下了新影子。一看到她粉痕宛在，这就加倍被吸引了。既是她先打招呼的，自然绝对不必客气，马上取了帽子在手，一鞠躬笑道：“啊呀！密斯米，您的表演实在好，我要恭贺你艺术大成功!”锦华笑道：“这就能算成功吗？在场的都是些同学，恐怕是有心捧场吧!”

她口里说着，可走得很快，挺了胸脯子，的咯的咯，一路高跟鞋响。惜时也就紧紧在后跟随，笑道：“密斯米，我有一封信……”说着顿了一顿，要看看她的态度如何。她对这句话却不感到什么，依然抬起脚来走。惜时料着她是不会生气的了，便笑道：“我那封信大概密斯米是看见的了。我那话不怎么讨厌吗?”锦华停了脚，站着向后看了一看，鼻子里哼着笑道：“虽不讨厌，可是也没有什么可欢喜的。”惜时见她并不以为怪，更高兴起来，笑道：“密斯米马上就回寄宿舍吗?”锦华走着，又突然回转身来笑问道：“不错！我就回寄宿舍去。你何必要知道这件事，知道了又怎么样?”惜时笑道：“知道了也没有别的，我打算买点儿东西，送到贵寓去慰劳慰劳。”锦华笑道：“那倒多谢了。”

惜时见她并无拒绝之意，心下大喜，等着她出了校门，自己也不再去纠缠，雇了一辆车，一直就上鲜花铺子里来，等着扎好两个大花篮，自带回家去。到了家里，赶着找了漂亮的信纸信封，写了一封信夹在花枝上，就亲自提着，送到对门寄宿舍门房里去。中国人的习惯向来没有无故送花篮的。门房一见，便问道："怎么着？米小姐要结婚了吗？"惜时笑道："这个你可以不必问，你送到米小姐屋子里去就是了。"门房自然不敢做主将东西拒绝，便将花篮捧了进去。

锦华见门房把花篮捧进来，而且花枝中间还夹着一封粉红色的洋信封，这不必问，就知道是黄惜时送来的了。便让门房将花篮放下，取了那信来看。上写道："敬献给我的富有艺术天才好友米锦华女士"，下署"你的忠实拥护者黄惜时"。锦华看到，不觉先是嫣然一笑，自言自语道："这个讨厌的孩子。"接着将信抽开来一看，信上写道：

锦华学姊：

我早是崇拜你崇拜得五体投地的了。不必说我，你也知道我真是如此。今天我看了你的表演以后，我更觉得我崇拜你不是盲从，实在是为你的天才所陶醉，在我们这样的中国社会，这样烦闷的环境里，每每想到辜负了青春，恨到了极点，我简直要逃到深山去，永不见人了，然而我见了你以后，我发现我的错误了。朋友之间，有了你这样一个人，就可安慰了。您是个有天才的艺术家，有超人的见解，其不得到安慰而感烦闷，恐怕比我更甚！我虽二十四分不配安慰你，但是世界上果然有安慰你的法子，我是赴汤蹈火而不辞。女子们都不免有点儿骄傲之色的，尤其是有点儿学问的女子。但是我几次接见你，都感到你虚怀若谷，真有学者的态度，我真被你感化得无可言宣了。设若你不嫌冒昧的话，我愿做你一个忠实的信徒。

今天你这一番表演，我觉得太累了。虽然为艺术牺牲，在你是应有的态度，然而一千多同学们，他们只知道鼓掌欢呼，一而再、再而三地要你出来表演，却不问表演人的辛苦。我虽要安慰你，又没有安慰之法，想来想去，跑了十三家鲜花店，才买了这两个鲜花篮来博你一笑。这本谈不到安慰两个字，我很愿聊备杯酒，表示一点儿慰劳诚意。虽知道你绝不至于像那些骄傲女子不赏光，可又怕你过于客气而不来，只得先写一封信说明我这点儿诚意，我已在万花春订了座，并且叫了一辆汽车，在寄宿舍门口等着。请你在家稍息一二小时，等不疲倦了，我再打电话来通知。我知道你不喜欢朋友们做什么虚伪表示的，所以我这一封信，完全说的是实话。若是我理想中有天才的艺术家，猜得并没有错，那么，我一点儿区区的诚意，你是不会拒绝的了。

敬祝愉快！

你忠实的信徒黄惜时

锦华将这封信从头至尾看了一遍，不由得笑起来了。自从进了培本大学之后，所收到的情书就不下一百封，文字不是写得过于热烈的，就是文字太不值一看。写得不即不离，而又笔致流利的，不能不推这封信为第一。自己正感着少一个国文好些的朋友，有些事情可以托他代笔，现在惜时既抱着这样热烈的态度前来投效，正可罗致在部下了。这样想着，就把那封信随手揣在身上。

不到一钟点的工夫，惜时果然打了电话来。她们寄宿舍的电话机就在舍监隔壁的屋子里，听差接着电话，进来问锦华接不接。因为男生通电话给她的也是非常之多，她照例是推辞不接的。这次可不然，立刻笑着前来接话，还不等惜时开口，先道了一声谢，然后又道："你不必太客气！你说在什么地方约会，我一定到，不必要汽车了。"惜时连说："不是客气，有汽车也便当一点儿。"锦华也就不再坚拒，道了一声"谢谢"，就挂上电话了。自己回得房去，还不曾坐到十分钟，听差又进来报告道："汽车来了。"锦华听说，也只是再一笑，便道："让车子在门口等着吧！"

锦华这边随便这样一句话不打紧。可是在对楼的惜时却万分受不了。他自从在电话中得锦华允许之后，立刻向汽车行通了个电话，让行里开汽车来，自己也赶紧整理西装领带，梳头发，刷皮鞋，以至于找插口袋的新花绸手绢。他忙碌过了，赶快向窗前一看，只听呜的一声，一辆汽车已经停在家门口，连忙跑到家门口对车夫道："你到对门寄宿舍去说一声，就说是黄先生打发来接米小姐的汽车已经到了。"汽车夫听说，自向寄宿舍来报告，惜时也是急于要得回信，就在大门口等着。过了一会儿，汽车夫得着门房的回信，走出来了。惜时连忙抢上前，问："米小姐怎么说？"汽车夫说："门房出来说，米小姐知道了。"知道了只三个字，不一定是表示就出来，也不一定表示不出来，只是知道了三个字而已。这三个字让惜时不敢回楼去，只好在大门外等着。

其实他也不过是等了十分钟，他觉得时候太久了，莫不是米小姐不赏光，又不便催得，只好重新跑回楼去，连帽子都戴在头上，然后在窗子前面望着，又望了约十分钟，楼上不便，还是楼下去吧！在大门口若是遇到了她，马上就可以一同上汽车，不让她溜走了。于是又匆匆忙忙再跑到楼下来，这不但他急了，连汽车夫也问了一声："还有一会儿吗？"惜时笑道："你们还怕等吗？多等一会儿，多给一个时候的钱。"汽车夫道："我们不怕等，可是我看到你先生很着急呢！"惜时一见汽车夫觉得自己都太急了，这可不能再惶急，要安静一点子了，于是笑了一笑道："反正在家门口，我急什么？"索性背了两手，在大门口踱来踱去地散步。还是汽车夫说道："先生，您要是怕等，不会到寄宿舍里去催上一催吗？"惜时心想，这位小姐可不是胡乱催得的，便笑道："不忙！请人家吃饭，总要等人家把事做完了再去。"口里说着，依然在大门外徘徊。然而当这样徘徊的时候，心里的思潮的徘徊，也许比人还要急一点儿。所以口里不说什么，头上的汗珠子如穿珠一般，从头上流了下来。

好容易熬过了一个钟头以后，锦华才笑嘻嘻地出来。惜时见着，马上向前一鞠躬，笑道："密斯米，今天可把你累了，应该在家里休息休息的，我又来麻烦你。"米锦华心里可就想着，既是怕麻烦我，你就不该请我，笑道："黄君自己客气！倒反要说麻烦我，我这人也太不识抬举了。"惜时已是替她开了车门，她一脚跨上车去，惜时马上在后面跟着。车子开了，不多大一会儿，就到了他们的目的地万华春酒楼。惜时下了车，车夫问道："还在这里等着吗？"惜时连道："等着等着。我们还要到别的地方去！"说着，将锦华送了上楼来，开了雅座，要酒要菜，摆满了一桌子。锦华倒是不客气，惜时叫来了什么，她就吃什么。

吃过了饭之后，天色已经很晚了。惜时客气了几个钟头，这时客气不来了，便笑着向锦华道："今天你索性休息休息吧！晚上没有事，一路看电影去。好吗?"凡是男女朋友，有了同看电影的程度，爱情便在六成账以上。锦华心想：只和你吃过一餐饭，就想要我去看电影，哪有这样容易的事？便笑道："今天我是要回去躺一会儿，过一天，让我再来请你吧！"惜时道："你请，我就不敢当，当然还是我来做小东。不过请密斯米约定一个时间，我好来恭候。"锦华想道：你这人也太死心眼儿，我不过随便一句话，你就以为是我真要约你。不过话已经说了，推辞不得，便道："那就明天下午吧！不必看电影，天气还没有十分冷，公园里还可以走走。"惜时道："几点钟呢?"锦华道："自然是下课以后，三点钟上下。"惜时大喜称是。会了酒饭账，将原汽车送着锦华回家。锦华回去了，惜时也就回去了。

交际场中的女子吃男朋友一餐饭，这是值不得挂在心上的。惜时却不然了，他真不料全校颠倒的校花，自己一拍即上，今天不算，明天更有公园之约，这事若让同学知道，恐怕有不少的人要和我打架，吃这碗飞醋呢！自己越想越高兴，这一晚都没有好睡。到了次日，本想打电话给锦华，问她今天到不到公园里去，转身一想：这事不可问得太急了，问得人家不高兴起来，也许人家嫌这男子贫，就不再理会了。如此想着，忍住了一口气，不曾打得电话。

到了下午两点多钟，便到公园里去候着。自己总也怕彼此会走岔了路，买了两张门票，就在公园门口恭候。这一天，恰是天气不大好，天空里密密层层布着阴云，一点儿日光也没有。公园里头哪里有什么游人？只有像虎叫一般的西北风由柏树枝上刮到地面，更由地面挟着大沙子小石子向人身上乱扑。惜时今天穿的正是西装，因为要穿得紧俏一点儿，绸衬衫里面就只一件汗衫，里层实在单薄，外面虽然也有一件大衣，这件大衣夹的，极不抗冷，这西北风扑到身上，不由人不冷得哆嗦作颤。别的还罢了，第一是这领子以下，胸前这一大片，不曾有围巾围住，大风如打气一般地向领口里面灌将下去。惜时要在避风的地方去躲一躲，又怕锦华这时候来了，两不碰头，要站在风头上老等，纵然自己不怕冷，人家也会笑自己是个傻瓜。为什么这样大的风，站在风头上来吹呢？患了热病吗？

他如此想着，不便呆站，就在大门口这一截要道上走来走去，走了几个来回，依然不见米锦华来。心想我的心事不定，就越觉等的时候多了，我还是找一件事，把心安定了，然后慢慢来等的为妙。这样想着，于是决计在这横廊上，以看得到大门口来往的所在为限，来往走一百趟。于是走一趟，心里默计着一趟的数目，先走十趟，还没有多大的关系，及至走到十几趟，心里就有点儿焦急。加之这西北风一阵比一阵厉害，在风里头走着，人也是极受累的。风势既紧，把尘土就刮得遮天盖地、日色无光，这不但没有游人，看看铁栅栏边那个收票的人也就躲在屋子里去了。自己咬着牙齿，徘徊了三四十趟，真忍耐不住了。而且料想米女士为人是很抬高自己身份的，她就对男朋友失了一回约，也不怕找不着男朋友，那么，她决计是不来的了。如此想着，他就不再徘徊了，依旧坐了车回去。

到了家里，心中还放不下，万一米女士高兴起来，到公园去过一趟的，我又怎么办？因之就决计下楼去，要和米女士通个电话。但是当他走到楼下要到那过堂里去打电话的时候，早听到过堂里有一阵莺啼燕语的妙音在那里说着话，听那话音，不是别人，正是锦华在打电话，她说："过来吧！我在密斯高家里等了三个钟头了。"惜时一听这话，废然而返。据她如此说，自己还没有到公园去的时候，她已经到密斯高家来了。自己大傻瓜，跑开了家里，向远处去等着。他坐在楼上，想到受了锦华这样一个大骗，又气又恨，心想昨天那样受我的招待，纵然不领我的情，也不该和我开这大的玩笑。我就请你吃了一餐，也不过彼此加增些友谊的关系，你并没有到公园里去陪我的义务，你不肯去，不去就是了，为什么当面又要答应我呢？她既和我开玩笑，我也就可以和她开个玩笑，等我来好好地想个法子算计她一番。有了这个思想，于是就躺在床上，去想这个开玩笑的方法。

当他正在这样出神之际，却听到米锦华在楼后密斯高屋子里笑将起来，接着就吹口琴，锦华就合着拍子唱起歌来，只听那歌声娇滴滴的，联想到她的舞蹈姿势高妙，更想到她的脸子、她的身材，竟是一个色艺双全的人了。这种女子不用订什么婚约，就是和她做一番朋友，也不算坏，自己为什么一定要和她开个玩笑，把她得罪才了事呢？她今日失了约不是，我不怪她。明天还到她寄宿舍里去探望她，看她对我怎样。设若她对我还有三分抱歉的意思，那么，我一定还可以照我的计划进行，成了一个很好的朋友，由一个很好的朋友……哈哈！这以后不必说了。自己高兴了一番，便想到明天去探访她，不能说就是去探访她，因为彼此的交情还没有到那样浓厚，还得借一个事情为题呢！于是重躺到床上又想起来。究竟是他肯用心，不到一小时，居然想出了一个办法来了。这个办法倒是一针见血猜透摩登女子的心理。那个办法就在下回发表。

第九回

膏火资泥沙连日用
雌黄语鸿鲤不时来

却说那黄惜时被米锦华戏弄了一番之后，他不但不以为怨恨，转念想着你越是不理我，我越要进行，我拿定了主意，不怕你不为我有。他这样想着，也不待明天，冒着大风，就雇了一辆人力车，直到廊房头条金珠店里去买了一个赤金的粉匣，用锦盒子装了，用了八十多元。自己觉得一样东西未免单调。又到文具店里，买了一支价值二十元的自来水笔。一共算起，也不过一百元开外。这两种配好，高高兴兴地回家。当时听到高女士家中有竹战之声，料是米女士还在这里打牌，只索罢了。

到了次日上午，又到对面寄宿舍去。他们这里的号房闲着无事，专门记住女生的行动来消遣。他就知道惜时坐汽车和米小姐一同出去玩过，那么，已经到了相当的程度了，进去通知米小姐是不会碰钉子的。因之笑着让惜时在外面等候，便通知米锦华。锦华笑了起来，想是自己开了人家一个大玩笑，人家一定到公园去过一趟的了。男子们没有什么难应付，只要女子对他一笑，就可以把他征服了。她笑着出来，一到接待室里就先开口道："对不住！昨天我失信了。实在因为有两个女同学纠缠去了，不让走开！"说着，向惜时一笑。惜时道："没关系！我没有什么了不得的事，在公园里多消磨一两次，很不算回事。昨天风很大，我们吹吹不要什么紧！连累密斯米去吃西北风，那何必呢？昨天我本想买点儿东西送您的，打算请您自己去挑什么样子的好。因为密斯米没有去，我就代办了；办是办了，我可不知道能合用不能。"说着，就将手巾包打开，把两样礼品拿了出来。

锦华首先看到自来水笔，已经觉得这礼物不错。及至打开锦盒，见里面是赤金的粉匣，这值钱多了，哎呀了一声道："密斯脱黄，你怎么这样破费，我实在不敢当呀！"惜时见她那欢喜若狂的样子，知道她动了心了，便笑道："我本想买一点儿衣料送密斯米的，因为我是个外行，怕买来了不对。设若密斯米将来有工夫的时候，我们可以同去看看。"

锦华一想，这里的礼品刚刚送来，又预约了下次的礼品，觉得惜时总算讲交情的。便笑道："我拿什么来谢你呢？这真不敢当呀！"惜时心中大喜，便道："我们同学，很讲得来，这物质方面，这点儿东西，说不到什么敢当不敢当。以后我进了音乐系，要密斯米指教的时候还多着呢！"锦华道："密斯脱黄真打算进音乐系吗？打算学什么音乐呢？"惜时道："您学什么的？"锦华道："西乐我学钢琴，国乐我学琵琶。"惜时道："好极了！我也就学这两样吧！"锦华道："若是密斯脱黄愿意和我配合乐器的话，我看不如梵亚铃和月琴好！"

惜时万不料她一开口，就承认自己有配合音乐之可能。这两样东西总算没有白送。笑道："我不是说了吗？凡事都要密斯米指教，密斯米叫我怎样学，我就怎样学。今天我去见教务主任要求转系，明天我们就是同系的学生，这友谊更要加进一层了。"惜时说了这话，自己也觉得有些露骨之处，但是锦华听到这话，不但不觉露骨，倒笑了一笑道："其实友谊的厚薄，也不在乎同系不同系！譬如我现在和密斯脱黄并不同系，交情总算不错。可是同系的人，我还有不认得的，那又算是何厚何薄呢？"惜时一听这两句似亲热而不亲热的话，几乎喜欢得要跳了起来，笑道："这话我是承认的，但是现在我们还没有同系，感情就不错，设若做了同系的学友以后，这感情岂不是更进一层吗？所以我对于这件事，觉得还是不可缓办的。"锦华就也不再置可否，哈哈地笑了。惜时心想，我今天这东西送得她很欢喜，我越是装出不在乎的样子来才对！好在以后是同系的学生，接近的机会很多，不要走来就取猛进的态度，让人家讨厌。主意想定，便向锦华告辞，马上要走。

锦华见他送了这些东西来，丝毫也不表功，也是心里过不去，笑道："好在我们是街坊，过一天我来答谢你吧！"惜时道："那就不敢当！以后我们常常见面的……"说到这里，心想不对。她能来答谢我，到我那边去坐坐，这是天字第一号的好机会，我为什么还拒绝她呢？便笑道："不过我屋子里陈设得太没有章法了。我很希望密斯米去指导指导！不知道什么时候光降呢?"锦华对于男友的约会，向来不肯自动规定时间的，便道："我差不多天天和密斯脱黄见面的，我去了随时可以奉访。"惜时只要锦华肯去，这一会儿工夫，倒也不必决定时间，于是笑着走了。

他出了寄宿舍的门，且不回寓，马上就到学校来见教务长，要求转到音乐系去。他们学校里本有这个规定：凡是新来的学生，不曾满两个月都可以转系。而且音乐系的人很少，也正欢迎学生加入，因之惜时并不费什么力量就转到音乐系了。

惜时原来想着，玩音乐是件娱乐的事情，当然不像科学文学那样难学。现在进了音乐系，更可以放心去玩。因之改系之后，既得和腻友接近，又可省力读书，快活极了。但是天下事理想往往和实际相反，惜时进了音乐系三天，才知道有什么黄钟大吕十二律，有什么宫商角徵羽七音，从前拿了一柄洞箫，胡吹乱拉梅花的味儿，完全不对。听着同系的学生，拿了乐器，自然吹弹成调，一到自己手里，一个字弄不出来，好在教授也说了，学音乐是极不容易的事。学三年，也许学不会一样乐器。初来的学生当然也不能仔细去追求，惜时只要教授不追求，自己本来志不在乎此，学有一样乐器又怎么样？所以他并不研究。所喜进入音乐系以后，天天可以得着和锦华见面的机会。

相识久了，锦华不像行素那样拘执，当着许多同学的面，她可以笑嘻嘻地上前来招呼，说着私人交际的事情。因之惜时不怕她不说话，倒是怕她多说话了。这学音乐，除了上书本子上的课而外都是小教室，甚至有一个人占一间小教室的，因之彼此见面的机会倒受了限制。

一日，大家上音乐史的这堂课，坐在一堂了。锦华竟是毫不客气站在他位子边，见惜时后进来，就用书本对他招了两招，脸上还含着微笑，惜时会意，就坐到她一处来。锦华轻轻地道："这音乐史教的不多，你只要补上两页书，可以从头至尾学下去了，以后这一课不要缺课。"惜时当时随便答应，没有怎样去体会。过了几分钟，自己仔细一玩味起来，这大有意思了。彼此之间，除了上这种书本上的课，是不大在一处的。她于这一堂课招我坐在一处，又约着以后不要缺课，这分明是常常相会，乐何如之。便笑道："只可惜不能堂堂课都在一处上！若是堂堂课都这样，我就高兴了。"锦华笑道："你说这话，有点儿误会我的意思，我是叫你不要缺了这重要的课，并不是叫你趁着这个机会来谈天。"惜时道："我也是这样说呀！请问，我们哪一堂课又是可以缺课的呢？"锦华用手胳膊轻轻碰了惜时一下，笑道："别说了！大家都在注意我们了。"在表面看，这又不过是很平常的话，然而惜时听着，又感到这里面有无穷的意味，第一便是"我们"两字，分量下得很重，而况我们又是可以引起大家注意的呢！

将这一点钟课听到十分之八九的时候，因就轻轻地对她道："今天晚上，我请你去看电影，你有工夫吗？"锦华道："我无所谓有工夫没工夫，可是这里到哪家电影院也不近。"惜时道："那不成问题，我当然叫一辆汽车来同坐了去。"锦华道："那不太耗费一点儿吗？"惜时笑道："这看各人的能力说，也看各人的友谊说。这一点儿义务，我还能担任，而况对于你，我总是尽力而为的呢！"锦华对于这话，也不能再有什么批评，只是微笑。惜时又道："既是同去看电影，我们的晚餐，总有个先后，恐怕不能一致。依我说，索性早一点儿动身，我们在一处吃饭，吃完了饭，从从容容地去，你看怎样？"锦华道："那也好，吃晚饭让我做东就是了。"惜时道："那成了笑话了！是我请你看电影，怎么倒反要你请我吃饭呢？显然见得我这人是不懂礼节的了。你千万不要和我客气，你若和我客气，我就是个混账东西。"锦华笑道："你倒发急起来，不让我客气，我不客气就是了。"惜时道："这样就好，你看规定几点钟由家里动身哩！说定了，我好叫车子来接你。"锦华道："其实也不必坐汽车，随便雇一辆人力车也就行了。"惜时道："北京汽车租价便宜，坐几点钟，也很有限的事。有了车子，我们进出便当些，可以省了雇车的这一番麻烦，几点钟呢？"说着话，他又来请问锦华规定的时间；不过他虽勉强说出来，似乎这一句话含有极大问题似的，竭力地想忍耐回去。然而已说到嘴边，是忍无可忍的。因之只把那语音放低，而且每个字都拖得很长，以表示出他心中懦怯来。锦华道："电影是九点钟开演。有两个钟头吃饭当然是够了。我们七点钟出发吧！"惜时直待听完了这句话，才把他心中犹豫不决的一个大问题解释清楚。

再要说什么时，讲台上一阵纷乱，皮鞋踏着地板声、讲义纸的掀动声、开始大声音谈话声都出来了。抬头一看，原来这一堂课已是讲完了。锦华所说很可注意的一种功课，这次算是牺牲了。这音乐史本来每星期只两点钟连着来的，上一点钟，教授请了假，这一点钟，又一点儿也没有听见。换一句话说，是牺牲了这一个礼拜了。但是这个时候，惜时脑筋里所计划的，乃是打电话叫哪家的汽车，以及到哪一家馆子去吃饭。不但是牺牲了一堂功课在所不计，就是学校把他开除了，这也与他痛痒无关。

在五四运动前后，大家拼命地鼓吹男女同学最大的成绩就是增进了男女社交的公开，可以省了钻穴逾墙的下流举动。不过课堂上有了女同学，一点钟之间，男同学的目光终不免要射到女同学身上去几次。设若这个女同学是喜欢换衣服，这吸引目光的次数更是频繁。让我们做一个统计：假设一个课堂上有五个女生、三十个男生，每个男生每点钟对每个女生仅仅只注视一分钟的时间，仔细计算起来，这种时间上的牺牲实在是可以惊异的一件事。而况这种时间正都牺牲在听讲的时候呢！所以男女同学虽然由诸前辈竭力争夺得来，但是也不见得完全有利而无害。像惜时先对于白行素，现在对于米锦华，当然都是一件有害于读书的事情。不过这时黄先生陶醉了，他只记得上联读书不忘恋爱，却忘了下联恋爱不忘读书。

当时很高兴地和锦华告辞回寓，先就打开箱子去拿钱，在这一拿钱之间，自己倒吃了一惊：原来放在箱子里的那一沓钞票，每次拿几张，拿到了现在，剩下薄薄的一叠也不过五六十元了。五六十元，有了今天这一场东道又要一半，还留着二三十元，够做什么用？现在正是要用钱的时候，没有了钱用，岂不糟糕？前两天曾写一封快信回去要钱，照着时间算起，这封信还在途中。就算家里接到信便汇款子来，也是来不及了，这怎么办呢？但是今天反正有钱用，明后天也可以对付，这三天之内，总可以想一点儿办法出来，预先就发起愁来，那也近于杞人忧天了。他如此地想着，便不再去计算。

为着万一怕钱不够起见，就把那箱子里存的钞票完全揣在身上，在家里刮刮脸，用香水擦擦头发，不觉也就把钟点消磨到了五点钟。虽然去预定的钟点还有两个钟头，但是惜时心中实在已是隐忍不住，很希望早点儿会面，多谈两句。其二也省得一人徘徊在楼上，将这等时候的两个钟头烦闷着不容过去。于是走下楼去，就打了个电话给锦华，她一接着电话，便笑道："时间还早吧！我们就去吗?"惜时听她的口音，好像就是马上去也没有什么不可以似的，便道："虽然时间还早，可是叫我在家里等上两个钟头，我有点儿焦急。我平常的性子是很迂缓的，但是对于你有什么希望，我总是想马上就实现的。"锦华在电话里笑道："你这句话得考量考量吧!"惜时原是一句无意的话，不料锦华倒是有意听了。因笑道："这也用不着怎么考量！我是心里有什么话，嘴里就怎样地说。在这一句话里面，你可以知道我这人是怎样的胸无成竹、不会应酬了。"锦华在电话里笑了，惜时也笑了。二人在电话里笑了一阵，还是锦华道："对不住！还是请你等两个钟头吧！因为我还有两封给朋友的信要写呢!"惜时道："给朋友的信?"锦华道："这没有什么可惊异的，我向来不写信给男朋友。"说毕，她又笑了一阵，挂上电话走了。

惜时虽然不曾达到要求的目的，然而刚才在电话里和她说的话，真个是朋友关系极深以后的表示，就是从前和白行素也不过如此罢了。这一下子，把原定今天用三十块钱请客的范围，自己慨然地增加起来，增加到将身上的钱尽其所有地花光了事。在楼上徘徊着，几乎看了十五次表以上，好容易居然挨到了六点半钟了。于是就打了个电话到汽车行里，吩咐开一辆好一些的汽车来。汽车来得很快，五分钟的时候就到了。惜时听到汽车响，马上就开了楼窗一看，原是叫的从前有过往来的那家车行，车夫好像知道了他的命意一般，车子毫不犹豫地就开到了女寄宿舍门口停住。惜时只得下了楼来，告诉汽车夫，叫他到里面去报告米小姐，说是汽车来了。

汽车夫进去报告以后，不像上次那样耽误，她手上搭着一件斗篷，高跟鞋走得一扭一扭地出来了。惜时这是出于预料以外的，帽子没有戴，钱也没放在身上，让着锦华上了车，自己飞奔上楼，拿了帽子和钱，又复跑了下来。他上了车，锦华笑道："你干吗这样子忙呀?"惜时笑道："我怕你坐在车上等得我急。"锦华笑了一笑，也不说什么，于是车子开了，开到他们预备吃饭的所在。吃过了饭，惜时一看手表，还只有七点多钟，这离电影院开演的时候相差过多了。不能吃过了饭，还坐在馆子里。这要到什么地方去，消磨这些剩余的时间呢？有了！和她到东安市场去溜达一阵吧！这个时候，东安市场正是上人的时候，带着这样一位交际之花走来走去，也很有面子呀！于是把这个意思告诉了锦华。锦华道："好极了！我也正要到那里去买点儿零碎东西呢！"于是二人又坐着汽车到东安市场来。

锦华转了半个圈子，就挑着一家最大的洋货铺走了进去。店伙看到锦华穿得那样时髦，料着是一笔好买卖上门，便问要什么。锦华只说了手绢两个字，那伙计们早捧了好几个纸盒子出来。打开来看时，五色缤纷，什么花样的都有！一问价钱，有一元一条的，有二元一条的，也有三元一条的，而且若是论打买，那就格外可以便宜一点儿。锦华将那两元一条的翻来覆去地看了几次，似乎是想买一打，然而又嫌价贵。惜时问道："你爱哪种的呢？挑几条吧！"锦华笑道："既是论打便宜些，我想就买上半打。"伙计笑道："对了。手绢总是短不了使的，买半打吧。半打只算你十一块钱得了。"锦华道"若是十块钱肯卖，我就买半打。"伙计沉吟了一下就卖了。还问要别的不要，香水、香胰子、新到的花绸围脖，锦华看了一看手表，去电影开演的时候还早，又吩咐拿出来看。看了觉得很好，加之伙计们又竭力地在一旁鼓动，心更动了，回头望望站在身后的惜时怎么样。惜时自然说是可以要，于是她又买下了。惜时满想着在市场里走走，可以不花钱看看热闹，结果替锦华会了许多买东西的账，已经达到二十元以上了。

买完了东西，惜时却不敢再说溜达，就陪着她一直上电影院了。在电影院里，二人紧紧地倚傍，这比在汽车中互相依偎又是不同。因为在汽车里，时间太短，谈不了多少的话，现时在电影院里，漆漆黑的，时间又有两个多钟头，这就有兴味极了。看完了电影，依然坐着汽车回家。锦华知道汽车是在电影院门口等着的，这又耗费了惜时几块钱！将到家的时候，便对他笑道："今天破费得你不少！我何以为报呢？"惜时笑道："我们这样的友谊，若是连做一个小东道都要彼此道着谢，那就未免太麻烦了。"锦华笑道："好吧！明天有了工夫，我再来请你吧！"说着话，汽车到了女生寄宿舍门口。惜时先下车，然后伸着手挽她，她敲开寄宿舍的门，在淡黄色的灯光底下轻轻说了一声“再见”，进门去了。惜时等那寄宿舍的门砰的一声关上了，才再回转头来问汽车夫共是多少钱。汽车夫说是：“五个钟头，连酒钱你就给七块钱罢了！你和这位小姐还短得了坐车吗？往后你多照顾我们一点儿就得了。”惜时虽觉得他这话有点儿不妙，可是人家是好意的话，也就照数给了钱。

回家上了楼，自己靠了椅子背坐下，不觉嘘了一口气，心想今天真是痛快极了，这样看来，女子们无论她是怎样美、怎样有名，只要拼命去花钱，也没有捧不上的。今天她对于我已是没有什么架子了，只要我像这样的花上三回钱，我想无论什么话都可以和她说了。只是今天这一笔钱，花得差不多倒了箱底，若是还要照这样的花两次，至少还得预备一百块钱。现在全部的存款一齐合计起来还不到二十元，哪里可以那样大花呢？哎呀！她说了明天就请我，明天她如不失信的话，我真让她来请不成？无论如何，我得把钱很充足地预备在身上。事情刚刚有点儿希望，千万不可从中冷淡下来。只是一觉醒来，便是今晚的明天，又到哪里去预备这一笔款子去？虽然父亲上次来信，介绍了两位世交朋友，可以到他们那里去借钱。因为信放在箱子里，认为不急之事，始终没有去拜访人家。现在临时抱佛脚，怕不能那样现成。首先一步，总要再凑二三十元放在身上。想来想去，他到底想出了一个法子，于是坦然地睡觉。

次日一早起来，就把自己的几件皮棉衣和一个金戒指手表一齐包好，雇了一乘车，一直坐到街口一家当铺门口来。车子到了门口，一面给车钱，一面张望着两头，看看有没有熟人。见来去并无熟人，拿了东西赶紧向当铺里钻。拿了手上的包袱向柜台上一推。店伙将东西检查了一番，问惜时要当多少钱。这当当的交易，惜时生平还是第一回，究竟应该当多少，自己也是不知道。便说：“这个请你斟酌吧！能当多少，就当多少。”店伙望他是个学生样子，未必是等了钱吃饭，便答应了当十五块钱。惜时听了大为不平，因道：“就单论一只金戒指也值个十几块钱，为什么只给我这一点儿？”店伙说：“当店里东西，只能二三成作算的，不能再多。”惜时也不知道这些规矩，踌躇了一会儿，要求柜上加了三块钱把东西都当了。

将钱揣在身上雇了车回家，心上仿佛做了一件不安的事情一样，只是想将来如何弥补。可是仔细一想，实在又没什么事，不过把放在箱子里的东西改放到当铺里去了，自己只当是放在箱子里得了。虽然出几个利钱，那有什么关系，落得弄一笔款子先放在手上应了急。如此一想，把不安的程度又减少了。

只在这时，锦华却来了一个电话，约了今天中午请惜时吃大菜，惜时自然是应时而去。到了那里，而且还抢着会了账，不让锦华给钱。吃过饭之后，二人同进公园，一直逛到下午六点，再经过一度晚餐，方才回寄宿舍。这天当的十八块钱，又耗费了过半以上。

惜时一想：这几天正要用钱，款子非充足不可，万万断不得。到了今日，也只好临时抱佛脚，就跑出去访了两个同乡，对人都说是自己害了一场病，把钱用空了，希望同乡接济一点儿，等家里汇的款到了，一定奉还。同乡也知道他是有钱的，各借了几十元钱给他，料着他父亲是不会短少这几个钱，乐得将款子放出去，做一个人情。惜时将钱借到手，胆子又大了许多。

一回家就接到锦华一封信，说是今天下午六点钟，请他吃晚饭，无论如何，请他不要再抢着会账。但是信上虽然如此说了，到了吃晚饭的时候，照着男子优待女子的办法，依然还是惜时会了账。好在惜时是真爱锦华，只要她有情，无论花多少钱，那是全不在乎的。惜时计算着日子，知道催款的那封信已经到了家，就拍了一个电报回省，请亲戚转到家里去，说是有急用，款子快快汇来。一面又开了一笔账，说是买外国书多少钱，买皮衣多少钱，吃补脑药多少钱，由挂号信寄回家去。这样子办，不但将这一笔钱弄到手算事，以后依然可以继续地向家里要钱。他钱的问题，有了办法，一连五日，就日日和锦华混在一处，亲热非常。学堂里的功课完全丢在脑后，五日之内也不过上了三堂课而已。

到了第六日，锦华说是有事，这天不能相会。惜时想到缺课太多，应该到学校里去点一点卯，若是学分不够，弄得留了级，却也面子难看。于是无精打采地慢慢走到学校里来。当他刚进学校大门的时候，不迟不早，白行素坐了一辆人力车飞奔而来。她起初不曾留意到惜时，等到她一脚跨进学校大门的时候，这才看到惜时在面前，便笑着点了点头道：“久违了！”

惜时不见她倒也罢了，一见之后，觉得无故将她抛弃实在对不住人，这要如何去安慰老朋友呢？百忙中无辞可措，只得皱了眉，做出苦脸子来道：“我害了一场大病！你不知道吗？”行素突然听着这话，倒吃了一惊，问道：“你现在痊愈了吗？我一点儿也不知道，那还得好好地休养呀！但是转到音乐系去，为什么也不向我通知一声呢？”惜时道：“恰好那几天你没有上课，后来你上课了，我又病了，今天我就是特意来找你谈谈的。”行素道：“我天天上课，哪天也没有间断，这话有点儿不对吧？”惜时无话可说了，便现出很踌躇的样子来，勉强笑了一笑。

他不笑倒不要紧，他这样一笑，行素反看出他的虚伪来了，也笑道：“也许是那几天我上课来得晚一点儿，所以没有会着你。”说着，她夹了书包，一直向前走，不理会惜时了。她心里想着：惜时必然是要和她道歉的，一直地走着很快，让惜时去追着。但是她走着，并没听到后面有跟随脚步声，分明是惜时不曾来。于是一蹲身子，扣着皮鞋的绊带。在这一蹲身子的时候，趁势低头向后看了一看，果然惜时没来，气得一跺脚，一直上课堂了。讲台上先生讲着什么都没有留心去听。但是心里想着，早两天的谣言似乎有点儿证实了，人家说他对于米锦华非常崇拜，不过米锦华是个时髦女郎，惜时有时过于老实一点儿，恐怕她不中意，或者是惜时有此梦想，特意改到音乐系去，好接近她罢了。不管如何，我要到那边去看看，他们究竟亲热到什么程度。

于是停了下一堂课不上，装着在学校里散步，经过一个很大的校园，走到音乐系教室外去，远远地望到廊子台阶上，有一男一女靠了栏杆站着。那个男的，不是别人，就是惜时，女的穿淡蓝色的夹袄，外罩着白绒绳的短外衣，这不是米锦华是谁？她突然一见，几乎晕了过去，待要上前彼此见着，却不好意思，未免要冲突起来，若不上前，就此转身，心中实有所未甘。冲上前去，至少也让惜时心里自己知道是说谎了。于是低了头，四面盼望着，当了是在这里散步，慢慢地走了上前。恰是惜时只管和锦华说话，却没理会到有人走来。锦华虽是看见行素，同校女生很多，她怎能知道这个散步的女生乃是情敌，因之她虽看见，还照常地和惜时说话。

及至行素快走到面前了，惜时一回头，这才看清楚了，他一方面觉得对不住行素，一方面又怕锦华识破了机关，心里很是焦急。想要和锦华站着远一点儿，向后退了一步，可是锦华哪里知道，她也就上前跟了一步，只这犹豫的期间，行素已经走到廊子下来了惜时要躲避，也躲避不了，只得先和行素点了一个头，然后笑道："密斯白，我给你介绍一个朋友，这是密斯米!"行素已是走上前，和锦华点了一个头道："这是用不着介绍的，谁不认识培大之花呢?"锦华笑道："那可不敢当，男同学和我开玩笑，女同学就不该跟着他们说呀！密斯白在哪一系?"惜时道："原来是我们同系的，所以我们很熟。"行素笑道："其实用不着解释，密斯米也知道的。"说毕，又笑起来了。锦华哪知道她笑的是什么缘由，只望了她一望，她也不再说多话，便走开了。

行素到了现在，才知道以往惜时对于自己的态度完全不是诚意，自己理想上以为得了个志同道合的终身伴侣，完全是错误了。这个米锦华自负为培大之花，我看不见得有了这样的荣誉女子，和一个新同学没有多少天就如此地亲热。那身价也可想而知了。由此不只瞧不起男子，而且也应当瞧不起女子。她心里如此想着，也不知是何缘故，就懒去上课，夹了一只书包，就回到双家亲戚那里去了。

以前她曾接到两封匿名信：一封信上，并没有说什么，只画了一支爱情之箭射着一只鸟，那只鸟另追着一只鸟去了。这一支爱情之箭的下面，有一朵落花，花下注着白行素三个字。行素猜想着，那一只鸟一定是指着惜时另有所遇了。过了一天，又接着一封信。信上简简单单地写了几句话，无非说的是黄惜时别有所欢，已经不爱她了。她做了许多年的女学生，知道女学生无故收着男子的信，那是极平常的事，所以对于这两封匿名信也不怎样去注意。现在亲眼看到惜时和锦华在一处，这就把黄惜时的态度完全证明了。不知道这两封匿名信是何人所写，倒觉这个写信的人是很关切自己的了。

自己如此地想着，就在这一天又接着了一封信，这封信写得更详细了，说是惜时现在丢了一切不管，终日追随在米锦华的身后。男子见一个爱一个，这也算不了一回事，可是他追随米锦华之后，要取信于她，就说他和白女士向来不认识，而且说了白女士许多不好的话；这种人，白女士还能认他作为朋友吗?

行素接到这封信，明知含着挑拨的意味，但是一见之后，也不知是何缘故，便觉得心里拴了一个大疙瘩。虽然把信扔下了，却又捡起来，重新看了一看，越看心里也越难过。心想，不要以为这封信里的话靠不住，你看他在米锦华面前，一介绍之后，就要表白一番和我认识的原因，这岂不是怕得罪了米锦华；既是怕得罪了她，当然是和她关系密切，和我疏远。到了现在，男子们的心事可以看透了。不但是见一个爱一个，而且是不爱一个就糟蹋一个的。想到这里，觉着无故受了男子的骗，又是可羞，又是可恨。这一天，也就懒去上学，就在双家休息，说是病了。

她的表姐双玉佩比她大两岁，究竟见识就比她开阔些，这几天见她皱眉不展，好像有一番心事，已经可怪。今天又见她不热不冷，忽然称病，更觉大有原因在内，便装着要和她借一本书看，走到她屋子里来，见她侧卧在一张睡椅上，脸伏着枕了一只手，一本书由椅子上落到地下，也不曾去留意，桌上摆了信封信笺，笔也架在砚池上，却是不曾写得一个字。玉佩随身也坐在睡椅上，掏过她一只手来握着，问道："你有什么失意的事吧？你告诉我，我或者能和你解围。"行素坐起来，用手缓缓理着自己的头发，微笑道："我有什么失意的事！吃饭读书，读书吃饭，怎样会失意起来？"

玉佩微笑着摇了一摇头道："你还能瞒我吗？这些事，所见所闻，我经过得多啦！大概是那位黄惜时先生有什么事得罪了你吧？"行素脸一板道："你提他做什么，我恨极了这种人了。"玉佩笑着一拍她的肩膀道："怎么样？我猜中了你的心事不是？你说，他是怎样地对不住你。"行素道："你不必问，我心里烦极了，我不愿说这种无聊的话。"玉佩笑道："男子们都是这样的，你不能太迁就了他，总给他一个不即不离的态度，然后你要怎样驱使他都可以。设若他进一步，你近一步，他觉得没有什么困难，就吸引他不住了。惜时遇着别人来引诱他，就会让别人吸引去了。"行素道："凭你这样说，我们女子还有一点儿人格吗？"玉佩笑道："这无所谓人格不人格，男子们利用他的金钱地位来玩弄女子，女子也就可以用手段去玩弄男子，彼此对玩，有什么不可以？他是怎样地玩弄你，你告诉我，我可以和你想个法子去报复他。"

行素用手轻轻在她背上捶了一下，笑道："你真不是一个好人，兜了一个大圈子，原来是要话里套话呢！你别来麻烦我，让我好好地睡一觉吧！”说着又枕了手，睡下去了。玉佩笑着道：“你不对我说不行！我胳肢你。”说着，手向行素胁下一伸，还不曾碰到她的衣服，她哎哟了一声，身子一扭，由睡椅上滚将下来。玉佩道：“一个人怕胳肢，也要怕得有个分寸，没有看到听了一句话，就会向地下一滚的。”行素坐在地板上，笑着站立不起来，对玉佩道：“我真怕这个！你别来，要不，我就恼了。”

二人正在纠缠不清，老妈子却送了一封信来交给她，她站着接信一看，又是那个写匿名信的人的笔迹。她想着：又不知道里面送着什么不好的消息来了，看呢还是不看呢？她拿信在手上，这样犹豫着。玉佩道：“情人请罪的信来了，让你看吧！”说着，连忙走出房去。行素也没有心留她，拿着信呆立了许久。忽然一跺脚，一点头，把信撕开了，这一看之下，果然又是一个不好的消息，让她更伤心了。信上写着什么？下回交代。

第十回

一语忘情水流花谢
两番问病藕断丝连

上回所说的那一封信，内容正被行素所猜中，又是报告恶消息的。行素拿着信先匆匆地看了一遍，心里已是难过了好几阵，接着仔细将信的内容一看，这信上把惜时最近的行动说了一个详详细细，第一天和米锦华游哪里，第二天和米锦华在哪里吃饭看电影，都说得像耳闻目见一般。行素将信看了两遍，却有些疑惑起来。男女恋爱行动，当然都是秘密的，这个写匿名信的人，他何以知道得这样清楚？由这一点看去，这人一定是故意捏造谣言，从中来破坏的。他既可以写匿名信来给我竭力说惜时的坏话，当然也可以写信给惜时竭力说我的坏话。惜时对我这样淡淡的，恐怕也是和我一样，中了人家的离间计了。如此一想，好像恍然大悟。这就不能不和惜时直接谈一谈，看看是不是彼此误会了。若果然是误会，只要开诚布公，大家承认过去的不是，那么，就可言归于好了。不过自己除惜时而外，绝对没有第二个男友。惜时虽然听人家的话，这疑心也无从而起，他误会我是哪一点我还不知道，又何从而解释？

一人在屋子里踌躇了一会儿，也想不出一个办法来。双玉佩在门外道："白，怎么样？是道歉赔罪的信吗？"行素说："别胡说了！我正为难呢，你进来坐坐，我有话告诉你。"玉佩笑着进来，坐在行素对面椅子上，眼睛斜望着行素手上拿的那封信，因笑道："拿着的那封信，能让我看一看吗？你若是能将那封信给我看看，我或者可以和你出一点儿主意。"行素道："你胡猜得全不是那回事，这信也没有什么不能公开的，你只管拿去看吧。"说着，将信封和信纸一齐向玉佩怀里一抛。

玉佩从头到尾看完，笑道："这是人家用的离间计呀！不知道是谁，要和你们演三角恋爱了。"行素红了脸道："你别瞎说！你应当知道我，我不是那样乱七八糟结交朋友的。"玉佩道："虽然你没有演三角恋爱的意思，可是你怎能禁止旁人加入？这个人自然是很崇拜你的，同时，也是极恨黄先生的。这只有一个法子，查出这个写匿名信的是谁，然后你正正堂堂去和他办一番交涉，看他怎样的答复。假设他是一个很知趣的人，他竭力地要辩护不曾写信，从此以后，他知道你意志很坚定，是不受挑拨的，那么，他就不再写信了。反过来说，他是个不知趣的人，再要写信来，他也要有一句说一句，不敢瞎话了。"

行素笑道："你这个主意固然不错，但是我到什么地方去找出这个写匿名信的人来？你这话不是白说了吗？"玉佩笑道："我的话好像是没有头脑，但是这个写匿名信的人，他有所求于你，自然就会让你知道他是谁的。再不然，你就直接去问黄先生有人写信给他没有。他说是有，你和他解释一番，自然就没事了。"行素道："他若说是没有呢？"玉佩道："那就更好，他并不曾听了你的什么谣言，你不更是一个干净人吗？"

行素向沙发椅上一躺，闭了眼睛，定神想了一想，接上又摇了一摇头，看她那情形竟是说办法不妥当。玉佩道："唉！一个人总是不要谈爱情的好，你是个无愁女郎，大可以放宽一百二十四分的心，安安稳稳去读书，现在你为了爱情闹得神魂颠倒、笑哭不是，这都是爱情的赐予呀！"行素道："你不要看轻了我，我是不像平常那些女子一样的，从今以后，我要把天下的男子都看成毒蛇猛兽！无论什么人都不和他往来了，我就是这样说的，你信不信？"接着，长长地叹了一口气。

玉佩笑道："你不要说什么了，只凭你这一口长气，已经是堕入了二十四层魔网。"说着，走了上前，拍着她的肩膀道："我告诉你，人心都是一样，哪个也不能说那一句话，把爱情丢得开开的；可是起初对于一个男子钟情的时候，总要慎之又慎，一涉情网，再要想退后，那就迟了。这位黄先生以前对于你那种热恋，你这样一个很少研究爱情哲学的，也难怪会迷惑起来记得有一次，那样大的风，跑到我们家来，刮得人像了黑人一样，他又没什么要紧的事，不过是要来看看你，和你谈谈话而已。只那一点，一个情窦刚开的女子……"行素将两只脚在沙发上乱蹬，口里连道："胡说胡说！"她这样地说着话时，已经在身上掏出了一块手绢，将脸来盖着。玉佩笑道："好好地念书吧！不要胡思乱想了。我让你一个人躺着想想，不来打搅你！"说毕，她笑着走了。

行素一人在屋子里，想想从前惜时的态度，觉得真是体贴周到，怎怪自己为他所动？这时固然恨极了惜时，但是心里虽然是恨他，果然能够把他办到回心转意，战胜了米锦华，也出了一口气。而且惜时这种人在学生里面性情是极好，学问也有个上中等，面貌更不在六十分以下，能把他夺回来，他有点儿小过失，也就可以把他饶恕了。这样想来，自己一味高抬着身份，不去和惜时接近，这一着棋可走错了。试想：若不和他见面，怎样可以解释误会？不能解释误会，彼此永久是站在不相投之地位上的了。

不过怎样去和他接近，却是一层困难。若在学校里去找他，彼此隔着系，老不容易见面，就是见着面，在许多的同学当面，也不便怎样去迁就他。要不然，便是到他住的寓所里去，然而他已经说过，让我过些时再去，设若真的去了，他闭门不纳起来，那更让面子上搁不下去。自己揣测了一会子，这只有一个法子：记得他借了我的一本《文学概论》，写信给他，请他把书送回来，他若是自己把书亲自送来，那个时候趁便就可以和他谈谈，看他意思如何。

这样想着，觉得办法很妥当。在家里便预先写好了一封信，上学的时候，将这封信放在号房里，让号房去转交。她所以不由邮政局里寄到惜时私寓里去，正因为这样寄出去，可以迅速一点儿。但是信固然寄出去了，结果却更让她难过，原来惜时并没有自己将书送来，只是将书打好了一包，派人拿了一封信送来的。信上说：

行素先生：

以前所借你的书，共有十三本，现在打叠一包，全数奉璧。有两册，因溅有墨点，不便退回，所以另买两册新的赔偿，这或者不如尊意，要原书退还，请原谅！

黄惜时谨白

行素第一行看到，便心里大不舒服。彼此通信，亲爱的、哥哥、妹妹都几乎用过了，现在突然改称恭恭敬敬的先生二字，连女士两字都不曾用，这是何意呢？分明是把彼此的关系看着疏而又疏了。这也罢了，怎么一下子把所借了我的书都退回来了。这种情形分明绝交的意味了，绝交就绝交，没有什么关系，不过和他要书，是自己主动的，好像我交情先断，连几本书都不愿放在他那里了！其实我之要书，正是找一个接近的机会，并不是疏远他，他把书送了来，完全猜到反面去了。以前决裂还在心中，现在决裂形容到表面，那岂不是由我生造出来的误会？由解释误会而生出误会，我不能不声明了。想到这里就马上写了一封信给惜时。那信上说：

惜时：

难道你真和我恼了吗？想着我们由家乡同车到北京，由路人变成了朋友，是何等的高兴。你对我所说的话，我一句一句都依然记着，仿佛有一座金碧辉煌的宫殿，摆在白云影里，我们凭着一个美的目标，一步步向那里走去。我极佩服你待人诚恳，你所说的话，我虽不能句句容纳，然而我对于你的话总是极端相信的。我不知道你是看出了我什么短处呢，也不知道是我在什么地方得罪了你呢？很奇怪的，你忽然和我疏远了。有些同学说，你所以改进音乐系，就是为躲开着我，这话我想不见得。若果然不错，你未免因噎废食了！假使你必定要躲开我而后快，由我改变了学业的旨趣，那让我多么惶恐！既是如此，系铃解铃，还是让我退学，不更好吗？但是我决不相信他们那种话，所以我依然保持着原来的友谊。我因为要看一看《文学概论》，像以前无事不说的态度，便和你要。不料这又惹起了你疑心，将所借的书完全送回给我，而且将有了墨点的书还买新的来赔偿。你这种对我“一介不以取诸人”的态度形容我们的交情，平凡到了二十四分，我们还说什么气味相照呢？以往我们那一番亲密，真不解是从何而生？这真成了那句俗话“既有今日，何必当初”了。虽然，这或者是我的错误，我想或不是所预料的那种情形，我希望你不要客气，指出我是哪里得罪了你。我也愿意“过则勿惮改”呀。敬祝你愉快。

白行素谨启

这一封信写完，自己念了一遍，觉得并不切实，纵然寄了出去，也是一篇闲话，待要重写一封，然而心里纷乱得很，却不知道要从何处写起。真写了出来，也许比这封信还要浮泛一点儿，更无意思了。将这一封信放在桌上，两只手互相抱着，靠了椅子背，斜斜地对信纸望着，发了一会子呆。用手将桌子轻轻一拍，叹了一口气道：“就是它吧！至多也不过是翻脸，事到如今，就让他翻脸吧，难道交这样一个朋友，还有什么问题不成?”她如此想着，立刻找了一个信封，将信发了。

当时原很有一番气愤，以为在字里行间和惜时表示一点儿，也让他知道我是不可侮辱的。及至信发出去了，一人揣想着信里所写的句子，未免有点儿过火，自己原是想和惜时言归于好的，若是照着这封信的态度而论，一定是更加决裂。自己也不知是何缘故，写信的本意无非是联和，不料笔一写到白纸上，竟会不由原来的意思乱写出许多愤懑不平的话来，把原来的意思推翻了。不过信已经是寄出去了，追悔也是无益，且看惜时这一回执着什么态度。若是他真正地不曾忘了我，我这一封信解释误会的一部分，他总能明白；只要他能明白这一点，其余的事都是附带的，没有什么不能了解。男子们犯起醋劲儿来，只要不是真的，马上一解误会，就可以向女子来道歉，不像女子，一时转不过圜来，还得做作一番。看他如何，若是他明后天有信来，什么都不成问题了。自己心里这样想着，仿佛又宽慰了一点儿。

这一天绝对没有上课的意思：一来是心里乱得很，二来也怕到学校里去遇着了他，也是一阵难为情。彼此若是因一封信和解了，倒没有什么关系，若是为这封信更加决裂了，那就不便见面了。她如此地想着，所以静静地在家中等候。到了次日上午八点钟，她正踌躇着今天还是上学呢，还是不上学呢？就在这时，双家的老妈子拿了一封信进来了，将信接到手，信面上的下款便有“黄缄”两个字，这笔迹也非常像惜时的，不必猜，他已经明白是误会，写信来道歉了。心里这一阵欢喜，却是比得着一样别的东西更要快活。连忙拆开信来一看，倒有点儿出于意料以外，只是一张洋文横格纸，草草地写了几行，而且是自来水笔写的。不过这也可以疑心是他忙的缘故，少写几句，只要意思到了，也无关系。可是看了几行，脸上颜色突然变红又变白。将信看完，两行泪珠竟不明由何而至，人向椅上一坐下去，头枕着胳膊哭将起来。手里拿的信，只管抖颤，还不曾放下呢！

双玉佩见她昨天一天不自在，今天未知如何，老早地就来看她，一走到窗子外，就听到屋子里有嘤嘤啜泣之声，很以为怪。这一早，就有谁来招恼了她。及至走进房来，见行素依然枕了头哭着，不肯抬头，自然是哭得很厉害了。这也不必去惊动她，将她手上的信抽了过来，从头一看，那信上写的是：

行素女士：

来信读过了，干吗发这么大的脾气呢？交朋友意气相投就亲密些，意气不投就疏远些，无所谓特别与平凡，也无所谓今日与当初。天下无百年不散的筵席，漫说以前，咱们不见得怎样特别要好，就算特别要好，水流花谢，一了就百了，匆匆不及详言，请原谅！祝你进步！

黄惜时上言

看这封信的确是惜时写的。信里的意思分明表示是绝交了，这也怪不得行素要哭。因将信向桌上一放，啪的一声用铜尺压着，微叹了一口气道：“我看你这人，痴得有些过分了。我以为什么大不了的事。一个女子要交男朋友，算得了什么？他不理我，我还真不屑于理他呢！把信一撕得了，你的眼泪那样不值钱，这样地哭做什么？”行素抬起头，掏出一块手绢擦着眼泪道：“我并不是哭这个，我难道还怕丢了这样一个不相干的朋友吗？我是为着受了人家的委屈，我有些不……服。”说到这里，一个不字，没有痛快地说出来，又呜呜咽咽哭起来了。

玉佩道："你们过去的事我不十分清楚，你这样伤心，莫非……"她觉问得突然一点儿，也忍住了说不出来。行素将眼泪擦干了，正色道："我不是说别的事受了委屈，不过我以前十分相信他，因之人家说我和他感情不错，我也承认了。现在决裂到这种程度，把从前的账簿一翻，面子上多么难为情。"玉佩笑道："你这个面子，真是想不开，现在男女爱情角逐场中，正也和政局不平一样，今日要好，明日可以翻脸，今日翻了脸，明天还是可以言归于好的。朋友绝交也罢，情侣失恋也罢，这也并不是你一个人的事，为什么急得这样？"行素垂着泪道："虽然是这样说，可是我们站在女子的立场上说，受了人家这样的委屈，也是可耻的事呀！"玉佩笑道："越说越不对了，你受了人家的委屈，难道哭一回就不委屈了吗？这就不是个办法，最好是想个法子，让他也受点儿委屈，叫他尝尝这苦味。要不，云过天空地把这事丢过去，只当没有这个朋友，岂不干净？你若老是哭，那是叫自己委屈上再加委屈，委屈死了，也是白委屈，你把我的话仔细想上一想看。"

行素突然跳着站起来道："你这句话不错的，我就照着你的话去办。我不哭了！我不哭了！"说毕，她就站了起来，拿凉的手巾，擦抹了脸上的眼泪，在书桌抽屉里，匆匆忙忙地捡起了书和讲义，用两根皮带子一束，同时找了一支自来水笔，向衣襟上一插。玉佩道："怎么着？你忽然又想起来要上学吗？"行素道："那自然，我犯不上为了这不相干的事，耽误了我的学业。"玉佩笑着向前握了她一只手道："我这几句话，不过是和你开开玩笑的，你可不要因为我鼓励一番，你真跑到学校里和那人争吵起来，我倒成了挑拨是非的政客了。"行素道："昨天我已经耽误了一天了，今天我再耽误一天，我千里迢迢跑到北京来为的是什么？为的是读书呢，为的是谈恋爱呢？"玉佩道："你也把恋爱两个字说出来了。你……"正当她说这句话时，行素夹着书包，已经走到老远去了。

她出了大门，一点儿也不考量，坐了车子，一直就向培本大学来。进得学校，立刻就觉心里有些慌乱不定，心想，假使我马上见着黄惜时，打算怎么办呢？我若不睬他，也许他不睬我，我要报复，也无从报复，就算我找话和他说，他依然是不理，我又怎么办呢？这样看来，第一步让我看见他，我就没有办法。有了，我就借着收到他那封信为由，用两句俏皮话挑引他一下子，他绝不能板着面孔，对我一个字不提吧！固然，他总要说两句话，然而他也照样和我说两句俏皮话，我又怎么办，我还能和他大吵特吵一顿不成？反过来，他也并不用俏皮话来回驳我，只说两句话敷衍我，他就走开，又奈何他？岂不是表示女子们无聊，故意去逗引男子吗？无论理我不理我，我先招呼他，那总是不妥当的了！然而不如此，恐怕他未必先理我，从此以后，算是无形绝交，我要报复他，也就不可能了。

自己只管是这样的胡思乱想，脚也就移步向前走，猛然间觉得有一样东西挡住了去路，抬头一看，原来是一堵高墙。这一堵高墙是本校风雨操场的后方，在本校的校址中，是最后的一个所在了。由大门口到这里，要经过许多教室、大礼堂、学生休息室、校园、操场，绝不觉得当时都走过了，仿佛是飞到这里来的一般，这要让别人知道，岂不要说我是发了疯了吗？心里一阵惶恐，周围看了看，所幸还没有一个人看到，连忙转着身，向回路走。

她走了几步，遇到一个女同学了，女同学笑着问道："密斯白，上课了，你到这后头来做什么？"行素一时哪说得出是为什么到这里来的，望着她笑道："我丢了一样东西，来找找。"女同学道："你的东西怎么会丢到这地方来呢？"行素笑道："是啊！我的东西怎么会丢到这地方来，我也找得有些莫名其妙了。密斯何，你怎么又会到这里来的？"她微笑道："我倒是找东西。"说着，她匆匆地走了，行素倒有点儿好奇心，看她究竟是为什么跑向这里的；及至她赶到一簇矮树边，矮树下走出一个男同学，笑嘻嘻地迎着她。行素叹了一口气，不知不觉一人说起来道："天下的女子没有一个是不中男子圈套的。"于是垂着头，一人静悄悄地走到讲堂上去上课，把要向惜时谋报复的心事暂时丢开了。

然而出于她意料以外的，就是从这天起，并不看到黄惜时的影踪。有两次装了散步走到音乐系那边去，那位培大之花米锦华女士倒看见了她，却不见有惜时。直到第五日，偶然听到男同学说话，说是黄惜时病了。那两个男同学是在走廊上散步，这样无意闲谈说出来的。自己并不认得他两人，要突然去问他二人，痕迹显然，未免有点儿不好意思。因之他们在走廊上走，自己就在走廊下走，有意无意之间，跟随着他们后方，听他们说的是些什么。有一个人道：“他害的什么病，你知道吗?”一个笑着摇了头道：“这个病不光是形式上的病，也许还有一些精神上的关系。”一个问道：“是什么精神上的病呢?”那个又答道：“反正是脱离不了女人。”行素听到女人这两个字，身子不免微微向后一退，那两个男生并没有注意到有人在身边监察，一路说着话，走开过去了。

行素呆呆地站了一阵，心想这是什么缘由，他既对我不满意，怎么又为我病了？他的病绝不能认为是同米锦华而病，因为米锦华天天和他在一处，只有让他更加愉快，没有转而生病之理。现在他若是为了女人生病，一定为的是我，这真是一件不可解释的事情。既是和我断绝交往，又何以为着我生病，莫不是这里面还有别的文章，我并没有知道?既是如此，还只有我亲自去见他，看他说些什么。好在他是病了，我去探他的病去，这不能算是去迁就他。无论男女，一个人对着朋友危难的时候，总应当忘了一切去帮助人家。那么，自己还是直率一点儿，去看他的病吧！无论他对我是什么态度，好在我是尽我自己的心。

这样想着，她也无心上课了，夹了书包，就到惜时的寓所里来。她一拍大门，却是一个女学生走了出来，行素也不明是何缘故，心里突然一惊，向后退了一步，那学生望了她一望，问道：“找谁?”行素只得点了点头，微笑道：“有个黄惜时黄先生，他是住在这里吗?”那女生对着行素浑身上下看了一阵，似乎有些省悟的样子，点了一点头道：“不错！他就住在这楼上，可是生了病，搬到医院里去了。”行素道：“哦！病是这样重，您知道他是住在哪个医院里吗?”那女子道：“是高等医院，二等第二十四号房间。”行素点头说了一声“谢谢”，就向高等医院来。但是她心里却十分诧异，她如何会知道如此清楚，不过这时要去探惜时的病，就不暇去过问这些细末缘由，坐了车，直向高等医院来。

这医院是外国大夫私人开的，来探病的人倒并不费什么手续，查明了病人住的房间，直接就可以向里面走。行素走到房门外边，正好有个女看护由里面走出来。行素退后一步，向她招了一招手，低声问道：“请问这里有个姓黄的病人吗?”女看护对她打量了一番，笑道：“您姓米吗?”行素心中一动，点了点头。女看护道：“这个病人，他天天叫着密斯米呢！但是他昏迷的时候这样子说，清醒过来，他又否认；所以我们也没法子去找您，现在醒着，你可以进去看看。”行素听了这话，二十四分地难过。这样看来，人家说他为着女人病了，是为着另一个女人，与自己可没关系，不过既是到这地方来了，总不能不看病人就走开，因之悄悄地推着门，走了进去。

只见靠着窗户直摆了一张小铁床，铁床上一白如雪，惜时拥了被高高地睡在床上，正注视着窗外的日影，好像有点儿不耐烦的样子。当推门的时候，他以为是女看护进来了，并没有去注意。这时他猛然一回头，看到了行素，倒吃了一惊，啊了一声。行素见他那瘦削的面孔白得没有一点儿血色，一头的乱头发都是蓬散着，见人未笑，先露了牙齿，在这种种方面都觉他十分可怜。在这一刹那间，对于惜时以前的事自然会忘了一个干净。便走到床面前，低声向他道：“我刚才在学校里上课，才听说你病了，你怎么会突然得这样一个病呢?”惜时唉了一声道：“这无非是吃了坏东西。”行素道：“大夫没有说是什么病吗?”惜时踌躇了一会子道：“大夫说的是外国病名，我听了也是不懂，不过到了医院里来以后，听着大夫的指挥，已是不要紧了，多谢你抽了工夫来看我，请坐坐。”说着，他就用手指了床面前一张方凳子，让她坐下。

行素见他不分界限，敢情显然是好得多，心里更又痛快一点儿。于是含笑点了一点头，在那方凳子上坐下，因笑道：“大夫没有说禁止别人来探病吗?”惜时道：“倒不禁止，但是也并没有人来看我的病。”行素道：“哪个送你进医院的呢?”惜时道：“不过是两个男同学。”行素道：“以后还有谁来看过你的病吗?”惜时哼着道：“不过是一个同乡。”行素哦了一声，沉默了许久，然后问道：“除了同乡，至好的朋友也没有来看望你的病吗?”惜时对于这句话，似乎有十分难为情的样子，哼着轻轻道了“没有”两个字。行素背转身去，两手扶了膝盖，将衣襟上的灰吹了两下，然后问道：“密斯……米，她，她没有来过吗?”惜时道：“她……她……或者不知道我病了。”行素道：“你是常和她见面的，何至于你病了，她会不知道呢?”惜时叹了一口气，却又忍转去了。这一声叹气虽没有叹出来，然而行素那时一回头，正看到他那种极不快活的神气，就更知道这里有紧要关键在内了。

心里一明白，这时就用不了再问，看见旁边茶几上有一个玻璃壶和玻璃杯子，就起身倒了一杯白开水，举了送到他面前，低声笑问道："你要喝一点儿吗？"惜时点点头，她就将这杯开水，送到惜时嘴边，让他就在她手上喝了。又坐谈了一会儿，外国大夫来了，看见行素在这里，便对她说："病人还不能多谈话，看病的人还是各自少说两句的好。"行素是个有新知识的人，当然极尊重医生的话，因之和惜时点了点头，就走开了。

出得医院来，觉得空气都格外的新鲜，呼吸非常灵爽，坐了车子回到双家，见了双玉佩，微笑着点了点头。玉佩心里很奇怪，她出门的时候懊丧得如丧考妣一般，怎么回家的时候就是这样欢喜，莫非她和黄惜时言归于好了？因之随着她进房笑问道："行素，你见着黄惜时吗？我想你恨他恨极了，他对你赔了许多不是，你都没有理会他的。"行素笑道："拿我开什么穷心？"玉佩道："咦，这就很奇怪了，你出去的时候，不是和我讨论过黄惜时的事吗？我猜你到学校里去的时候，一定会……"行素道："不必说了，他病了，在医院憔悴得不成样子了。"玉佩道："你到医院里去看他来的吗？他害的是什么病？"行素笑道："我没有去看他，我不知道。"玉佩道："你还瞒着我哩！自己都说出来了，看到他憔悴得不成样子呢！"

行素笑着向椅子上坐下来，瞟了玉佩一眼道："我也不知道什么缘故，听到同学说他病了，我就觉得什么仇恨都没有了，非看他一下不可。"玉佩笑道："怎么样？我就知道你去看了他，大概你去看他，他对你感情还算不错。"行素笑道："那自然，我好意去看他，他还能给我颜色看不成？不过你说他对我感情不错这句话，还谈不到，他梦里头还念着那位培大之花哩！"玉佩道："既是如此，你还去看他做什么？"行素道："人总是感情动物，他现时在病中，我只以同学的资格可怜着他去看看，等到他的病好了，还是各干各的，管他心里念着谁呢。"玉佩点着头，叹了一口气道："唉！天下的女子，都是痴心的哟！"说着这话，昂着头，微微地摇着去了。

行素固然知道玉佩这话是很沉痛的话，然而自己的心已经让惜时那可怜而又可亲的样子完全溶化了，再要强硬着和他斗气，已觉是不可能。唉！这也只好将曹孟德一句话反过来说："宁可人负我吧！"行素前两天是恨着惜时，没有心思念书，到了今天，却又为了惜时的病，以及他病里的态度，逗引着自己去挂念，也是没有心思念书，自己在家里徘徊了一天。

到了次日，一早去上学，一进学校门，就见米锦华打扮得像花蝴蝶子似的，随了几个男女同学一同出来，看她这种样子，绝不挂念到黄惜时的病。惜时在医院里害病，口里还念着她，她还是这个样子，那么，玉佩说天下的女子都是痴心的，这也不见得。惜时在医院里，今天少不得还要念上几多遍，又算是空劳眷念了。心里想着，这向里面走的两条大腿不觉慢慢地迈不开步，以至于停止。心想："昨天和他见面，话不曾说得痛快，就分开手了，今天我何不再去看看他？他昨天见我，已经是那样感激不可言喻了。今天又去看他，比那种置之不闻不问的人总要好个十倍；他对我的态度就应当更好了。"想到了这里，她一点儿也不犹豫，马上转身向外走，坐了车子，一直就向医院里来。

当她走到病室门外的时候，见房门是紧紧闭着的，究竟不过是朋友关系，不便推门便进，只得照着外国人的办法，在门上先敲了一阵。里面很随便地问了一声"谁?"行素答应了一个"我"字。里面道："密斯米，请进来吧!"行素手扶了门上的门钮，本来只一推，人就可以挤了进去，但是听了这句话，犹如冷水兜头浇了下来一样。一个女子被男子遗弃了，又去冒充情人，这女子的身份岂不是完全丧失？想到了这儿，就呆住了，那门像千斤闸一般，哪里推得动?

惜时听到有人敲门，不见进来，就问道："密斯米，请进来呀!"行素听到他颤抖的声浪，知道他病体不见得好，再不进去，可就让他急了，只得将门推着侧了身子进去，一面微声答道："是我，不是密斯米。"惜时在床上微微昂着头，向外一看，见是行素，很是难为情，点点头道："劳驾！今天你又来了。我原不知道密斯米要来，因为她昨天托朋友带了一个口信给我，说她这时会来的。"

行素在床对面一张椅子上坐下，将脚打着地板作声，脸上露出微笑，似乎是很自在的样子，问道："这带口信的人是同学吗?"惜时点点头，行素道："也许你听错了！因为我由学校里出来的时候，还看到密斯米穿了很漂亮的衣服，和好几个同学出去玩哩!"惜时道："都是些什么人，密斯白认识吗?"行素道："我不认识，不过有女的也有男的。"惜时听说，默默不作声了许久。行素道："不过你一定要她来看你的话，我可以和你传一个信。"惜时依旧默默然，不曾说什么。行素道："同学的感情既然不错，有了病来看看，也不要紧。"惜时道："要人家来看病，人家不来，多难为情，人家来了，求得来的，也没有什么意思，朋友还是老朋友好！密斯白，你说是不是?"行素低了头不答复。停一停道："大夫说了，请你少说话，我在这里静坐一会儿，不要说什么吧!"

惜时听说，望了她又点点头，他在这点头之间，眼珠很诚恳地望着行素，这里面有无限的思想在内：觉悟、懊悔、亲爱，都可以表示出来。行素心里想着，我并没有离间他和米锦华的意思，我只是实话实说，既是他因此转心向着我，我自然是接受，但是米锦华绝不能说是我有意挑拨的。心里如此想着，也没作声。过了一会儿，大夫进来了，见行素很沉静地坐在这里，对她点点头微笑道："这样就好，看病的人都是如此，我们也不拒绝了。"大夫看完了病，接着行素便要走。惜时道："你若是没有事，就再坐一会儿!"行素道："事是有事，不过你要怕寂寞，我多坐一会儿也不要紧。"惜时道："我谢谢你!"将两手抱着拳，拱了一拱。行素见他这样的挽留，心中十分欢喜。原想站起身来要待走了，又坐下了。

但是当她刚刚坐下去时，忽听得外面有人道："黄惜时就是这间病室吗?"接着，房门有人敲了两下，行素起身将门向里一带，看见那个探病的人却吃了一惊。这人是谁？下回交代。

第十一回

谢心医匀金赠艳友
看爱子千里走衰翁

原来这突然现身面前要走进屋子来的人，正是行素对惜时说了不会来看病的米锦华。先前在学校门口看到她时，身上穿得非常华丽，现在不然，只穿了一件黑绸的袍子，周围滚着白边。这种颜色，在现时，固然还是时髦的颜色，然而在米锦华穿起来，已是极端的朴素了。自己原是说了她和同学出去玩去了，现在可让自己打着自己的嘴巴。在米锦华呢？她已由惜时口里，知道白行素曾一度和她亲密过的。自从和自己相识之后，惜时才把她丢了。自己虽还不肯就当作惜时的爱人，然而在和惜时共来往的时候，实在不愿有第二个女子去亲近他，而今在这里看到了行素，倒不料他二人竟会有言归于好的现象，所以当行素看到她扶着门向后一缩之际，她是一样也吃着惊向后一缩。

在二人这样的各吃一惊之间，自然各个不免发愣，两个对愣住了一会儿，还是惜时在床上问道："是谁来了？"行素用一种很微细的声浪答道："密斯米来了。"说着，身子向后退了一步，门同时拉开着。惜时身昂了起来道："什么？"只他这两个字出了口，锦华已经走到屋子里面。惜时看到她，不觉先笑了起来，问道："你怎么有工夫来呢？"说着这话时，已经向她浑身上下打量了一番，觉得那白皮肤上，加着这黑油油的衣服，就是清淡也清淡得十分好看，看了只管出神，因为有个行素在身边，却不便去夸赞她好看。行素和惜时遥遥点着头道："黄先生，你好好保重吧！我们再见了。"说毕，拉着门就走出去了。惜时也来不及和她说什么，已是不见她。

锦华走到房门口，等她去远了，一撇嘴将房门掩上，回转身向惜时笑道：“你很多情！是托谁传的信，把她请了来呢？”惜时道：“我根本就没有找她，是她自己来的。”锦华道：“来了几回了？”惜时踌躇了一会儿道：“以前仿佛她也来过一次，但是我睡得很昏迷，并不知道。”锦华道：“这样说，至少来了两次了。”说时，向床对面椅上坐着，一手撑了香腮，一手拨弄丝巾，垂了她的上睫毛，一言不发。

惜时哼着道：“你有点儿误会了，你想呀，人家好意来看病，我能拒绝她不进房吗？”锦华默然了许久，忽然淡笑一声道：“你这话问得奇怪，难道我还妒忌你的朋友来探访你的病不成？”惜时道：“我也没有那样说呀！不过你说对她还很多情，这一点，你有些冤枉我，我不能不辩白两句。”锦华笑道：“多情并不是坏话，你要辩白些什么？难道你不愿做一个多情的人吗？”惜时听说还想辩白两句，锦华连连摇着手道：“不必说什么了，你的意思我都知道，大夫大概是不许你谈话的吧？”说着话，起身坐到他的病床上来，半侧着身子，一伸手捏着惜时的手道：“我希望你在医院里养病，不要想到女人身上去。”惜时把那一只手也让她握着，露着牙笑道：“我哪会想到别的女人，除非是想到你。”

正说到这里，一个女看护敲着门进来了，见锦华和惜时那种亲密的样子，显系与先前那个女子态度不同，便笑问道：“你贵姓是米吗？”锦华道：“对了。你怎样知道呢？”女看护道：“这位先生睡在床上，常念到你的。”惜时立刻眼望着锦华，那意思说：我的话总不会假了。锦华瞅了他一眼，又淡笑了一笑。

过了一会儿，女看护走了，惜时笑着问她道：“你看我所说的话怎么样？我没有骗你吧！”锦华道：“你虽然不骗我，我也不愿你在医院里提到了这话，因为生病的人应当绝对静养，不可谈到这些问题上去的。”惜时道：“老实告诉你说，只要你天天能够到我这里来看我一遍，我的病自然会好的。”锦华道：“你这话若是真的，我一天来走上一遍，又算什么？”惜时听说，举着手向她招了一招，锦华走近一步，站到床面前笑问道：“你还有什么事对我说，别腻了。”惜时笑道：“你还有什么不明白的，我这病原来也不怎样的重，只因为听到人说，你天天和一个男同学出去跳舞，总是很晚回来，我这里，你倒是反不见面。我疑心你不理我了，所以我这病又重上加重。”锦华笑道：“你不要多心，我这几天是陪着我的哥哥出去玩了两回，并不是什么男同学女同学，吃这种飞醋做什么？”说时，用手拍拍惜时的肩膀，笑着道：“好好地养病吧！明天我来看你，后天我也来看你，再后天我也来看你，在你没有出医院以前，我天天来看你。”惜时道：“那是你的哥哥吗？我以前没有听到说你有个哥哥呀！”锦华道：“我有哥哥有弟弟，与你有什么关系？何必还要告诉你做什么？我哪知道你对于我是这样子的注意呢？”惜时握了锦华一只手，半晌说不出一句话来，只管注视着她的脸，表示出那恳切的样子来。锦华瞅了他微笑道：“害病的人别胡思乱想！我走了。”说着，走到房门口，手扶着门，人走出去，将头伸了进来，对他微微笑着点了一点头，然后喜洋洋地走了。

这事真也是件怪事，自从锦华来过一次之后，惜时精神上增加了无限的安慰，这病也慢慢地有些起色。到了第二日，只有锦华一个人来，行素就没有来了。在第二日，二人谈得更是有兴趣，锦华不住地伺候茶伺候水。惜时道：“你这样子照应我，简直比女看护还要好许多倍，我真过意不去。”锦华微笑道：“朋友是互助的呀！你有什么过意不去呢？而况我们的交情，和平常的朋友还不同呢！你明白了吗？”

惜时听她说这话，简直比吃了一剂凉药心中还要好过，便伸手到枕头下面探索了一阵，掏出一封信来，交给锦华道：“你既是这样说，我有一件小事，索性托着你去给我办一办。”说着，就把这信封顺手递给了她。她接过看时，原来是银行里一张电汇的汇款单子，看一看数目竟有六百元之多。她突然接着这张汇单，不知不觉的自己身上哆嗦了一下，因笑道：“怎样着？你要我去给你兑回现款来吗？”

惜时还不曾答话，房门敲了一响，进来一个长了长胡子的人，惜时便从中介绍，这是同乡老前辈仲掌柜的。仲掌柜的见她是个时髦女郎，只勉强点了一个头，马上背转身和惜时道：“你那汇单呢？交给我去和你领来吧！银行里我全是熟人，免得要铺保。”说了，便向惜时伸着手。惜时对锦华笑着：“这就好了，有仲掌柜和我跑一趟，就不必你费心了。”锦华拿了汇单在手，正想着，这一下子有好几百块钱在手上经过，是多么快活！若要买什么东西，也不过事后和惜时说一声而已，他是不大在我身上计较银钱的。那么，这笔子钱爱怎样花就怎样花了。她只管如此想着，得意之极。不料在这得意的时间，偏是来了这样一个仲掌柜的，惜时当着面，明明说了，将汇票交给他，自己不能硬做主，只得把汇票交过去，就笑道："这个掌柜的来得好！省着我多跑一趟了。"说着，将汇票交给了仲掌柜的。他倒很是解事，见有一个女客在这里，他就不便在这里碍着人家说话，因道："黄先生，你也等着钱用，我这就去和你取钱来！待会儿见吧！"说着，他手带着门就走开了。

锦华道："这个掌柜的来去匆匆的，怎么也不说一句话就跑了。"惜时笑道："这有什么不能明白，他怕在这里坐久了，我们不欢喜，所以先走了，其实他要说的话，我想一句也没有说。"锦华说着话，又坐到惜时的床沿上来，侧着身子向惜时微笑道："你说我坐在这里，你的病就会好些，这话是真的吗？"惜时顺手捏了她的手臂，笑道："当然是真的。你想，不是这样，为什么我到处托人找你呢？我恨不得一天到晚，你都在这里，但是你也有你的事，我怎能说这句话呢？"锦华道："我们都是当学生的人，除了读书，还有什么事呢？你病到这种样子，我就耽搁两天不读书，这种牺牲很小，也就值不得一谈了。"惜时索性把那一只手又捉住了她一只手臂，笑着眼睛眯眯的。锦华将两只手臂向后一缩，按着惜时的肩膀道："你在病中，应当好好地休养。清心寡欲，什么事都不要去想才对。"惜时低了头，就在她的手臂上闻了一闻。锦华笑着，退了两步，依然在床前对面椅子上坐着。惜时向她望着，只是望着，简直说不出所以然来，只可惜他躺着不能动，若是能起身，一定会走下床来的。

正在他这样心神不定的时候，那不作美的大夫又来了，他看看锦华，又看看病人，似乎有点儿不以为然的样子，便正着颜色对惜时道："你的病现在刚刚有点儿转头，你得好好地静养，要不然，病症有了变动的时候，那是很棘手的。"说着这话，眼睛又向锦华这边看来。锦华见着大夫的神气，好像有些怪人似的，当时干咳嗽了两声，便在身上拿出一条小绸手绢，擦了一擦粉脸。大夫已是去和惜时听脉去了，锦华是怎样一种难为情的态度却没有管到。大夫诊完了脉，却回转头来对锦华道："这位姑娘，大概是黄先生的……"这个的字拖得很长。锦华虽觉他多此一问，然而他是一个外国人，不知道用什么话去对付他才妙，因之勉强站起来道："我们是同学。"只说了这一句，便向床上病人点点头道："明天见吧！"一面说，一面就走出去了。

惜时先就看出大夫几分颜色来了；大夫既是不高兴锦华在这里，自然她是走了为妙，省得去碰大夫的钉子。眼望了锦华走着，也只点头而已。从这日起，病院里却戒了严，大夫吩咐下来，凡是到惜时屋子里来探病的，要得大夫的同意，而且时间不许过长，只能谈到五分钟。第二天锦华来了，就受了这样一个教训，心里就明白多了，但是她并不为以忤，依然每日来一趟，和惜时周旋两三分钟就走。惜时也觉得大夫下戒严令，一半是对付锦华的，锦华虽受着侮辱，依然还是前来，这可见得她对于自己实在是有牺牲决心的。这一种感激自然是不可言喻。

这样的病期，过了一个礼拜，惜时已慢慢地见好了。照着大夫的意见，以为他的病虽好了，但是调养不得宜的话，很容易重患，希望他在医院还住两三天。但是惜时想到锦华每日到一趟医院，不过是五分钟，这很令人心里过不去，若是搬回家去休养，锦华就住在对门，可以让她来往方便，因之决计就搬出院了。当锦华再来，就请她办出院的手续。仲掌柜代取的那一笔款子，有一大卷钞票本塞在床垫下，惜时请锦华用一方手绢包着，然后提在手上。锦华代他雇了一辆汽车，一同送他到家。到家之后，又代他拜托房东，让老妈子不时照应着。

房东因锦华常和后院的高女士来往，本认得她，便笑道："原来米小姐和这位黄先生也认识。"锦华道："我们是同学又同系，怎么会不认识？而且我们已经认识多年的了。"房东听她如此说，倒有点儿奇怪，以前她也常来这里的，何以始终不提到呢？但是房东虽如此想着，自这天起，锦华果然是每天来，来了之后，总要在楼上耽搁两三个钟头。

有一天，锦华是下午一点钟来的，到了下午五点钟的时候，房东想着应该走了，便上楼来探探惜时的病，也顺便看看楼房。因为病人是怕声音惊吵的，所以抬脚上楼梯的时候，走得非常的轻，在屋子里的人，不会听到有什么声音。房东先生把楼梯走完了，刚是走到门口，却听到一种喁喁细语之声，其初倒是一惊，以为这位黄先生或者有什么变症，一个人在说梦话，且不要惊动他，听他说些什么。于是大开着步，轻轻地放下，一直走到惜时的卧房外边来，他这里的窗户本是极大的玻璃窗门，然而里面垂着绿绸窗幔，里外隔得不通光，谁也看不见谁。房东因为如此，索性走近前一步，将身子贴近了窗子，听听他究竟说的是些什么梦话。

只听到惜时笑道："我的病不是医生治好的，完全是你治好的，你索性给我治到底吧！不然我又要病了。"另外有个女子的声音答道："别胡扯了。"在这一问一答之间，房东这可以证明屋子里并不是一个人，自然也不是说梦话。不过他大病之后，这男女之防是不可不严的，若是照着他刚才屋子里所说的话，那可是自作孽，不可管。索性听上一听，看他在说些什么，于是站着静静地向下听。惜时道："我完全好了，不要紧的！你不信……"只听到屋子里凳子桌子一阵响，似乎有个人急急地闪避一下，和桌子椅子碰上了。

那女子笑道："不许胡闹！你要胡闹，我马上就走了。"惜时嘿嘿地笑了，又道："你可不能走，你要走我的病就会复发的。"女子道："我不走也可以，你得规规矩矩地躺在床上。"惜时道："我就规规矩矩地躺着，请你倒一杯茶我喝，行不行？"女子道："你不是完全好了吗？完全好了的人，下床来倒一杯茶喝也不要紧，何必还要别人来帮忙。"惜时笑道："你不肯，我也没法子，我就自己下床来吧！"说着，听到床上有辗转声。女子笑道："别下来吧，我给你倒上一杯就是了。"于是有拿茶杯声，有倒茶声，有脚步声，女子笑道："你老实不老实？你不老实，我就不过来。"惜时道："我在你面前是不敢失信的，你既不许我动，当然我就不动，可是我要问你一句话，等我病好了，完全和常人一样，你是不是对我的要求可以答应呢？"那女子停了许久，后来带笑音说了"再说吧"三个字。惜时对于这个答复却认为不满意，再三地央告着，要她说一句切实的话。最后那女子说："真讨厌！我答应你就是了，还不成吗？"惜时在这句话之后，于是发出一种哧哧的笑声。女子道："你老实点儿行不行？别老是这样！我的手都被你捏痛了。"于是惜时又哧哧地发了一阵笑声。女子说："我来的时候不少了，让我到密斯高那里混一混然后回去吧！"

房东听了这话，恐怕女子要出来，赶紧抢着先下了楼，站在屋檐下不多大的工夫，一阵高跟鞋声，果然一个女子下楼来了。这女子不是别人，正是培大之花米锦华。她的头发蓬蓬的，衣服上有许多皱纹，目不斜视，一径走了。这房东心里想着：楼上这位黄先生有点儿死在头上不知死，病到这一步田地，还要谈这种旖旎风光的爱情，这也就难说了。房东如此想着，自以为惜时的病从这天起恐怕要加重的。

可是天下事很难说，偏是自这天起，惜时的病却是慢慢见好。到了四五天头上，他已经能走到楼廊上来散步了。在这楼栏杆上伏着，正可以看到对面女生寄宿舍里，看了那些女同学进进出出，惜时觉得比在医院里休息那是好得多，而况这位米锦华女士真是照了他的话，人情做到底，每天要到楼上来看惜时一次。

到了一个星期，这天天气很好，没有一点儿风，那当头的太阳犹如一轮冰盘在天上，亮晶晶地照到空气里，也觉空气是干净的。锦华正在花厂子里买了一束新鲜的菊花，送到惜时屋子里来，插在一只蓝瓷瓶里，给惜时放在玻璃窗下。这花大大的，有粉红的，有娇黄的，有阴白的，给那绿油油的肥叶子一托，更显得十分好看。惜时先笑着拱手道了一声谢，然后走到窗子边，对着花出了一会子神，笑道："这个时候，还有这样好的菊花，北京这地方的花儿匠真是有些本事，今年各处的菊花，没有好好地看一回，真是可惜。"锦华笑道："哪！这不是花吗？还要怎样地看呢？"说着，向菊花一指，惜时也向锦华一指道："哪！这不是花吗？还要怎样地看？"锦华向他瞟了一眼道："你把我比一朵花，你自己把你自己譬作什么呢？"惜时笑道："这并不是我把你比着花，上千同学，哪个不说你是培大之花。我吗？哈哈！可以说是一只采花的小小蜜蜂儿吧！"锦华脸一红道："胡扯！这种话怎么好说。"

惜时和她都站在窗子下的，相隔还不到一尺路呢！惜时一只手握着她的一只玉手，笑道："为什么不能说呢？现在同学对我们很有许多谣言，你知道吗？其实这也很难怪，本来我的病就完全靠你治好的。"锦华笑道："你一句话不要紧，把人家医生一番功夫完全埋没了。"惜时笑道："医生本事无论怎样的好，只能医身上的病，可不能医心上的病，你是医好我心上病的大夫，比治我身上病的大夫那高明得多了。"锦华眼皮一撩，向他微笑道：“那么，用什么来谢我这治心病的大夫呢？”惜时牵起她一只手，看了一看道：“这样玉一般的手，不戴上一点儿东西，真是辜负这手了。我送你一只戒指，好吗？”锦华望着他道：“戒指这种东西是可以随便送人的吗？我可是不敢收。”惜时笑着，用很柔和的声音道：“我的话还没有完呢！你何必急呢？戒指上面嵌着绿宝石，是多么好看，这种戒指和别种戒指情形不同的呀！我买一只送你，在朋友情分上，也说得过去吧！”锦华听他如此一转话音，便吟吟地笑了。

惜时举了她的手，在鼻子上闻了一闻，笑道：“我说明白了！你总可以收下的吧！”锦华笑说：“你送我的东西已经不少了，我不过是和你说一句话，你何必认真呢！”惜时笑道：“其实在我们这种友谊上，送一些东西给你，这也值不得挂齿，就是从来不送礼，这也不见得于友谊上有什么妨碍。”锦华笑道：“无论你做什么事，每次都可以和我说出一大篇道理来。你这样说了，我倒是不受不好，我索性老实一点儿；你哪一天送我呢？我们可以同去看看样子。”惜时道：“就是今天一块儿去吧！好不好？”说着，又拿起锦华的手嗅了一嗅，于是匆匆忙忙去开了箱子取了一百元钞票放在身上，同着锦华一路出门。

走到楼下的时候，正遇到了房东。他笑着点点头道：“黄先生的病算是大好了，不过这就上街去，还怕受累点儿吧！”惜时还不曾答话，锦华见他眼光已经射到了自己身上，便笑道：“老在屋子里闷着，恐怕也是于身体有碍的。我的意思还是出去换一换空气的好。”惜时道：“对了！我应当换一换空气，我也不到什么热闹地方去。到公园里去散散步罢了。”说着话，二人走出了大门，惜时一跌脚道：“只管和房东说话，就忘记打电话叫汽车了。”锦华笑道：“当学生的人，出门就坐汽车，怕人家说闲话吧！”惜时道：“我为你，什么事也不在乎，只要你快活就得。”锦华瞟了他一眼，笑着没有说什么。于是二人坐了人力车，一直就向廊房头条金珠店里来。

店里伙友看到西装少年陪了时髦女郎进来，自然是值得欢迎的，便竭力地周旋，问要点儿什么。惜时一说是要买一只宝石戒指，店伙立刻拿出二三十个锦装小盒子，放在玻璃砖的箱柜上，一个一个打开来，里面全是嵌着红绿宝石的好戒指，价值自一百五六十元到四五十元，各有各的好处。锦华看看这个，心里至少要挑上四五个才能满足欲望，不过一想到价目如此的贵，惜时是否舍得送上一只还不敢定，自然不敢说出口来。她心里计划着，手上就不住地搬动那些戒指，只管看来看去。最后，便挑了三个戒指送到惜时面前，笑问道："你看哪个好呢?"惜时看时，三个戒指上的宝石都不算小，估量着，价钱不会在一百以下。于是也拿过来看了一看，说道："东西都算不错，只是笨一点儿，让我来给你挑一个吧!"于是先将价钱问了一遍，挑了一个翡翠的，站着靠近了锦华，低声道："这个就不错，很绿很绿的，你就要这个吧!"锦华当了店伙的面也不怎样挑剔，不作声地点了一点头。惜时于是就看定了价钱七十元，把款付了。

锦华看到人家付出一大卷钞票，心里未免一动，觉得人家相待究算不错。在同学之中，哪个又能很随便地就送七十元的礼物呢？立刻脸上带着一片笑容，将戒指戴上了。惜时轻轻地笑着问道："我今天初次出门，我们到哪里去玩玩呢?"锦华笑道："随便你。"惜时一面和她说话，一面走上大街，两人并肩走着，很是亲密，就低声道："真能随便吗？恐怕不能吧?"锦华道："自然可以随便，玩的地方，总是快活的，无论到哪里去也不要紧。"惜时道："那很好，我们就先到咖啡馆里去吃一点儿东西吧!"

到了咖啡馆里之后，惜时并不上普通茶座去，直将她引到一个僻静的雅座里去，放下了门帘，二人坐下，各要了一杯咖啡，并不曾喝。惜时先笑了一笑，低声道："你说的话可还记得。"锦华道："我说了什么话呢?"惜时靠了椅子，两手一举，伸了一个懒腰，昂着望了天花板道："你不是说了，可以随便同我去玩吗?"锦华笑道："我没有忘记呀，这不是跟了你随便来玩吗?"惜时道："我们玩一天一晚不回家吧!"锦华道："那做什么，发了疯吗?"惜时依然昂着头笑道："我说你善忘，你还是善忘呀！前几天你在我家里答应了我，说定了，答应我……的……"说到我的两个字时，每个字都拖得极长，声音也说得极低，一面在这说话的当儿，偷偷地来看锦华的颜色。

锦华也不知道听见了他说的话没有，就在这个时候，把手上的一条手绢落在地下，她弯了腰去捡，在地上捡起来，看到穿的米色皮鞋上有些儿灰尘，又低了头用手绢去挥去皮鞋上的灰迹，老不肯抬头起来。惜时这句话说了出来，老不得锦华的答复，也不知是碰了人家的钉子呢，也不知是人家不理？只得又说道：“你不是……你不是答应的吗？”说着，可就伸了手，挽住锦华一只手臂向怀里一拉，笑道：“你为这个生我的气吗？”锦华突然坐了起来，偏着头向他一笑道：“好好儿的，我生你什么气呢？”惜时道：“既不生我的气，为什么我说着话，你总是不理会呢！”锦华斜着眼望了他，反问道：“你叫我是怎样答复呢？”她说话时，脸可就红了。惜时笑道：“你不答应我也成，我就算你是默认了。”锦华道：“默认了什么？你这话说得我好不明白。”惜时道：“你不要装糊涂了，你这样聪明的人，心里早就明白了。”锦华笑道：“又把高帽子给我戴了。”惜时笑道：“并不是给你戴高帽子，你实在是个聪明人，我说的话，你若是不明白，我就算是个小狗。”锦华道：“我实在不明白，那么，你要算是一条小狗了。”说着，便向他一笑。

在这一笑之间，惜时有点儿心领神会，便道：“这个问题，不必尽说，尽说就无味了，我们一路看电影去吧！”锦华对于这个约会倒没有什么反对，就和他一路走了。他们既是彼此心照，看电影以后，怎样去玩就用不着再费什么唇舌，很容易地把问题解决了。

次日上午十二点，惜时坐了人力车回家，却见房门脚下有一张仲掌柜的名片，上面另写着字：令尊有电一通在敝号，请来取去。惜时看了这字，倒有些怪，家里已汇了六百块钱来了，还打电报给我做什么？莫不是家中出了什么问题？那可就糟了，我的经济来源马上会断绝的。如此想着，马上就来找仲掌柜。

仲掌柜是在家大茶号做事，店东也是同乡，和惜时父亲从前也有交情，所以黄家来的电报，为了谨慎一点儿起见，都由这家三阳泰号转。这时惜时到了店里，一直就到内柜去见仲掌柜，仲掌柜一见，就拱手道：“恭喜恭喜！你的病就好了，我倒不料世兄昨天就出门的，我昨晚十二点钟到贵寓去，我猜着是早睡觉了，倒不料你还公出不曾回家。”一面说着，一面让座敬茶。因又道：“半夜三更，本来我不愿意去，因为你家来了电报，不知道有了什么事，所以一直就送到贵寓，见你不在家，我不敢把电报扔下，怕失落了，所以又带了回来，我可没敢翻出来。”惜时对于这一番大大的声明都不屑去注意，只道：“是汇款来了吗？请你把电报给我。”仲掌柜就将电报交给他，找了一本电码本子，及至匆匆忙忙将电报翻译出来了，不觉叹了一声道：“唉！不相干，这也用得着打电报？”说着，将电报稿子向桌上一扔。

仲掌柜听说是不相干的事，当然是可以看一看，将电报拿在手上，除了地址而外，原来是：“儿病千万珍重！予即北上。义。”这个义字，便是黄守义的简称。是他父亲要来，因笑道：“世兄，令尊待你很不错！千里迢迢地要跑来看你的病。”惜时道：“我的病已经好了，他还跑来做什么呢？岂不是白花掉川资吗？来就来吧，还打电报做什么呢？一个乡下先生到这样文明世界的城市里来，什么也不懂。”仲掌柜笑道：“我明白了，黄先生是怕令尊来了，朋友看到会见笑，对不对？不要紧，让他到会馆里去住就是了，有人碰到，你就说是同乡，令尊为了保全你面子起见，他也不会作声的。”惜时红了脸道：“我倒不是那个意思，上了年纪的人，在路上奔波，也受不了劳碌。”仲掌柜笑道：“现在当学生的人有这样一番孝心，难得难得！”惜时对于这事也不愿多说，敷衍了两句，就告辞走了。

到了家里，心中一想：父亲来了的话，果然让他到会馆去住吗？不过他要来的话，也许带些钱来的，若是住在会馆里，让人把他的款子骗去了，也是自己的损失。如此想着，也不知道如何是好。这几天，锦华是天天来的，本想把这话告诉她，又怕她不高兴，始终是把这话忍住了。

黄守义这个电报是由省城打来的，不消几天就到北京。像培本大学这样的地点，自然很容易找的。在车站雇了一辆马车，连人和行李一直就坐到惜时住的地方来。恰好这个时候，锦华在惜时楼上情话。依着惜时，要去逛公园，依着锦华，要去看电影。二人商量了许久，未能决定。

惜时坐在软椅上，拉着锦华一只手，只管向怀里拖，忽然听到楼下房东道：“贵姓也是黄吗？”惜时连忙叫锦华坐在屋里，自己迎下楼来，一走到楼梯半中间，就看见自己的父亲，穿着一件灰布袍子，外套黑布马褂，那灰布固然成了黑色，黑布又带黄色。他手上拿了一顶瓜皮小帽，露出那满头苍白的头发，配着那颧骨高撑的瘦脸，憔悴不堪，就是嘴上那一把苍白胡子，也显出来很是干燥。他正在院子里和房东说话，一眼看到惜时站在楼梯上，穿了很称身的西装，头发梳得溜光，虽然脸上清瘦一点儿，然而脸上血色很好，已没有一点儿病容了。因招着手笑道："孩子！你好了，我一路上都挂念着你呀！"

惜时懒懒地一步一步走下梯子，走到黄守义面前，慢吞吞地道："我的病已经好了，我不是写信告诉你了吗？北京这地方比南方冷得早，这大年纪，一个人跑来做什么？"黄守义听儿子的话，心里说不出来有一种什么样子的愉快，觉得儿子很有孝心，埋怨自己千里迢迢不该来，因笑嘻嘻地道："我也想到北京来看看这些名胜，打算多住些时候呢！"

说话时，马车夫已经把东西向院子里搬将进来。惜时看这样子，不欢迎也是不行，好在楼上自己租的是整个楼面，就引着车夫把东西搬到楼上靠墙一间小屋子里去，这里离着惜时的屋子，还隔着两间房，说话也不容易听见，总算比挤在一处住好一点儿。东西摆好了，因为马车夫索钱太多，又少不得争吵几句。

锦华在屋子里听，掀开门帘子，见惜时引了一个寒酸形象的老头子到那边屋子里去，心中倒奇怪，难道也是仲掌柜一流，何以搬到这里来住呢？黄守义看见花蝴蝶子似的姑娘站在房门口微笑，心里也奇怪。我儿子和这种时髦的女子住在一处吗？到了屋子里，便道："这楼上几家人家住？"惜时道："就是我一个人住。"黄守义道："我看到那屋子里有一位年轻姑娘……"惜时连忙道："这个你不必问，现在男女社交公开，乡下人哪里懂？"黄守义说道："你也是从乡下那里出来的呀！"

惜时正要说什么话的，却听到锦华在自己屋子里发出两声咳嗽，连忙走回房去，笑道："对不住！家里来了一个人，我得安置一下。"锦华笑道："是个乡下老冤啦！是你什么人呢？"惜时顿了一顿，笑道："不过是同族的一个长辈罢了！"锦华道："是你父亲的兄弟班子吗？"惜时道："是的。"锦华道："你说你父亲是做官的，怎么会有这样一个兄弟呢？"惜时笑道："一族的兄弟多得很，什么人都有，那怎样能够一般齐哩！"锦华道："不是那样说，我想他一定是代表你父亲来看看你的，怎样会找这样的一个人呢？让人家错认了是你的父亲，连我都不好意思了。”惜时听了这话，脸上一阵发热，只管红起来，却笑着说：“那也无所谓吧！”锦华道：“怎么无所谓呢？俗言骂人最重的一句话：是没有好娘老子养的。若是你有这样人虽不能当面说你，背后说你，是在所不免的。我和你的关系是不必说了，我听到了好意思吗？”

这几句话锦华说出来很是容易。惜时听到，就如刀子挖了心一般，一句便是在他心上戳了一刀。心想我的父亲实在讨厌，弄成那样一个乡下人的样子，不要说是别人看到有点儿不入眼，就是我在这冠盖京华的地方过久了，也觉这个样子是十八世纪的中国病夫。如此想着就也有些愤恨，因对锦华道：“管他是怎么的一个人呢！不理他就是了。念在他和我带钱的一点儿功劳，把一间房子给他住，也是利人利己的事。因为我箱子里放着许多钱，总也要留一个人和我看守家呢！”锦华笑道：“他带钱来了吗？你又有得用了。这样子，你总要陪他谈几句，不能和我去看电影了。”惜时道：“我和他也没有什么可谈的，我和你一路出去吧！我叮嘱他几句话就是了。”

于是走到那边屋子里，对他父亲道：“你刚由火车上下来，当然人也有些受累，你先睡一觉吧！我要去上课，到下午五六点钟才能回来。”黄守义点点头道：“上课那是要紧的事，你只管去吧！我倒不要睡，只是要弄点儿茶喝。”惜时想了一想，在身上把钥匙掏出来交给他道：“挂门帘子的那间房是我的屋子，我走了你可以打开门来到里面去喝茶，但是你不要翻乱我的东西，我要找起东西来就没有头绪了。”黄守义说道：“你念的功课，我又不懂，我翻动它做什么呢？”惜时又想了一想，便道：“我的病虽然好了，我的床上的被褥没有消过毒，还可以传染，你不要到我床上去睡。”黄守义笑道：“你不要管我的事，我身体健康得很，绝不会传染什么病的。”惜时道：“不管那些，好歹你不要在床上睡觉就是了。”黄守义想着，儿子虽然颜色不对，究竟是他一片孝心，不能辜负他，只好笑着答应，不在他床上睡。

惜时也知道父亲有点儿误会，好在是善意的误会，也就不去管他了。便回到房里来，陪着锦华去看电影，看完了电影，锦华想吃广东菜，又一路去上广东馆子。惜时吃得酒醉饭饱回家，已经是九点钟了。到了楼上时，只见楼正中空屋子里点了一盏电灯，黄守义背了两手，只管在楼上踱来踱去。他一见惜时，便笑道："今天的功课忙一点儿吧，怎么忙到这个时候才回来呢?"惜时有点儿酒意了，觉得父亲太不懂事了，哪个大学堂里有这种制度，上课会上到下午九点多钟哩！于是鼻子里随便哼了一声，见房门是开的，自走进房去。

在他这样挨身而过的时候，黄守义却闻到他身上有一种极浓厚的酒气味，因跟着走进房来道："你吃了饭吗？我还饿着肚子等你回来呢!"惜时扭着了电灯，脸上红红的一些酒色，更可以知道他是吃过饭了。黄守义道："你在哪里吃饭？该带我去吃一下就好了。"惜时皱了眉道："嗐！你尽唠叨些什么？这门口就有小馆子，是专门做学生生意的，很便宜。你为什么不去吃呢？乡下人真是没办法!"黄守义听到他又说了一句乡下人，知道他的儿子有点儿变了。在下回请看他的答复。

第十二回

喜近芝兰交成宝肆
悔生豚犬见约黄泉

话说黄守义因他儿子连说他几次乡下人，十分地不快活，便板着脸道："这样说，我千里迢迢来看你的病，你倒讨厌我是乡下人了，且不说你是乡下人生养的，你现时在这里当学生，吃的穿的以至于买包香烟、喝碗茶叶，哪一样不是我乡下人黄泥土里出来的钱？你既然讨厌乡下人，为什么倒要用乡下人的钱呢？"

惜时听到父亲说上了钱的话，就不能不怕。默然了一会儿，然后低声答道："你说这话完全是误会，我的意思是说你到这种地方来，容易受人家的欺，怎么说是讨厌！你没有吃饭，也不能生我的气，是你自己太谨慎了。既是这样，我就陪你到小馆子里去吃一餐。从明天起，可以叫他们餐餐送饭来吃，你也就不必跑了。"黄守义一看儿子规规矩矩的样子说话，气就下去了一半，用手摸着胡子说："我这一大把年纪的人，还能过几岁，到北京来看看你，顺便也开开眼界。照你这样说，乡下人做什么事也不便当，我真不该来。"惜时还没有打听老头子带了多少钱来，先以为也不过往返川资而已，现在听说他也是到北京来游历的，那么带的钱一定不会少，似乎也不可以和他弄得太僵了。因道："这也不算什么，让我抽两天工夫出来，陪你到各处去玩玩就是了。走吧！我陪你吃饭去吧！"于是在前引着路，将父亲引到对过一家新民居去吃饭。

这馆子虽是办着应时小吃，但是到馆子里来吃饭的，却都是些摩登男女。大家看见惜时穿着那时新的西装，带着一个大布之衣的老头子进来，都有点儿奇异。大家的眼光不约而同地就射到黄守义父子身上。黄守义哪里知道这些，只管紧紧跟随惜时走。惜时为避免大家的耳目起见，只得找了一个雅座，放下门帘子，和父亲对面坐了，他替父亲开了菜单子，就要了鸡鱼肉三大样，又叫伙计来上两壶白干，给黄守义向杯子里斟上。

黄守义一喝酒吃菜，把生气的事就完全忘却了，笑道："这样子吃法，要算多少钱呢?"惜时道："这小馆子，专门给学生预备的，不能多算钱的。这地方，学生是餐餐要光顾的，多算钱，人家怎样肯来呢?"黄守义道："平常一个学生要吃多少钱一个月的伙食哩?"惜时听了这话，心里却不免打算一下，若是照实说了，父亲知道实况，那不大好，若是多说一点儿，然而刚才已经说了，原是花钱不多的，自己犹豫了一会子，然后笑说："这话难说，有好吃的人，有不好吃的人，有读死书的学生，有广结交的朋友，伙食这一项，就难说。譬如我一个人吃的伙食，有一二十元那也够了，但是同学们很看得起我，遇事都推我做个首领，我就不能不请他们。在这上面，每月是要花钱很多的。"黄守义道："朋友自然是要交的，不过当学生的人，应酬也要少些才好。"惜时道："你以为当大学生也像当中学生一样吗？那就不然了！这全靠朋友抬举，无论什么会，都推我当代表，代表一出了名，当教授也好，去做官也好，都容易多了。"

黄守义端着酒杯，点了点头，对于他这话表示很同情的样子，便说道："教授不当也罢了，还是走上政界去，乃是一条荣宗耀祖的大路。从前有三考，大家都是在家里读书，随时赶考，又方便，又省钱，现在只有走学堂这一条路子，我们也就走这一条路了。只可惜这毕业的年限定得太死一点儿，有本事也要等毕了业才有办法。"惜时道："那也不一定要等毕业，我现在就有许多同学运动差事到手。不过真要活动起来，钱更花得多了。"黄守义道："要花多少钱呢？若是钱花得不多，我也可以出一笔啊!"

惜时听了这话，心下大喜，便道："这回你带了多少钱来呢？一二百块钱，那就不必谈。"黄守义道："上次我不是汇了六百块钱给你吗?这次我又带了四百，合起来就是一千了，若是不够的话，我还可以移动一点儿。"惜时道："那六百块钱，我还了债，缴了医药费，已经快花光了。北京这地方害病也是害不起的，在医院里每天耗费三四十元，那是常事。”黄守义也曾听到有人说，医院里的费用最大，那么，他儿子为了救命，耗费五六百元，自也在人情中，便道：“你手边既是钱不够，先把我带来的钱拿去用。只要好好读书，图个上进，我花几个钱，倒是不在乎的。我玩不玩不怎么要紧，只要预备我回去一趟的盘缠钱，那就行了。”惜时道：“本来你来得也不是时候，现在天气渐冷，北方的树木都快要落叶子，外边哪还有什么可游玩的?”黄守义觉得儿子的话虽说得对，但是也有点儿扫兴，因之只管喝酒，不再说话了。惜时只在一边静静地陪着，等他吃喝完了，很慷慨地在身上掏出一块钱来去会账。黄守义这时已有三分酒意，踉踉跄跄跟着惜时回家。

惜时进了自己的房，他跟进来将鼻子耸了两耸，问道：“这屋子好香，念书的人，还要用香水吗?”惜时对于这事不能不辩白一句，随口答道：“这不是我用的香水，大概是下午米小姐丢了手绢在这里！手绢上的香味。”守义对屋子四周看了一看，因道：“你不是说这楼面就是你一个人住吗？这位米小姐住在哪里?”惜时见他父亲有意盘问，又有些不高兴了，便道：“这算什么？难道不是住在一处的人，就不能到屋子里来吗？现在北京都是男女同学，同学就和兄妹一样，要有什么分别？这话幸而是在我屋子里说，若是在别人当面说出来，那才是可笑呢。”

黄守义只随便问了一句，就碰上这样一个大钉子，觉得现在都市上的文明变得五花八门，绝不是乡下老头儿可以胡乱说话的，于是默然不敢再说。还是惜时想起父亲身边有四百元大洋，倚靠他的时候还是不少，不能太得罪了他，便先笑了一笑道：“这些事情，让乡下老先生看到，那是不大合胃口的！但是你老人家要在外面多过些时候，也就知道这很不算一回事了。”黄守义听到儿子说了一声“你老人家”，心里又愉快了许多，也笑道：“我原是不知道才问的，设若外面都是这个样子，自然没有关系。”惜时道：“你老人家有些酒意了，先去睡觉吧！”说着，便引黄守义进房去，见他把一个小皮箱子塞在床铺板底下，便低声道：“你老人家带来的那笔款子都是搁在这箱子里吗？这未免太不谨慎。”黄守义道：“依你说要放到什么地方才谨慎呢?”惜时道：“我在银行里领了一个活期存款折子，你拿出钱来，我一齐和你存上就是了。”黄守义道：“那也好，这钱你可以拿去，不过……”惜时道：“你可以放心！银行里是十分稳当的，这活期存款又和定期存款不同，我们随时要用，随时可以拿回来，而且放在那里，还有周年利息四厘，四百块钱放一年，也可以拿回十六块钱的利钱哩。”

黄守义听说，将箱子由床铺下面拖了出来，打将开来，便有八大整包洋钱滚在一个箱子角上，另外零碎的白洋钱就滚了满箱子，上上下下全有，他一包一包地两手捧着，放到桌上。惜时看着，不住地微笑。黄守义道：“零钱还有六七十元，不必存了，就留在手边用吧！”惜时道：“省俭一点儿好！放在手边，多有也就多花了，不如存上一半，留下一半。”黄守义是个崇尚俭德的人，这种话最是听得入耳，便笑着点点头道：“你究竟年岁大些，阅历也深些，很知道艰难了。就依着你，存上一半吧！”于是又数了四十元现款交到惜时手上去。惜时接着微笑道：“我明天就存到银行里去，存出去的时候，就放心多了，你老人家睡吧！”于是捧了这一大捧洋钱自回房去。

次日一早起来，就写了一张字条，着听差送到对过女寄宿舍去，邀锦华一路上咖啡馆去用早点，字条后附着一行字，乃是大批粮秣到了。这张字条去不多大一会儿的工夫，便听到楼梯上一阵高跟鞋橐橐之声。惜时走了出来，握着锦华的手，一同走进房来，锦华笑道：“大批粮秣到了，有多少呢?”惜时道：“四百元！这个数目不算多，但是我父亲有信给我，设若我有正当用途的话，可以拨三千块钱我应用。”锦华道：“你一个学生，除了读书而外，还有什么正当用途?”惜时笑道：“当学生的除了读书而外，就没有正当用途吗？这种正当用途，简直比什么事还重要呢！”锦华摇摇头道：“你说得这样郑重，我想不出来。”惜时道：“你别向远处想，越朝近想越对。老实说一句，这件事与你也有些关系的。”锦华眼珠一转，笑着将手轻轻在惜时手臂上捶了一下，摇头道：“你不要得一步又进一步，三年之内，我是不结婚的。”惜时笑着将脖子一扭道：“你这样说，简直是馋我呀！你想，现在我们聚会一次，要费多大的事。”锦华笑道：“读书的人，何必注意在这上面。结了婚之后，你更是要胡闹了！”惜时道：“我的意思不过彼此方便些！你要怎样节制我都行。”说着，一拉锦华的手，向鼻子上一闻，锦华将手一缩道：“胡说！现在不许谈这种事，你不是请我喝咖啡吗？我们喝咖啡去！”惜时笑着，将小皮箱搬到桌上来，开了箱子，露出许多洋钱，先将箱子里一叠钞票放到衣袋里去，然后拿两包现洋，用手绢包着，皱了眉道：“带现洋出门，你说是多讨厌！这只好吃一点儿亏，到小钱店里去兑换了。”于是锁了箱子，挟着锦华一只手，二人一同下楼。

上得街去，先把洋钱兑了钞票，然后再上咖啡店。恰是他们进门的时候，那位和惜时同屋的院邻高女士提了一包点心由里面出来。锦华走上前，握住她的手道：“你一个人吗？”高女士道：“我是上街买东西，顺便给弟弟买些糖果。”锦华道：“来吧！我请你吃一点儿。”高女士向惜时看了一眼，摇了一摇头道：“我还有事。”锦华道：“今天上午，你没有课呀！忙些什么呢？”高女士道：“明天陶女士结婚，我要到银店里去把送礼的银盾先去取回来。”锦华笑道：“你这话正合孤意，我也打算到金银店里去买一两样小件东西，吃了东西，我们一块儿去，不好吗？”惜时笑道：“反正我要一辆车的，就是三个人同坐，也不见得拥挤。”锦华且不理会他的话，挽了高女士一只手，硬把她拉进店里去。高女士虽不愿意，却也情不可却。好在惜时虽不曾共话过，究竟是院邻，彼此见面的时候，已无法记起次数，总算是熟人。既是熟人，彼此在一处坐坐，吃点儿东西，当然也不算过分，也只好默然无语地跟着锦华进了店。

这咖啡馆无非都是大敞间里，分别着小桌子，他们找着的桌位，三面设座，一面靠了墙。惜时为了让女宾舒服起见，让她二人各坐着一把椅子，自己只是横头摆了一个方凳子坐下。那高女士始终只认锦华做朋友，不但不和惜时说话，而且眼光也不射到他身上来。惜时的目标全在锦华身上，高女士纵然不理会他，他也不以为意，只管谦逊着，问要什么喝的和什么吃的。高女士因他问到自己来，究竟不好意思不睬，说了一句不客气，马上掉过脸来，问锦华道：“密斯米要些什么呢？”锦华道：“我喝杯牛乳蔻蔻吧！”高女士点头说“好。”惜时道：“我也是牛乳蔻蔻吧！点心让他们多来两碟。伙计！给我们烤一碟咖喱饺子，要热热的，好的糖果给我们拿一匣子来。”锦华笑道：“对啦！密斯高最爱吃糖果，拿一盒来吧！”高女士连道了两声谢，也没说别的什么。

一会子工夫，吃的喝的一齐端上桌子来了，又来了一盒装潢极美丽的糖果。惜时接到手，丝毫也不考量，马上就把盒子打开了，送到高女士面前去。她是爱吃糖果的人，知道价钱的，这盒糖果总在一元以上二元以下，惜时是常看到自己买了糖果回去的，所以这样子优待，不觉脸上现了一点儿笑容，站起身来一下，然后再坐着。惜时依旧很坦然的样子，并不觉得这有什么功劳。他也只喝了一勺蔻蔻的工夫，想起了一件什么大事样的，立刻起身离座，原来是到隔壁屋子里打电话叫汽车，他说了要一辆干净些的，牌子好的，然后再回座。咖喱饺子来了，他又欠着身子接二连三地说了几回请，高女士真觉人家太客气，吃不下也勉强吃了一个。接着门外汽车喇叭声响，便是汽车到了，伙计进来说：“车子到了。”惜时回头随便地说了一声：“让他等等吧！”依然是慢慢地喝着吃着，约莫坐了半小时之久，直待锦华站起来说走，他才掏出钱来会茶账。

这是由文明国度里传来的高尚风俗，男女同行，无论花多少钱，都是由男子去做东，女子在一处，连谦逊一声都是用不着的。照说，既是男女平等，就可以互为宾主，纵然男子有会账的义务，女子也不便再从中需索，然而这个时候，锦华对高女士道：“那盒糖果只吃了几个，请你带回去吧！伙计！给我拿一盒上等饼干。”伙计答应着，将一盒定价二元的饼干取来了。锦华便交给高女士道：“请你带回去给弟弟吃。”她这样要了东西，并没有知会惜时，惜时也就认为当然之责地把钱付了。三人出了咖啡馆，一同坐上汽车。这个时候，高女士已不像一小时以前那样讨厌惜时，所以上了汽车，也毫不踌躇就同在一排坐了，只是中间隔了一个米锦华而已。

车子到了廊房头条，在宝汇楼金银店门外停着，自然是惜时一人先下车，然后两位小姐跟了下来。这种做富贵人生意的所在，店伙的目光自然又和寻常不同，看到坐汽车的人来了，当然是专程来做主顾的，所以拉开了玻璃门，人闪在一边，让他们进去。柜上的几个伙友拖着长衫，斯文一派地都满脸堆下笑容来，鞠着躬道：“您来啦！”高女士上次和几个同学来定做银盾的时候，都是步行来的，店伙不过问一句答应一声，就不曾有多大的笑脸。今天不但他们有笑脸，而且是鞠躬，就可知道这汽车是不能不坐的，同时，几个店伙将两位女士围了起来，争着问："要什么?"锦华说："要买一个金别针，还要买一个银粉镜盒子。"只这一句话，店伙一片"是是"之声，打开玻璃柜，早搬出许多别针和镜盒子来。高女士先付了钱，取了她定制的银盾，却站在一边，静看锦华买东西。锦华又非常地客气，只管请她做顾问，拿了许多东西请教。高女士见玻璃柜上放着二三十根金别针，有宝剑式的，有如意式的，有长藕式的，还有一种爱情之箭式的，总之，样样都新鲜有趣。

锦华低着声音道："你何不也买一根呢？现在穿高领子，没有别针，简直是不行。"高女士且不答复她这一句话，却问店伙道："要多少钱一根呢?"店伙笑道："不一样，照分量算，大概也不过十来块钱儿吧!"高女士听了这话，默然了。惜时在一边便插嘴道："密斯高，爱哪种样子的呢？我奉送一根。"高女士听了这话，倒不由心里微微一跳，这位黄先生为人真好，和他一点儿交情也没有，怎么初次说话，就送上这样一笔重礼，因笑着一点头道："您别客气!"锦华就将那爱情之箭的自挑了一根，笑道："你也照样地要一根，好不好?"高女士看看金别针，又看惜时的脸，笑道："不吧!"惜时笑道："客气什么呢？小意思。"高女士又看着锦华笑道："那一支箭的未免太露骨了，我看那宝剑式的就不错。"惜时便对店伙道："你把那宝剑式的都拿出来挑挑。"店伙会意，便将同样的别针四五根一齐由玻璃柜子里搬出来，放在高女士面前。高女士一想受人家如此重礼，未免交浅言深，但是东西很好，拒绝了不要，也未免太傻，便低声笑道："随便吧!"惜时对锦华道："你和密斯高挑个分量重些的吧!"锦华挑了一根，叫店伙用戥子一戥，计合价十八元六角。惜时点了点头道："不算贵，就是这一根吧!"锦华就拿了过来，向高女士领子前别住，然后两手捧了一面镜子，让高女士自己去看。她伸了一个指头，轻轻按上了一按，点头微笑轻声道了两个字："很好。"锦华是不会客气的，放下镜子，又挑了一个银质粉盒，一齐算起账来，共是四十多元。惜时毫不踌躇地掏了一卷钞票就会了账。

高女士这时，一看惜时并无一点儿自负之意。心想：这个人很好，怪不得密斯米和他交情很厚。心里想着，手就不住地伸到脖子下去按那根别针，又念着，人家这样重的礼，别是不到家，就把东西丢了，那真可惜呢。惜时道："密斯高手上捧了这样大的一个银盾，累赘得很，还是一路坐车回去吧！"高女士本觉同一路坐车回家，怕家里人说话，然而一念惜时这样客气，怎好不给人家一点儿面子，便笑道："太客气了。"惜时得了这份颜色，心里已安慰得多。本来这位高女士是很自负的，向来就不假以辞色，今天大家很是亲近，而且她又是那样客气，自然也是值得纪念的一件事。于是满脸堆下笑来，向高女士一弯腰道："我们是院邻，又是同学，难道还在这些小事上分什么彼此？请上车吧！"说着，便拉开了汽车门，让两位女士上车，然后自己才上去。

到了车子上，惜时左顾右盼，好不快活。觉得有些同学，为没有接近女性的机会，只急得成了饿鹰一样，在街上遇到女子，就拼命用眼睛去盯着，太可怜了！其实只要肯花钱，没有什么女子想不到手的。若是舍不得花钱，只管胡乱盯梢，那就盯死了，也找不出一个朋友来。常常看到阔人带着几个美女同坐一辆汽车招摇过市，而今看起来，自己虽不是一个阔人，依然也是在车子里左拥右抱，多么有趣！试问坐汽车的阔人，哪个能像我这样的年轻呢？简直比阔人还要胜过一筹了。得意之下，不免向汽车窗外左顾右盼一阵，车子开到了自己家门口，惜时先走下车来，随后米、高两位女士也笑嘻嘻地下来。高女士一看大门外并没有自己家里人，倒深自庆幸，省得家里人一番盘问。锦华也紧跟着她后面走，所以三个人很自在地走进大门去。

不料他们向地面上看，却没有向高处看，殊不料那位黄老先生听到外面有汽车喇叭声，心想这个大门里面也有阔人，竟有坐了汽车来的。他方如此想着，等到低头向下一看，原来是自己儿子带了两个漂亮的女子一同进来，真是出乎意料以外。走到楼下，有个女子和惜时点了点头，向后面一进去了，另外一个女子却扶了惜时一只手，一路同上楼来。黄守义一见，心中好不明白，自己的儿子怎么和这个轻薄女子一路走？而且自己的儿子当了父亲的面，让人夹着走，并不闪开，也不成体统，这少不得要正颜厉色做点儿暗示给他才好。这样想着，立刻板着脸，瞪了眼睛向惜时望去，不料惜时一直走上楼来，眼角中就像不曾看到这样一个人，大摇大摆，和锦华一路走进房去。黄守义见儿子那样轻薄相，已是气得要命，偏是儿子目无长上，自走他的，更是难堪，便在廊楼上连连咳嗽两声。这一咳嗽后，惜时索性将卷起的门帘子放下，在屋子里嘻嘻哈哈，和锦华作乐起来。

黄守义不料儿子到了北京以后竟变成这样一个人物，原是想把儿子升入大学，得些相当的学问，这样看来，不如留在南方看守田园还好得多！我一来，就看他的行为不对，怎么会留了一个女学生在屋子里，原来把什么也不顾忌，会和女生们同坐汽车，同进同出，胡乱起来。我想呢，在京做一个学生念书，何以会要用许多钱，除了他上北京的时候，带了六七百洋钱而外，自己也汇了六百块钱来，不过三两个月，他就会用到一千多元，未免太多了。他说把我的钱拿了去存在银行里，这样看起来也未见是真，回头我是要盘问盘问他，这钱存在哪家银行里，我要他把银行里证据拿出来让我看看。心里如此想着，两手背在身后，只管在廊楼上踱来踱去。但是他在这里只管着急，那屋子里的人却丝毫不觉察，嘻嘻哈哈，越说越有趣味。黄守义怒火中烧，本想踢开了门抢了进去，将这一对男女痛打一顿。不过心中一想，自己是个乡下人，儿子又是个体面的书生，若一闹出来，要抓破儿子的面子，同时，在这屋子里住的院邻，他们也要说我这乡下老头儿不懂规矩，有些胡闹！因之屡次要进房去，屡次都按捺住了。

过了许久，仿佛听到那女子说了一句："我们到哪里去吃饭呢？"惜时道："汽车还没有打发走！我们一块儿坐了车子出城去找一家馆子吧！"说着，只听到屋子里喁喁地又说了一遍，然后二人满脸笑容一同走出房来，同下楼去了。黄守义站在楼廊上只管呆望着，及至他们到了楼梯半中间，自己看到，万万忍耐不住了，便猛然间问了一声道："惜时，刚回来，又到哪里去？"惜时却丝毫没有听到，索性伸了一只手，扶着锦华的一只手臂，笑嘻嘻地出门去了。黄守义站在廊楼上一跺脚道："好杂种！花钱让你念书，念出这样一个无法无天的人来了！我暂时留他一点儿面子，不和他争吵，待他下午回得家来，我要仔仔细细和他算清这一笔账。"他一人生了一阵子气，也并没有什么人来劝解。心想儿子是靠不住的了，再莫想他陪我出去游玩，我有钱，自己一个人找开心去。

如此想着，打开箱子，把所剩余的一些钱拆开一条布被，都塞进棉絮里去，然后将被条捆成铺盖卷，用绳索捆绑了，箱子也照常地锁了，然后揣了一些零钱在身上，自己一人出去连吃带逛，混了一天。及至兴尽回家，惜时依然不曾回来。到了晚上，黄守义也曾候到十二点钟，还是声息寂然。过惯了农村生活的人，始终是要早睡早起的。到了这时，他无论如何支持不住，已是睡了觉。

到了次日起来，自己也带着一个老马表，在身上掏出来看看，已经十点钟了。心想必是昨天游历困倦，又加上睡得过晚，所以今天起来得很迟，但不知惜时昨晚十二点钟未归，最后回来没有。这样地想着，便到儿子的门外去看，这一看时，门并不是外锁的，乃是由里向外关的，大概是回来了，悄悄走向前，用一只眼睛由窗子缝里向内张望，床上已是放下了帐子，看不甚清楚。只是帐子下面，却放了两双鞋，一双是男子的黑皮鞋，一双却是白缎子绣花的坤鞋。这一双坤鞋是由哪里来的？当学生的人，七八点钟就该上学了，现在日上三竿，他还是未曾起床，这读个什么书？本当撞了门进去，一想：我究竟还是初次撞见，何必抓破他的面子，等他醒过来，我可以把他叫到一边，缓缓地来劝解他，设若不受劝的话，我再严重地告诫他，也还不迟。如此想着，只得又忍下了一口气。

惜时住在这里，曾和房东约好，所用的冷热茶水都是他们的，另外每月津贴他们三块钱，送上送下，也归房东家里一个老听差，每月贴他一块钱。这个老听差也有五十以上的年纪，为人极是诚实，只有两种嗜好：一种喝两杯素酒，一种是喜欢找人谈话。其实这也难怪，他是孤单无靠的老人，除了这两件事，也没有别的什么可以破他的岑寂，所以如有了和人说话的机会，他是绝对不会放过的。黄守义来了之后，他和他送茶水来的时候，总要谈些闲话。黄守义因着地方情形不熟，也就把他当着顾问，问这样，问那样。

这天老听差听到黄守义的咳嗽声，便提了一壶开水、一壶凉水，缓缓地走上楼来。他见黄守义在惜时卧室窗子外将身子一闪，轻轻地溜了开去，自然也不敢说什么，放轻了脚步走着，将水提到黄守义屋子里来。跟着黄守义也进来了，他板着脸，眼睛珠上冒着许多血丝，这分明是气极了，却不敢跟着说什么，自去安排茶水。

黄守义无缘无故地却叹了一口气。老听差笑道："这种事，现在很不算什么呀！肯规规矩矩睡在家里的，这已经是第一等的好人，差不多的姑娘小姐直可以在公园里闹得整夜不归呢。"黄守义道："你知道这个女孩子是什么人吗？"老听差道："这是小黄先生的女同学，他们两个人交情最是不错。这一程子，无日无夜不在一处，老先生，自由的年头儿，上了岁数的人，那也就装点儿模糊，不必问他，生气是生不了许多。"他说着话，和黄守义泡上了一壶茶，然后倒了一杯，放在茶几上，笑道："老先生喝茶！这位小姐长得不坏，学堂里推做花王呢！你若是有了这样一个少奶奶，也是福气！"黄守义道："我黄家九百辈子没有儿媳妇，也不要这种的人！她既知道我是长辈，其一，见了我应该打个招呼，其二，就是要自由，多少也要避点儿嫌疑，怎么就是这样当了人家老子的面，和人家儿子胡闹。"

老听差将两把壶放在楼板上，弯着腰用手抓着大腿，现着踌躇的样子来，便望了他笑道："你老人家大概还不明白！她以为你是由乡下来的老同乡罢了！哪里知道是老黄先生呢？"黄守义道："那除非是她假装痴呆，天天和我儿子在一处，这一点儿事都不知道，还念个什么书？当个什么大学生？"老听差说道："倒不是她不知道，实在是黄先生没有告诉她，只说你是一个老同乡，和老太爷带钱的，并不是什么亲戚。那个米小姐她以为你老人家不过是传书带信的人，自然毫不在意。"黄守义道："什么？我儿子没有告诉她我是他老子吗？"老听差微微一笑道："不但没有告诉米小姐，就是对我们也不肯说实话的，因为我们看出来了，他知道也隐瞒不住，就叮嘱我说：'老先生是乡下人，说明了有许多不便，若是有人问起来，只说是老同乡就是了。'"

黄守义听了这话，不由得他的脸色一阵比一阵泛红，心里也就怦怦乱跳，跳到最后，连嘴唇皮子都抖颤起来。鼻子里透气，也呼呼作响。老听差看到黄守义气成那个样子，心里料到他必然要发作出来，深悔不该向他说明这事，两手提了两把壶，扛着肩膀，缩着头，就静悄悄地走了。黄守义在没有听到老听差的话以前，只觉是米锦华大意，还想不到其他，现在老听差一说明白，果然不错！你看儿子陪着女朋友一处，对老子正眼也不看上一下，显然是当着一个无关系的人看待。他之所以如此，也正是要在女朋友面前表示出来，我这乡下人，他是不必理会的。这样一来，更可以证明我不是他的父亲了。其实你认我为父亲，有什么玷辱你？不过我穿的衣服朴素一点儿罢了。现在你还像流水一样用我的钱，就这样不认老子，若是你将来毕了业，有了职业，还肯认我吗？若是这个样子，我一辈子没有儿子，也不要了。

一个人坐在屋子里，越想越气。想到最后，只觉浑身都抖颤起来，胸中的怒火也是只管一阵一阵向外发泄。最后他自己都按捺不住自己的怒气了，抓了手上的茶杯子，就向楼板上一砸。这一下子，不免当啷一声大响，那在屋子里高卧的黄先生却是被他惊醒了。披衣起来，掀开一角门帘就向外面张望。见黄守义口里衔了一杆旱烟袋，向外冒着青烟，两眼发赤，正注视着这屋子里。心想：你难道还干涉我的自由恋爱吗？不觉就冷笑了一声。

黄守义已经是生气了，见儿子发出冷笑来，便瞪眼大声道："惜时！你眼睛里还有老子吗？俗言道，奸不通父母，你简直当我的面就胡闹起来了。"惜时听说，想叮嘱他父亲别作声，又怕惊动了屋里的米锦华，尽管让他说，又怕戳穿了纸老虎，只得一声不响，将门帘子放下，自己穿衣服。黄守义见他不说，更是生气，又一顿脚道："漫说我是你的老子，就算我是你一个老同乡，这样远的路，看我来了，你也应该请我吃餐饭、听回戏！你除了要拿我四百块钱去，勉强和我说几句话而外，这几天简直眼角都不看我一下，我家还有一点儿家财，不靠你这个时髦儿子吃饭，以后你也不要想用我的钱在外面嫖婊子了。你这个寡廉鲜耻、丧尽天良的禽兽！"

黄守义这一顿大骂，早已把米锦华惊醒，她一句一句地听得清楚，红嫩的脸色由紫变青，匆匆忙忙披了长衣，蓬着头发就垂头走下楼去了。黄守义在楼阁上望着，摇了摇头，叹一口气道："这也是人家的姑娘！拿了父母的钱出来念书，做出这样下流的事来，有脸见人，回家有脸见自己父母吗？"黄守义又是一顿大骂，而且骂的是惜时的爱人，惜时万万忍耐不住了，便道："你不知道现在是婚姻自由的时代吗？你说你不靠我，哼！我也不会靠你这顽固的老子，给我丢脸。”

他本是坐在屋子里，用低些声音说。黄守义听了，直跳三丈地向屋子里一蹦，喝道：“好畜生！我会丢你的脸。你说，我什么事丢你的脸？是为了穿着乡下人的衣服吗？你要知道，我着了这套衣服，是为省钱给你用呀！好，我丢了你的脸，我们各走各的。你不要用我的钱了。畜生畜生！你说出这样丧尽天良的话来，你还想念成了书出来做事吗？”惜时见他父亲瞪了眼睛，嘴唇皮抖颤，卷起袖子，露着两只光手臂，捏了拳头，大有要打之势，便也挺着腰杆子道：“凭我的能力，我什么事不能做，我要你那几个臭钱吗？”黄守义道：“好！畜生！你敢和我打赌吗？”说着，伸着拳头在桌子上扑通打了一下响。这时，声音早惊动全屋，楼下的房东房客都拥上楼来。那个老听差也怕自己再说话，种下祸根，连忙也跑上楼来，一伸手向他父子二人中间一拦，向黄守义道：“老先生！老先生！有话从从容容说吧，何必生这样大的气呢？”说着，只管用手势虚虚地向黄守义推着，要推他出去。

黄守义见了许多人来了，一定要在这里发脾气，也是让人家见笑的事。于是赶紧走向屋子去，将东西收拾了一番，然后对老听差道：“请你给我找辆洋车，无论拉到哪一家旅馆里去。”老听差听到，便拱了拱手道：“老先生，你忍耐一点儿吧！好歹总是自己的儿子，你要怎么教训他一顿都可以，何必要决裂起来？”黄守义道：“老伙计！我问你一句话：设若你的儿子不认你做老子，反要你大把的钱拿出来，你心里服不服呢？你快去和我叫车，你不去和我叫车，我就提了行李自己走出去叫。”说着，将行李卷胁下一夹，一手提了箱子，一手提了网篮，就向外走。老听差自然不便拦阻。院邻都是生人，也不便拦阻。

还是惜时看到老子要走了，觉得有些过不去，便喊道：“这是你自己要走的，并不是我逼你走的，许多院邻都在这里看见的。”黄守义将行李放下，然后将手横空一画，叫道：“从今天起，我们断绝父子的关系，今生今世，我决不想见你！你是个好汉子，当然也不会为要几个臭钱就来找我。我比你大几岁年纪，当然是先死，我自到鬼门关上去等着你，看你是怎样好结果下场。”说毕，又向大家道：“诸位！我黄某人生平安守本分，并没有做什么坏事，千不该，万不该，不该拿出许多血汗钱来让儿子读书，我早知道会教养出这样一个畜生来，出世的时候，我就把他丢到大河里去，免得费我老夫妻一番心血，那还是小，也免得长大了贻害社会！”说着，夹了三件行李，累累赘赘，顺着楼梯走下了楼去。

到了楼下，还是房东看不过，就对他道：“老先生！你既决心要走，也不要忙在一会子，先雇好了一辆车吧！你老人家这大年纪，怎么一个人拿得动三件行李呢？”黄守义方才将东西放在大门洞里，在身上掏出一块白布手巾，擦着额上的汗珠子。老听差看了，十分地不过意，问道：“你到哪里去呢？不短盘缠钱吗？”黄守义道：“我钱倒不怕，这里有好几个同乡可以通融，只是这里我人地生疏，不知搬到哪家旅馆去住好。我听说，我们有会馆在北京城里，我搬到会馆去住，遇着同乡也有个照应。”老听差道：“既是这样，我送你一趟吧！”说着，就望了他的东家，房东也觉这个老头子可怜，就允准了老听差，送黄守义出去一趟。于是老听差雇了两辆车，送他到会馆里去。

当黄守义要上车的时候，又走到楼梯口上，用手指着楼上道：“畜生！我现在走了，你最后讨的那笔债也不过是四百块钱。你要好好地用，要用一辈子才好。我去了，你可去了眼中钉，不至于再丢脸了。”说着说着，不觉在脸上坠下几点老泪，一面用手巾擦着眼睛，一面走了。黄惜时坐在楼上屋子里，一句一句地都听得清楚，想着：这事一闹穿了，人都说我不认父亲，多难为情！而且父亲说了，除非死了到阴司里去见面，以后再要向父亲要钱，已是不可能的事；不但交际费没有了，恐怕书也念不成功了。这样想着，坐在屋子里只是发呆，不肯出来。然而这件事不算，还有一件使他更伤心的事也跟着来了。你道何事如此严重？请看下回便知。

第十三回

气冲冲人前遭白眼
羞答答灯下看红颜

话说黄惜时为了父亲走了，金钱来源也断了，正在气闷，不料这个时候，又有一桩不幸的事使他伤心万分。原来米锦华在外面交结朋友以来，只有人家说她恋爱自由，没有人说她偷人养汉这些丑名词的，而且就是花前月下，遇到了第三者，第三者也要闪开，免得彼此难为情。而今让黄惜时的父亲，那样一个乡下村夫，竟敢当了许多人，大大地羞辱一场。这事传扬出去，有多么寒碜，这不怪他那老头子，要怪黄惜时。他既是你的父亲，为什么要虚面子，不将实情告诉我？我若知道这是他的父亲，我自然要回避一二，何至于吃这样的大亏呢？自己越想越羞，这口气除了找着惜时去出，也没有第二个法子。于是匆匆忙忙地写了一封信，就叫人送给惜时去。惜时接到这封信，还未曾开封，料着就不能无问题，及至打开一看，上写道：

惜时：

你父亲今天对我这种态度，我一辈子都忘不了的，你有这样一个恶劣的父亲，为什么瞒着我？故意让他来侮辱我吗？朋友交得好了，接吻也好，同居也好，这都不算一回事，当他乱跳乱嚷的时候，我本不难挺身而出，教训他一顿，可是这种十八世纪的活死人，他懂得什么时代潮流？说了也是对牛弹琴，白费一口气，所以我终于是俯首无词地走了。然而我在这一点上，看透了你了，你不过是找着我去泄你的兽欲，并不是和我有什么爱情，连老子来了这种重大的事都要瞒着我，又何况其他呢？好了，你用那种欺骗的手段去欺骗别人吧！我是不受欺的。

米白

惜时将这封信仔细看了几遍，觉得锦华的口吻简直是绝交了。自己用尽了金钱，费尽了手段，刚刚相聚不久，又让她离开，这是自己莫大的损失。照情理说，也是自己不对，把父亲太不注意了，让她受了这种重大的侮辱。她现时要和我绝交，不过是在气头上的事，而且她是气我的父亲，并不是我，那么，我和她赔个不是，或者也就和缓了。心里如此想着，把那信又仔细看了两遍，觉得她的语气很激烈，恐怕一时不会有什么疏通。那么，这时写信去，又是白费劲了，不但白费劲，也许她看了信，要气上加气。自己如此想着，简直不知道要如何是好！坐了一会子，又在屋子里踱来踱去一会子。因为这一场大闹，已揭穿了自己为人，有些不好意思和人家相见了。直到吃午饭的时候，老听差连茶水也没有送来，闷坐也不是办法，只得锁了门，将帽子斜戴得低低的，垂着头出门去了。

课是向来不大上的，今天满肚皮心事，当然不能去上课！然而看电影、听戏、逛公园，也都感不到兴趣。这只有一个法子：到各处去拜访朋友，闲着谈谈天，也就可以把自己的心事暂忘一下子。随即走了两个地方，都因朋友有事，未能久谈。忽然想到邱九思这班朋友头上来，心想：那时自己正迷恋着白行素，他们要我介绍和他们见面，我因为这一班东西最是惹不得，始终推诿着没有见面。后来我也就这样偷着搬进公寓了，这是我对人家不起。现时不妨去看看他们，顺便也就道个歉，以后家中经济来源断绝，也不能不跟着他们学一点儿当混世虫的本领。他们常是得不着家里一点儿接济，也是在北方一样地混，这是多么可羡慕呢！

他如此想着，果然就向太平公寓来，一走到胡同口上，就见公寓门外站着一班类似学生的青年，久别了这般浪漫的朋友，远远一见，就如温旧书了。许多人里面，有个穿着红毛绳衬衣，套着长脚西装裤子，脚下踏一双半截毛绳鞋，两手插在裤袋中，口里衔着烟卷，那不是别人，正是邱九思了。远远地叫了一声："老邱。"便脱了帽子点点头。

那邱九思站得挺直，两目向前观，一动也不动。及至黄惜时到了面前，他由裤袋里伸出一双手，抢上前两步，和他握了两握，笑道："嗬！老黄抖起来了，这样漂亮的行头，瞧这口袋外的金表链和这手上的金戒指，这不是咱们穷大爷赶得上的。路过此地，到哪里去？怎么不见着带女朋友呢？"惜时笑道："至好的朋友，何必见面就先挖苦上一阵？我是特意来看看你们的。"邱九思笑道："哎哟哟！今天是什么风把你刮动了，刮到这里来呢？进去谈谈吧！"于是挽了他一只手，一路向里走，口里可就叫道："老铁、老卓！贵客到了，快来！快来！"

说着，一扇房门轰咚一下响，卓新民由屋子里跳了出来，拉着惜时一只手乱摇一阵。他倒是穿了一套花呢的西服，带着又宽又大的黑色领结，表示出是艺术家与文学家来。他拉着惜时进他的屋子，只见他床上被没有叠，和大衣卷在一块，桌上摆着饭碗、茶壶、火酒炉子、酱油醋瓶子和报纸夹、讲义夹，那种糟乱并不比从前略减。卓新民把一张椅子上的报纸和衣服，两手一抱，向桌子下面网篮里一塞，拍了两拍，请惜时坐下。惜时笑道："我想还是你们的生活自由！从前是这么样，现在还是这么样，这很有趣！"卓新民笑道："你倒羡慕我们的生活，我们可是听说你交上了一个极好的女友，是仙子一样美丽的人儿，那种艳福，我们梦想也梦想不到，怎么你倒说我们的生活好呢？"惜时笑着摇一摇头道："唉！一言难尽。"

说时，铁求新蓬着一团乱草似的头发，里面未穿衣服，身上披了一件大衣，赤脚踏了一双鞋，走到屋子里来，眼睛角上各粘着一粒豌豆大的黄眼屎。他啊哟了一声道："密斯脱黄来了，很难得的呀！"惜时道："怎么这个时候才起床？洗洗脸，就该天黑了。"铁求新笑道："不要提起，昨天晚上，打了大半夜的茶围，闹到两三点钟才回家。回家之后，又写了两封家信，差不多天亮才睡觉。你想怎么不该睡到这时候呢？你等一等，洗过脸，我再来陪你。"说毕，口里唱着："'昨夜晚，吃酒醉，和衣而卧，架上鸡，惊醒了，梦里南柯……'茶房！打水洗脸！"

他已是走回屋子去了。

惜时低着声音道："你们现在还在胡同里逛吗?"邱九思道："怎么不逛，简直逛死方休!"惜时笑道："我觉得逛胡同这事，等于做买卖差不多，那有什么趣味?"邱九思笑道："你是没有尝到其中的滋味，倘若你和我们在一处玩个十天八天，我包你愿意。你把你玩女同学的事说与我们听听看。"惜时笑道："你这话真该打，对于女同学怎么下了个'玩'字。"卓新民道："老邱这话果然该打。男女同学乃是正式的恋爱，怎么说是玩。你说玩女同学可不知道人家女学生真说玩男同学呢!"邱九思笑道："只要她们愿意玩我们的话，我们就让她玩吧！可是我们这脸子太不行，送给人家玩也不要。可没法子呀!"卓新民将右手的大拇指、中指夹住，伸到他脸边，啪的一声，打了一下响，笑道："你倒想送给人家玩玩呢，有那样好的事吗？真论起价钱来，恐怕比逛胡同还要贵个十倍八倍呢！你不信，问问这位过来人，我这话是否靠得住?"惜时笑着站了起来，连连摇手道："哪有这话，你们未免也太蔑视恋爱的真义，太侮辱女性了。"卓新民笑道："你不要这样认真，你总有一天会失败的，到那时候你就觉悟了。"

惜时默然无语，又坐了下去，便拿了一根烟卷抽着。说话时间，铁求新一面扣着衣纽扣，一面走了进来，笑道："说起来，密斯脱黄是有点儿对朋友不住的！老邱帮过你那样一个大忙，把你的女友考到你一个学堂里去，等于是和你做了一个月老；事成之后，也没有别的要谢，只要你介绍那位女士和我们同桌吃餐饭，这总算极小极小的事，你一天推诿下去一天，到了后来，索性躲个将军不见面，这是什么意思呢？难道……"惜时站起来，向他抱了拳头，连作两个揖，笑道："这事实在对不住！但是也有个缘故，原来是那位女士不肯，后来我们感情淡了，这话又说不上，所以就搁下来。"卓新民道："你这又是撒谎，我好几次在电影院里看到你和那位女士在一处，亲密得了不得，怎么说是感情淡下来了?"惜时道："你们错了，因为那……"说到这里，声音低了一低，笑道："又是一个人了。"卓新民昂着头想了一想，对邱九思、铁求新各打了一个照面，笑道："果然不是以前我们见着的那一位。哪一位都行，你就介绍这位新的和我们见面吧!"

惜时道："这位吗？"他不曾说完，又笑了。心里想着：我若要求他们帮忙，少不得和他们说些实话；不然，他们总觉没有诚意，是不肯要我做同志的。于是将父亲来北京的一段事隐去，却把自己为了米锦华，丢下白行素，以及最近和米锦华有点儿误会，又要翻脸的话，说了一遍。

邱九思道："怎么样？我说你总有失败的时候不是？你要是受了胡同里姑娘的气，要报复的办法，我们是有的，若是办恋爱办得失了脚，我可想不出什么主意来。"惜时笑道："女人的品格虽不同，对付女人的手段那总会是一样，你何不贡献一两样？让我作为参考的资料也是好的。"邱九思道："没有这便宜的事，你得和我们议好了条件，我们才能够和你出主意。"惜时笑道："充其量，不过是要我介绍她和你们见面罢了，有什么不可以呢？"

邱九思也取了一根烟卷，点着，慢慢抽上，先微偏着头想了一遍，然后笑着把主意告诉了他。他点着头笑道："这个主意，倒是不错，这种办法也正对这位女士的脾胃。"邱九思笑道："这回成功了，可别忘了许下的愿。你若是忘了这话，我可要使手段对付你。"惜时只是默然地笑着承受。他们却是不记惜时的错误，就留着他在公寓里吃饭。这些人在一处，不是谈嫖，便是谈赌，再不然便是谈听戏、看电影。惜时虽都不在行，闻所未闻，听着倒也是痛快得很，所以在这一个时间中，一切的苦恼都已忘了。谈了一阵子，惜时告辞回家。

这天有点儿不好意思见院邻，就闷坐楼上，不曾下来。晚上在电灯下，写了一封长信给米锦华，除了加倍小心之外，中间有一段最要紧的是：

> 现在到北京来的是我的生父，我的父亲是在江苏做道尹的！因为，我自幼便承继给我大伯父的，所有平常的用费和学费都是我的继父担任，我生父不过偶然点缀一二罢了。我继父的家产至少说有三十万，生父纵然和我翻了脸，那有什么关系？难道我那三十万家产，还不够我花的吗？

这一段文字写在长信里面，是表示父子翻脸也不在乎的样子。而写下来那字体却要大出一倍，看信的人纵然是不注意，也会注意起来。惜时自己看了一遍，也觉与其用和婉的手腕去打动锦华，万不如说自己有钱打动她更为有力。写过之后，又涂改了一番，将信写毕，已是两点多钟，这一封信总算是写的时候不少，当然也很费了一番力量的，将信封好，人已是十二分疲倦，就睡觉了。

到了次日清晨，在楼上看到一线日光，赶紧就跳起床来。那老听差正在楼廊子上扫灰，便打开房门，一招手将他叫进房来，因道："你把我老太爷送到什么地方去了？"老听差道："送到会馆里去了。"惜时道："他说了些什么呢？"老听差微笑道："他倒很自在，并没有说什么。"惜时道："哦！他没有说什么，我这里有一封信……"说着，就伸手到桌上去拿信。老听差的眼光跟着他的手看了去，见那信上写着"米锦华女士收启"几个字样，心里就默念着：事到如今，你还是亲着那个米女士，真是好心眼！有这样的好心，写一封信，给你父亲赔罪不好吗？

惜时见他看了那封信有点儿出神，倒有点儿不好意思，便道："这封信我是不能不回复人家的，你给我送到对过去吧！"说着，将信封搭讪着看了看，然后递到老听差手上去。那听差接着信，在手上掂一掂，因道："就送去吗？"惜时在衣袋里摸出两张毛票来，向老听差手里一塞，笑道："好久我没有给你零钱花了，这个你拿去买点儿酒喝。"老听差一看那毛票，乃是四毛，打算不要，不啻牺牲今天一天的酒钱，只得接下道："我和你送去吧！"惜时道："不，请你在对过等一等，我还要等她的回信呢。"老听差想说一句什么话，一看手上捏着四毛钱，只得将话忍回去了。惜时道："时候不早了，你就去吧！待一会儿，她又上课去了。"老听差听说，本想笑一声，转念一想，笑不得！才拿着那封信走了。

去了也不过十五分钟，摇着头回来了。惜时由屋子里抢着迎上前，连忙问道："有回信吗？有回信吗？"老听差道："回信，回了一顿骂来了！那边门房对我说：米小姐接着信，看也没有看，三把两把就扯碎了，骂得可不像话。门房对我说，叫我不要再送信去了。"惜时默然了一会儿，点点头道："好吧！你去吧！"

老听差走了，惜时在楼廊上就踱起缓步来，低着头一想：这件事，真令人为难！照着邱九思他们的计划，第一步就算失败，她不看信上所写的话，我无论怎样说得天花乱坠也是枉然。第一步既办不通了，第二步更是不必说。这样下去，真是要做到绝交的地步了。想来想去，沉迷不醒。忽然当当几声，空气里把上课的钟声远远传送到来，心下忽然省悟：有了！她纵然不见我的面，不看我的信，课纵然是要上的，我就在上课的时候进行第二步，或者补行第一步，只要她稍微一动心，我就不愁没法进行的。主意想定，在书架子上乱纸堆中翻出了两本书、一叠讲义，糊里糊涂一包，就匆匆地向学堂里来。

到了学堂里，上的课全不在书本子上，书算是白带，因为他不但忘了功课表上列的功课，连今天是星期几也都忘了。所以他虽带的书多，依然不对。好在他的目的并不是来上课，纵然书带得不对，却也没有关系。上午上了一堂半课，到了最后的半堂，因为没有见米锦华来，便自走了。下午只一堂课，本可不来，不来又怕米锦华来了，因之还是来，结果白上了一天课，并没有碰到米锦华。接连上了三天课，到了第三天下午，终于是有了结果，她果然来了。

这时，大家已经上了课，先生正在讲台上讲书，惜时虽然见着她，却不便怎样去招呼。她的态度倒是和平常一样，但是并不注意到别人脸上来，很自然地在自家位子上坐下了。惜时心想：看这样子，觉得气已消下去了。下了课之后，不难和她谈上几句。趁着大家在听课的时候，原无人来惊扰他，他就在那里出神，默念着要用一番什么话先去和她赔罪。想了许久，已经有了主意。回头一看壁上挂的钟，下堂只剩五分钟了，于是屁股离了座椅，身子歪着，做个要走之势。及至先生头一偏，和别人去说话，赶忙低了身子，就向课堂外面一射，走到来人必定经过的要道上来。这里有个圆洞门，惜时闲闲地靠着墙整理他的讲义，眼睛却不住地向后面看去。

不多一会儿，同学一拥下了堂，米锦华也和一个女同学并肩说着走了过来。惜时先含着笑容，远远地向她看去，不料她却丝毫不知，只是偏过头去和那同学说话。及至锦华走到身边，惜时一想：再要不向前，这稍纵即逝的机会又不知什么时候才有，一定是不能含糊的了。于是赶快一转身，向前一碰，将肋下夹的讲义撒了满地。那个女同学想着，或者是她们的过错，手拉着锦华向后一缩。锦华绷着脸，并不理会。那女同学倒过意不去，说了一句：“对不住！”惜时笑道：“不要紧！不要紧！”说时，自己横塞了路头，弯腰将讲义捡起，然后抬头向锦华道：“还没有吃饭吧？一路吃饭去好不好？”锦华绷着脸道：“不好！以后我们断绝朋友的关系，你不必理我，见了面只当不认识我就完了。”惜时碰了这样一个大钉子，望了她，一时可不知怎样回复她的，还是那女同学笑道：“你二位不是极好的朋友嘛，怎么恼了？”锦华道：“朋友？骗子罢了！”惜时脸一红道：“密斯米，你别着急，让我解释一下。”在他这样说话时，下课的同学们早拥上了一群，团团围住。锦华越看见人多，越是不能和他妥协，将脸更板得凶，横了眼道：“解释什么？我不懂，骗子！”说毕，挺了胸脯，在人群里挤了出去。同学们有知道黄米二人一段交情的，不免哄然大笑起来。

惜时受了锦华的侮辱，又见同学讪笑，又羞又气，便一伸手道：“诸位不必见笑，让我解释一下，米锦华所用我的钱，差不多一千三四百元了，天下有拿这些钱去买一个骗子来做的吗？”人后面有人答道：“她不是说你骗了她的钱，是说你骗她别的什么呀！”这一声说出，同学们又笑起来。惜时一想：弄到这种样子，面子已经丢了，解释也是枉然。肋下夹了讲义，靠了墙呆站住着，心想：不料米锦华这人，脸变得这样快，漫说我没有得罪你，就算我得罪了你，我当了人的面赔你的礼也就可以了。你倒要在大庭广众之下羞辱我，这是什么缘由？况且我纵然受了一顿羞辱，于你也没有多大的好处呀！惜时越想越气，将脚一顿道：“从今以后，我决不再理她了。难道除了她，我就交不到女朋友不成？”于是一人垂头丧气走了回去。

到了家里，心里还是乱跳，坐不住了，就向床上一倒躺了下去。不躺下去还罢了，躺下去想得更厉害，先是想道：初和米锦华相识，不料她如此翻脸不认人，只觉她是美丽可爱，虽然花了许多钱去收买她，都是在所不惜的。如今才知道花钱去买爱情，究竟是件靠不住的事情，自己不但是牺牲了金钱，而且牺牲了朋友。像白行素，和自己是多么要好的朋友，到婚姻的程度相差也就只一线了。总是自己不好，说丢就把人家丢下了，而今要找这样好的朋友，实在不可得。她既稳重又活泼，既文明又规矩，总之，是个模范新女性。而自己不知发了什么疯，竟是一点儿不客气地把人家得罪了。这件事若是让姓白的知道，她岂不要笑掉牙？但是今天经米锦华在此一闹，恐怕同学一宣布，白行素也不能不知道。与其让白行素知道了之后再来笑我，倒不如自己去向她道歉。她一念垂怜，言归于好，也未可知。不过自己当面去和她道歉，也许像今天一样，再碰一个大钉子，那岂不是双倍地丢人？这只有写一封信去，将自己的不对婉转去向她道达。她不理我，也不过不回信而已，碰了钉子，也不会有第三个人知道了。

如此想着，便自己拟好一封肚稿，一翻身坐了起来，将笔墨排好，笔不停挥地就写了一封信起来。因为那老听差，多少认得几个字，有了“女士”两个字的信封，不敢再让老听差去送，自己便将信封好，揣在身上，走到胡同口上，扔到信筒子里去。

偏是事有凑巧，当他将信放下，一转过身来，恰是遇到了白行素坐在一辆人力车上挨身而过。她在惜时这一掉脸的时间，她将手里的讲义夹子突然向上一举。看那原来的意思，好像是要挡着脸，后来觉得又不对，更高举了一点儿，举过了头，当是挡着太阳。车子本来拉得很快，在这一碰头之间，两下就相隔很远了。惜时在眼睛一照之下，仿佛见她有点儿笑容，只见那讲义夹子一举，不能看得十分真切。心里便想着，要是像她刚才这样子，只要我有信去，似乎不至于拒绝我，我若和白行素言归于好之后，我倒要表示出来，让米锦华看到，气她一气。就我现在而论，应酬白行素这样女朋友的话，还绰有余裕，暂时不必愁到周转不过来的。如此想着，立觉心旷神怡起来，便含着笑容走了回去。

一进大门的时候，又碰到后进的那位高女士。高女士今天大变了态度了，依然和最先前一般装着不认识。惜时一想：这真有些怪了，米锦华和我恼了，连她的朋友也和我恼了，我虽没有和高女士做过朋友，可是我也送过她一些礼物，而且她也曾和我表示过好意，现在我们总也是院邻，何至于就这样见面不相识哩？这样看起来，对付女子，实在不是一件容易的事，纵然把她敷衍好了，只要有一点儿不如意，就可以变脸，这为什么？不都是为了男子要向女子去求恋爱吗？设若天下的男子都不理会女子，像我这样待女子好的人，找不到第二个，那么，有了我，自然不肯失去的了。这样看起来，白行素究竟是个好人，我以前得罪了她，她不但不怪我，反借着和我要书写信给我，指望得我一点儿回信，我是怎样对付人家呢？不但是不给人家一点儿回信，而且索性借这个机会和她绝交了。这样看起来，完全是我的不对。自己忏悔了一阵，觉得越不好意思见人，只是闷坐在楼上，不出门，也不去上课，倒是为了烦闷不过，将自己所有的书抽出来几本，闲着看几页。

这样闷坐了两天，老听差居然送着一封信进来，这个信封上，下款是写着"内详"，然而看那笔迹分明是白行素的字。拿着信在手上掂了两掂，叹了一口气道："这真是合了那句俗话：路遥知马力，日久见人心。"说着，慢慢地将信封口撕开来，将信封里的东西抽出来一看时，却出于他的意料以外。原来信封里面又套着一个信封，这信封并不是外面寄到的，原来是自己寄给行素的原信封，现在人家将原信退回来了，再看这信封的封口，虽然有拆开的痕迹，但是依然用糨糊粘上了。再拆开那信封来，里面除了自己写去的几张信纸而外，并没有别的什么东西。那么，她的字纸篓里都不肯让我这信稍微地停留一下，简直是完全拒绝我的了。看起来，她这样不作声的人，表示起来，更无疏通的余地。唉！自己花了许多金钱，耗了许多心血，不料到了现在，竟会一个女朋友也得不着，实在冤枉极了。看起来，还是邱九思那班人不误，根本上就不知道什么尊重女性，自然也不会谈什么恋爱。想到了邱九思，自觉在家里闷不过，就身不由主地走了出来，一直向太平公寓来找邱九思。

他们这班人倘若是早饭吃得晚了，下午就不出门，大家围在一处闲谈，索性提前吃过晚饭，或去听戏，或去看电影，或去逛胡同，都在吃晚饭的时候来解决。因为他们全在家里的时候，为着谈话便利起见，是将饭菜开到一处吃的。这天除了和邱九思最相好的卓新民、铁求新二人而外，还有冯尚德、于世杰二人，也在一处说话，闲着无事，大家就同在一处撇兰斗东道。因为天气渐渐寒冷了，邱九思屋子里已摆了一个白泥炉子取暖。大家要吃得新鲜，将洋瓷脸盆做锅，放下一勺水，然后将两大碗米粉肉放在盆里炖，盆上面，依然还用一只盆盖上。大家买了两毛钱炒栗子和大花生，围了炉子，说着吃着，又看守着盆里的米粉肉。屋子里既是栗子花生香，又是米粉肉香，鼻子也享用不过。

大家正在高兴，惜时一推门笑道："你们真快活呀！我也加入。"铁求新首先一个站立起来，鼓掌道："我们正缺着买馒首和打酒的钱，你来得正好，这钱出在你头上了。"惜时笑道："小事小事，难得赶上这热闹的，有什么份子摊派，我都照出。"邱九思道："别的份子是不必要你出，就是吃过晚饭之后，我们少不得出去行动行动，你能不能开一个盘子？"惜时也用手一拍道："我今天破戒了，决计开一个盘子，可是我不知哪里的人才好，你们得和我介绍一位才好。"

邱九思站起，空出自己坐着的靠火那把椅子，用手拖了他一只胳膊，让他坐下，然后自己拖了一张小方凳子，挨了他坐着，笑道："你这人总算是有艳福的，现在二等里有个姑娘，名叫羞花……"惜时笑了起来道："啊？好响亮的名字，可不知道人怎么样，是不是名副其实？"邱九思道："不管是不是名实相符，这个人只要你一见面，你就不能不上她的盘子。"惜时道："那是什么缘故？难道她还能强迫我吗？"邱九思望了大家笑道："你们对于我的话怎么样？觉得是对的吗？"大家都跟着他看。惜时道："你们是什么玩意儿？不要是拿我开心的吧！"邱九思道："你这话离题太远了，一会儿我们到胡同里去，是大家陪着你，又不要你单独行动；你看那人好，你就花钱，看那人不好，你就不花钱，这也没有机关的，拿你……"

只见铁求新跑出房去，拿了一双筷子进来，先将筷子插在衣领子里，然后在桌上拿了两只邱九思的臭脚黑线袜子，一手拿了一只，抱着盖住蒸肉的那一只洋瓷盆，就向桌子上一放，放得快一点儿，在桌上打旋转，只管当啷作响。他也不管那些，见蒸肉的盆子里热气腾腾，冲上了屋顶。他口里吹着风，在脖子上取下筷子，到碗里夹上一块大的米粉肉就向嘴里一丢，无奈这米粉肉在锅里夹起来，热得非凡，烫得舌头只管打卷，然而又舍不得吐出来，口里乱卷了一阵，就这样连卷带咽地吞下去了。邱九思笑道："不好！不好！快躲开吧！要出人命了！"一屋子人也都跟着笑了起来。

铁求新笑道："你捣什么乱？你想烧了东西，我们自己不应该尝尝是咸是淡吗？"卓新民接过他手上的筷子，笑道："肉是由你尝了，究竟是咸是淡你可没有说出来，我来尝一块吧！"拿了筷子，正要向锅里捡，邱九思将手一拦，把筷子拦了开去，然后抢过脸盆，向上一盖，笑道："不必吃了，回头就是这样尝完了。"于世杰道："这样子，大家都馋得很厉害，而且我们吃了饭，还出去有事，就先吃吧，老黄不是担任了酒和馒头吗？别客气，就请你掏钱。"惜时笑着掏出钱，就吩咐伙计去买馒头和酒。同时，于世杰也催着开饭。早有卓新民和冯尚德忙着将靠墙的一张椅子抬开，安排了椅凳筷子，一会儿吃喝的东西都摆上桌来，大家先拿起筷子夹了一块粉蒸肉送到口里去，然后才坐下，大家说笑着。不消片时，先把两碗肉吃光，然后才吃其他的菜下饭。

吃饭的时候，大家就商议着今天先到哪一家去开盘子。冯尚德提议，今天有新团员加入，不能尽逛二等茶室，应该到班子里去丢两块钱。邱九思摇着头道："有两块钱，我们又可以在二等混两家，至少也消磨一个半钟头，何必到班子里去？我拿不出两块钱来，这个东归谁做呢？"于世杰笑道："还是开股份公司吧！我们六个人，每人三毛，三六一元八，哪个做东，哪个多出两毛。"冯尚德笑着点一点头道："公道之至，算我的就是了，大家有异议没有？"大家笑着，也没有说什么。于是各人回房去一阵子忙乱，有的刮胡子，有的刷西服，有的擦皮鞋，有的搽油梳头发，至于用香胰子洗脸，跟着抹雪花膏，这倒是各人一致的行动。大家将衣服穿好了，锁了房门，一同走出公寓来。

门口停的那些人力车早拖了车笑着迎上来道："石头胡同！石头胡同！"惜时在一旁想着：怎么连车夫都知道是去逛窑子呢？其熟可知了。邱九思这班人也不讲车钱，大家很随便地坐上车去，惜时也就跟着。车夫们拉着车子，真个是如风驰电掣一般拉到了石头胡同。这些朋友们在公寓里是计较的，一进了这胡同，人就慷慨起来了，大家争着代付车钱，笑嘻嘻地挨着娼家门口走。

惜时自从第一回跟邱九思到过此种地方而后，并未来过二次，今日重来，少不得随时皆要留心看看，一个不留神的时间，他们这班人就有几个转身一溜，溜到一家茶室里去。铁求新在后面，怕是惜时要临阵脱逃，伸手捞着他一只手臂，只一夹，便将他挽到大门里去。惜时笑着轻轻地道："你这是做什么？太不雅了，我既是跟了你们来，还能够逃走吗?"一面说着，一面向院子里走。早有一个穿绿长衣的妓女迎了上前来，笑嘻嘻地握了惜时的手道："今天什么风，会把你刮来了?"惜时一看，就是那个屡次要求帮忙的三宝。不知道她如何却会到这里来了，只得笑着和她点了一点头，心中就有点儿疑惑邱九思先说的话了。

糊里糊涂，大家一拥进了一间屋子。邱九思先笑道："你看到闭月羞花的那位美人没有?"那妓女正笑着端了一只瓜子碟向各人面前送，却笑道："邱先生！别取笑，取名字总是会向好处取的。"最后，她才送瓜子到惜时面前来。这是茶室里的规矩，妓女敬茶敬瓜子的最后一个，那便是客人。惜时以前和邱九思同住，对这事已是耳熟能详，但不知道她何以有这种待遇，因为自己是绝对不曾有意招呼她的，可是既然有了这一种手续，自己又不会怎样推辞，便笑道："你现在改了名字吗?"羞花笑道："是的，因为以前那个名字太俗了。"

铁求新见惜时坐在孤零的一把椅子上，他两手执着羞花的手胳臂，就向惜时怀里一推，笑道："你老早就想他，现在他来了，你怎么不上点儿劲儿呢?"惜时虽知二等茶室里是极浪漫的地方，然而初次做嫖客总有点儿不好意思。当羞花向他大腿上坐的时候，他倒把身子扭了一扭，有点儿躲避的意思。然而人坐在身上，总不能将人推了开去，倒把一个脸涨得通红。羞花因他并不曾用手扶着，回头一看，他又害臊得很，只得站了起来笑道："你这人真老实。"说着，站起身来，在他对面椅子上坐着。

惜时偷眼看她，觉得比以前长得丰秀了许多，不是那样憔悴可怜的样子了。她额前一排刘海发加厚了许多，长长的，黑黑的，直覆到眉毛上来。脸上将粉扑得白白的，两腮略搽了一圈胭脂儿红晕，电灯下照着，颇有几分风韵。羞花见他偷看着，低了头，眼睛向他一溜，又抿嘴微微一笑。在屋子里看到的人不约而同地叫了一声"好"。邱九思鼓起掌来道："有个意思，我已经看见了。"

羞花对于惜时本想用点儿手段去拉拢他的，不料他却板着面孔，不理会一本风情账，这叫她英雌无用情之地，只望了惜时发呆。惜时让她目光一射过来，虽然平常把男女界限看得很破，也不知什么缘故，好像今天此会是有意而来，未免在许多朋友面前露出了马脚，很是难为情！可是心里尽管难为情，面上又竭力地把持着，不让脸上流露出来。于是斜侧了身子，目光对着羞花微笑，而且架了腿，只管摇曳着，现出很自在的样子。

邱九思道："你们这一对真是怪物，你也想她，她也想你，彼此都是很想见面，到了现在想得见面了，好像是新娘子见了新郎官一般，是什么意思呢?"惜时站起来，拍手哈哈一笑道："这是胡扯的话，我脸皮比城墙还厚，知道什么叫难为情呢?"邱九思道："既是不难为情，我有一件事提议，看通得过通不过?"于是拉着羞花一只手，头伸在她肩膀上，对着她的耳朵喁喁地说了一阵。羞花听着话，眼睛可向惜时望着，听完了，于是点了点头，微微一笑，那好像是赞同这提议了。要知邱九思所说的是什么，下回交代。

第十四回

惜可怜虫良朋劝驾
购相思谱学子逞能

这一场热闹，惜时已觉得有些荡气回肠，现在朋友和羞花一作耳语，心中还有什么不明了。搭讪着拿起桌子上的香烟，取了一根在手，闲靠了椅子背，昂着头就看那天花板，只管微笑着出神。羞花站起身来坐到惜时身边，笑问道："明天是礼拜几?"惜时不明白她是什么用意，便笑道："我过日子过得有些糊涂了，今天究竟是礼拜几我也不知道。"羞花道："今天是礼拜六，明天是礼拜日，你知道不知道?"邱九思即道："原来如此，知道了又怎么样?"说了这话，眼睛可就望着羞花微笑。羞花笑道："瞧什么？是礼拜日，今天可以安安稳稳地睡觉，明天起晚一点儿也没有什么关系。"铁求新道："老黄呀！你的运气不错呀！你和羞花是新交情，她就问你是礼拜几，我们老朋友有的是，可就没有人问我礼拜几，这是怎么一回事?"惜时笑道："问一句礼拜几，这有什么关系?"铁求新站起来一拍手道："怎么没有关系，关系大着啦!"他说这话，全屋的人大家都哈哈大笑起来。

惜时让大家笑得没奈何，站起身来就把衣钩上挂的帽子取了在手。羞花走上前一步，将帽子抢了过来，藏在身后，人只向后退着，笑道："忙什么？忙什么?"惜时笑道："留着我一个人也不行，这里还有许多朋友哩!"邱九思便道："留着我们做什么？我们走了才好呢，走吧!"羞花笑道："你走也可以，帽子留在这里，待一会儿，你再来拿就是了。"邱九思抬起两手，高过额角，连拍着几下道："这个办法最好，停一会子，我送老黄来取帽子就是了。"说着，几个人一阵风似的拥着出了院子。

娼门里的时光极是容易过，尤其是电灯亮了以后，喝喝茶，抽抽烟，自然就去了不少的时间。他们在胡同里转了几个圈圈，走了三家妓院，不觉就鬼混到了晚间一点钟，于是大家才兴尽言旋。邱九思道："老黄不能就这样回去，帽子还押在羞花那里呢！"惜时笑道："这件事，我就托你做全权代表，劳你的驾跑一趟把我的帽子取回来吧！"邱九思摇着手带摆头道："这个我办不到。"惜时道："你不去拿就算了，我牺牲那顶帽子。"邱九思道："你果然那样办，不但是牺牲那顶帽子，恐怕还要牺牲许多朋友呢！"说着，一手挽了惜时一只手胳膀，拉了他就走。惜时道："不要胡闹！不要胡闹！"口里如此说着，人已被邱九思拉着手走了。

惜时对于娼女本来无所可否，但是想起米锦华、白行素那种女子，觉得与这种人接近，和那种人接近，又有什么分别？与其花金钱，费心血，竭力用热眼去看人家的冷脸，倒不如与娼女接近较为自由，大爷今天有钱今天就来，今天没有钱今天就不来，而且花了钱，不但不必去伺候女性，还可以让女性倒转来伺候着我。什么是爱情？男子不过是图着肉欲；女子于肉欲之外，还图着一层金钱。这几个月来，受女性的压迫总算到了极点，现在恢复了自由，自当尽情快乐一阵子。加上羞花早与惜时认识，见他手上的钱既便利，人又年轻貌美，早想求他帮助，未得能够，现在他既是个客人，如何可以轻易放过？因此竭力地去敷衍他，让他高兴。

当惜时到羞花那里去过的第二日，一到下午六时，也不用人邀集，就到太平公寓来找邱九思；恰好他披了大衣，口里喊着茶房关门，人正要向外走。惜时拦住道："他们呢？怎么只你一个人在家里？"邱九思道："昨天没有约会，今天是礼拜，吃过早饭，大家各跑了一个干净；到了现在，还不见一个人回来，我也等得不耐烦，正想出去，自己也不知道到哪里去的好。你来得正是时候，我们一块儿去游玩吧！"说时，就一伸手挟了惜时一只手胳膀，一同向外走。惜时笑道："我来有别的话和你说，你何必这样的忙法？"邱九思道："我们有什么话说？有话说，我们要在一处混好几个钟头，慢慢着有的说呢。吃了饭没有？你今天得请请我，昨天我保你走马上任，这一点儿功劳不小吧！”惜时笑道：“请你吃饭，没有什么关系；若是作为交换条件，那就不对。要到什么地方去呢？”

二人说着话，一路走出了公寓门口。停在公寓门口的熟人力车认得邱九思，拉起车把，迎了上前，笑嚷着道：“‘忆江南’吧？”邱九思笑着点了一点头，早有两辆人力车子迎了上来，二人坐上，车夫就像很知道路径一样，一直就拉进了石头胡同。这是故都头二等妓院林立之处，不知道车夫何以拉到此处来。车子一停，放在一家饭馆子门口，抬头一看正是“忆江南”。原来车夫老做公寓里各位先生的生意，已经知道各位先生的嗜好了。

二人在这小饭馆子里吃过了饭，伙计打上手巾把子来，邱九思很忙地擦着手，望了惜时道：“还是先去看你的人儿哩，还先是去看老铁这班人？”惜时拿了一根牙签剔着牙齿，抬头望了电灯出神，一面笑道：“我是无所谓！”邱九思笑道：“这是有点儿考究的，那二等与头等有点儿不同。这个时候，正是生意兴隆的时间，去了坐不了多久，索性等到十一二点钟再去，爱坐到什么时候，就坐到什么时候。”惜时道：“假如人家有了客人呢？”邱九思笑道：“只要你愿意久坐的话，我倒可以先去通知一声，这个时候准来得及。”惜时笑道：“你这是什么话？昨天……哈哈……今天又，不是办法。”说时，伙计开上账单来，当然是惜时给了钱。

邱九思站在一边，眼光斜看着，见他在袋里一掏，掏出一沓票子来，由里面抽出了一张，交给了伙计。他就伸手在袋里也掏摸着，忽然啊哟一声。惜时道：“你丢了什么东西了吗？”邱九思皱了眉道：“都是你催着我走催得厉害，我匆匆地出来，没有带一个钱，现在要去开盘子是不可能的了，我得回去跑一趟才好。”惜时道：“这也有限的钱，我借给你得了。”邱九思道：“那也好，明天我一准还你，你有五元吗？”惜时这时已觉得邱九思是个极好的朋友，朋友有通财之义，当然不容推诿，因之在身上拿出一张五元钞票，很慷慨地就借给了邱九思。他看也不看向衣袋里一揣，就走上前拍着他的肩膀笑道：“走吧！先到我们那边去看看，或者我今天还要走第二家，让你多看一个人。”说着，挽了他一只手臂，格外显得殷勤。

走出酒馆子来，先到烟店里换了那张五元钞票，买了一盒上等的香烟抽着。经过一家小洋货铺，一块钱买两条素绸手绢，一块二毛钱买了一小瓶香水精，将两条手绢都洒了香水，塞一条到惜时手里道："我送你一条！"惜时虽然也是善于挥霍的人，但是在债主当面，就未曾这样大方过。心想："借来的钱却是如此浪用，若是自己的钱呢？那更要狂花一顿的了。真也怪事，他们这样挥霍着，家里寄来的学费并不见比我多，何以总是不穷呢？"

惜时心里如此想着，那一只手始终被邱九思挽着，糊里糊涂地跟着他走。不知不觉之间，已经走到一个妓院里面去。一个廿岁相近的妓女，穿了一件宝蓝色人造丝的夹旗袍，光着两只手臂在外，两条腿也是光秃秃的，没有裤子罩着，那稀薄的肉色丝袜子，简直可以看出腿上的肉来。她虽然靠着穿夹衣服现出她细条条的身段来，然而她两只瘦肩只管向上扛抬着，这也可以知道身上寒冷得可怜！她抢上前一步，抓着邱九思一只手道："老邱，今天什么风把你刮来了，我打了好几遍电话找你，总没有找着呀！"一面说着，一面拖了邱九思一只手，就向屋子里跑。

惜时跟着走了进去，见那屋子里除摆一床一桌之外，也就满了。屋子犄角上放着一只黑铁煤球炉子，里面倒射出有四五寸长的火苗来。屋子里虽是很暖和，然而空气沉浊，鼻子里嗅着，有一种说不出来的烦闷意味。二人脱了大衣，放在床上，同时二人也坐了下去。那妓女却靠近炉子站着，将两只光手臂在火苗上翻来覆去地烘着，两只脚还不住地跺着，要借着身子动着取暖。

惜时有了两天嫖娼的经验，这天不受什么拘束了，便向那妓女招招手道："你叫什么名字？怎么不过来坐？"她答道："名字可不大好！我叫桂香。"说时，走了过来，坐到邱九思腿上，用手翻着他的袖口看道："你已经穿了皮的了。"说着，故意打了一个冷战，笑道："好冷啦！"说着，就将两只手一直伸到他衣袖里头去。邱九思哟了一声道："好冰！好冰！"惜时在一边看到，便笑道："我又要说一句不好听的话：女人的虚荣心实在也太厉害了，只要俏，冻得跳。这样冷的天，上身穿了夹袄，下身穿丝袜子，为什么不冷？”桂香摇了一摇头道：“还好！总不十分冷。”说时，便将两手由邱九思的袖笼里抽了出来。邱九思笑道：“你只知其一，不知其二，她们干这行，总希望人家一见就爱，若是衣服穿得那样臃肿不堪，人家一见就讨厌，还指望什么？她们和我们一样，皮包骨头的人，有什么不怕冷？可是她们上面都有一个监督大人，就是想多穿一件衣服，也不容易得人家的许可呢。老六，你说是不是？”

桂香这时坐在二人中间，见邱九思衣襟底下掖着一条手绢，抽了过来，一面抚弄着，一面低头答道：“啨！说什么？”她原是皱着眉毛的，忽然将手绢在鼻子尖上嗅了一嗅，笑道：“好香！好香！用这样漂亮的手绢，打算送给哪位相好的？”邱九思道：“我还有几个相好的？”桂香一撇嘴道：“你不要灌我的米汤吧！你若是这样说，我就不客气。”邱九思道：“不客气就不客气，你收了就是了。”桂香真个不说什么，就向身上揣了起来，笑道：“你请我吃东西吧！卖零碎担子的来了。”果然窗子外边，有个南腔北调的人喊着：“牛乳糖，口香糖，鸭肫肝，大鸭梨。”邱九思还不曾答应，只微微一笑，桂香就站起来跑出了房门去。过了一会子，她笑嘻嘻地走了进来，两只手上捧了许多东西放到桌上。其间有一包牛肉干、一包陈皮梅、一大堆糖花生仁。邱九思笑着掏出一块现洋来，当的一声向桌上一抛，笑道：“你拿去让他找钱！”桂香向他点点头道：“谢谢你了！”她拿了那块钱到屋子外头去混了一回，又买了两对鸭肫肝放到桌上，找的零碎钱却不见她拿了出来。邱九思拿过那陈皮梅花纸包，抓了几小包和惜时对剥着吃，却没有去问她这钱的事情。桂香三个指头钳住一块鸭肫，斜靠了椅子坐着，慢慢地去咀嚼着，把冷忘了，把刚才心里所要说出而未说出来的话也忘了。

还是惜时不断那怜香惜玉之意，只管望了她出神。见她那细纱袜子的后跟隐隐地印了两个血印，似乎是她的脚后跟已经冻了。心里想着：这种人过着这种日子，不知道她是全无所知呢，还是知道虽是知道，可是想得很开呢？桂香低头吃那鸭肫，吃得正起劲儿，一抬头，见惜时正注意对她望着，未免有点儿不好意思，就搭讪着拿了一块卤鸭肫送到惜时面前，笑道：“你不吃一块？”惜时正斜靠了床头边叠好的那个被堆，自有生以来，却不曾在床上用手抓了菜吃，这可有些来不惯，因笑着摇摇手道："不必客气！我不大爱吃这个。"

桂香本来就不大好意思的了，再又碰了人家一个钉子，更是不好意思，手上拿着的鸭肫肝，正没有个作道理处，忽然有个妇人进来，叫了一声"阿囡"，同时向邱九思打招呼，叫一声"邱先生"。桂香吃着东西，那样很快活的样子立刻收起来了。那妇人板着脸皮，和她丢了一个眼色，桂香放下鸭肫，马上跟着那妇人走了出去。在屋子里可以听到窗子外有一种轻轻的责骂声。接着，啪的一声，又像是有人被打了一掌。邱九思拉着了惜时的手，低声道："这小家伙！今天又吃锅贴了。"说着，将嘴向外一努。惜时道："这是什么用意？我不明白。"邱九思道："她们随时可以犯法，随时可以挨打，也许是我们不曾来以前，她就犯了事。"

惜时还待问时，只听到窗子外轻轻地喝着道："你还不滚进去！"于是桂香掀了帘子走了进来，只看她脸上还挂着两行泪痕，眼睛眶儿有两个红印。她笑着向邱九思大腿上一坐，用手挽了他的颈脖子，嘴对了他的耳朵，低着声音说了许多话。邱九思斜了眼珠，微笑着听下去，听完了他笑着道："今天我还陪这位黄先生去画廊，时候来不及了。"桂香手扶了他的肩膀，身子只管乱扭，鼻子里哼着道："不行！不行！我不。"邱九思于是将她拉到火炉子边，对了她的耳朵说了许多话。最后他用手拍拍她的肩膀道："好吧！就是这样说，你可要相信我的话。"桂香望了他道："你准不骗我吗？"邱九思道："当然不骗你！你的心事我完全知道。"他说着话，又在身上一掏，掏出了一块钱，当的第二声响，扔在茶盘子里。惜时在旁边看，和他一算，所借的五块钱已经完全没有的了。这是二等茶室里的规矩，茶资只要四毛钱，邱九思给了一块钱，是给双份，这是客人很看得起姑娘的表示。

桂香听了那洋钱一声响，笑着向邱九思道："这样说，今天可是对不住你。"她一回头，见惜时已站起来，连忙提了大衣在手，让他来穿，点着头道："朋友，对不住！明天请过来。"惜时并不知道她有什么事对不住，只得点了头，答应着道："好！我明天一准来。"接着她又拿了大衣，让邱九思去穿。他穿的是罩长袍子的大衣，桂香个儿既矮又小，将大衣领子提了，高高举起，人提它不动，身子都晃动了几晃。惜时看到，倒是老大不忍。邱九思将大衣穿好，她又把帽子拿过来，轻轻地和他戴上，然后将身子贴住了他，再伸两只手抱了他的腰，笑道：“老邱！我的好哥哥，你明天来。”邱九思也伸两手抱了她那张粉脸，低着头，接连亲了几个吻。那桂香还怕邱九思不愿意，手挽着他的手，一直送到大院子外来。恰是一口冷风劈空而来，将人身上吹得一缩，桂香打了一个冷战，笑着叫道：“明天来！我不送了。”她停住了脚，黄邱二人向外走。

惜时一回头，只见旁边房间的门帘子一掀，两个中年男子伸出头来，桂香早是如饿虎扑羊的一般，扑到那两个男子的身上，也是一伸两只手，抱住了一位男子的腰子，笑嘻嘻的很快活的样子，又在表示着亲热呢！惜时看在眼里，心里可就想着，拿钱买的爱情，只得博一个当面痛快罢了。如此想着，只管低了头走。

邱九思一路之上，见了惜时只管不作声，便问什么原因。惜时把他的感想告诉了，邱九思笑道：“拿钱买的爱情，不就是图个当面的痛快吗？背后管她怎么样？就是恨得我们咬牙切齿，与我们又有什么相干？我抱定了一个宗旨：就是花钱不受气，假使要受气，我就不来往了。”惜时道：“这个办法很好，不过也有一层坏处，就是一辈子和女人接近，也不会得着一个真心人。”邱九思道：“要真心人做什么？真心人还是能叫你不吃而饱，还是能叫你不衣而暖？你也有过真心朋友的了，结果是怎么样？不是使你更加伤心吗？我看起来，倒是那个羞花，待你倒有三分真心。这并不是我瞎说，你看，以前你并没有招呼她，她就很有意于你，到公寓里去看了你两三回。现在你初次上她的盘子，她就把你当个极熟的客，将你留下了，这绝不是完全为图你的钱吧！因为你花的钱也不多似别个客人，并不能让她在这一点上来注意你呀！”惜时笑道：“我也不是小白脸，未必她还在另一方面能爱着我。”邱九思笑道：“在我们这一群人之中，总要算你是有功架的了，也许她爱上了你的漂亮呀！”说着，呵呵一笑。惜时道：“大街之上，这样大声演说，我可受不了。你引着我在满胡同走，打算走到哪里为终点？”邱九思道：“不要把他们找着吗？”惜时站定了脚，想了一想，笑道：“人多了，闹得厉害！不如还是我们两个人去，倒可以斯斯文文谈上一阵子。”邱九思道："嘿！真有你的劲儿。那么，我们就先到羞花那里去吧！"惜时微笑道："倒不一定要先到那里！"邱九思听他的口音，分明是要先到那里的了，也不再征求他的同意，一直就来找羞花。

走进屋子去，只见她一人坐在桌子上抹骨牌，一见邱黄二人进来，将牌一推，笑着站起身来相迎。走到惜时面前，和他脱大衣，一面低着声道："怎么到这时候才来？我真等久了。"惜时见她那种楚楚可怜的样子，想到初次和羞花见面的时候，她也是在抹骨牌，那个日子，虽然多少有点儿怜惜她，却始终未曾有嫖娼的意思。不料到了现在，居然发生了关系。于是伸手一把捏住了羞花的手，做出一番亲热的样子来。然而他手上所感觉的并不是亲热，乃是冰凉。于是将她的手紧紧捏了一把，低声笑道："你不怕凉吗？"羞花被他这样一问，倒问出她的一番心事来，望了他一眼，又微微摇了一摇头。在她这种表示的时候，邱九思自己已经脱了大衣，自在一边坐着，笑向惜时道："瞧你们这股子劲儿，和我们又不同！"惜时叹了一口气道："不用说了，据我看来，一般都是可怜虫！"说着，他已拉了羞花的手同在床沿上坐下。

邱九思坐在她对面，先向她笑了一回，然后架着两腿摇摆起来，点点头道："你瞧我们这种做媒的人，不含糊吧！"羞花道："得了，你可怜可怜我们这种人吧！黄先生不是说了，我们是可怜虫吗？"惜时笑道："可怜虫三个字，你也懂了。"羞花笑道："哟！你别看不起人啦！当姑娘的，不过是骨头贱一点儿，心眼儿不是和别人一样吗？我虽不认识字，话音总听得出来；你说我是可怜虫，这话倒是对的，你无论说我可怜的牛、可怜的马，那都不大像。无论一条牛、一只马，若是见了人来宰它，它总会逃走的，唯有那小虫子力量小，就是明明知道有人来要它的命，它也不会逃走的。像我们这种人，在刀口下过日子，稍微乱动一下，就有性命的危险，那还不是一个可怜虫吗？"邱九思低声笑道："你说得高兴，只管说下来，等到我们走了，回头你又该受罪了。"

羞花一听这话，身上不觉打了一个冷战，马上站了起来走到房门口，掀着门帘子向外看了一看，回转头来，向二人伸了一伸舌头，握着邱九思的手道："坏了坏了！我姆妈刚才由房门口过去。你们走了，我有罪受呢！"邱九思向惜时微笑道："你听见了没有？你若是愿意做个护虫铃，今天晚上你得保护她过这一难关!”惜时笑道：“今天晚上又……”邱九思道：“这并不是娱乐，是相好的客人对相好的姑娘应尽的责任。要不然，你刚才所说的什么可怜虫，那是一句废话。”惜时道：“你也有个可怜虫，为什么不去怜惜怜惜她呢?”邱九思跳起来道：“你这是明知故问了，刚才她和我办了许多的交涉，你是亲眼看见的；只因为我今天出来得急，没有预备经费，若是预备了经费，我还要你来劝我这种话吗？你若是和我预备经费，我就和你一致行动，明天我准还你，你看我这话如何?”羞花道：“我知道你二位都是大少爷，每人三四块钱的事情，还值得这样的商量，未免笑话了。”

惜时本来是个好面子的人，说他舍不得钱，他的面上立刻一红，笑道：“不是那样子说……”然而他也只能辩白这一句话为止，望着邱九思就忍住了。邱九思对着惜时耳朵边道：“她今天生意好清淡！你不见我们来了的时候，她在屋子里很无聊地抹骨牌吗?”惜时耳朵听着话，眼看羞花时，见她身上也不过穿的是一件薄薄的花绒长旗袍，腿上虽然是长管裤子，然而她穿了平底单鞋和丝袜子，也是隐隐地露出肉来，心里便想着：她这样衣履，身上的温度恐怕不会怎样的高？他似乎有一肚子苦水，趁此长夜，和她在枕上谈谈心，倒也是不错。心里只如此一动，对于邱九思的话就未曾驳回。

邱九思是何等样人，又有什么看不透的？便笑道：“就是这样办了。”惜时道：“明天星期一，我有几堂要紧的课。”邱九思摇头笑道：“读书不忘恋爱，恋爱不忘读书。”说着，将他拉到一边，低低地道：“请你再借我五块，明天一并奉还!”他一面说，一面背了羞花，伸着一只巴掌到惜时面前来。惜时觉得刚才借五块钱给他，一转眼就花光了，现在要借五块，实在有点儿不愿意，可是彼此玩得很投机，若是不答应人家，面子上又有点儿过不去，只好撇开一笔，向别的方面说去。因笑说：“你真的打算到桂香那里去吗?”邱九思那只巴掌依然伸着，不曾缩回，笑道：“那是当然!”说着，又将巴掌摇了几摇。惜时不给钱，他简直不肯将手缩回去，这叫惜时看看不能不掏钱了。只得背了羞花拿了一张五元的钞票，又交到他手上。他将手拱了一拱道：“劳驾得很！明天我一准奉还。”惜时见他很诚恳地又说了一回，也只得敷衍一句道："不要紧！"邱九思将钞票向袋里一揣，回转头来睐了一睐眼，对羞花笑道："明天再会！你多灌点儿米汤吧！"匆匆忙忙地穿了大衣，戴了帽子就向外走。惜时口里说着我们一路走，却并不起身，于是乎让他一人走了。

邱九思出得妓院来，心里想着：公寓里催账催得很厉害，我这笔钱不送到公寓账房去，难道倒送给桂香手上去不成？这样想着，立刻转了念头，雇着人力车直回公寓。只走到院子里，便听到隔壁屋子里稀里哗啦一阵麻雀牌的声音，先叫一声："茶房开门！"自己且不进房，却向打牌的屋子里走来，只见屋子里一张四方桌子，一面靠了床，抬向屋子中间。屋子角落里有两个白泥炉子，煤火添得正旺，炉子边搁了开水壶，白气乱窜，屋子里的空气只感到闷热与蒸郁。卓新民上身脱得干干净净，只穿着绒汗衫，外罩了一件毛绳短坎肩，一只脚架在旁边的凳子上在那里打牌。其余同桌几位打牌的，也都是公寓里同居的。

卓新民口里带唱带说道："白板，'那一日，楼上梳妆镜，楼下来了沈雁材，他在楼下……'八索，对。啊哟！老邱回来了，满面都是笑容，今天有什么称心的事？"邱九思道："你赢了吗？"卓新民道："找不着那班混世虫，回公寓来了。憋得难受，七拼八凑，找了四个人，我们是半块钱进花园，我早进去了，现在是打光桌子，你来两牌吗？"邱九思道："我倦了，要睡觉去了。"一面说着话，一面走回房去了。

卓新民在这边坐着，却听到他在那旁说："茶房！你把五块钱送到账房里去，给我找回一块零钱来！"茶房答应去了。过了一会子，只听到当的一声响，隔壁屋子里有洋钱敲打声。心想：怪不得老邱今天回来很是快活，原来在小黄手上弄到了一笔款子呢。如此想着，赶快将牌打完，便跑到邱九思屋子里来。

他正要展被睡觉，一见之下，便笑道："我明白，我刚才说话让你听到了，你以为我发了财，打算来打抽风呢，是也不是？老邱中了发财票了还是怎么着？"卓新民道："你何必顶头就此拦了回去，有钱是你的，我还能动手抢你的吗？"说着，在旁边一张藤椅上坐下。那椅子上正放有一件大衣，坐得倒很是舒服。左腿架在右腿上，一颠一动，一只脚在地下拍板，口里唱道："有了银子，这病就好了，我救你的急，救你的贫，救你的婚姻……”邱九思连连摇着手道：“别闹！别闹！有话我们倒可以商量商量。”卓新民道：“商量什么？我穷死了。你若是弄了款子到手，分十块八块给我，让我过一过难关，行是不行呢？”邱九思道：“你以为真弄到小黄一笔大款子吗？那家伙手虽是松，可是也精明到一万分，除非趁他高兴借个三块两块的，他有一百八十的，只肯在女朋友面上花，他肯借给我们吗？”卓新民笑道：“这总也算是肥猪拱门，你和那白女士去信，不过是想和他捣乱，倒不料把他的事情破坏之后，他会逛起窑子来，这没有别的什么好处，至少可以让我们多喝两回酒。”邱九思笑道：“我倒不是想揩他的油，这小子从前搭架子得太厉害，现在他要求教于我了，我落得叫窑姐儿把他迷住，从中取乐。”卓新民道：“你真没有借着他的钱吗？”邱九思道：“你不信，明天你开口和他借一借钱看，你看他是怎样子说法。”卓新民听他如此说，也就相信了。

到了次日，他们这一班朋友，有的也去上课，有的也因课外的事出去了。邱九思却找了一本言情小说《狂恋》，躺在屋子里看。卓新民早就注意到他的行动，见他不曾出门，也就在家里坐着不走。吃过午饭以后，果然黄惜时来了，隔壁屋子里就笑说着闹成了一片。卓新民无论如何忍耐不住了，就一推门走了进来，笑道：“老黄！你好！整夜地取乐，你都不带我们一个，今天非请我不可，都是朋友，何必分个厚薄呢？”惜时无甚可说的了，点点头说：“我一定请！我一定请！”卓新民笑道：“你是少不得要洗澡的，那么，就请我洗澡吧！”惜时半侧了身子坐着，把目光也偏过去，正想避开他的话锋，一见邱九思桌子上摆的一本书，封面上画着一个赤裸裸的女人，标着“狂恋”两个字的书名，就笑道：“这样不分昼夜地筹划着接近女人，还要狂恋吗？”邱九思将书拿着，向惜时身上一抛，笑道：“你瞧瞧，这并不怎样的浑，你要瞧浑的，画也有，书也有，回头洗完了澡……”卓新民抢着道：“这一件事，兄弟小小地在行，你爱哪一种的，由你去挑。”惜时笑道：“书罢了，我看过不少的种数，都恶劣不堪，没有好的，倒是图画和相片我很少见！”卓新民站立起来，一伸大拇指道：“包在我身上，全有，在家里也闷得很，走吧！我们这就去。茶房！给我们雇三辆洋车，到东安市场。”

他替惜时代发着命令，立刻自己走回房去，穿好了西服，赶到这边来，笑道：“我们先去买书，然后洗澡。”邱九思道：“看你忙成这个样子，倒好像十分用功，其实不相干得很。”卓新民道：“古圣人云：男女饮食，人之大欲存焉。”惜时笑道：“这也是做梦想不到的事，古圣人也有被密斯脱卓利用的时候。”卓新民道：“有话留到洗澡堂子里去闲谈天吧！车子雇好了，人家在门口等着呢！”邱九思也是一迭连声地催着走，三个人如同抢宝一般，高高兴兴地走出门来，坐上车子，直向东安市场而来。邱卓二人只管向前走着，并不过问车钱，惜时也觉这是小事，不必介怀，就替他二人代付了。

进了市场门之后，卓新民首先就奔烟卷摊子，他在买烟，黄邱二人自然是在他身后站着。他将烟拿到手上，才回过头来笑道：“哪位身上带有零钱，请借给我一块。”邱九思道：“我也没有带零钱呢！”黄惜时总是用惯了钱的人，身上有钱不能僵在这里，置之不理，只得掏出一块钱来，交给了卓新民。他付给了烟摊子，找了零钱，他也不客气，就向自己袋里一揣，也不说什么，在头里引路。

到了卖书的市场里，卓新民走进一家书店里，见一个伙计正在理架子上的书，便走向前靠近了他笑问道：“有什么新出的好书吗？”那伙计偏着头向他打量一番，料着是个大学生，便笑道：“没有新的东西。”卓新民道：“你别这个样子，我们老主顾，难道你不认得我吗？”旁边走过来一位年纪大些的店伙，点着头笑道：“哦！卓先生！好久不见。”卓新民道：“我们买书来了，有新的没有？”大店伙见店里另有几个买书的都不曾注意这一边，便低声道：“到了一套《相思谱》，带图画的，好是真好，价钱可不公道。”卓新民道：“你就料着我们出不起大价钱吗？拿来瞧瞧。”大店伙笑道：“柜上还没有，请你到局子里看去！”黄惜时在身后听着，倒不觉一退，信口问道：“局子？”卓新民笑道：“局子不是警察局，是他们堆货的货栈，不能公开卖的书籍图画都可以到那里去交易。”惜时笑道：“倒真吓我一跳，我也想着，没有这个道理呢！”大店伙对小店伙微点着头道：“把这几位先生引到局子里去看看。”

小店伙向三人一趸，便在前引路。一行四人出了市场，穿过大街，走进一个小胡同，在那小胡同底，有家民房大门，小店伙先走进去，回头向三人招手道："就是这里，请进来吧！"三人跟了他走，曲曲折折，转了两个院子，所有那些院子的房屋门口都贴有纸条，某号堆栈、某号存货处，全是些做生意买卖的人家，当然是很规矩的，自也猜不出这里面有什么隐秘。那个小店伙将身子一趄，趄到小院子里一个拐弯地方去，这里有个小风门，门框上垂着一块小黑铁片。他扭着扭着好几次，才把房门拉将开来，大家走了进去，只见地上桌上架子上都堆的是书本。那屋子里只剩有一把靠背椅和一把藤椅是空着的，藤椅上躺着一个人正迷糊了过去，听到门声一响，口里先说了一声找谁，然后猛然一惊地跳了起来，一看是自己家里伙友，带着三位主顾进来了，便笑脸相迎道："请进来！请进来！"这屋子里本来就堆得实实在在的，再进来四个人，这屋子里简直没有一点儿空隙。

小店伙道："这几位先生是来买《相思谱》的，给人家找一套出来吧！"那个伙友听说，于是在书堆里找出一部，递到惜时手上。他接过来一看，封面上两个赤条条的人体画，翻开书来，第一页第一行目录，便是"脂粉香初入迷魂阵"。以后的回目，都是比这更显着明白的。四大厚本里面夹了图画，都是香艳一方面。那店伙笑道："这是一本极好的书了，哪儿出版的书也赶不上这个，你带回瞧瞧！"惜时笑道："带回去瞧，要我多少钱呢？"店伙道："您就给五块钱得了，都是熟人，我们也不乱要钱，闲书少不得总是要看的，我和你多找几部吧！"小店伙道："人家还要画片呢！"那店伙道："有有有！我来找找看吧。"说着话，就把一只大木柜子打了开来，由里面取出一大叠子画片，两手交给惜时。惜时一看，全是男女二人合照的相片，有中国人的，也有西洋人的，因笑道："做生意买卖的人，只要有利可图，他总会想出一些新鲜法子来挣钱。"那店伙笑道："你挑几张吧！便宜算，你给一毛钱一张得了。"惜时摇了摇头道："都恶劣得很！"

那店伙笑道："您再要漂亮的，除非交际明星的相片，可是一个人的相片。"卓新民道："只要有，你就拿出来看看，那又何妨？"惜时道："什么叫交际明星，你倒解释给我听听。"那店伙道："这有什么不明白？就是她在外面满结满交，面子上是男女交朋友，骨子里可是……

哈哈，不用说了，这相片后面都有她们的地点，你看了相片，愿意和她交朋友，或者去信，或者亲自去探访，都成。这话可得说明：成本大，要五毛一张。”邱九思道：“你也太这个了，难道我们买你的东西，还会少给钱不成?”那店伙听他如此说，才由木箱子里拿出一个小白布包，解开布包来，果然是一沓相片。他笑嘻嘻地交给了惜时，眯了眼睛望着人道：“除非是你，不然，我可不胡乱拿出来，让你瞧的呢!”

惜时拿到手，一张一张地翻着向下看这些相片，大半都是青春少女的相片，很有几位长得美丽的。正是这样翻阅着，不料在这里面竟翻到一位极熟朋友的相片，禁不住失声叫了一声“哎呀”。邱卓二人见他如此，也很是疑惑，便追问起来。要知是何缘故，请阅下回。

第十五回

文债难偿临渴掘井
情丝未断抱病登场

当惜时看了那相片，忽然大叫一声之时，大家都惊讶起来。卓新民首先挤上前，抢了相片到手上一看，原来那个女子却是米锦华。这个女子正是黄惜时魂梦颠倒尊为无上高贵的同学。不料她也列入交际之花的一类，有相片可赏，让人去按图索骥。眼看惜时的脸色红一阵白一阵，不知道他心中有何感想。这个时候，若将话说破，不但他益发难堪，而且这里还有几个卖书的商人消息外露，大家面子上都不好看，只有忍住了为是。因此只当不明是什么缘故，笑道："这也不见得怎样的美丽，用得着如此大惊小怪吗?"说着，便将相片交还了惜时。

惜时以为他们也是认不出来，含糊将相片放下，掏出钱来还了书钱。心里这就大大地懊悔，原来米锦华也不过是如此一个人物，以前何必费许多金钱心力去买她的欢心。照着卖书人的话，依路进行，省事多了，而且证明她是个用身体换金钱的人，以后就用不着低声下气那样去恭维她了。他心中如此想，无精打采地走出了货栈。邱卓二人也很知道他有了新感触，在他不高兴的时候，再想他花什么钱，当然是更不高兴了。因此二人紧随在身后，一句什么话也不说。

走了几步，惜时忽然一顿脚道："唉！我也看破了，我们再到市场里去溜达溜达，花几个钱去找点儿乐子吧！天下哪有不用金钱得来的快乐?"邱九思笑道："你也想明白了，天下事哪里预料得许多，总也只好过一天算一天，我们在外头玩，就是这个意思。你想：我们若不趁这个青春年少的时候找一点儿娱乐，有一天年岁大了，就是花了钱，精神上也来不及，那就没有多大意思了。”

三人说着话，已经一路走进了市场。卓新民道：“老黄不是要来找乐子吗？我来提议：先吃馆子，然后我们一路去听戏，听过了戏，随便哪个小馆子里凑合一下子，就往胡同里一溜，我准保今日一天一宿，准够乐的了。”邱九思笑道：“你安排是安排得好，可是经济问题怎么办呢？”卓新民道：“你别把这话来挤，我们都是老朋友，谁又不知道谁的事；我们三个人，今天就只有老黄身上带钱，今天对不住，暂时请他做一做东，过两天我们有了钱，自然要以礼相还。而且要这样办，才能够玩得长久。今天我有钱，什么都让我做东，等我的钱用得可以了，你的款子也就到了。然后接着由你做东，一个完了一个来，永久都有钱使，永久都有得乐，这比那一拥而上大家拼着花的就好得多。我这话你是相信不相信？密斯脱黄！”说到这里，他改口不叫老黄了，而且是满面的笑容向着黄惜时，表示出心中又愉快又钦佩的一种样子来。然而惜时本人仿佛是戴了有色眼镜来看人，总觉他的一言一笑不十分自然，不过自己正有许多事要借重他们，纵然明知道他们是假意现着殷勤，自己反正是看破了世情找乐子来了，带他们两个人在一处玩玩，便有个伴侣，不然一个人吃喝带逛，也就太没有意思了。因之笑着点头道：“没关系！这样小东，就是归我一人做了。也不算什么，还要回个什么礼？既是说吃了饭要听戏，我们马上就去找家小馆子赶紧吃，别再耽误了。”

卓新民听说，立刻起劲儿，赶快走上前一步，在前引路，到了饭馆子里，代看好了房间。伙计送上茶来，他刷了一刷杯子，倒上一遍茶，便要了笔墨纸条来开菜单子，笑着向惜时道：“我们又不是外人，不必客气，只要两个吃饭的菜和一个清淡些的汤就是了。只要肚子不受委屈，也不必白糟蹋钱，你看我这个主张怎么样？”惜时笑道：“好的！可是也别替我太省了，显着我做主人的人未免太刻薄。”卓新民手里提着笔，仰着下巴，笑眯眯地望了他道：“那么，来个烧鱼头尾，你看如何？”惜时点了点头。卓新民道：“再要一个粉蒸肉吧！”惜时笑道：“你们很喜欢吃粉蒸肉哩！”他说这话，原是指着他们上次在公寓里用面盆做粉蒸肉的一件事。邱九思听到，以为惜时是不爱吃粉蒸肉的，便道：“不要这个吧，吃鱼吃肉，也嫌太像乡下人了。”卓新民道：“我的意思以为粉蒸肉的价目比较要公道一点儿，若是不用这个，我也赞成清淡一点儿的……”说着用笔杆头儿在鬓发上擦了一阵，笑道：“金钩烧白菜吧！”

惜时很知道他们爱吃油腻，若请他们吃烧白菜，他们口里不说，心里总是不痛快的，反正是花钱，又何必省下一二毛钱让他们心里拴个疙瘩。因笑道：“说起省俭起来，二位又未免替我太省了，我看还是来个红烧肘子吧！”卓新民放下笔，站起来一拍桌子道，“那太好了！”邱九思觉得他表示馋劲儿有点儿露骨，不免瞪了他一眼。卓新民一分钟的兴奋时间过去了，也觉自己有些得意忘形。既是邱九思都瞪了眼睛，想必黄惜时也是听不入耳的，便笑向他道：“我和你开玩笑的，不知道你能不能吃油腻东西？”惜时点头道：“我很爱吃油腻的，若是有一个星期不吃大荤，我就要急了。”卓新民道：“对了！像我这样瘦瘦的人，就为着是身体上缺乏脂肪，多吃一点儿肉，就可以补上脂肪了。好吧！就依着你的话，要一个红烧肘子。”他说着话，口角上一道长涎牵了一根三尺长的水线由口角上向下一落，衣袋里并不曾带着手绢的，连忙就用袖子在嘴唇上一拖，把口涎止住了。邱九思斜了他一眼道：“再添一菜一汤也就得了。应该要什么，你思量着写上就得，也不必再费时间来讨论了。”

卓新民闹了一回不好意思，不敢再闹第二回不好意思，低头把菜单子写了，亲手交给了伙计，叫他快点儿做来，一面又回转头来向惜时笑道：“我们要吃了饭再去听戏，时候就耽误得多了，哪里还有好位子坐到，不如让我先去买票。”惜时道：“好极了！那可劳驾了。”卓新民将帽子拿在手上，做个要去的样子，又向他道：“我可要走了。”惜时笑道：“你只管走吧！我们会等着你来再吃的。”卓新民笑道：“不是那个问题。”邱九思笑道：“黄先生，你不知道他是个穷光蛋，请不起听戏吗？”惜时这才想了起来，还不曾给予人家戏票钱，便笑着站起来道：“对不住！我这人做事向来是这样子大意的。”说着，在身上掏出了一张五元钱钞票就交给了他。他情不自禁地在接钱之后，倒向黄惜时作了三个揖，然后匆匆而去。惜时究不知此揖为何而来，不过这样一来，他觉得这班朋友别看他胡闹，也是很容易攀起交情来的，疑心他们是坏蛋一节当然是自己错误了。

这个卓新民做事真也痛快，不多大一会儿工夫，就买了三张戏票进来，一拱手道："幸不辱命！找着一个熟看座儿的，花了一点儿运动费，居然在第四排上得着三个座位。"惜时一伸手，将戏票接了过去一看，上面盖有橡皮戳子，乃是八毛一位，三八两块四，难道还多两块六毛钱都做了运动费不成？既当了邱九思的面也不便问得，一看卓新民时，他却代拿起酒壶来，替全席斟了一遍酒，更把这事牵扯过去了。

三人吃完了饭，便去听戏，听过戏之后，自然是黑夜了。邱卓二人更不客气，在前面引路，就进了一家饭馆子，再吃过晚饭。又同到胡同里去打茶围，一直闹到一点多钟方才回家。惜时到了家里，将皮夹子里的存钞点了一番，这一日之间，竟用去了二十多元，心里猛然一想，就是这样子的花法，也不会少于陪着米锦华时候所花的了。那个卓新民处处表示着诚实不客气，可是钱经了他的手，就不会退回一个来，而且这一天一晚的花销，三个人在一处，他们连车钱都不曾掏出一文来。换一句话说，现在简直是一个人要花三个人娱乐的钱，自己现在是断了经济来源的人，这样的花法如何担当得起呢？干脆还是不玩吧！自己要狂玩一顿，来出这口气，其实不是出气，乃是用洋钱来砸人罢了。

先是站着的，然后缓缓地坐下来，只管向着电灯出神。手按着桌子，只管摸索着。这一摸索之下，手上掏着了一张学校日刊，无意之间拿起日刊看了一看，首先看到学校里的布告栏，上面宣布着年考日期，音乐系是自下礼拜一日起。哎哟！这可糟了，糊里糊涂地就混到了年假时候，自己不但是功课一点儿不曾预备，而且缺课也太多，算起学分来无论如何是不及格，不及格就不及格吧！自己也不能靠学分吃饭，可是万一留了级，说起来面子上很不好看。无论如何，自己总要弄个六十分，把这个学期的账交代过去。纵然不能再和家里要钱，提了起来这个学期的书总算念了。说起来真也惭愧！进了一个学期的音乐系，连五线谱都不大认识，叫我去考什么？除非是音乐概论、中国音乐史略、西洋音乐史这种书面上可以看出来的功课，自己下死劲儿看一个烂熟，或者还可对付一二场。琵琶是弹不来的，好在自己向来会吹两声笛子，到了考乐器的时候，就多啦梅华地搪塞一阵，总也可以交代过去。唉！说到书面，可也是找慌，书上真说过一些什么脑筋里一点儿影子也没有，自己真要用功起来，又是从何处下手呢？

如此想着，便在书架上把一大叠讲义拿了下来，放在桌上自己缓缓地来清理。不清理却也没什么痛痒关系，一清理起来才发现三张一叠、五张一叠音乐史里有艺术论，戏剧概论里头又有昆曲研究，凌乱极了。好容易一样一样地清理出来，不是欠了一章的，便是残了几页的，这里七八份讲义竟没有一份是完全的。若是要用功起来，第一先要去补讲义，本来打算将讲义清理出来之后，在今天晚上开始就先看几页书，现在把讲义清理出来，都是残缺不全的，这是怎样的看法呢？对了一大叠讲义不免发呆一阵。就在这发呆的时候，只听到楼下的钟声当当敲了三下，啊哟！自己是一点钟才回来的，只管乱忙，把时间全忘记了，今天晚上万来不及，只有上床先安歇一下。到了明日，一早起来，先去补上讲义，然后回家来再埋头读书。自己下个决心，从明日起，把一切玩耍的事完全抛开，好在箱子里还有些款子，目前不必愁到金钱问题，等过了年考，再作道理。

他如此想着，先忙着脱了衣服，就上床睡觉。心里想着：由四点至明日八点半，还可以睡四个半钟头的觉，睡足了，跳了起来，就去补讲义，绝不踌躇的了，赶快睡吧！他一人睡在被里，枕着那鸭绒软枕，仿佛之间，却有一种脂粉香气不断地袭入鼻端，这是哪里来的这股香气却是想不起，昂起头四处看看，也并没有什么形迹。心想：这可怪了！空房无人，哪有女人的气味呀！哦！是了，这是米锦华从前在这里睡的时候，脸上的粉、头上的油摩擦到枕头上，枕头上有了香气了。这一件事，除了平添胸中一场懊恼而外，还引出了一件大疑案，这有什么可回忆的哩！然而她身体上那种健康美，在被里拥挤得暖和了，令人说不出有一种什么快感。啊呀！不要想了，明天不是要早起吗？如此一想，恨不一刻儿睡着。然而在这时，越想睡越是胡思乱想，打了几个翻身也不知怎么办。有了，用数着数目催眠的法子来试验一下看。于是一二三四地向下数，不料由一数到三千六百，依然精神抖擞，一点儿也睡不着。气不过，不数了，一个弯身向里弯了腰缩到被里去。

然而只在这一弯腰之间，人倒是睡着了。一觉醒来先睁眼向窗子外看去，却见对面照墙上通通红的太阳已经高照了，记得每日太阳射至墙上时总在十点钟以后，难道今天有十点多钟了，伸手到枕头底下一摸，掏出手表来一看，可不就是十点半钟了。咳！这没有法子，只好把预定的程序改了，改为上午去补领讲义，下午再开始看书。

如此想着，掀了被爬起床来，一面披衣服，一面就开门叫那老听差打洗脸水，衣服穿好了，被也不叠，将昨晚清理着的讲义从头至尾各看了一张。回头一看洗脸架上，早放了一盆水在那里了。自己洗着脸，心里默念着音乐史，口里也念念有词，上古时代的音乐，中古时代的音乐。老听差送了一壶茶进来，见他嘴里在念着，右掌托了手巾，左手掌拿着一块香胰子，只管向上面摩擦，也不望着别处，也不洗脸，便问道："黄先生，早上你不要什么吃的吗?"惜时道："中国音乐史！美术概论!"老听差这倒愣住了，哪有这样一种东西可吃。惜时回转头来，见他站在一边，问道："你发什么呆?"老听差道："我没有什么事发呆，我来问问黄先生可要吃什么点心呢?"惜时道："你不问，我怎么知道，你就是站到今天晚上，你不说出来，我心里也不明白呀!"老听差听说，心想：这倒算是我的不是，可也奇了。惜时道："我不吃什么，我要预备功课了。今天上午，你可以和我到小饭馆子里，叫一个木须肉、一个酸辣汤、一大碗饭。晚上呢，就是一个炒牛肉丝、一个白菜汤、一大碗饭、一张家常饼，我全告诉你了，省得回头问我，又耽误时间，回头我在楼上看书，你不必惊动我，去吧！没有什么事了。"说着将手一挥。

老听差走后，惜时倒了一杯茶喝着，打算喝完便走，不料这是新泡的茶，热得非凡，不是一口气所能喝下去的，只微微呷了一口，也不再喝了，放下茶杯，起身就向外走。到了学校里，将讲义领着，又匆匆地回来。一摸桌上放的那杯茶还有些温热，自己也就好笑起来，来回两趟路，走得真快，若是平常也像这样用功，当然没有一样不考一百分的了。这样看起来，自己用上两天功，一定有些成绩，倒不要太灰心了。于是把房门掩上，将讲义叠齐，就开始用功起来。因为第一天第一堂考的是艺术概论，所以现在也按着秩序研究，先看艺术概论的讲义。

一口气看了三章书，脑筋里还没有得着印象，什么叫艺术，尤其是讲义文中夹了许多英文单字不大记得，而且很通顺的语句中间夹了这样一个英文字，使文气中断，在记忆力上加了一层麻烦。心想英文既不能算是世界的标准文字，也不是中国文字的字典、词源，为什么讲义里，有个名词就得注个英文字在下面？何以不注法文不注德文，难道讲义里不注个英文字，就文意不完全吗？但是实际上，没有哪个看讲义注意到这英文单字上去的。

心里如此想着，正抬了头出神，眼光忽然射到挂的月份牌上，今天乃是星期三。这个星期只剩三天了，这讲义怎样看得完？立刻把心思收束住，又低头看讲义，也不过看了三页书，只听到老听差在门外叫道："黄先生，和你叫的饭已经送来了。"惜时道："太早了！"口里说着，抬起手一看手表，已是一点半钟，便啊哟了一声道："怎么就去了大半天了。"老听差道："饭开在外面屋子里，你出来吃吧！要不然，这菜可就凉了。"惜时答应着便站起身来，一看讲义里面，正有两行可以注意的，因之又站着捧了讲义看了半页。老听差在外面催道："黄先生！你出来吧！菜饭都凉了。"惜时鼻子里哼着，于是一手托了讲义，一面向外走，走到外边，将讲义放在桌上，然后坐下来，扶起筷子碗来，但是他两只眼睛可依然注射在讲义上。这样地一面吃饭一面看书，闹了半个多钟头才把一餐饭吃完。放下筷子碗，走回房去，一眼看到洗脸盆里热气腾腾的，有一大盆水，但是也不愿去洗脸，拉着手巾，将末端胡乱擦了几下嘴唇，又坐下去看讲义。

到了大半天下午，居然把这一部书的讲义看了一个干净。心中便想着：俗语说得好，只要功夫深，铁杵磨成针，这是一点儿都不错的。这一用功，也就不见得书怎样难念了。讲义看是看完了，不过其中有许多地方不大明了，而且有几处，也只说了一个大概的大概，分明是教授讲书的时候都口说了，让学生记在笔记上，但是自己不但没有听课的笔记，而且向来就不大上课，现时有什么法子可以明白？唉！这也不去管它，只要把讲义死记住，考的时候，脑筋里有点儿影子，就可以敷衍成篇，反正是比交白卷子强。而今且默默这讲义的大意如何，不要将书看呆了。于是背了两手，在走廊子下踱来踱去，心里可就想着讲义上说的是些什么。不料这些讲义看得太匆忙，现时回想起来，竟是一点儿意思没有。立刻跑进屋子来，将收起了的讲义又重新展开来看，乱翻着看了几页。这也怪，只这样一翻动，把看过的文义又立刻想得了。这仅仅是一种功课就这样不容到肚子里去，还有上十门功课，若一律都是如此的话，那简直不想考了。这只有一个法子，把要紧的所在都抄下一点儿，考的时候实行夹带工作。碰得上，也许一样功课落个八九十分，若是碰不上，这也只好听天由命了。

一个人踌躇着，不觉电灯一亮，老听差又将晚饭送来，吃过了晚饭自己得了一个新感想。这一天算是过去十之八九了，若是每天只研究一项功课，那么，到了考期还会差着一大半，这便如何是好？想来想去，这只有把看讲义的工夫省了，索性把看的工夫改为摘要。有三天的时期来摘要，当然所摘的也就不少。虽然这种办法未免带些冒险的性质，其实这样拼命地翻讲义，所得几何，不也是冒险吗？万一考不上，那也没有法子，只好把这个学期荒废了，临时请病假，将来再要求补考，万一补考不成，明年再进别个学校，也没多大关系。如此一想，心里自然安慰了许多。先把看过的讲义摘要一遍，又把讲义页数最少的先翻了一道，又把纲要抄了，自己伏案做了一天一宿的工作，原不觉得受累，但是放下笔来，将腰杆子一伸，这不但腰疼背驼，而且脑袋发涨，眼睛发晕，竟是有些坐不住了。手按着桌上的讲义，自叹了一口气道："我这个学期不但落个人财两空，而且连书也没有念到一页，我千里迢迢跑到北京来干什么的？自己这一番荒唐，实在不容易得人谅解！也怪不得父亲生气了。"越想越懊悔，便坐着发呆。一个反悔的人总是自己持着消极态度的。因之他一言不发，就伏在桌上睡着。一直睡了一个多钟头，又长叹了一口气，然后才上床去睡。次日起来，还是照样工作。

一连过去四日，不觉就是考的日子。第一堂八点半钟考起，七点钟的时候，天色刚刚一亮，马上就跳下床来披着衣，一切事情不管，先把今天预备用的夹带看上一遍，揣到口袋里去，然后把讲义又翻着看了一看。老听差送了水来，一面漱洗，还把眼睛射在讲义上。说也奇怪，偏如此仓忙之下，有一段文字有注意的价值，仿佛这门功课的题目必是出在这上面，自己很快地把这一段记住了，一面走出房来，锁着门，心里兀自默念着。不料上半段都记得，偏是这下半段结论又突然忘了，只得开了锁推房门而人，将讲义再看了一遍。这个时候远远地已当当地响着上课钟，不能看了，转身向外跑，就下了楼。到了楼下，才想起不曾锁门，箱子里还有些款子，总不能大意。因之再跑上楼，把房门关着锁上了。

自己赶到学校里时，教室里人都坐好了，各人面前都有一张油印纸条儿，分明是题目都散过了。于是在先生讲案上要了一张，然后坐上自己的位子去看。这一看之下，不由心里大喜一阵，原来纸条儿列着十个题目，有七八个自己知道已抄上夹带。而且第一、二两条，就是刚才出门的时候匆匆看的几行。这样看来，遇起考来，真用不着平常用什么功，只要临阵磨枪抢着记下一些在肚子里便得了。一高兴之下，文不加点地就把一张卷子做成。在同堂交卷一半的时候，自己的卷子也就交出来了，这一道难关既过，心里总安慰一点儿，慢慢地走出了教室，在玻璃窗子外向教室里面看来，对着还在伏案的同学，见他们搜索枯肠，自己不免有一种得色。心想：这样容易的题目，还值得如此费事？随便写上几笔，就交卷了。怪不得从前中状元的人，可以骑马游街。这交过卷子的人对这不曾交卷的人，真可以自豪哩！

他自己越高兴，越向教室里看去，这就有一件事让他吃一惊的，便是自己一度失恋的爱人米锦华就坐在窗子边最后一张桌子上，自己两道眼光只管向前看，倒把目前的事大意过去了。今天她穿得更漂亮，虽是这样的寒天，她只穿一件蓝呢夹袄，外面罩着一件白绒绳紧俏的小坎肩，椅子背上，搭了一件豹点猫皮大衣，露出红缎里子，光艳照人；她那雪白的脸子上似乎涂了胭脂，似乎又没有涂胭脂，只是有点儿浅浅的红晕。心想：如此一个美人，竟会到手而又失去，未免可惜！那书店里偷着卖她的相片，不知究竟是怎么回事。她是个大学生，而且有这样的姿色，又何必那样去堕落呢？

惜时如此望她，她只低了头，手上拿了一支自来水笔，只管在一张格子纸上画着，看去好像是打草稿，其实七零八落地写着字，并不成文。她的长头发因低低而垂下来，正挡住了半边脸。惜时想着：她或者是不好意思见我，然而我又何尝好意思见你呢？正待掉转身闪了开去，却有一个男同学在教室后面经过她的桌子向前面去交卷，他一只手只略微一摆动，就有一个纸团丢到她桌上，她如获至宝一般，立刻两手展了开来，脸上便是一团的笑容，那个男同学走出来，也在这窗户外向里面立着。米锦华一抬头，对窗子外微微一点头，抿着嘴唇笑了。这个男同学也就向她微笑。惜时一见之下，不觉愤火中烧，直透顶心，使劲一转身子就避了开去。心想：她明见我在窗户外，倒向着别人微笑，你以为这就气倒了我呢？其实我已经得着证据，知道你是个什么人物了。

惜时低了头，只管想着心事向前走，忽然身后有人在肩上拍了一下，回头看时，是同班中的孙贯一，外号叫孙多管。他在同班中，不问生张熟魏，一致鬼混。惜时上课的日子极少，同学无多熟人，至于他就算一个最熟的了。便笑道："你太冒失，糊里糊涂就在人家身后拍了一掌，若是一个生人呢？人家岂不要见怪？"孙贯一道："男同学碰男同学，有什么要紧。老黄呀！今天你心里不难过吗？我看着都替你难受呢！"惜时笑道："这一门考得不坏，至少也有七八十分，我难受些什么？"孙贯一道："你真可以的，还在我面前装糊涂呢。你没有看到我们那一朵校花和徐子诚那一番情景吗？"惜时这才知道那个人叫徐子诚，便道："我和她已断绝朋友关系了，她爱怎么就怎么样，管她有什么情景，我管得着吗？"孙贯一道："你既是打官话，我就不必说了，倘若你愿说实话，打听这个消息，我愿把我所知道的告诉你。"

惜时站着想了一想，便笑道："你有消息告诉我，我是很愿听的，但不知你有什么消息？"孙贯一道："我告诉你，你可别生气。"说着，回顾望了一望，低声道："你看那徐子诚的样子，脸上又黄又黑，一双绿豆眼，两条吊线眉，和你比起来，岂不是相隔天渊？这位密斯米好的朋友多了，为什么和谁也不长久，就始终爱了他呢？原来他是个华侨，以前也还罢了，不过有饭吃而已，最近他得了一笔遗产，足有十九万。小米得了这个消息，立刻把培大皇后的身份降下，时常地去找他。这次年考，小米要找人帮忙，只要露点儿风声，哪个不愿效劳？但是她对徐子诚说，同班只有他的学问最好，只要他递稿子。这种不灌米汤而灌浓米汤的办法，老徐如何不骨软心酥？"惜时故意镇静着笑道："说起来，你也未免太形容过甚一点儿。"孙贯一道："我形容过甚一点儿吗？你不信，再考察考察两回，你就相信我所说的还只报告一个大概呢！"

二人正这样说着，只听到身后有一阵突突作响、参差不齐的步履声，回头看时，正是米锦华挽了徐子诚的一只手臂在走廊上并肩走来。

黄孙二人将身体一让，闪到一边，他两人也就像没有看到一般竟自走了过去。米锦华那个云鬓蓬松的头几乎伸到姓徐的怀里去，只管咯咯地笑着。惜时虽也曾和她热恋过，然而还是半公开的行动，当了许多人绝不曾如此卿卿我我，这样看起来，在书摊子上收到她的相片，那绝对不是没有原因的了。孙贯一望他俩走远了，笑问道："怎么样？我说的话是假的吗？"惜时点头笑了一笑，也不置可否。

回得寓所去，讲义也不要看，也不想吃喝，长长地叹了一口气，人向床上一倒，横躺着在床上。他不倒在床上倒也罢了，一倒下来之后，这就感到身上疲倦异常，人竟是蒙眬睡去。醒过来，屋子里已是漆黑，赶忙把电灯亮了，一看手表已经五点多钟了，这一觉把午饭睡过去了，自己还不知道饿，坐着定了一定神，依然感到人有些疲倦。心里想着：这一定是这两天用功用苦了，闹得人支持不住，也许用脑筋过度，闹得害了脑膜炎，学分虽然要紧，命也要紧，不要因为用功的关系把性命送了。如此想着，就不想看书，就伏在桌子上用手臂靠了头睡着。

那楼下的老听差看到楼上电灯亮了，很快地就跑上楼来，问道："黄先生，你不要弄一点儿东西吃吃吗？"惜时抬起头看了一看他，摇摇头道："用不着！给我泡一壶热茶来喝吧！"老听差向他脸上望着道："你的颜色不大好，身上有点儿不舒服吗？"惜时道："大概是看书看苦了，休息休息也就好了。"老听差一想，像你这样子念书的人，会用功用苦了，那些一年到头都读书的都成了病鬼了，却也不便去驳他。下楼就泡了一壶茶来，然而将茶送到桌上时，他又在床上躺下了。这种样子倒是真有病，也不便惊动他，自下楼去了。

惜时睡到九点钟，肚子里觉得有些饿。二次下床，把老听差叫来，又要点儿吃的。老听差道："你胃口怎么样？你爱吃油腻，给你叫个蛋炒饭吧！"惜时点了点头，坐在桌子旁静静地等候，随手在书架上抽下一本书下来看，只翻动了两页，便觉书上的字体有些乱转。推开了书，斜靠了椅子背，就望着外面出神。老听差提了一壶开水进来，皱了眉道："黄先生，我看你脸上气色越发不好了，你先喝杯热茶。"说着，和他冲上一杯热茶，送到他面前。他依然是靠了桌子背坐着，身体也不动一动，见茶杯口上冒着热气，倒有点儿引动他喝茶的意思，端起杯子来，只微微呷了一口，依然又将杯子放下。老听差偏了头，望着他道："黄先生，我现在可没喝酒，不是我多嘴说闲话，在外边出远门的人，第一就是要保重身体，您以先大病了一场，可以说是还没有复原，哪抗得住又病？我想您的老太爷准是还没有离开北京，明天我到会馆里去给他通知一个信吧！有了老人家来照应，那可好得多。"惜时听说，许久没有作声，只端了那杯茶起来，慢慢地喝着。老听差不知道他是什么用意，也就不敢说了。接着外面有人喊了一声："饭来了。"老听差便出去提了饭盒进来，将这事牵扯开去。

揭开饭盒盖子，端一大碗蛋炒饭、一小碗红烧牛肉，又是一碗口蘑豆腐汤。老听差笑道："我和您做主，叫了两个菜，让你吃饱一点儿，明天好去过考。"惜时笑着点了一点头，自己也觉这饭菜都是自己爱吃的，大可一饱。但是扶起筷子来吃了两口饭，便觉难于下咽，夹了一块牛肉在嘴里咀嚼着，虽然感到有点儿咸味，那肉质就像木渣一般，口蘑豆腐汤，以前很爱喝，今天一见之下，也是不动心，勺子也不曾伸到碗里，放下筷子，向老听差一挥手说："你收了去吧！"老听差道："呀！黄先生，你怎么一点儿东西不吃？"惜时摇了一摇头道："不能吃，心里已经有些向上翻了。"说毕，又伏在桌子上。老听差这倒相信他实在有病了，未便如何打搅，捡着碗就走了。惜时也是心里纳闷，既不热，又不发寒，只是浑身感到疲倦，会这样抗着重病似的，难道真是两天用功用过分了，那就未免笑话，勉强喝了一碗茶，还是解衣上床，只因睡得很早，次日天色一亮就醒来了。

因为休息一整夜的时候，此刻觉得精神振作一点儿，心想：昨天一场考得很得意，总算碰上了，若是场场都如此，就算自己捡了个大便宜，何必不去考？于是按了钟点就向学校里来。在家里的时候，似乎一切都如常了，所以鼓了勇气出门，但是到了学校门口的时候，似乎心里忐忑乱跳，人有一点儿站立不住。这个样子要去过考，当然是不行。

如此想着，正待转身，恰是适逢其会，米锦华手上捧着墨盒和毛笔袋子走了进来。那笔袋子是用蓝布做的，口上用宽紧带子锁了，大概是带子不曾锁得好，她起身上台阶的时候，身子跳了两跳，把布袋子里两支毛笔一齐滚了下来，落到台阶下去。惜时正站在台阶下层，有一支笔噗的一声射到他的脚下。米锦华看了一看，很不愿上前来拾起，可是也不能置之不顾，站在最上面一层台阶上，未免发呆。惜时也看出她为难的情形来了，就一弯腰将那支笔捡起，把其余落在远处的一支笔也一同捡了，然后送上台阶，交到米锦华手上。锦华见他有一种楚楚可怜的样子，手上接着笔，就向他微笑点头道："劳你驾!"在她这一笑之间，露出了她两排又齐又白的牙齿，由那红嘴唇一托，真是妩媚动人。惜时便也点点头，因不知道要说一句什么话好，呆了一呆，急忙之间，惜时的话不曾说出，她已经回身走远了。

惜时一想：她或者对我余情未断，以前她毅然决然和我绝交，总是气头上的事，未必能恼恨到底。若照一班人说，她是个拜金主义者，那么，她对朋友之间，更无所谓厚薄了。这且不管她，我要到堂上再去看看，看她和徐子诚究竟是个什么情形。事到如今，我纵然不希望覆水重收，我要看出她的所以然来，我必定把收藏的相片拿出来质问质问她，也好出我一口恶气。如此想着，把病又忘了，遥遥地跟着米锦华一路上课堂。

来到了课堂上，先生还不曾来，同学们隔着座位，大家纷纷议论，米锦华却坐在她的位子上，用了一把小刀子只管削铅笔。她低着头，眼光只射在刀口与铅笔尖上，满考场的人说话，她都不去理会。惜时看到，深以为怪，怎么她倒有不乐之色，莫非她怕考？一人远远地坐着，只管在人丛中用眼光打量着她。不多一会儿，那个华侨学生徐子诚进来了，她不曾抬头看，似乎这姓徐的身上有一种香味，自然可以让人知道一般，他那里一走过来，米锦华早已站了起来，笑嘻嘻地和他点了个头，这分明是全教室同学都不在她眼里，而她眼里只有一个徐子诚了。惜时本来身体有些支持不住，这时又羞又气，脸上一点儿血色没有，其白如纸，伏在位子上，两眼发赤，竟是一动也不动。

孙贯一坐在他前排一个位子，一回头，低声笑道："你瞧见……"一句话未完，就改口道："老黄，你怎么了？"惜时两手伏着桌子，头一点哼了一声。孙贯一站起来，摇着他道："你的脸色太不好看，你怎么了？"他以为摇撼着他，他可以说两句话，不料他随着这身体摇撼之时，人坐不住，向椅子下一溜，就坠下去了。同学们一见，啊哟了一声，连孙贯一也手足无所措。要知此君病体如何，下回交代。

第十六回

病丑难宣永蒙不洁
创深未复更痛无居

且说黄惜时由椅子上向下一坠，全堂的学生都惊动了。附近座位的学生都将惜时包围着，在远处的学生也纷纷站立起来，都向这里望着。全教室都紊乱了，就没法维持秩序，这一堂主考的教授只得把办事人找来，用两个斋夫将惜时抬了出去。他在椅子上坐着的时候，人还是清清楚楚的，可是由椅子上一溜下地之后，人就昏迷了过去。他既没有什么亲密的同学，学校里也不知道他有什么亲人在北京。现在此人病势这样沉重，当然很危险，已没有什么考量的机会，马上找了一辆汽车，将惜时送到医院里去医治。他这种昏迷的缘故，不过是一时的感触，只要和他打上一针，也就恢复原状了。

他醒了过来，自己已是身卧在二等病室的一张床上，鼻子里先嗅到一股子浓厚的药水味，及至睁开眼来，才明白了身子何在。那床脚头有个中年的女看护，斜侧了身子站着，床头也站了一个穿白色衣服的医生。他嘴上有很长的浓厚胡子，鼻子上架了大宽边眼镜，挡住他锐利的目光，脸上并没有什么笑容，他手上戴了橡皮手套，两手微微搓挪着，在他那庄严的态度上，又显出许多沉思的神情来。惜时看清楚了，定了定神，才问道："大夫，我是什么病？"那大夫淡淡一笑，反问道："你觉得身体怎样？"惜时道："只是周身酸痛难过，也说不出是有怎样的毛病。"大夫道："你以前得过淋症吗？"惜时看了女看护在这里，有些不好意思答复，很低的声音答道："没有这个毛病。"大夫点了点道："这病得了几天呢？"

惜时听说，倒吓了一跳，自己只知道精神疲倦，并不知道得了什么淋症。这样说，自己是染了花柳病了。这让人知道了，是多么难为情。便踌躇着道："我有这个病吗？我自己并不知道呢。"大夫道："难道小便的时候有点儿痛痒，你都不觉得吗?"惜时低了声皱着眉道："有点儿痛，自己也不以为意，我是这几天预备功课，受了一点儿累，加上又受了一点儿新的刺激，所以病倒了。"大夫点点头道："你的病很复杂，先把你昏迷的病治好了，再和你治淋症，大概你这种病明天就好了，再开始和你洗治淋症。而且你身体这样坏，是否有别的毛病，这很难说，明天要检查检查才好。"惜时听了这种话，觉得是很难为情的，不好意思答复，又不能不答复，只含糊着轻轻答应了一声。那大夫也猜不出他是什么用意，也没有多问，自走开了。

惜时一人躺在病床上，这才明白，原来是害了淋症了。从前也听到朋友说，这种毛病是由于不洁净传染来的，虽是有些不便当，但与身体健康并不有十分的损害，何以到了自己身上就是这样厉害？简直把人病倒了。记得有个朋友也是害了淋症，因为医院里诊治，花钱多，费时间久，就是在药房里自己买药吃好的。他天天吃药，在外表看来，还是和平常人一样，自己要治这种病，还是私下瞒着人治吧！他如此想着，当天在医院里住了一晚，次日就要出院。大夫也说了，治淋病也无住院之必要，可以出院，招呼他每天必来一次而已。惜时觉得这种不体面的病症越秘密越好，自己天天要上医院，一定会引起朋友们的注意，还是一个人私下买药秘治，不惊动人的好。好在这种治花柳病的膏丸药水，报纸上的广告是经年累月地登载，找两份报仔细一检查就可以治了。

他如此想着，果然照办，在报上看到有两种治淋病很灵的药，价钱并不怎样贵。于是到了晚上，一人走到大街上散步，经过药房门口，趁着那店里并没有主顾的时候，就向里面一钻。自己连这样丸药名字都有些不好意思说，在家里早写好了一张字条，这时将字条掏出交给店伙看，问这样东西有吗，凡是卖西药的药房，这种治花柳病的小膏丸总是预备得很充足的。他所找的丸药既是报上广告栏里得来的，当然预备得多，马上就在玻璃瓶子里取了出来，交给了他。

他拿回家去，首先打开那丸药盒子，一看那仿单，上面就先写着，每小时吞服两粒，继续吞十二小时，不要间断，一星期可以痊好。惜时一想：每小时吞两粒，七天可以治好，那么，每小时吞四粒，不就可以缩短痊好的限期吗？他觉得这种办法是很合逻辑的，于是下了决心照办。这丸药先吞下去两三小时，还不见得有什么动静，吞过了半天之后，不但那疲倦的精神不能恢复起来，而且心里如火炽一般，只管向外面要反吐出来。自己虽然竭力地忍耐着，可是肚子又打通了，半个钟头之后，便要上厕所一次，人住在楼上，厕所在楼下，有了三四回跑着，两条腿软绵绵的，坐下了竟有些站立不起来。至于要医治的毛病依然不见有一点儿转圜的样子。

越是毛病不好，心里越着急，以为买的丸药大概是不大灵，于是又重新到报纸卖药广告栏里再去找丹方。自己由那动人的广告文字里决定了一样，再写好了单子，到药房里去买。然而这药的效力恰不是广告文字所能保证，吃下去如石投大海，前两天说，是不觉得怎样痛痒的，现在已是反面，而且小腹之下，红肿了一大块，腿沟里的淋巴脉发炎起来，肿得有栗子般大，行路时很是痛。不过病到了这种程度，也不爱行路，有时身上凉飕飕的，有时身上又一阵一阵烧热起来，只是要躺着，吃东西是不合胃口了，而且连一杯白开水也感到不想喝，这病算是实实在在地缠到身上来了。若是再要自己买药吃，糊里糊涂，也许把身体更吃坏了。学校嘱托的医院，虽然可以便宜几个医药费，然而在那种医院治花柳病，那简直是自己给自己宣传，不到三天，准会闹得全学校都知道。现在绝不能害臊，只有到一家陌生医院去偷着诊治的了。

如此想着，当天就私地到一家中等医院去看病，在挂号室里挂号的时候，人家问是什么病，踌躇了一会子，才轻轻地吐出了三个字，是“花柳病”。那个挂号的人也没有说什么，抬头在他脸上望了一望。惜时被人家望着，心中自是廿四分惭愧，只得半低了头，用牙咬着下嘴唇，板住了面孔不作声。那挂号的对于这种事当然也是经过多次，对于这种人自然也是富有经验，因之也是低了头不作声，免得病人难为情，挂号单子交给了他。惜时心里想着：为了治病要紧，如何顾得了许多？板着面孔就钻到花柳科治病室来。这里面有五六个病人，在一边坐了等着，那边一道白布帐幔挡住了一个施行手术的地方，似乎那里面有人。

看看这些候诊的人，态度都是很自然，并没有什么害臊的样子，心里也就坦然了许多，和这些候诊的人坐在一处，静等医生的诊治。看病的人一个个经过了医生的诊视，就临到惜时头上，医生只问了几句年龄籍贯平常的话，第一个问题就是问他：有没有在妓院里住过？惜时怎敢隐瞒？只得低了声音一一答复。于是医生将他带到施行手术的屋子里，吩咐他脱了衣服，要仔细检查。惜时把衣服脱了，在一张病床上躺下。那大夫一眼看到，先就淡淡地说了一句道："这是大疮！"

惜时以为自己究不过是报上登的什么五淋白浊而已；于今这大疮两个字竟然传进耳鼓，不由得他不噗噗地将心房跳了两下。那大夫说完了这句，才开始检查他的身体。时候并没有多久，他吩咐惜时穿好衣服，就对他道："你这病是梅毒，已经到了第二期了，要赶快诊治。本来诊查花柳病应该抽出血来检验一下，现在你的梅毒已十分明显了，用不着验血。这种病没有别的治法，就是打六百零六，你自己意思怎么样？"惜时听了这些话，真是晴天打了个炸雷，吓得面如土色，缓缓地道："我自然是愿意治好。"医生道："你可以先到交费处缴好医药费，然后我来给你打针。"惜时听一句答一句，可是心惊肉跳，已弄得不知如何是好。医生见他呆呆地站在这里，这才道："没有你的什么事，你可以走了。"他无精打采地走到交款处，一问之下，据说是要交付十块钱手续费，三十块钱药费。

惜时真不料治这种病，倒要费许多钱的医药费，自从和父亲决裂之后，钱只有支出，并没有收入，已是一天一天地减少，于今又突然地增加这笔支出，如何担负得了？可是这种病有送性命的可能，救命总是要紧的，因向办事人道："我今天没有带这多钱来，怎办呢？"心里还搁着一句话，就是问明天补送来可以不可以呢？那办事人却也很干脆地答复他，便道："这也不忙在一天，你今天钱不够，明天再来打针就是了。"惜时一看这样子，简直无转圜之余地，讲情也是白讲，只得低头出了医院，雇车回去。这一回去之后，就和初来时的情形不同了，人坐在车上，也感到有些天旋地转，眼面前所看到的东西一切是昏沉沉的，几乎要由人力车上撞了下来。其实也说不出身上加了什么病症，只是身体支持不住，精神有些失常。

到了家里，自己第一步办法就是打开箱子，检点还有多少钱。也是这一程子，自己做事过于偏激，无端要嫖娼来泄愤，把所剩的几个款子用去一大半，现在不过是六七十元了。原来的意思，辞了这房子不住，搬到小公寓里去每月开销一二十块钱，有这些存钱还可以对付三四个月。现在一笔就用去四十元，病了还有善后问题，无论如何，全部拿来治病恐怕不够，何况其他呢？然而这种毒病生命关系，又怎能说不治？记得一次游卫生陈列所，曾得着几本小册子，其间有一本就是说梅毒之为害的，因为自信绝不至于染到这种毛病，所以绝对没有看，现在不能不展阅一番，做个参考。于是在书架子上站了一阵，将那本小册子寻了出来，因自己急于要看，等不及坐下，在书架子边站着，就翻读了一遍。这文字里面，说到梅毒之为害，简直怕人，最厉害的几条：一、毒要发作出来，浑身要溃烂而死。二、就是治好了，十年八年之后，依然可以再发。三、害过梅毒的人，平均计算，总是短命而死。四、梅毒有遗传性，往往传染到无辜的子孙身上。

惜时看了之下，越想越怕，自己真是糊涂，在爱情场上失败了，还不觉悟，又明明白白地花着许多金钱到娼寮里去买爱情，妓女的爱情就是几岁的小孩子也知道是假的。自己一时高兴，就这样地闹起来，花了钱不要紧，闹一个终身洗不去掉的毛病，实在可恨，而且也太冤！天下女子都可恨，妓女更是可恨，自己身上有害人的毛病，怎么还要接客，今生今世不愿见一个妓女的面了。然而毛病已经是得了，空埋怨一阵子也是无用，还是治好自己的病要紧。虽然只有六七十块钱，好在治病还有富余，总比医药费都拿不出来要好得多哩！今天怎么不多带一些上医院去，这又要耽搁一天了。这一天的延误，不知道与病症有碍无碍。若是有碍，落得周身溃烂，那不如投河自尽吧！这个医院要四十块钱的医药费，也许是有些竹杠意味，还是调一个医院治一治为妙。可是这种毛病，在一个医院里诊治，已经怕事机不密，怎样又好调一个医院？如说这个医院敲竹杠，难保别个医院就不敲竹杠。设如为了检查身体问题，又耽误一天呢，算了吧！明天一早就上这家医院去，一点儿也不要犹豫了。

他就是这样乱七八糟地站在书架子边胡想，也不晓得坐下，也不晓得离开，及至自己醒了过来，两脚疲软不过，人就向楼板上一蹲，索性坐着靠了壁子，不站起来了。也不知道是过了多少时间，那个老听差由楼下一路叫了上来道："黄先生不是一早就回来了的吗？怎么一点儿响动没有？"一面说着，一面推了房门进来。看到这样子，向后一退哎呀了一声。惜时睁开眼来，向他摇了一摇手道："你不要害怕，我没有害什么病，不过是翻书翻得头昏了，身边没有椅子，就在楼板上坐着，其实休息一会子就是好了。"老听差低了头看他的脸道："你的颜色太不好，白得一点儿血色都没有了。这两天工夫，你真是瘦了不少哇！"惜时有气无力地慢慢扶着书架子坐起来，身子站在屋当中，晃动了两晃动。老听差抢上前一步，连忙将他搀扶着送到床上去。惜时身子向下一倒，裤脚向上一挑，老听差一回头，赶快向痰盂子里吐了一下口沫，皱眉道："哪里来的这一股子味儿，腥臭腥臭的？"惜时有时候也嗅到自己身上有一股子不好闻的气味，自己还以为是心理作用，不十分理会，现在连老听差站着那样子远也都嗅到了气味，这不用说，一定是这毒疮的气味，惹得身外的人都可以嗅到的了。连忙坐起来问道："什么？你闻到这楼上有气味吗？你找找看，不要是哪里有死耗子吧？"老听差摇摇头道："不能够，死耗子只是臭，可不会发生什么腥的味儿，这很有些像臭鱼烂虾的气味。"惜时道："臭鱼烂虾吗？你想这楼上怎会有那个东西，你下楼去给我找一根卫生香来点一点就好了。"老听差当然也猜不到是他身上有了梅毒，果然不疑有他，就取了一支香上楼来点着。惜时也不让他上前，远远地就向他一挥手道："我要静静地躺一会儿，我不叫你，你不必上来的。"老听差也不疑话中有因，自下楼去。

这一下子，把惜时急得加倍的不安，心想毒气还没有大发，就是这样腥气难闻，若是毒气全发出来了，我这个人到一处腥一处，如何可以出门见人家的面？我自己实在是促死，好好儿的胡寻开心，闹出这种病症，也不知道明天去医治是不是晚了，假使晚了的话，难道我就等着死神光临吗？想到这里，恨不得马上就到医院里去改挂特别加急的号，以便提早医治。但是那医院里大夫约好了明天去的，若是去早了，又怕碰了钉子回来，还是不去为妙。他一个人就是如此胡思乱想，白天想到晚上，晚上又继续地想到深夜，也不思吃东西，也不出房门，只是十分疲倦地在床上躺着。醒有所思，睡便有所梦，闭了眼睛，所见到的便是医院里的大夫要和他打针。闹了一晚，直到大天亮，算是上医院的机会已经到了；心中方始大定，连忙爬起床来，就预备好款项，静等钟点来到，恨不得跳进医院，一针打下去，就恢复了健康。

但是事实绝不是这样容易的，这天在医院里打了针之后，医生告诉他，回家之后，好好地躺下静养。这六百零六输到周身血脉里去，今天晚上，要大烧热一番的。过了两天，再来看看。除了继续吃药之外，若是余毒未尽，一星期之后，还得打上一针。惜时听了这一番话，才知道依然没有痊好的把握，心里依然拴了疙瘩回家去。医生虽然说今晚要大烧大热一番，可是回家之后，也没有什么动静，就不把这话放在心上，以为医生不过是用言来警诫病人的，也就随便置之。可是过了两个钟头，果然有些头昏，身上的热气也一阵阵地向外冒，大概是有点儿影响的。于是脱了衣服，索性上床睡觉，等着病来。

慢慢地四肢发热，慢慢地脑袋昏沉，接着，喉咙发干，浑身骨节酸痛非凡，连在床上翻几个身都感到有些周转不灵。鼻子里喷出来的气息就如两道火焰一般，满腔子里的温度如何，这也可以不言而喻。因为心里烧热的缘故，便想喝一点儿水下去压压，可是提起精神来叫了两声，却有字无声，叫不出去，当然老听差在楼下也不听见。盖着的棉被犹如炭炙过一般，睡在被里，几乎骨头都被燃烧着了。翻了两个身，人又昏昏沉沉地睡去，自己也不知道经过了多少时候，睁开眼来，只觉得灯光线刺目，喉咙里更是干燥不堪！头脑子让热气熏蒸着，抬动不得，这大概是夜深了，要叫人是叫不着的。这渴是实在忍不住了，就一只手托了头，伸了一只脚到床下来，不料只这一只脚伸下床来，身子都是转动不得，试了半天，依然下不了床，把那只脚依然缩到被里去。

过了许久，身子虽是动不得，然而心里却是明白的。心想：害病不要紧，害病在这一所空楼上，假使现在咽了气死了过去，又有谁人知道？这真是自作孽不可活！为什么嫖娼嫖成这个样子，还是对人示威呢，还是自己对自己泄愤呢？自己死了，也吓不了人家一瞅眼。自己走错了，大可以回头，又何必拼命地再向错路上走？然而这一些事情，都是为了那个米锦华女士，设若没有她那一幕恋爱剧，决计不会使自己变更态度的。我若是病好过来了，一定要对付这女人一些手段……一个人想了又恨，恨了又悔，在痛苦之中，加上这种错综的思想，身体就更是受创。

到了次日早上，那老听差推门进来，一眼看到，就哎呀了一声道："黄先生，你的脸色更坏了。只一晚上的工夫，你就瘦成这个样子，简直另变了一个人了。"惜时道："是吗？也应该的，昨天晚上我一夜烧到大天亮，人事不知。"老听差说着话，鼻子又耸了两耸，问道："呀！这屋子里怎么有这样浓厚的气味，你别是打了什么药针吧！"惜时道："没有呀！"老听差看看惜时床上的情形，鼻子又耸着嗅了一嗅，因道："这没有错的。从前我伺候过一位周先生也是害这样的病，后来打了一针，大烧一夜，小便出来，痰桶子里都是那药味，我这样一大把年纪的人，您还瞒我做什么？告诉了我，我也有个照应呀！昨天你要是告诉了我，我就会在楼上伺候你了。在外边作客的人，总得保重身体，一天有了病，千万也别瞒着人，要不然，那是自己害自己了。"

惜时听了他这一番话，虽不甚恳切，想到若是老早就告诉了他，早早地就动手医治，也许不至于落到这一个地步，因道："你为人很忠直的，我也不瞒你，我现在后悔也是来不及，请你不必对别人说起呢。"老听差见他已不相瞒，就从头至尾仔细盘问了一遍，因点点头道："年轻的人，这种事情总是难免的。只要斩草除根，治得干净，却也不妨事！可是我要说句不中听的话，你现在既然是回头了，你还是要和你们老太爷相认，客边骨肉至亲，得见一面，那比吃什么也有力量。再说这个病，全看花钱怎么样。钱越是花得多，病去得快，身体也容易回复转来。"

惜时往日要听到有人提他父亲，他便感觉到浑身不快，于今老听差提到父亲，不由得心里一动，因道："我的脾气不好，现在后悔也是枉然。"老听差道："你们老先生大概还没有离开北京呢。前几天晚上，我走出大门去，只见一个人由胡同那头溜达到胡同这头，只管来回走个不断。我很纳闷，这人是什么意思，后来我走上前一步，他喊了我一声，我才知道是老先生。我说，老先生！你还没有回南吗？他说几个同乡留住了不让走，还有几天耽搁。就把我拉出胡同，问你怎么样。我说你很好，他摇摇头说，这话靠不住！他差不多每天都到这大门口来看你一回，看到你还是不念书呢！他说完，吩咐我千万别告诉你，他说你是不容易回头的。可是他只有这一个儿子，就这样脱离关系，也是有些舍不得。”

老听差只管说着，惜时侧脸躺在枕上，静静地往下听，就不觉洒下几点泪来。那泪珠儿落到枕头衣上，然后不见。老听差道：“黄先生，父母爱子之心总是不会变的呀！他若是看到你这种样子，更会心里难受的了。要不，我到会馆里去和老先生报个信儿，也许他……”惜时由被里伸出一双手来，向他摇了几摇，低声道：“你千万不要去说，我弄成这种样子，我还好意思见他吗?”老听差皱眉道：“到了这个节骨眼上，你还说什么好意思不好意思，而且爷儿俩也没有解不开的仇恨。”惜时将头在枕上摇了两摇道：“我的意思你不懂。”听差道：“我倒有个主意，今天晚上，我在大门口等着，若是老先生再来了，我就把你害了病的话告诉他，看他怎么样。”惜时睡在枕上，许久不作声，忽然摇摇头道：“不行！不行！我若是念书念得好好的，钱也有得用，我可以自己去见他，现在既是害病，又没有钱，我若把他请了来，一定说是我到底没有志气；他就是念父子之情，不肯说我，这里的房东、这里的院邻都会笑我没出息，我还有什么颜面见人呢?”老听差见他的意思很是坚执，再说也是无用，便不提了。

有了这一番话，无端算是在他心上又拴了一个疙瘩。父亲还在北京，只要自己肯认错，金钱上自然有了接济，用不着再发愁。然而书是不会念了。病体又害得这样的沉重，这让父亲看到了，他当我一点儿血气没有，纵然父子和好，恐怕也不会再给钱念书，甚至还要我一路和他回乡也未可知。与其这样，还是以不和他见面为是。如此想着，把见父亲的意思更为冷淡。好在经济来源虽断，目前还不恐慌，也不至于立刻就要找家款，暂等一两天，考虑考虑也好。老听差本来也就不赞成惜时为人，惜时既不要见父亲，也就不再和他说了。

惜时在家里静卧了五六天，烧热渐渐退去，精神也渐渐恢复，心里对梅毒侵袭生命的恐怖也淡了许多。心想人家都说我颜色不好，又说脸子分外的清瘦，究竟也不知道坏到什么程度。自己拿了一面镜子，就向着阳光一照。这一下子，真把自己吓了半条命！两个颧骨高顶起来，把两腮瘦削得成了两张凹下去的白蜡纸一样。嘴可尖了起来，分外地会现出自己那两道白牙。眼睛眶子似乎大了一个圈圈，都陷下去了。眼珠是一点儿光芒没有，在镜子里发出呆像来。脸上其余的地方，不但是苍白，而且在苍白之间，发着小青斑。一比墙壁上自己挂的像，那样翩翩少年，简直是两个人了。看看镜子里的影子，又望望壁上的像，便想到根本就是这样面无人色，当然也交不着女朋友，也不至于受了许多的冤枉气。自己一向卖弄自己风流少年，以为连妓女都不免欢喜。如今性命都还不能保险，又卖弄什么呢？那都罢了，这样清秀的人物在周身的血管里却藏下那溃烂身体的梅毒菌子，一辈子洗不清这污点，多么可惜！万一不能除根，将来再传染到子孙身上去，真是几代的罪人。

想着想着，不照镜子了，用手摸摸自己一双手臂，又解开衣纽扣，低头看了看胸脯上的皮肤，外面看去是很洁白的，然而在这里面却藏着无数的毒菌，若是发作出来，便是又腥又臭的，现在包在肉里面，虽是看不出来，也许脏腑都要溃烂了。想到这里，索性连自己的皮肤都不敢看，两手放在桌上，只管抖颤个不定。一个病人精神已是不支，再加以恐怖心的侵袭，越是心慌意乱，坐也坐不住，站也站不定，只是将这身子横躺在床上。躺了一会子，突然站立起来，又在屋子里缓踱着闲步。

这样地消磨了两天，自己觉得也不是办法，只好再到医院去复诊一次，看看梅毒是否断根。大夫诊察的结果算是有了交情了，只要他出十六块钱，又和他打了一针，据大夫说："现在只要好好地调养，病就算除了根，不必再看了。"惜时得了这句话，心中算是安慰了一大半。心里也就想着："把一切妄念均要打断，箱子里还有一二十块钱，尽着这个钱，好好地休养一二星期。等钱花光了，再做打算。有十天半月的工夫，当然总可以想出一点儿法子来，缓图补救，就是找不着父亲，大概和同乡借贷一点儿款子，也没有什么难处。"

他一个人是他一个人的想法。不料这天到了家以后，向来不大说过言语的房东却上楼了，也不进房门，就在走廊子外叫了一声黄先生。惜时一想：房钱是照规矩先付的，还可以住半个月，房东不应该这时候来要钱，就也毫不踌躇迎出房门来。不料那房东先生看着人出来，不但不上前说话，而且还退后走了两步，同时，在身上掏出一方手绢来，握住了他的鼻子。惜时一看这情形，心里也有点儿明白，便站定了问道："房东有什么事见教?"那房东皱了眉道："有件事要和黄先生商量，就是楼上这几间屋子，我们要收回来自己用。黄先生找一所房子搬了出去吧。"惜时道："房东，我并不欠你的房钱，你为什么轰我搬家? 就是不租我了，我已经付了这个月的房钱，你得到了日子才和我说这种话。"房东道："那也不要紧，我收了黄先生的房钱，当然不能没有到日子就要先生走，但是我们自己的房子，租与不租自有这种权利。至于收下来一个月的房钱，我情愿全部退回。黄先生住的这半个月我不收费，只当是赔偿黄先生的损失。"

惜时见房东如此坚决，心里也有些不高兴，就板了脸道："我并非有钱租不到房子，非在这里住不可，租是你，辞退我一定也要说个辞退的理由，你说自己要收回房子去用，以前就不该租人。"那房东对于惜时本就不肯用十分和悦的态度。现时惜时强硬起来，他也红了脸，望了惜时道："黄先生是个受高等教育的人，还有什么不明白? 传染病这种事情人人都应该预防的，而且有了这种病的人，不必人家说话，自己也就可以退避到一边去，免得城门失火，殃及池鱼。"他越说话，嗓子越硬，那两双眼睛睁得圆圆的，望了惜时转也不一转。惜时对于他这话，否认吧，心里简直说不出来，承认吧，未免有些害臊，也是睁大了两只眼望着房东，回答不出来一个字。房东淡笑了一声道："年轻的人当然要面子，彼此都是有面子的人，总要彼此心照，平平而过才好，不要闹得大家抓破了面子。"惜时觉得房东言中有刺，再也忍耐不下去了，便道："有什么抓破面子，为了这一点儿小事，大概总不能报告警察吧!"房东道："黄先生，你不要说那种话，我们是好意商量，若是在公事方面说，报告警察也未尝不可能的。"他说着，把嗓子格外地提高起来。当他这样大嚷时，前后院邻都听到了。楼下院子里，立刻站了许多人。惜时待再要声辩两句，让许多人看到，把自己的隐事更要宣传开去，只得忍下一口气，退回睡觉的屋子去了。

当他进屋子的时候，听到楼下院子里站着许多人哄然大笑了一声。这一声笑，不用说得，便是笑自己的。听房东的那一番话，分明是他已知道我害梅毒。房东知道，院邻也有知道的可能，自己自负是个文明种子，有高尚人格的人，于今倒患了这一种毛病，让人家当面来讪笑，这哪里还有颜面和这些人相见？房东既是说让我白住半个月房子，可以退出二十块钱来，自己正也是缺钱用的时候，将这二十块钱退出来，先搬到哪个公寓里去安身半个月再说，免得进出见了人都难为情。如此想着，向窗子外一望，见房东还站在走廊上，便道："好吧！我有钱哪里也可以赁到房子住，你把房钱退回给我就是了。"房东看他那样子，也是难为情，对窗户点了个头，又叹了口气，下楼去了。

到了晚上，那老听差就送了二十块钱给他，钞票上还有一张房东的名片，另用毛笔添了两行，乃是"足下之病，实难共居，否则其他院邻亦不肯依允，请明日即行迁出为盼！"惜时拿了这张名片在手，真觉恼又不是，哭又不是，怔怔地站了一会儿，依然倒在床上。可是当他倒下去将精神定了定的时候，却听到后院里有讲笑之声，虽听不清楚说的是些什么，然而心里可就想着，除了自己这样可笑的资料不讲，那也就没有再好的资料了。自己悄悄地走到窗户边，打算窃听两句，偏是无意之间，头碰了一下窗户，打得扑通一声响。同时，那后院的谈笑声也就停止了。由此更可证明后院里是笑自己了。这也没有法子干涉人家，只好装聋作哑，不去理会。过了一晚，次日起了一个大早，就去看房子搬家。

一出大门，便有那个老停在大门外的人力车夫，拉了车迎上前来，笑道："黄先生，你的病好了吗？"惜时看他的笑容，将眼角皱出一撮鱼尾纹来，那正是含有一种讥笑的意思在内，自己也不知道是不是应该回答他一句话，含糊着，鼻子里哼了一声，这就算答复了。也不坐车，一人走去，离所住的地方不远就有一家公寓。这公寓里的住客一大半是培本大学的学生，在这里住，当然很合适的。但是刚刚走到那公寓门口，出来一个茶房，就向他一点头道："黄先生，你好些了。"惜时问道："你怎么认得我？"那茶房道："这两天，我有事，常到你住的地方去。"惜时心里一动，知道他和房东有什么关系？再走一家吧！于是不进去，又穿过两条胡同，再找到一家公寓。这公寓里倒有一间空房，自己在屋子里看了看，却听到隔壁屋子里有人叫道："我要撒谎，就要害杨梅大疮。"他心里又是一动，不要是人家笑他的吧？这家公寓还是不能住。口里只说屋子小了，便走出来。心想：这附近究竟容易让人探出破绽，还是住不得，不如将公寓找着离学校远些，岂能到一处让一处的人耻笑哩？他这样不定地打主意，便又去找第三家公寓。这家公寓是离开学校很远的，然而公寓里又发生了他一种不愿意的事情，他依然不能住下。至于为了什么原因，在下回交代明白吧。

第十七回

逆旅闲居伤心失学
空房小住含泪思亲

那黄惜时为了害着不洁的毛病，被房东驱逐而后，找了几家公寓都不适合，最后找到一家，离学校既远，房屋也很干净，价钱又不贵，种种条件都算吻合了。在账房里接洽着，正待付出定钱，不料就在这个时候，只见最先和他诊病的那个校医，由一个人的卧室里走了出来。他并没有带着看病的皮囊和器具，似乎不是来看病，也许是这里有他的亲戚朋友，他是到这里来闲谈的。如果我住在这里，那个大夫不断地来，那么，自己害的这一场病，一定会让他泄宣出来。公寓里所住的什么人也有，若把自己身上的隐痛一齐传说起来，自己在面前走，后面就有人指脊梁骨，自己只好做这公寓里一个笑柄，进出都不方便了。这公寓里还是住不得，依然以走开为妙。因之他正和账房接洽着，忽然改口道："就是这样说吧！这间屋子，你暂时和我留一半天，明天我就来付定钱。"账房当然以不付定钱不留房答复。惜时也不再说什么，就走开了。

这天他回得家去，上楼睡在床上，静静地想了一个够。这件事情无论如何隐秘，恐怕也是隐瞒不了人的。后面这个密斯高，她当然是知道的，她就可以把这话告诉米锦华，米锦华就可以告诉她的男朋友，她的男朋友又可以告诉男女朋友，于是这一件事就不啻完全公开出来了。公开之后，同学里面必定会和自己起一个诨号，叫着杨梅疮。因为大学里很有这种风尚，喜欢和同学们起诨号。假使哪个人有个特点表示出来，同学们必表而出之的，而且就是用那一点作为诨号。自己之害杨梅大疮，在同学中是寻不到第二个的，那么，把这个绰号揭出来，有什么不可以？到了那时，不但是无法在学校里混，恐怕也无法在北京社会上混。这为了避得干干净净起见，只有连公寓也不住了，然而不住公寓，便应当住会馆。据说父亲还在会馆里，怎好去见他？纵然父亲不住会馆里，自己这种荒唐的行为，父亲焉能不对会馆里人说。结果，还是丢面子的了。自己想了一下午，依然是没有办法。

到了次日，自己刚刚起来，房东就派了老听差来问话，说是他也要出召租帖子了，请问几时搬。惜时已经收回了人家的房钱，现在算是白住的了，怎敢推诿，便道："房子我已经看好了。请你告诉房东，我下午就搬。"老听差去了，惜时更是加上一层焦急，这里是非搬不可，自己又不知道怎样是好。只有以前住的太平公寓自己是知道的，那里并没有培本大学的关系人，虽是邱九思那班人不免寻花问柳，有些胡调，然而自己下了决心，不踏进妓院门的了，忙中无计，不妨先到太平公寓住两三天再说，以后有了办法，再做打算。好在自己也没有什么钱了，和邱九思他们一样的穷，也不怕他们沾了什么光。越想胆子越大，当时将东西收拾收拾，雇了几辆车子，就一齐拉到太平公寓来。

恰好邱九思在寓，听到他的喉咙说话，就由屋子里跳了出来，笑道："这多天不见，你干……"话不曾说完，见公寓伙计将几件行李扛抬着进来，他便一拍手笑道："好极了！我们又住到一处来，就住在我隔壁屋子里。好好！那里新空出一间屋子，我们好隔着壁说话。哦！那间屋子你也住过的，你是老马回槽，多么快活！"说时，就拉了惜时两只手，只管跳着。惜时见他那种高兴的样子，心里就想着，你把我还当只肥羊看待吗？那就错了。当时他这样一笑一嚷，把同寓的卓新民、铁求新都惊动了，大家蜂拥着到那间空屋子里来，和他布置一切。惜时在未搬到太平公寓来以前，明知道这班朋友全不是好人，可是见了这班人之后，只看他们这一份热闹劲儿，就不由得他不忘了一切。当晚就在几个朋友盛大的欢迎会中，将各人的伙食并拢到一桌来吃，而且还由惜时拿出几毛钱来，添了几样冷荤，大家吃个痛快。

吃饭之后，铁求新笑道："今天晚上，怎样消遣？应该上衙门去画一个到吧？"惜时摇着头道："不要再提到这件事了。我若是内务总长，一定下命令禁娼。"惜时说话时，斜躺在自己的床上，棉被上更叠着枕头，堆得高高的。他算是撑了腰坐着，一手斜靠着被，还托了自己的头。邱九思在他对面一张椅子上坐着，望了他的脸道："老黄，你脸上憔悴得很，你先说是受了感冒，有点儿靠不住吧！"惜时脸一红道："据你说，是什么病呢？你又不是大夫。"邱九思道："我虽不是大夫，我很有经验的，你脸上那样没有血色，又落了不少的头发，在这几点上，我很可以知道你的病状，而况你又说了一句禁娼呢！我们是同在一处玩的朋友，这些事又何必谁瞒着谁，大概你这种病花了不少的钱，一定有些冤枉。若是你照了我的话，我包你好得快，还不必花多少钱。"惜时道："你并没有告诉我什么，我怎样照你的话办。"邱九思且不答复他这一句话，回转脸去，望了卓铁二人道："我猜个正着不是吗？"然后才向惜时道："你并没有来请教我呀！我又怎样地去告诉你呢？好在病已治好了，也不必去后悔。现时最要紧的，就是要静心静气地养着，买些大补的东西吃吃，有两三个礼拜也就好了。一个人害了花柳病，对于窑姐儿，总要切齿痛恨一番的。老黄现在不逛胡同，这是人情之常，我们就不拉你了。"铁求新道："老黄，我们打四圈吧！你迁了新居，我们应当和你热闹热闹的。"

惜时对于赌钱向来是不大爱，而况自己又没有了多少钱，遇事都得紧缩一点儿，他们这几个人的性情自己是知道的，谁有钱就向谁进攻，自己虽是穷得很厉害，他们如何会知道？自然是想借打牌为题，来敲自己几个的。心里如此想着，就对他道："你听听老邱说的话，我不是应当静养吗？老实说，不是为了搬家的话，我还躺在床上没有起来呢！"卓新民道："不过一点儿事不做，总也无聊得很！"惜时道："三位只管出去玩，我一个人在家里，倒是不怕寂寞。"他这样一句很体谅人的话，倒弄得三人僵着答不出所以然来。邱九思想了一想，笑道："你今天新搬来，我们讲个交情，不出去玩了。就在你屋子里谈谈天，不好吗？"卓新民道："我那里有同乡送的一包好茶叶，可以拿出来大家享受。哪位出烟卷？"邱铁二人都默然不语。惜时见一个用指头蘸着杯子里的凉茶，在桌上涂字玩儿，一个昂头靠了椅子背，口里哼哼唧唧地唱着"我本是卧龙冈散淡的人"。他只得答道："烟卷归我请。"说着，在身上掏出一块钱来。邱九思连忙就向着窗户外，代他叫了一声伙计。公寓伙计进来了，惜时将钱递给他说是买一盒烟卷，邱九思向伙计道：“顺便索性带一毛钱瓜子回来。”卓新民道：“一毛钱花生仁吧！”邱九思道：“我不干涉你，你也莫干涉我，各带一毛钱得了。”铁求新道：“再带一毛铁糖子儿吧！”惜时听了，虽不高兴，觉得这是小事，也不便拦阻，只望了不作声。

伙计拿了钱在手上，还不曾问要什么烟卷，不出钱的人倒是这一样那一样的只管要，因问道：“黄先生买什么烟呢？”惜时道：“邱先生平常抽什么烟，你就和我买什么烟了。多花一二十个子儿，那又算什么？”伙计看到他的颜色一正，接了钱就走了。一会儿东西买回来了。邱卓铁三位忙着解开纸包先吃起来，卓新民用手掌心托了一小撮茶叶从从容容地由自己房里走进来，先就揭开壶盖来看了看，见里面还有大半壶茶，便道：“这大半壶茶，倒了也是可惜，伙计！把我的茶壶拿来！”他口里叫着，将手上托的茶叶倒在桌上书本上，赶快就抓了把花生仁向嘴里扔着咀嚼。结果，伙计来了，他自己的茶叶还是泡在自己的茶壶里，大家说说笑笑，把所有的东西都吃完了，然后各人才回房去睡觉。

惜时想着：这几位朋友完全是为了自己几个金钱来合作。无论做什么和他们在一处的话，总是自己花钱，自己的钱已经很有限了，何苦还陪着他们花？今天晚上是第一次搬进公寓来，说不得了，再做一回冤大头，自己以后无论他们要玩什么，只要是花钱的事，就含糊不理会，虽然面子上有些放不下来，但是今天叫拿钱买香烟的时候，你看他们都不作声，岂不是抹下面子硬抗的？他们可以这样，我也就可以这样，和这些人有什么客气。但是，我不搬到公寓里面来，根本上不就少了这一层麻烦吗？想到这里，他又后悔起来，一个人对于做错了的事，是越后悔越灰心的。他一想之后，层层向下推去，一直想到上北京来和白行素交朋友为止，觉得自己根本上就不该如此。因为自己到北京来，是一番好意来念书的，结果是这次进京，把前程和身体都断送了。想到半夜，兀自不曾睡着，及至眼睛有些疲涩，才蒙眬睡去。

醒了过来时，已是红日满窗，然而醒虽醒了，在枕上只能打一个转身，四肢都是软绵绵的，要想坐起来，却是不能够。翻一个身，闭着眼睛，又睡过去了。这样醒而复醒有了几次，直待完全清醒过来，已是下午三点钟了。公寓里伙计进房来看了好几次，为研究这位新到的客人究竟为什么睡一整天，及至他醒过来了，才干了一把汗。

可是惜时也只起床一二小时，在椅子上坐了一会儿，在院子里晒了一会儿太阳，始终是身体不济，依然又到床上睡下。那几位朋友都锁着房门，不知到哪里去了。一吃过晚饭，公寓里的住客都回家了。对门房间里有人在打麻雀牌，东厢大房里又有人拉胡琴在唱戏。以这两处的声音最是庞杂。其余屋子里的谈笑声东起西应，也是牵连不断，简直不让人有片时间的休养。同时，屋子里只有一盏作淡黄色的电灯光，照着屋子里墙壁，都作惨淡的颜色，并不曾有人走进屋子来看病。偶然桌子腿、椅子腿，嗵嗵几下响，还唧的几声，原来是偷吃的耗子以为这屋子里无人，出洞来找食物来了。惜时一想：这简直是一处不如一处，这公寓里如何可以养病？精神上既没有什么来安慰，而且还有许多事来纷扰，不得片时的安睡，这不如赶快搬出这公寓为妙。但是所有的钱已付了一半到公寓账房去了，若是再搬出去，又要垫付一笔用费，这所有的钱就要付出十之八九了，以后的用食却从何而出？想到无可如何的时候，心里就像滚油相煎一般，而两胸口突突作跳，只是隐隐作痛。

到了十二点钟，邱九思这三位朋友回来了，在院子外头看到窗户纸上发出了灯光，便喊道："老黄，病好些吗？"说着，轰的一声，听到他开了房门，并不曾过来探望一下。心想：这种人本来也不算什么朋友，他们不来探望也就罢了，可是在胡同里一同游逛的时候，自己不过花个三块五块的，你看他们又是多么亲热。不想到这一层也还罢了，想到这层，就是自己不该交这些朋友，他们不过要骗我几个钱用，什么法子也可以，为什么要带我去嫖？害得我犯了这样从血管里坏出来的恶病。这一晚上，继续着昨夜的毛病，又想了一夜。

更过了一天，他起来的时候又是十二点。心里可就想着：精神这样不好，物质上，自己应该调补调补，先把身子健康起来，其余的就好办。于是打开箱子拿出一块钱来交给伙计，叫他去买一只鸡和四两海参煨汤做晚饭。他是随便将钱递到伙计手上的，他一时不曾接得稳，当的一声，将那块钱落在地上。当伙计将钱由地上捡起来的时候，隔壁屋子里的邱九思就推门走进来了，笑着向惜时脸上看了看道："啊！你的脸色实在不大好，应当好好地调养才好。对了！你应该买只鸡吃，你若是还要找大夫瞧瞧的话，我可以和你找一个人，倒不用得花什么钱。”惜时听他所说，人家究是一番好意，不能板着脸子给人看，只得笑道：“那很感谢你。再说吧！”邱九思道：“我要到你学校里去一趟，你有什么事要我去替你效劳的吗？”惜时看他分外地献着殷勤，就不便怎样拒绝人家，因道：“也没有什么要紧的事，就是我这回年考，耽误了没考，请你和我打听打听，是否可以补考？”邱九思道：“这个我一定办到。下午五六点钟，准来回你的信，你要买什么吗？你拿钱来，我可以和你带，你不必客气。”惜时只说没有什么买，道谢着，只管作揖。邱九思看这情形，是不会有什么可揩油的了，自行走去。

到了下午五六点钟，果然听到他那边的房门响，是他开房门进去了。不过他只在他自己房里，并不曾过来。到了七点钟，伙计走进房来问道：“黄先生，你的鸡煨得了，就端来吃吗？”惜时道：“好，和晚饭一块儿开来！”伙计出去了，不多大一会儿工夫，邱九思笑着进来了，他拱拱手道：“对不起！我不知道你是醒的，以为你在睡觉，却不敢来惊动，要不然，我早来报告了。你托我的事，我已和你打听清楚，没有考的可以补考，只是你用不着补考，你也不必去操那一番心了。”惜时道：“我为什么用不着补考，难道学校里对我还特别优待吗？”

邱九思还不曾答言，伙计用一个托盘托了饭菜进来，除了公寓那小碟子的例菜而外，另外有个大砂锅，放在桌上，揭开盖来，热气向上一冲，那一股鸡肉清香真个熏人欲醉，再看那砂锅的清汤上面，浮了一阵黄油沫，很可以表示这汤是鲜美可口的。惜时见他望了桌上，就问道：“你吃过饭了吗？”邱九思道：“没有吃呢！”惜时道：“那就开到一处来吃吧！”邱九思道：“对了！我们可以一面吃，一面谈话。”于是叫伙计将自己的饭菜也开到一处来吃，又笑道：“我索性不客气，你请请我，再添个炒木须肉吧！”

惜时知道他很有鬼门径，也许是在学校里，真找了一个不须补考的路子来，不能不谢谢他，就依了他的话，叫伙计向厨房里添了个木须肉，然后问道：“你说我不用补考，那是什么原因？”邱九思道：“我说是可以说，请你不必着急。北京公立私立的大学多得很，这个学校不成，再上那个学校，有什么要紧。”说着，在身上掏出一张字条来。惜时听了他这话正是不解，眼睛只管望了他。这时，他拿出字条来，更是一怔。邱九思刚要将字条交出，手又向怀里一缩，笑道：“你看是只管看，千万不要生气才好。”惜时放下筷子，望了他发愣。邱九思道：“我以为这没有什么关系，只是这布告上的措辞不大好罢了。”说着，把字条递了过去，惜时接过来看时，那上面写的是：

查得音乐系一年级学生黄惜时，缺课甚多，曾数次警告，未能改善，现更荡检逾闲，有碍校誉，着即开除学籍，以儆效尤。此布。

惜时将字条拿在手上，只管抖颤不定，自己竭力镇静着，口里又念了一遍，就淡淡地一笑道：“有碍校誉，充其量不过是好嫖罢了。在这一点上，怎么就可以加我一个有碍校誉的罪，我非质问校长不可。他们学校里的女生……哼！”他说着，将那字条嗤的一声撕了。两手臂环抱在胸前，也不吃，也不喝，坐着发呆。

邱九思手上捧了饭碗，只管吃饭，那一双筷子不住地送到鸡汤砂锅里面去吃着喝着，就劝惜时道：“这样一个私立大学，也没有什么稀奇，这里把你开除了，不能把全北京的大学都禁止你不去，只要你有钱缴学费，你愿意进哪个学校，我都可以帮你的忙。”惜时摇了摇头道：“你不明白我的心事。”邱九思笑道：“我怎样不明白，你不是因为这学校里有你几个女友，你舍不得离开那学校吗？”惜时将脚一顿，又将桌子一拍道：“我恨这全世界所有的女子了，害得我丢了家庭，又丢了学业。”邱九思吃完了饭，将瓷勺子舀了许多鸡汤到碗里，将碗摆荡摆荡，举着碗，咕嘟一声喝了。放下碗来，用手摸了摸嘴，笑道：“这种事，在我们看来，真是稀松，你值得生这样大的气？”

惜时一看砂锅里的鸡已经去了三分之二，便哈哈大笑起来。邱九思道：“你为什么大笑？”惜时道：“我自笑是个傻子！应该学你这样，遇事都放得开来就好了。我本来已经没有钱供给学费，把我开除了，那就更好，我可以开始打流了。”邱九思以为他是一时愤激之谈，也不去理会，自回房去了。

惜时煨了一只鸡，自己没有吃什么，只让邱九思饱啖一顿，那些残剩的，索性叫伙计拿去吃，自己一歪身倒在床上，便觉万箭攒心，说不出来的那份难受。在创巨痛深之后，接连地又受着几番大刺激。他的身体如何禁受得住？次日睡在床上，就不能起床了。

账房先生当他搬进公寓来的时候，看到那样憔悴的样子就不大放心，现在又见他卧床不起，认为是捡着了晦气票子，就到他房里来访问是什么病。惜时怎能对他实说，只说是受了感冒。账房站在床面前道：“你是我们公寓里一位老客人，有话你不能瞒着我说。你们作客的人住在我们公寓，我们是担着一份责任的，你这次搬进来的时候，我看你就精神不振，不是老客人，也许我们就不租房间给您，现在您身体这样子不好，实在是耽误不得，您应该到医院里去瞧瞧，别尽是这样子拖延，把自己身子拖延得不可收拾，后悔就迟了。”惜时睡在枕上微笑道：“你怕我死在你们公寓里吗？”账房道：“不是那样说……”他说毕了这句，以下也就无可说的，只是站着望了他，做个沉思之状。惜时由被里伸出一只手来，向他一挥道：“你只管放心，我这病不至于送命的。明天起个早，我就要到医院里看病去的，若是大夫说我这病不容易治，我就搬到医院里去住，大概一晚上的工夫，我总也不至于就死在这里的吧！”账房笑道：“那是笑话！那是笑话！”连说着两句，他也就走了。惜时心里就想着:我的病究竟有多重？我自己是不知道，可是账房都如此说了，一定是不轻。钱虽不多了，性命也是要紧的。明天决计到医院里看病去。

次日，他并不加以考虑，带了五块钱在身上，就到医院里去看病。据大夫诊察的结果：病潜伏在身上，非长期休养不可。听说他住在公寓里，以为那是与病人最不合宜的地方，主张他搬到医院里来住。惜时口里虽然答应着，但是自己箱子里只有十几块钱了，这连进医院门付的第一星期款项还不够呢，如何能搬进去？当他在路上如此踌躇着，及至一进公寓门，便遇到对房门的住客为了打牌吵起架来，由屋子里跳着嚷着到院子外来，屋子里边还有一个人要追出来，被劝架的拦住了。他却拿了一张小方凳子，从人头上抛了出来砸人。惜时等着伙计开房门，站在窗户外等着，这一方凳子，恰好打在他身边窗户格扇上，打得尘灰乱落。那方凳子由身边落下来，打了脚后跟一下痛，这虽不曾受什么伤害，然而心里却让凳子的响声震得乱跳。进得房去，那些打架劝架的人兀自吵闹着不肯休歇，惜时皱了眉道："这样的地方，就是好人也受不了。我一个病人，怎样禁受得了？罢，我再牺牲一次吧！"于是自己在箱子里捡出七八件衣服交给伙计，又当了二十元钱，将自己所有的钱凑拢在一处做医药费，缴付了医院。在医院中住了一个礼拜，把过去的事渐渐忘了，身体也健康些。于是复住到太平公寓里来。

这个时候，已经是旧历十二月底，北方人对于旧历年的兴趣特别浓厚，满街满市都陈列着年货摊子，作客的人看到人家大包小包地向家里提着年货，令人发生一种不可说的感触。那邱九思在这一个礼拜中，也不知道有了什么特别开支，穷得将皮袍子当了，身上只穿一件破呢夹袍子，虽是在屋子里，也把一件破呢子大衣穿上。那铁求新、卓新民二人也是一样的穷，两个人已经搬到一个房间里同住。屋子中间放着一个白泥炉子，煤球的火焰烧得有六七寸高。二人各端了一把破藤椅子，椅子上铺了小褥子垫坐，围了白泥炉子坐着，一手捧了书看，一手还不住地伸到火焰上去烘。他二人都是穿西服的，各扛着两肩，冷得寒酸可怜。

惜时回公寓之后，在二人房间里各坐了一会子，然后回自己房间去。不多大一会儿，这三人都回看来了。铁求新先提议道："快过年了，老黄，你打算在哪里过年？"惜时皱了眉，叹口气道："现在谈不上这个问题了。"邱九思本是坐着的，于是站了起来，两手拿了破大衣的胸襟向外一掀道："你看我里面穿的是夹袍子呢！你无论怎么样为难，也应当比我好些吧？"惜时道："也除非是身上比你们好，我箱子里也当光了。"邱九思道："你家里接济款子，不是没有限制的吗？一时之穷要什么紧？我们家里接济学费，困难极了，二三百块钱一个学期，还要做无数回的寄来。今年下季更是少，只有二百块钱罢了。你想这够做什么用的？"惜时摇摇头道："你太不知足！我现在只希望家里每学期给我二百块钱了。"铁求新看他那脸上懊丧的样子，觉得他这并不是假话，问道："我知道你家里很有钱的，怎么会变到这种样子？"惜时道："我也用不着瞒你们，我是和家庭脱离关系的了。"因把以往的事略说了一遍，并说自己父亲的意思未尝不可挽回，听说留住在北京的会馆里，还没有走。

邱九思一拍手道："你这人真是想不开，无论和什么人生气都可以，却是不能和财东生气，你父亲就是你的财东，你和他脱离关系，就是和钱脱离关系，你说傻不傻呢？你是没有就过事，没看见过做事的人伺候财东那份受罪的情形。自己的父亲从小就管着大的，在他面前吃一点儿亏，那也不算什么。我父亲虽是个乡下人，我见了他，可就放出十分恭顺的样子来，他高兴极了，每年东挪西扯，什么钱拼了出来寄给我用，我接着钱，我总要写一封感激的信回去，所以他花了钱还说我好，说好话又不要本钱，为什么不干呢？伺候自己的父亲总比伺候财东强吧！你父亲在北京，那更好了。你明天一人溜到会馆里去，对他下一跪，说些后悔的话，老子总是疼儿子的，况且又只你一个，见了你这样子，一定会拿出钱来和你调养。你要想想：对父亲赔个礼儿，那不过是一时的事，把你那份家财牺牲了，可是一辈子的事。"卓新民道："这话对了，人家脱离家庭为着婚姻不能自由，或者经济受压迫，你两样都不是，何必这样呢？"铁求新道："我看你父亲在北京不走，正是等着你回心转意，有了这样好说话的父亲你不去找，情愿在公寓受憋，这是什么用意？"卓新民道："我要是有这样一个父亲，三跪九叩首也干，老人家是容易哄的，你表面上和气一点儿，再说几句好听的话，你要他的脑袋都肯。"

他三个人这样一致地劝说，把惜时倒劝得没了主意。本来他就很悔，很愿再去找父亲，既是人家都说无问题，心更动了，皱了眉道："只是我没有脸去见他。"邱九思道："嗐！你怎么这样想不开？我不是说了，你受委屈，不过是一会儿的事，你要得家庭的帮助是一辈子的事，怎么会因为一会儿的难为情，把终身大事耽误下了呢？"惜时斜靠在椅子上坐着，许久许久，用手撑了头不作声。邱九思道："是了，你怕你父亲见面不相认，把你臭骂一顿吗？我想绝不会的，要是如此，他就早回南了，还在北京做什么？而且他还私私地去偷看你呢！我这人愿意人情做到底，明天我一早起来，就到你们贵会馆去看你令尊大人，好在我们是大同乡，我见他也不算冒昧。我就把你现在害病和很后悔的话告诉他，看他意思如何。”说着将舌头一伸，拖出来一大截，然后笑道：“我的本领，你总相信得过，凭我这三寸不烂之舌，一定要说得他老人家回心转意。我去是一个人，回来一定是两个人。我在这里先和你道喜。”说着，向他拱了拱手，笑道：“可是到了有钱的时候，别忘了我这个帮忙的。”

惜时到了穷途了，有了这一线光明，心里自是坦然许多，也笑道：“只要我有转圜的地步，你当的衣服包在我身上，一齐和你赎出来。只是有一层，我这个病实在不好意思向他老人家说。”邱九思笑道：“你这人真是太老实了，难道我还能告诉他，你是害花柳病吗？我就说你又悔又恨，是想父亲想出来的病了，我相信他听了我这句话，不但不疑心你的病，而且还要替你难受呢！”卓新民笑道：“老邱为人说得出做得出。你看，他明天代表去了，一定有很好的结果。”惜时听了他们这番话，觉得大势必然如此，自己也很有几分把握，为了鼓励说客起见，又掏出一块钱来，叫伙计去买了瓜子花生烟卷之类，大家煨炉品茗，谈到夜深方散。

次日天色一亮先就醒了，心里惦记着：邱九思去了没有？在枕上就静静地听了一番，然而这个时候，全公寓的人都不曾起来。邱九思是个喜欢睡早觉的人，当然也不便催得。自己竭力地忍耐着，听到院子里有人行动说话声，就用手捶着木壁叫道：“老邱！老邱！你还没有醒吗？”邱九思在睡梦中含混着答道：“我知道了。你别忙。”惜时是请人办事，怎好苦催人家，又只得忍耐着不作声。再过一个钟头，公寓里人起来了一大半，他实在忍耐不住了，又捶着壁道：“老邱！老邱！你先起来吧！我父亲向来是起早的。”邱九思一想：这事说成了功，比助他考进大学那功劳还要大十倍。他这样着急，只是耽误了也不好，只得披衣下床，忙着漱洗一阵。惜时在隔壁，就不断地陪了他说话，先请他到这边，拿茶叶泡茶，又问他有没有车钱，叫伙计送了五毛钱过去当车钱。邱九思受他如此恭敬催促，只得立刻走了。

惜时心里想，他既去了，父亲一定要同他来的，自己要变出病容来让父亲看。先且睡上一觉，免得等着难受。于是静心静意地睡着，等到父亲来叫醒。心里可就想着：邱九思到了会馆了！见着父亲了！又正在谈话了！父亲已经动身来了！不久要到了！心里尽管如此继续地想，但是邱九思连去了两小时以后，并不见回来。心里又想着，来去车上一小时，谈话一小时，大概非三小时不能回来。又继续地想着：谈话完了，动身了，快到了，只要听到院子里有由外向里走的脚步声，他就疑惑是父亲来了，但是他父亲实在已远在数千里。

当公寓里开午饭的时候，邱九思一人回来了，他先不进房，首先到惜时房间里来。惜时不等他开口，一个翻身坐起来问道："怎么样了？"邱九思一拍手道："嗐！事情倒是一件好事情，可惜迟了半个多月，令尊已经回去了。"惜时做了一晚上发财的梦，到了现时才算醒了过来，坐在枕头边，许久作不出声来。邱九思用了人家的钱，又吃喝了人家的东西，并没有帮着人家丝毫的忙，心里很过不去，便道："你既有那样一个好会馆，大可以把住公寓的钱省了，搬到会馆里去住。我看到你们会馆里全是空房，住的人很少，那里比较公寓里安静，你到那里去住着也好。"说时，就高声叫伙计开饭，搭讪着就走了。

惜时一想：这件事是自己错过了机会，邱九思虽没有帮到忙，人家总是一番好心，也不能说人家什么不好，默然地就算了。可是如此一来，他更觉得前路茫茫了。原来身上就只剩有四五块钱了，加上昨晚今天的耗用，又去了一块多钱，就是谨慎小微地用，恐怕也不能维持一个礼拜。一个礼拜之后，又怎么样？还是当衣吗？现在箱子里除了西服，便是单夹衣服，也不能当多少钱。时光易过，转眼又要缴公寓里第二个月的房饭，那怎么办？在失意之时，又想到将来的经济，更是十二分的心灰意懒。不过邱九思最后两句话倒是入耳。他说会馆里人少，那里很好养病，且不问养病宜乎不宜，一个月几块钱的房钱是不要的了，就是伙食费，到外面去是吃一天算一天，若是在公寓里就要先付一个月。为了免除预付下个月公寓里这笔费用起见，当然是搬出去的好。

如此想着，自己静养了两天，身体更康健了些，就一人到会馆里来看房间。果然会馆七八十间屋子，只住了一二十人，除了前面一进无甚空屋而外，后面几进屋子像庙里一般悄无人声。门口的长班看到一个生人一直向后走，连忙跟到后进问道："先生！你找什么人？"惜时踌躇了一会子，才答道："这里住了有个黄老先生吗？"长班道："是不是号黄守义的那个老先生？”惜时道：“对了，他还在会馆里吗？”长班用手一指西厢房道：“他就住在这间屋子里，有两三个月……”惜时道：“还住在这里吗？”长班道：“不，走了有半个多月了，那个老先生是个好人。据人说：他是到北京来找他儿子的，父子感情似乎不大好。”惜时道：“他对你这样说过吗？”长班道：“他没有说过，他只说他儿子在大学里念书，很用功。他每日总出门去看他儿子一趟，可是自他搬到会馆里之日起，到他上火车为止，压根儿没有看到他儿子来过一趟，难道有那样用功？”惜时道：“他儿子到天津去了一趟！黄老先生走，他并不知道。”长班道：“你先生认识他的儿子吗？我想总是一个好学生，他父亲总没有在人家面前说过他儿子一句坏话。”惜时听了这番报告，心中怦怦乱跳，一阵热气由胸中直达眼眶，满包眼泪几乎是要夺眶而出，将脸偏着，点了点头道：“是的……他儿子……是个好……人。”长班道：“您贵姓？”惜时顿了顿道：“我也姓黄，是他同宗，哦！这老先生就住在这屋子里吗？”说着，他走到西厢房外，一推门走了进去。

看看屋子里，还有一副床铺板、一张空桌子、两把椅子。地上有两张纸片，一张是包皮丝烟的，一张是半个信封，上写着黄守义先生启，下款是由家里寄来的。看了包烟的纸，想起父亲抽烟的神气，看到信封皮，想到自己的家庭，手上拿了纸片，只管怔怔地站着。长班见他在屋子里没有出去，也跟着进来。惜时道：“这屋子没人吗？我也打算搬进来住呢。”长班望了他的脸道：“你是这一县的人吗？”惜时用手指着嘴道：“你不听我说话的声音？”长班道：“是倒是，不过您得找个同乡介绍一下子。”惜时点点头道：“这个倒使得。”说话时，眼睛依然四处张望着，忽然看到纸糊的墙壁上，歪歪斜斜写了许多字，便上前来看，那正是他父亲的手笔，有几处是弹词式的题壁诗，其中有一首云：

奔波万里看娇儿，力不从心可奈何？
逢人只说三分话，此老心中似海河。

惜时对这二十八个字揣摩了一会儿，微点着头。又一首云：

大雪纷纷九寒天，街上桃符迎旧年。
行人到此思家甚，转悔来挥北道鞭。

这两首诗都写得还整齐。最后靠床边又有一首诗，字是大小不等，行是长短不齐。那诗是：

积谷防饥是谎言！栽花到老成空园。
如今归去只有醉，谁收我骨葬江边。

灰心老农十一月十八日醉后戏笔

这一首俚俗不甚可解的诗句，惜时看了之后，只觉念一句，心里一动，直将跋的一行款看完了，周身冒着热气，只管发呆。长班在他身后笑道："这位老先生倒有个意思，他是个庄稼人，每天喝完了酒，口里就哼着诗，这墙上还是他写的呢！黄先生你怎么了，有灰尘落到眼睛里去了吗?"惜时在衣袋里掏出一方手绢，揉着眼睛道："可不是吗?"说着就走出那西厢房来，他自己是连头也不敢抬，一直就向外走。长班问道："这位先生，你几时搬来？我好和你收拾屋子。"惜时答应着道："你不必预备，我不一定搬来呀!"说着，低头就走出会馆去。长班见他冒冒失失的样子，还以为他有什么神经病呢。

第十八回

寝食俱忘作书自荐
衣冠不整投刺空回

黄惜时这一次寻找父亲不遇，不仅是在物质救济上失望，他还受了莫大的刺激，觉得自己对父亲如此不孝顺，父亲还是这样地惦记着儿子，自己曾鞠躬尽瘁地用十二分力量去恭维米锦华，但是她有半分系念我的心意吗？为了一个极浪漫而不重人格的女子，自己抛弃了这样宽仁的慈父，还有什么可说的？只是自己应该惩罚自己而已。

他这天回到了太平公寓，也不去找朋友谈话，也不要吃喝，和衣向床上一倒，牵着被盖了半截身子就睡觉了。等他一觉醒来，不听到什么响动，这不知是晚上九十点钟了，也不知是一两点钟了。原来这公寓里的学生大半吃过了晚饭就要出去公干，九十点钟没有响动，是他们都出门去了。到了十二点钟相近，他们陆续回公寓，又热闹起来。一点钟以后，方能安睡。所以惜时没听到动静，不知是早是晚，因之自己走下床，拖着鞋向外看看。原来各屋子里都熄了电灯，大概是夜深了。这时，出门去是不可能，也不能把同公寓的叫醒来谈话。自己一人还是盖了被上床去躺着。闷极无聊，便只把构思来消遣。

想到了自己的过去，只是懊悔，想到了自己的将来，又十分焦躁。箱子里的钱已经是快要用完了，便不必另换一家公寓，就是自己手上零花钱也发生了问题，向人借贷是不可能的了，只有设法找点儿工作，哪怕挣十块八块钱一个月呢，可以先糊了口。至于住的地方，纵然为同乡所不同情，也只好住到会馆里去了。如说谋职业，自己可胜任的事也很多，书记录事、小学教员，以至于邮政局邮差、警察厅巡士都可以当。

北京之大，什么大小机关也有，难道就少了我一个安身之地，只是怕我自己不肯努力去寻罢了！自己只要得到一碗饭吃，就是没有家庭的接济，那也不要紧。如此想着，倒心旷神怡起来。

可是到了次日清晨起床之后，闲着无事，在大门口远眺，见一个站岗的巡士手里拿了警棍在胡同口上徘徊着，一辆汽车过来了，他就用棍子指挥着，接着也有一个邮差，背了一个大邮件袋子，沿门送信而来。他的思想立刻变了，北京城里有不少的熟人，在街上做这样勤苦工作，当年豪华，如今安在？自己还把脸子去见人？无论如何没有饭吃，当巡警当邮差这两件工作决计是不能干的了。站在门外发了一阵呆，慢慢走回公寓里去；心里可就想着：小学教员，自己是可以当的，然而找谁来介绍？当录事当书记，又何尝不要人介绍？而且就是介绍，也未必就能成功，完了，想了一夜的办法，到此尽成画饼了。于是横躺在床上，只是静静地想着。

他足足想了两小时之后，便居然想出两个找事的办法来了。第一个办法：就是在报上登小广告，说明自己是个大学生，可以充当书写信札文件一类的事；而且初中以下的各种功课都可以教授。愿意当人的书记和家庭教授。有人愿聘用者，薪金从廉。第二个办法：就是自己写信到机关去投效，说明自己有大学生的资格，现在因家贫辍学，要寻一种事做，只要有立足之地，位置不拘。还怕人不肯援手吗？又可以在信上更加上几句，就是家里双亲都有七十多岁，乡中连年旱荒，朝不保夕，自己若不找到一点儿职业，一家几口都要饿死。想着那些机关上的首领也常常做些慈善事业，也许动了恻隐之心，可以给我一个位置。

如此想着，觉得大有理由，立刻跳了起来，先找了两份日报看。报上广告刊例，载着小广告不出五十字，每日取费一角，不出一百字者，每日取费二角，逾一百字者不收。这倒让他为难起来，心里原来想着，小广告只是取价低廉而已，倒不料还有一种字数上的限制。若是照着五十字拟广告，自己所要说的话实在说不完，若是照着一百字拟文，每日广告费又多了。这种数目一块钱只能登五天广告，五天之间，未必能引起社会上的人注意，不登一月，也要登半个月，这半个月的广告费就是三块钱，现在如何出得起？还是小试为妙，花五毛钱，将五十字的小广告先登五天再说，若是五天之内，有人写信来接洽，再做道理。于是伏案提笔，来拟广告，不料提起笔来，随便一写，就是三十多字。就聘的话，简直不曾说到。于是拿了笔斟酌再三，方才拟好了一纸广告，那文字排列整齐写着，以便计算。乃是：

某君：大学肄业，品端学优，家贫，愿就家庭小学教师或公私书记。薪金听便。请速函太平胡同太平公寓黄一君接洽。

还有几字地位，就留着做文人待聘的题目。自己心里所要表白的话当然是没有全数说出；但是就照写出的字数说，恐怕还不能登完，如何再能加字？因为报纸小广告例内说明了，文均以五号字计算，有登稍大字体者，只以五号字或五十字或百字面积为限，看起来大概登不完。若是真登不下的话，只有家贫两个字可以取消，其余，哪两个字都是有力的，如何省得？这也没有法子，只好亲自到报馆里去一趟，请那办事人原谅原谅，我是一个因穷谋职业的人，难道报馆里人还在乎到我头上来赚几毛钱不成？打开箱子来，还有两块钱，取了一块在手，将稿子和钱一齐揣在身上，然后到要登广告的报馆里来。

不料经广告部先生一算之下，连题目带文，多出了十个字的地位，他说是不便为一个人破例，不删掉几个字，就要照一百个字的广告算。惜时将手捧了底稿，只管踌躇，还是那位先生看着过意不去，取过底稿去，替他将原文改了。乃是：

文人待聘：某君：大学生。学优。愿任家庭小学教师或书记。薪金廉。请函太平胡同太平公寓黄。

将底稿交惜时看，问怎么样。惜时皱了眉道：“比电报还要简单，人家看了明白吗？”那先生道：“地位只有这大，有什么法子呢？要不然，你先生还是多写几个字，登一百字的面积吧！”惜时想了许久，又看看原文，大概人家也就明白了。只得就付了五毛钱，照这底稿登。身上还有五毛钱，就到南纸店里去买了些信纸信封。原来今天出门，并未坐人力车，只是步行；步行的时候，心里不住地打算盘，一人想着，免得走路发闷。他在路上，又想得了一条新计划，就是同乡在北京做现任官的也不少，与其向各机关撞木钟，倒不如写信给各位同乡，好在机关的信也可以写，纵然求不到事情，反正也不过失去几张信纸与几分邮花，没有多大关系。

心里横搁着这样一个计划，走回公寓去，首先就把以前无心从同乡那里得来的一本同乡录由床底下网篮子里翻出，那些阔同乡先生姓字下都注有官衔、住址、名号和通信地址，写信给他们，有了这本同乡录却是十分的便利。于是拿着这书，斟酌了一番，选定了里面十个人，预备各写一封信给他们。又把公寓里的电话簿子找了来，把财政总长交通总长农商总长，以及几个当阔官的住宅电话都找了一遍。这号码簿上自载有住宅的地址，不过没有门牌多少号而已。第一步工作把这些要写信去的地址都开在一张单子上，然后关起房门来，起那求援的信稿。书架子上，本也有两本分类尺牍，先看了一看，再根据自己的意思撰文，把尺牍上典雅的字样随处改进去。他在中学以前，曾专门研究几年汉文，近几年来，也是不断地看些文学书消遣，写信总是很能应付的，而且这种信虽有十几封，只是非同乡与同乡两种，只起两种信稿就得，不过每封信加上一个特别的称呼而已。忙了一天，信稿都已拟好，当晚也不知精神由哪里来的，并不要休息，依然关着房门，将信稿誊录起来。他的信稿有一千多字，十封信就有一万多字，他关了房门，只管低头工作，就不知道这事的累人。他一口气誊录了三封信，自己又校对了一遍，觉得并无什么错字，但文句里仿佛还有不妥之处，于是又把它从头展读一番。

到了夜深，街市电灯多已熄灭，电力既足，屋子里电灯大放光明。惜时在电光下捧着信看，只觉信纸上忽然泛出一朵朵红绿花头，字体都像小虫一般，有些爬动，心中大吓，连忙将信纸放在桌上，用手按着，闭上眼睛，身子靠了椅子背坐着，养了一养神，再睁开眼来，信纸并没有什么异动，不过是自己眼花了。心想大概是自己字写得多了，所以如此，于是抬起两手伸了个懒腰，同时也就觉得右手这个手腕十分地疼痛，腰也挺直不起来，掏出表来看时，已经十二点多钟了。今天晚上并没有吃晚饭，何以就到了这般时候，不要是表停了吧？将表放到耳边听听确是有叱咤的机件响声，并不曾停，于是打开房门来，叫着公寓伙计问道："今晚什么时候了？怎么不和我开饭？"伙计走过来道："半夜了，您关着门写信，我们叫了几遍，您老不答应，我们怕吵了您写字，就不敢言语了。您要吃东西，怎不早说哩？"惜时这时想起来了写第一封信的时候，仿佛有伙计叫门，曾喝退了他们不许闹，还叫他们不要来，如今伙计不拿原话来抵挡，便算是顾全面子了。

伙计看到他踌躇的样子，便道："待一会子，有卖硬面饽饽的来，您买几个饽饽吃得了，厨房里还有开水呢！我给您沏上一壶水。"惜时想着：到了此时，不吃不喝，便只有硬靠着到明日早上再说的了，只好依了伙计的话，让他泡一壶热茶来，等到卖硬面饽饽的来了。茶房用一个藤簸箕，托了二十多个饽饽进来，请他挑着吃。

饽饽这种东西，纯粹是北方的土产，很像南方内地卖的大茶饼，不过做得更粗糙，实心的，有发面圆饼和面条镯子几种。空心的，便是两层厚壳，两面粘上一点儿芝麻，中间是黑糖。卖这种饽饽的，多半在夜深，尤其是大风雪之夜，在那冷街静巷中发出一种惨厉的吆唤声。卖饽饽的身上背个大藤箩，箩上盖着破棉絮，手上提着玻璃的照风灯。你若在夜深回家，街上遇着这种人，你看他穿了满身臃肿的破棉袄外加老羊皮背心，头上戴着套脸线织风帽，在黑暗中彳亍而行，望见他，令人想到了几十年前太古式的北京。

惜时也曾看过这种人，却是没有吃过饽饽，所以今天伙计劝他吃饽饽，他为好奇心冲动，所以也愿尝尝。见伙计藤簸箕里拿了许多饽饽进来，便一样挑了两个，都放在桌上，他自已想着：虽是买下了许多，原不打算一餐吃掉，于是在喝热茶的工夫，一面想着心事，一面吃饽饽，不料肚子饿过分了，原来以为这种粗糙点心不见得怎样好吃，现时不知不觉之间，吃了一个又吃一个，只觉香甜可口，把买的十几个饽饽陆续吃了下去。原来在写了几封信之后，便疲倦到十二分，什么事也不能做了，到了现在，肚子吃饱了，想起找事要紧，不管夜深不夜深陆续着又誊写起来。

在他只管这样发奋，自忘了身外的一切，成绩自然也是很好。偶然放下笔来，休息了片刻，却听到窗子外面有人的咳嗽声与步履声，向窗户纸上看看，已经有些白色，打开房门来再向外看，已是天色大亮。伙计们起床来收拾院子了。这是自己料不到的事，糊里糊涂就混到天亮了。平白地熬上一夜，也是无所谓，不如暂时睡几个钟头，看起来许多封信要一天写完是不可能。起床之后，今天将写好的先发出去，明天继续着写，也无所谓迟早。自己又怕脱衣睡得太安适了，短时间不会醒过来，于是和衣睡在床上，只把被来盖了下半截身体。头刚着枕，就蒙眬睡着了。及至醒来，本想起床，无如身体图着舒服，心里念着：在床上再休息片刻，精神更恢复点儿，然后再起床做事，就有劲儿了。于是闭上眼睛，又养养神，不料在他这样养神的当儿，人又蒙眬睡了过去。

二次醒来，在身上掏出表来看，却是四点钟了。这样一来，他大悔之下，今天不但不能多写几封信，而且写好的几封信，现在要发出去，也是不能够了。中饭是在梦中失去了，只好等着吃晚饭吧！他爬下床来，忙着漱洗过了，房门也不出，先叫伙计买份报来，把自己登的小广告查了查，所幸倒是照原文登的！然而有个感觉跟了来，便是这段启事并不怎样动人，很后悔昨天不该省了五毛钱，不曾把原文扩充到一百字。手上拿了报纸，出了会子神，低头一看：桌上摆了许多信纸，心想不要发呆了，还是写信吧！于是将报抛开，低头加紧工作，写起信来。手上在写信，心中又不免想到那小广告，觉得总是刺激人观感之力量很少。复拿起报来看着，而且把别人的小广告也比较比较。同日，登着这样待聘的广告有三起之多。人家都超过了五十个字，比自己的文字很像有力得多，而且这两个人所要找的职业与自己所要找的职业也是差不多，假使有人要聘家庭教师或书记，当然是挑那广告说得理由充足的聘请，自己广告上所说的话并不如人，怎样可以取胜呢？这真是为省小费，误了大事。心里如此想着，只管拿了报看，就不知道放下，注视了许久，忽然又想到写信要紧，明天还等着发信呢！于是放下报来，低头来写信。

这屋子里虽然只是一个人，但是他一个人这样忙碌，不在做三四个人的事以下。如此的忙法，事情转而办不好。到了吃晚饭的时候，还只写好两封信。今天公寓里的伙计知道了他的毛病，不必征求他的同意，就把饭开了进来放在桌上。惜时将笔一放，捡开纸张，也就预备吃饭。不料在一夜一天未曾吃过饭之后，现在对了饭碗，并不发生什么兴趣，扶起筷子来，夹了一些菜放到口里咀嚼着，便觉胸中有些作恶，要把吃的吐了出来。但是自己也知道饮食不进，精神好不起来，就极勉强地吃了大半碗饭，可是吃下去之后，心里更是难受，只得两手伏在桌上枕了头，暂休息着。这依然是昨晚上十几个饽饽在肚子里种下了祸根，胸中隐隐作痛，慢慢地带着头上也有些发晕。看桌上许多空白信纸都是等着写的，然后估量着自己的精神，今晚上绝不能写；就是勉强写了，也是错误百出，倒不如今晚好好休养一晚，明天再写。如此想着，等伙计收了饭碗过去，立刻就在床上躺下。

今天虽是躺下了，依然不能灭除胸中痛苦，只感到辗转不宁，在床上听到打九点钟，一直听到打一点钟。逐次的钟声响了过去，都清清楚楚送入耳鼓，跟着周身发烧，由鼻孔里出气紧促不灵，使自己感觉得温度增高了。心里忽然转了一个念头，不要是梅毒又发了。自己曾于两次打过六零六之后，问过大夫，说是不要紧了，难道大夫还冤我？这个时候，再发梅毒，不但误了自己一切事，不能去做，而且自己穷得这样，实在也没有钱再进医院去治病，万一病在公寓里，房饭之外，再加上一笔医药费，那更不得了。找事一层，那就不必提，根本是无望的了。心有所思，睡后便有所梦。两眼闭着，不是在医院打六零六，便是在阔人家门房里等着召见。闹到了天亮，让院子里嘈杂的人声惊醒，才知道又做了一晚上的梦。

在床上静默了许久，觉得嘴里干燥之外，又加上一种咸苦之味，头上沉甸甸的，抬起来很是吃劲儿，心中虽然不断地挂念待发而未写的那些信，也只好自己向自己宽解，这也不是忙在一半天的事情，暂行搁置再说，勉强起来写，把信写错了，反而不妙，自己必须镇定，才能将事从容处置。如此想着，勉强闭上了眼睛，复行休息。两手便在身上摸索一阵，察探可有什么疮疗发现，然而全身依旧光滑，并没有什么突起的所在，大概是饮食不调，精神疲倦了，不能算是梅毒。心里又自在了许多。

二次睡觉，就直睡到午后一点，方始醒过来，这天所希望写信的时间又去了大半。很忙地将头抬着，打算起来，偏是眼前房屋乱转，身子跟着要倒，赶快伏了身子，又睡了半小时。先开了眼，看看无事，再从从容容由床上坐起。下得床来，两脚踏着地板，仿佛像棉絮般软；同时便感到五官四肢都有些异于平常，这是万万不能伏案抄写的了。不过心里对于写好的许多封信也不愿搁置，漱洗之后，手托了头，靠桌了坐着，将信慢慢再校对一遍。校好了之后，立刻写上信封皮，将信放了进去，将六七封信校对过，又到了半下午，信囊都套好了，又怕内容和信封上的称呼不对，那就令全信失其效用，再又抽出信来，逐封里外对过，觉得并无错误，然后将糨糊封口，贴上邮票。本来这许多信件，都是自己心血写成的，无论人家收到了，是否回一封信，可是要送达不到就大为可惜。照理每封信都应该挂号寄出去，只是自己事事都在省俭，这些信一律挂号，邮票费怕恐要到一元以上，如今为省俭起见，便只当普通信发了。不过这信交公寓伙计去发，也许他偷懒，塞到字纸篓里，并不送到邮局子里去，那就更吃亏了。在他想了许久以后，便由自己捧了这一捧信，亲自出门，送到邮局子里，扔到邮箱里去。当信送进邮箱口的时候，还怕不会落下，会被人抽了出来，又用指头在缝里塞了几塞，分明是落下去了，这才安心回家。

然而回家之后，因为心思用过度了，实在也坐不住了，未写的信只好搁置，人也不能像以前那样努力。心里可就想着，信固然是写了，知道能不能发生效力？不如过一两天再看。若是有人回信来，这办法多少还有些效力，若是信去如石投大海，又何必白费那股子劲？因此这天下午，倒坦然无事地休息了。

同公寓的几个朋友都知道他的钱已经花光，家庭的关系也没有恢复的希望。听听惜时的口气，倒很愿混在一处打流，大家都是不得了的时代，正找不着人来帮忙，哪里还可以加入更要拖累的？所以各干各的，并不和惜时打照面，至少也免得惜时见面讨钱。惜时两三天以来，全副精神都注意在找饭碗上。他们不来，自己也不曾加以理会。这时心里想着，便想到邱九思这个人究竟是个智多星，和他商量商量，也许有办法。因之当邱九思回公寓来吃饭的时候，便走到他屋子里来闲谈。

他见着便哎呀了一声道：“你是怎么了？两天工夫你又瘦下去不少。

你瞧两个颧骨都撑出来有一寸高了。”惜时皱了眉道：“不要提！我又病了。”说话时，就在屋子里一张藤椅子上随身躺下，而且还哼了一声。邱九思道：“你是什么病？是那个病复发了吗？”惜时脸上红着，摇了摇头道：“那倒不是，我是吃了不消化的东西，而且又熬了夜，所以弄成这种样子。”于是把这两天的计划告诉了他，正待请教他找点办法来补充，不料他听完了，昂头打了个哈哈，笑道：“你这叫人无路，挖古墓了。在北京城里候事干的人，少说些也有十万人上下。若是登小广告和写信能找到饭碗，大家都这样干了，还要你来办吗？你身体那样不好，有这种气力不会在院子里练练八段锦，多少还和身体有些益处呢！你想哇！在北京各大学毕过业的人不算，没有毕业的短钱用的人，大概还有三分之二，他们的能耐不会在我们以下。要是登小广告能找着职业，谁不会办？说到写信求人，哪个阔佬都有他亲戚朋友，以及有连带关系的，问起他们来，谁都是没有办法安插私人。你一个素不相识的人，知道你的来历如何？学识人品如何？凭一张信，他就能信任你吗？”

惜时听了这番话，冷水浇头，半晌道不出个字来，只是望了电灯出神。邱九思道：“你倒是有条路……”惜时身子一起，抢着问着：“我还有条什么路？”邱九思道：“你父亲不是和几家同乡商店有来往吗？你大可以到这些同乡面前去认个错，请他们写信给你父亲。同时，你把困难的情形告诉他们，多虽不能借给你，至少可以维持你的生活。这不比找那无关系的人强吗？”惜时先摇着头，然后缓缓地答道：“这条路何须你告诉我，我若是丢面子丢到熟人那里去，不如还是丢到生人那里去好。”邱九思微微笑道：“这样说，你就照你的计划去办吧！伙计！开饭来吃。”说时，向窗子外大声嚷着，又道：“吃完了饭，我还出去要看一个朋友呢。”他如此说着，不搬到惜时同处吃饭了，也不请惜时出去游玩，自己做陪客了。

惜时想起前事，也不作声，默默地走回房去。本来身子是困倦的，心里既加上一层郁闷，更是要睡，便倒在床上静想。只听到铁求新在隔壁屋子里对邱九思道：“老张昨日接了一封挂号信，大概家里汇来的款子不少，我们一块儿瞧瞧去！那家伙好玩的心事，不在你我以下。”邱九思道：“老张人是不坏，对朋友倒不会用小心眼。”铁求新道：“我也是这样说。”于是他二人谈了一阵老张，同出公寓去了。

黄惜时心中想着：大概我有钱时候，他们谈到老黄也是如此的了。越想越无意思，而且也觉得钱这样东西是不可少的。邱九思劝着去找同乡商人这件事，不免丢脸，不过为了解决一切起见，也只好等个日子试试。这是当晚想的。

到了次日清晨起来，问问伙计，并没有谁人给自己的信。那小广告竟是白登了，并没有发生效力。所要去见的同乡商人，觉得与其过几天去，倒不如今天就去，这也免得多打几天的哑谜。论起同乡商人的交情来，第一要算三阳泰，父亲从前就写信给过那边人，托他们代兑款项，现在当然还是到这家有来往的人家去。不过仲掌柜那个倔老头子，很知道自己的事，恐怕不肯为力，莫如去找他的东家吴有道，彼此虽没有会过面，提起我父亲来，他总会知道的。于是向三阳泰茶庄打了个电话，说是同乡有封信而且带了许多土产要送吴店东，打听店东的住址。惜时的话音正不脱家乡味，店里人听了信以为实，就告诉他了。

惜时心里想着，店东也和掌柜的为人一样，都是朴素顽固一路，因之把西装脱下，换了一件旧棉袍。箱子底，有件经年不穿一回的旧呢马褂也在棉袍上套着。自己所戴的一顶呢帽，是美国货，约莫值二十多块钱，与这身衣服太不相称，就和公寓里掌柜的，借了一顶瓜皮小帽戴着。他原是梳着西式分发的，这瓜皮帽是秃头戴的，未免小一点儿，他也顾全不了许多，就这样戴着出去。身上揣了几张名片，就向吴有道家而来。

到了那胡同里，只数了三家门面，便是所要找的门牌。那里是个四根柱子落地的大门楼，一连三座门，闭着两扇，开了左边一扇。这里并无门槛，水门汀抹的便道直通到一所外院，外院里放着两辆汽车，相对而峙。过去七八层石头台阶，又是一所朱漆八字重门。外院里几棵高大的松柏树，高过屋顶，很有些旧家公侯府第的样子。心里想着吴家虽然有钱，一个做生意买卖的人，哪能有这种场面？一定是自己找错了；连那大门也不敢进去，只在胡同里站了一会儿，又走了过去。然而这条胡同走遍了，恰不见一家吴寓，顺着道走回来，再看看这家门楼，那房门柱上钉着白铜牌子，正写有吴寓两个字，门牌封了，又有吴寓两个字，不是这里，却是哪里？离此处不远有个警察派出所，且向那里去打听，一定可以证明的了。

于是在那木屋子外头远远地就向里面的巡士点头道：“我给您打听打听，姓吴的住在哪号门牌？”巡士道：“十八号门牌，那个大门楼子就是。”惜时道：“他家主人可是开三阳泰大茶庄的？”巡士点头道：“对了，你倒很清楚。平常的人可只知道他是水利局的会办呢！”惜时心里想着，原来他还是个官，怪不得要住这样宽阔的房子，自己以为他是很朴素的，所以不敢穿西装来拜访他，现在穿得如此寒素，怎么去见他呢？不过为求人帮助起见，自然又不可穿得太好了。

一个人正是如此犹豫不定地想着，那巡士看出他的情形，便着：“你还想什么？就是这家。我们不能骗人的。”惜时点头说了一声“劳驾”，就向吴宅而来。走到门口，自己又犹豫起来了，这个样子去见同乡的阔人，不必开口说话，人家便知道有所求而来的，甚至还会疑心我不是黄守义的儿子，我岂不是自找钉子碰去？如此想着，到了大门口，又站住了脚，不肯向前去。那个巡警正也向这条路上出差，见他不进去，依然不了解他的意思，又在他身后道：“就是这里，你进去吧！没有错。”惜时因巡士站在身后，若不进去，会令他疑心自己是不正当的行为，只得大了胆子，向重门里走来。

那重门两边便是门房，见他穿了不整齐的衣冠走进来，也不等他进门，迎上前道：“做什么的？”说了这话，可瞪了两只大眼睛注视着他的脸，等他回话。惜时站定了脚，顿了顿道：“我是来找吴先生的。”那门房问道：“哪个吴先生？”惜时见门房问话其势汹汹的，大为不高兴，便也提高了嗓子道：“我是你们老爷的同乡，我有点儿事要和他当面谈谈。”惜时以为这种话总可以让他相信，并无别的作用。不料这个门房依然是强项地答道：“同乡？我们老爷的同乡多着呢！”惜时听他的话音，分明是说，同乡并没有什么稀罕！气得两眼只瞪了他，便道：“我也知道你们老爷的同乡多，没有事的同乡绝不能跑到你们这样的阔人家里来。我告诉你：我不是来求差事的，也不是想到他茶庄上去赊茶叶喝。我是一个学生，还用不着找什么阔人呢！”

那门房见他理直气壮，他倒软化下去了，便道：“不是我不要你来见我们老爷，我们老爷不在家。”惜时道：“为什么你不早说呢？你老爷不能天天不在家；就是天天不在家，我也有法子在别的地方可以遇到他。我倒要问问他，是不是他的意思，不认同乡了？他家乡还有田产呢，可以拿出来充公吗？”说毕，掉转身子来就要走。那门房听他的话音，看他的态度，似乎他和自己老爷有些关联，便道：“你先生不告诉我贵姓，也不留个名片，回头我们老爷回来了，我也和你回个话儿。”惜时一想：刚才一时之气，在听差面前说了大话，若结果还是来找吴有道借钱，倒让这种人瞧我不起，这回去了，我是决不来第二次的了。一条有一线希望的路子，这样做来，又算断绝，这只好留下个名片再说，也许吴有道看到名片不愿得罪同乡，把我请了来。那么，自己就大有进言的机会了。于是在身上掏出名片，到门房里去，要了笔，更注上一行住址，交给门房道：“我也不来再打搅了。你们老爷肯和我谈谈的话，就请他打个电话到公寓里去，我自然是接着电话就来。”门房见他有所恃而不恐的样子，越是不敢得罪他了，便道：“好吧！我们老爷回来了，我一定给您回个话儿。”惜时忽然得意起来，笑道：“你大概看我穿这身衣服，好像是同乡打抽风的人，其实我家里的产业不会比你们主人的家产少呢！这年头儿真是只重衣衫不重人啦！”说毕，打了一个哈哈，昂着头放开大步走了出去。

那门房心上倒拴了个疙瘩：这个青年人，也许故意装穷来捣乱的，今天总算受了一个教训了。可是黄惜时呢？表面上是出了一口气，不过今天他是预备来丢面子借钱的，于今虽是把面子找回来了，再要借钱却是不可能。今天这次来，果然是白来了，就是最后向听差发阵大爷脾气，又是什么意思呢？以后连说穷都不行了。咳！自己究竟是不能忍耐，筹划了整天整夜的好办法又等于泡影了。十分懊丧之下，于是低头缓步地走了回去。心里想着：吴有道与自己并没有会过面，那一张留下的名片，也不见会生什么效力的了。

第十九回

拒忠言还乡无面目
走绝路冒雪典衣衫

天下事真是料不定。到了次日，吴有道家忽然来了一个电话，说是今天上午十二点钟的时候，请黄先生不要出门，吴先生会来探望你的。黄惜时接了这个电话之后，眉开眼笑。虽然是自己蹦跳不起来，可是那一颗心却是蹦跳个不了。自己由外面柜房里接了电话回屋子来，坐在椅子上，两手按了桌子，自己可是抬着头在那里想：吴有道今天要到这里来，究竟是什么意思？莫不是他因为昨天我教训了他的门房，他今天来和我赔礼来了，其实我并不因为他家听差的不懂事就怪他不会招待，我真不希望他和我太客气了，要是那样，我又没法子和他开口借钱找事，白白地费了一番力量了。不过他既是肯和我谈交情，我婉转说出一套话来，也许他动了一番恻隐之心，和我想点儿法子也未可知。像他那样有钱又那样有声望的人，只要肯和我帮忙，大小设一点儿法，我就有出路了！他当然不知道我父子们是断绝了关系的。像我家里那样有钱，和他借个三百元五百元，我想他总不至于不放松吧？那么，他来了，我倒不必十分地屈就他，也不要把自己形容得太可怜，免得人家瞧不起。不然，他也不会打了电话来，要亲自来看我，那意思自然是道歉了。

他如此想着，第一个计划是想和人说软话。第二个计划变了，要和人说体面话。总而言之，这几天的愁云惨雾，经吴有道家这个电话打了来以后都是一扫而空的了。他是九点多钟接着电话的，自己高兴了一个钟头，现在也不过十点多钟，预计到吴有道光降的时候还有一个多钟头，在自己料想到必来的这个断论上，就买好了一盒香烟、两包瓜子，以及吩咐茶房预先沏好了一壶茶，然后才安安静静地坐在屋子里等候。

不料他不等候则已，等候之后这份心事更烦躁起来。等了一小时，展长到两小时，等了两小时，又展长半小时，每听到门口有汽车声，就十分注意听着，以为是吴有道到了，然而汽车轮轧轧之声在门外响着，立刻也就过去了，吴有道何曾有点儿影子？惜时一番热望渐渐变成失望；失望之后，就不由得要咒骂起来。心里想着：做官的人、有钱的人总是爱摆架子的。我并没有去请你，是你自己要来的，为什么打电话来预先通知，让我们老等着？难道寻贫人开心吗？这年头儿，非把所有的资产阶级完全打倒不可，首先要打倒的便是吴有道了。

心里既愤恨起来，少不得就打开那预备敬客的烟卷盒子，先取出一根烟来抽了。沏的一壶好茶，当然也是凉透了。自己斟了一杯凉茶，端起来喝了一口，有些冰嘴，在口里漱了几漱，把茶就吐了。原来的计划，以为吴有道十二点钟来，正是公寓里开饭的时候，假使自己正在吃饭，吴有道来了的话，请人家吃饭，当然是不恭敬，不如免了，可是放了饭不吃，陪着人家谈话，又怕人家不肯多坐，马上就走。那么，是把极好的机会错过了。自己还是饿着肚子先陪客谈话。果然他肯马上接济我，我用他的钱，马上请他吃一顿，也无关紧要。可是到了现在，并不见吴有道到来，自己算白饿了一顿，便站在屋子里喊道："茶房！和我开饭来吃，我不等客了。"嚷毕，又自言自语地道："这班有钱的人，我是恨透了，我若有那种势力，我一定要逼得他们和我一样的穷，让他着急去，然后他才知道穷的日子是怎样难受了。"

他如此说着，有人在门外答话道："老弟台！你也是个有钱的人啦！你现在嚷穷又是谁逼着你到这步田地的哩？"那人说着话，可就推着房门进来。惜时听到这人在门外答话，便做那恶意的批评，心里已经是很不高兴，及至等那人近前一看，却是仲掌柜的。这人是吴有道的灵魂，和自己父亲也至好，他这个时候来，当然是有用意的。便笑着让座。

仲掌柜的口里和他周旋着，眼睛可向屋子四周不住地张望，因道："回头总还是不晚的呢！"说着话，他坐了下来，向惜时拱拱手道："我是吴先生吩咐来和世兄谢步的，顺便问问世兄找他可有什么事见教？"惜时在他对面坐着的，踌躇着道："倒没有什么事。"可是他说了这句话，自己又微笑了一笑，似乎自己也感到那句话说得勉强，所以赶快补上一笑，把说错了的话遮掩过去。

仲掌柜是个老于世故的人，有什么事看不出来，就向他笑道："世兄和吴先生虽然不熟，我们是不必见外的，有什么话当然可以直说。我看看世兄现在的情形，大概是不大见佳。岁暮天寒，这样困守在公寓里也不是个办法。我说句不大入耳的话，天下无不是的父母，你令尊对阁下实在是很好的，现在他虽然是回家乡去了，我猜他心里实在是放不下来的，趁这放年假的时候，世兄何不回家去一趟？若是令尊还愿意世兄到北京读书，开春再来，也还不迟。"这一番话，在往常惜时听了，是不愿受的，不过为了求人家援助起见，不能人家刚一开口，就把人家的话顶了回去，因踌躇道："这个我很明白。不过……"

仲掌柜将手摆了几摆道："阁下的困难，我是都知道的，若说到欠缺川资这一层，那倒不成什么问题，兄弟可以和世兄办一张三等火车票。"惜时皱了眉道："这很多谢老掌柜的好意，只是我现在这种情形，怎好回家去呢？"他说着这话，倒向自己浑身上下看了一看。仲掌柜道："当学生的人，还不是怎样出门，怎样回去，难道还另外要做一套行头才回家吗？"惜时道："寒假的日子不多，回去也没有什么事，来往的川资很是可观，何必费上那一笔钱呢？现在我认为困难的，就是伙食零用两件事，天天都发着愁。至于学费，好在还有些时日，那都不忙，若是为了……"

仲掌柜又不等他说完，连连摇手道："不是那个意思！不是那个意思！因为令尊这次回南，心里非常不痛快，后来令尊在会馆里住着，我们差不多是每天见面的。这些情形，我都知道。过去的事情，那也不必说了，现在最要紧的事情，就是要世兄回去一趟，见着令尊，把过去的事情和令尊说几句后悔的话，一天云雾都过去了。那么，以后世兄在南方读书也好，到北京来读书也好，总好说话。假若世兄还要在北京不回去，同乡纵然接济一点儿款子，不算什么；可是将来令尊知道了，不但不见同乡的情，恐怕还要怪同乡多事。世兄是个读书的人，对于这种事一定总是很明白的。我们做朋友的，只要有机会，总是劝人家家庭合拢，没有把人家家庭拆散的。"

惜时听了这话，十二分不高兴。但是仲掌柜的在以往很与自己有些银钱往来，而且也得人家的帮助不少，假使将来有最后一着棋，非人家帮助不可的时候，再想求他就不可能了。自己先默然了几分钟，忍住了那口气，然后才答道：“我并不是要和家庭脱离。老掌柜的对于我的事，大概也很清楚。你想：这个学期，我未免花钱花得多一点儿，若是现在叫我回去，我一定是穿了这样破旧的衣服走，家里人哪里会知道我的钱是怎样花了的？家里人对于这层若是不能了解，我回去也无非是更惹大家一场笑话，所以我对于回去这一层，实在有些难堪！这话不是极熟的人我也不便说。老掌柜的，你既是有了一番好意前来，我对你也就不妨直说出来。”

仲掌柜昂头想着，摸了摸胡子，许久的工夫才哦了一声。惜时看他那神气，自是有许多不然的意思，可是自己拿定了主意的，非是自己穿得衣冠整齐，而且依然可以继续读书，自己是不回家的。要不然，到家之后，饱受父母的教训不算，一定还要竭力用经济来压迫我，我在全盘接受家庭教训之下，还有什么可说的？仲掌柜的见他持着那种沉吟的状态，料着他是不愿意回去，和他多说也是白费气力，又摸着胡子想了一想道：“世兄既然是不愿回去呢，那倒也不去谈了，只是世兄去找吴先生是什么意思，我很愿意知道，也好回敝东家一句话。”惜时料着光是借钱是没有用的了，便道：“我找吴先生去，也没有什么事，不过因为他是同乡的长辈，我去看看他，因为他公馆里的门房架子非常的大，我们这种穷学生也犯不上去受那种气，所以我就不想谈什么了。”说毕，淡淡地一笑。

仲掌柜听他说了这种话又淡淡地笑着，也就淡淡地跟着他一笑。惜时见他有讥笑的意思，也不便去和他讨论那些话，站了起来，就表示有送客的意思。仲掌柜的更知道他心里不受用，也笑着起身道：“既是如此，我们就再见了。”说毕，拱拱手就向外走。惜时送出房门来，在院子里站了一站，也就不送了。仲掌柜的对于这件事只是微微一笑，并不怎样地放在心上，挺着腰杆子就走了。惜时望了他的后影，也是冷笑了几声，自回屋子去了。

这个时候，午饭是开过去了，到吃晚饭的时候，当然是早。虽是有一两块钱，这是最后的积蓄了，自己还巴不得留着用个三年两年的，现在若是买东西来做一餐午饭吃，恐怕又要费去好几角钱，现时实在不是随便可以大吃大喝的了；于是自己掏了十二枚铜子，到馒头店里买了两个冷馒头，揣在怀里，带了回来，掩上房门之后，这才将两个馒头由怀里掏出，放在白炉子边上，慢慢地烤着。那壶凉茶也就放在炉子边烤着。自己将那藤椅子搬了过来，靠近炉子坐着；两手抱了膝盖，望了炉口上出的火焰只管出神。想着照仲掌柜的话去办，那是最稳当不过的，然而当真回家去，这就可以表示自己一点儿志气没有，自己空活了十九岁，离开了家庭，简直就不能过活，这让别人提起来，却是终身一件笑话。自己唯有挣过这口气，不接受仲掌柜的劝告。

心里如此想，一手拿了茶壶喝茶，一手就捏着馒头啃，虽然那干冷的馒头，自己尝不出什么滋味来，然而一口馒头一口茶，这样地吃喝着，不知不觉地把两个馒头吃完了。自己才感觉出来，原来这壶茶还是冰凉的，一点儿热气都没有。自己于是突然站起来，将两手一拍，自言自语地道："难道我就不能奋斗！小时候读《鲁滨孙漂流记》，自己自诩着，一个人必得像他这样干一番，现在住在物质文明的北京城里，比鲁滨孙漂流着的那个孤岛，那要有办法几十万倍，何以自己就这样的不济事，就这样空自着急呢？"一个人像演戏一般，一个人说着话，一个人动手动脚，自己在屋子里这样鼓动着自己一阵，觉得很是兴奋，不但把仲掌柜的话完全忘了，还觉得仲掌柜这种人二十四分讨厌。依他的话去办，那是叫人实行家庭奴隶主义，打断人的勇气，就是接济些金钱，也是侮辱人的。从明天起，我去找工作，就是六七块钱一个月的事我也干。常听人说，日本的大学生常有白天念书，晚上去拉人力车的，我为什么就不能干？一个人不受一种压迫，是不会做出一番大事来的！家庭这样断绝我的经济，不就是给我一种压迫吗？很好，我就借了这个机会，自己去振作起来，有何不可干？从明天起，我就干！想时，捏了拳头，使劲在桌上捶了一下，咚的一声响声震屋外。

茶房走上前，连连敲着门要进来。惜时二次又醒悟了，原来是一个人在屋子里发急，便用手向屋子外连连挥了几下道："没有你的事，你去吧！"茶房现在也知道他是个穷学生，在公寓里住久了，不免要欠房饭费的，小账是更不必说了，这也就犯不上那样小心谨慎地去伺候他了，所以只等惜时说了一句“没事”他就首先走开。惜时正想叫茶房来要些开水，提着嗓子喊了两声，一点儿答应的声息都没有。打开门看时，一个茶房口里哼着皮黄正慢慢地向前走。惜时叫他的话，分明听得清清楚楚，头也不回地就这样走了。惜时想到从前在这公寓里的时候，伙计们是多么巴结，现在人落魄了，连伙计都看不起人，可见人是实在穷不得的。我一定干，干好了，我还要在这里住，让这班小人看看我的威风。

如此想着，他在屋子里是带生气带踱着闲步，不过他想虽这样地想，到了夜深人静，回想到在家乡那种家庭乐趣，觉得回家去，就是不读书，光享受田园的乐趣，也比任何流浪的生活为强。如其不然，北京的同乡向来没有什么情可言，若是都和仲掌柜的这样对待我，我又怎么办呢？下午空兴奋了一阵子，到了这时，又是勇气全无。况且以认识的人而论，算是仲掌柜最熟，仲掌柜都不肯有一点儿帮忙的表示，其余的同乡又何消说得？这样看起来，愈是无路了。不过自己假如愿丢面子的话，也不算走到了绝路，领着仲掌柜一张三等火车票，回家乡去就是了。他一个人如此翻来覆去地想着，又是一宿没睡。

次日醒来，屋子里冷冰冰的，由被里伸头向外张望，那个烧煤球的白炉子冷静无烟地放在屋子中间。这个样子，分明是茶房没有添火，少不得就提高嗓子喊了一阵，许久许久，才听到茶房在外面答应了个“喂”字。许久许久，才推着房门，人也不进来，伸了个头问道：“什么事？”惜时道：“怎么回事？今天这时候了，还不和我笼火。”茶房道：“账房里说，你的房饭钱过日子了。不肯垫煤钱，您自己买煤球来笼吧！”说毕，再也不说第二句，将房门向里一推，缩转身子就走了。

惜时这一气非同小可，抢忙地穿了衣服下床来，直奔账房，红着脸道：“我在贵公寓住过两次，差过你们多少钱？我这次只把房饭钱错过两三个日子，你就不和我笼火，你们也太势利眼了！我明白，你们一定是听到我家和我断绝经济的关系了，所以你们料定我没有钱给房饭账。可是你得想想，我除了家庭接济，就没有别的法子吗？我马上就去找一笔钱来给你看看。”说时挺着他的脖子，掉转身子就走了。到了屋子里，把那件破旧的大衣披在身上，将房门向外带上，砰的一下响，表示他有出门的决心，尤其是走到账房的门口，把皮鞋踏得橐橐作响。账房坐在屋子里，隔了玻璃窗子，瞪了眼睛望着。他们越是这样注意，惜时越是兴高采烈，以为如此表示，马上就挣回许多面子回来了。

但是走出公寓门，在大街上散步之后，自己就有些泄劲儿，想着，我出是出来了，向东走呢，向西走呢，或者是向南向北走呢？可是四个方向，无论向哪里走，都没有可以找出钱的所在，究竟向哪里走为妙呢？自己在公寓里夸着海口出来的，难道我还是空着两只手走了回去吗？这样想着，自己在胡同里走着，一步一步地慢了下来。结果是两条腿，一条腿也抬不起来，就是这样地站住了。这天天气阴暗暗的，一点儿阳光没有，那迎面的西北风就地一卷，夹着碎沙子打到人的脸上和脖子里去，肌肉就像刀子割了一样，非常地难受。那胡同里来往经过的人都用眼睛望着他，好像在那里说这个人怎么在大风里徘徊？这样冷的天，有什么事在露天里发呆，莫不是疯了吗？惜时见路上的人不住地向他瞪着眼，心想：莫不是人家知道我到了穷途末路，对着我研究吗？于是掉转身，就放开了大步走，走出了胡同，看着大街上的人各自奔忙，似乎都有个目的；只有自己，却是毫无目的，也不知道向哪处走好。待要回公寓去，把什么给房饭钱呢？说不得了，还有几处同乡可找，其间有一位同乡是在北京做中级官的，虽不十分有钱，却也不愁衣食，莫如去找他，哪怕是借个三块五块呢，回公寓来，只要有洋钱在袋里作响，料着茶房摸不出什么缘由，一定对我很是恭维，我先乐得摆一摆架子。自己这样的家产，大概在同乡方面，三五块钱的信用总还有。不管别的，这一着棋，今天总是可以办到。

于是立定了主意，就来找到同乡官潘伯同家里来。到了门房里，少不得又是一番盘问。所幸那门房看他是个学生样子，未见得是有所求于主人的，请他门口站着，说了“进去看看”，一句门房敷衍客人的话，他便进内向主人报告去了。去了一会儿，他说了个“请”字，把惜时让到客厅。奉过茶烟之后，那主人潘伯同才慢慢地出来。见了客，拱手让座。他坐下去，手摸着短桩胡子咳嗽了两声，因见客人并不曾说什么，他只得先发言道：“这几天天气都很好，今天忽然天阴起来了。”

惜时也知道官场中人有这种丑脾气，见面不谈正文，先要说说天气，其实一个人哪有连天气阴晴都不明白的道理，这何用主人翁特意地提出来呢？可是人家说了，也不能不理，便点头答应一声“天气阴下来了”。潘伯同道：“看这个样子，怕是天要下雪。”惜时又只好答应了一声“天要下雪”。这几句天气的应酬话说完，大家都觉得无话可说。于是主人翁也将桌上烟筒里的烟卷取了一根出来抽着。

约莫沉默了四五分钟，依然是主人翁忍耐不住，才道：“黄兄的学校已经放了寒假了吧?”惜时随便地答道：“早就放了假了。”潘伯同微笑着，叹了一口气道：“世兄不要见怪的话，于今青年念书，真是一个名了。一年之中，暑假有两个月，寒假又差不多一个月，春假又是一个礼拜，此外还有纪念日、礼拜日，以至于礼拜六的下半日，再要学校里一闹风潮，学生简直不用念书了。你看看公园电影院，哪里不是一对对的男女学生，这也难怪我们这班老腐败不愿子弟进学校念书了。世兄你是从内地来的，当然还没有染上北京学生这种习气，觉得我的话怎么样?”

惜时听了他的话，竟是一位根本反对学生，求助的话简直就不必向下说了，只得笑着和他点点头道：“是的，是的。”潘伯同以为他屈服了，说话更是得劲儿，又微笑着道：“照我的主张，简直不妨开倒车，像历史地理法律政治这些书，尽可以在家里研究，只要请位好汉文先生把汉文教明白就得了；至于声光化电那些科学，有志气的人，可以大家拼些钱，请两位外国人来教，大概有每人上万元的学费。而且由小学至大学，耗费那些光阴，请私人教授，一定是事半而功倍。”惜时听了，笑道：“不过……”说着话时，他脸红了，低了头，望着自己的皮鞋。潘伯同昂头张着大嘴，打了一个哈哈，笑道：“我这话可是冒昧得很啊!”惜时听他的话是再三地进攻，再在这里坐着，无非是自讨没趣。因之一句别的什么话也不说，站起身来就告辞道：“潘先生是公忙的人，我不过顺道来看望同乡，并没有别的事情，我们下次再谈吧!”说着，便向外走。潘伯同倒觉得谈得很有趣，倒想留着他多谈几句，因为他已经走到客厅门边，只得向他道：“下次没有什么事，只管到舍下来谈谈，同乡彼此联络感情，我是很欢迎的。”惜时口里答应着，人已经走得很快，就出了他的院门了。

在他家里，终究不好意思和人家板起面孔，驳回人家的言辞。到了大门外，回头向潘家的大门瞪了一眼，心里可就连连骂了几句“十分腐败的死官僚”，用脚在地上竭力地踏着走了几步，表示借此可以泄他的愤。可是虽然那样气愤，然而意志是很消极的，觉得做官的人是善于利用人，而且肯花钱的，他的态度也是如此，若去和一钱如命的商家借贷，那不用说，简直是碰壁。自己是自命有知识有志气的人，绝不能和商家去争论长短，穷就穷，末路就末路，无论如何，也不肯再去逢人摇尾乞怜了。如此想着，绝了向外求救的决心。有一步没一步地靠了人家的墙脚，慢慢向前走着。

那天上的阴云更是浓密，紧接着成了将晚的天气，半空里只有冷气加倍地袭人肌肤，却是没有一点儿风，忽然眼面前飘飘荡荡的，有几片白色的东西在空中飞舞着，这不要是下雪了吧？一想之下，就站住了脚向空中看着，果然那白片子渐渐地繁密，自己还不曾将这一条胡同走完，眼前已经混茫茫一片白色，雪下得很大了。胡同里拉过去的人力车，车篷子上都抹上了一层松粉，那拉车的人力车夫，两条鼻孔里呼出两条很粗的白气，只这点，可以知道天气是如何，人呼出来的热气，立刻就冷热分明地表现出来了。惜时把这件破大衣的领子向上一扶，两手插在衣袋里，抬了两只肩膀，将脚步加紧地走起来，以便全身用劲之下，可以发些暖气。一顶呢帽向前低低地戴着，以免飘荡的雪片打上面孔来。

低了头只管走，也不知道自己已经走到什么所在，猛然一个人向怀里撞过来，赶快一闪，定睛看时，却也是个穿长衣的人，他胁下夹了一件皮袍子，卷着一卷，正向当铺里走去。原来二人所遇到的地方正是一家当铺门口呢！惜时也不知道是自己的错，或者是人家的错，正待笑着向人家表示一点儿歉意，不道那人头也不回，转身就钻到当店里面去了。下雪的天，这位朋友倒是如此地急于去当皮袍子，这可有点儿倒行逆施。不过掉转身一想，唯其如此，这皮袍子才可以多当些钱，这也是穷人找钱之一法。因为看到人家当衣服，却勾引自己心里一件事，心想人家会用这种手腕？我何尝不会用这种手腕？我皮袍子虽没有，捡捡箱子里，总也有几件长短可穿的冬衣，何不捡了出来，拿着去当一当？只要瞒着茶房，不让账房知道，我就可以在公寓里装个空心大老官。不管还能不能住在公寓，我算先出了这口气。

他如此想着，经济的来源总算有了把握，立刻精神抖擞起来，冒着雪走了回去。一进门，走到账房窗户，就挺胸站住，顿着脚，将手扑去身上的飞雪，口里可就大喊道："我不是欠你们的房饭钱吗？有一天算一天，你们开着账单来就是了，这是你们嫌我穷，不让我住下，不是我要搬着走。你们想照规矩，过了一天，就算我一个月的房钱，那可不行。"账房看到他那种理直气壮的样子，料是筹了一笔款子回来，他将头上戴的那顶瓜皮小帽扶着向中间正了一正，两手抄了皮袍的袖子走了出来连连向惜时作了几个揖，躬身笑道："黄先生，你怎么着啦？一起床，谁也没说什么，你就发着挺大的脾气走了出去。您又不是在我们这儿住一天两天的客人，漫说你不欠什么账，就是欠下了账，咱们的话也好说。德禄！你怎么早上不和黄先生屋子里笼火？笼火来不及，赶快找一炉现成的火送到黄先生屋子里去，咱们要是把老客人都得罪了，那岂不是笑话？你们伺候客人，也不知道是怎么弄的，简直的是越久越不客气了。"他这样将茶房骂了一顿。早上惜时叫着不答应的那个茶房一言不发地和惜时开了房门，将一个火焰熊熊的火炉送了进去；同时又提了一壶开水送进去和他沏茶。当惜时进了屋子以后，茶房笑着向他道："您别和我们一般见识，一个佣工的人懂得什么，您要吃什么？我给您买去，可是也就快开饭了。"惜时见他低声下气地说话，也不便再生气，就向茶房点了点头。茶房见他不生气了，又恭维了几句，然后走去。

今日天阴，邱九思却不曾出门，刚才惜时大叫大嚷，他都听见了的。这时便笑着走了过来道："老黄！你也太爱生气，早上他们忘了笼火，你说他们几句就是了，何必还要立刻到外边去找钱来比较？外边天气怪冷的，犯不上；可是话又说回来了，那也很好，今天也没法到哪儿去玩，我们来打四圈麻雀吧！"惜时笑道："我们打牌，公寓伙计抽头，他们是坐地分赃，我不干！有钱也不花到他们头上去。"邱九思又听到他说了一声有钱，笑道："那也不错，回头我们再想个什么事情消遣吧！"惜时微笑着，也并没有答话。邱九思也因为向家里催款的一封快信还没有写起来，自回房拟稿去了。一会儿，茶房向惜时屋子里送了饭来，那照例的一菜一汤，除加上一二十条肉丝而外，而且还外添了个煎鸡蛋，饭盂子里的饭也是热气腾腾的。

惜时心里想着：今天忽然这样地客气起来，一定是为着听说我有了钱，希望我给他几个钱，我若是不给钱，不是今天晚上，就是明天早上，又要恢复冷淡的原状吗？自己在茶房面前摆了一阵威风，难道还到他们面前来泄气不成？一面吃着，一面想着，将筷子头在桌上连连点了几下，决计是当当。吃过了饭，催着茶房把碗收了去，赶快就掩上房门，打开箱子来，把冬夏衣服清理了一阵。夏衣虽有这几件，这个日子拿去当，当然是当不起钱的。冬衣呢，因为以往捧女友逛窑子，钱都花在人家身上，自己不曾置衣，现在只有一件毛绳褂和一件驼绒袍，其余便为半新旧的西服，当不起钱的。自己捡着衣服，踌躇了一会儿，忽然将脚一顿，心想也就是这几件衣服了，与其今日当一件，明日当一件，那样每次拿块儿八毛的花着，当光了，也不会止一回痒，倒不如孤注一掷，一次全当了，还落个痛快花用。主意想定，便把十几件衣服叠束在一处，将一个包袱来包裹了，依然把箱子锁好，然后叫了茶房进来，告诉他道："你给我雇一辆车到上海银行，我要去提款，顺道在我朋友家里耽搁一会儿，我有些不要的旧衣服，送到朋友家里去存着。"

茶房听了倒有些奇怪，我一个公寓里的佣工，哪里能干涉客人的行动？你要出门就出门，何必还详详细细地告诉我？只是心里如此想着，口里也不便驳他，就答应着出去雇了一辆人力车。惜时自提了包裹，坐上车去，到了半路上，知道这车夫常在公寓门口歇着的，故意说他走得太慢，车钱照给了。另换了一辆人力车子，到当铺里去把衣服当了。大小衣服是十七件，当铺里只当了十七块钱，自己也不便和当店伙友争论，将当的钞票向腰里一塞，立刻胆子壮了起来。许久许久的时间，身上不曾揣着许多钱了，如今有了十七块钱，比以前身上有了一百七十块钱还要高兴十倍。立刻在烟店里买了一盒上等香烟，余钱在身上揣着零用，很坦然地坐了一辆人力车回公寓来。

虽然天下的雪片下得正紧，然而已不是上午出门踏雪那种观感。自己坐在车篷里面，口里衔了烟卷，眼看着地上的雪铺着有尺来厚，雪里拖了几条车轮的长痕和凌乱的人脚印，划破了那一望无际的白色，心中可就想着：天下的事，实用和美观总难一致的，为了地上的雪景好看，我们能不踏着吗？做人也是一样，处处要受用，处处又要顾全面子，是不容易办到的。我今天算是对公寓账房顾全了面子，然而十几件衣服，恐怕是有去无还的了。既是不能够再当二次衣服，趁着今日有了面子，马上搬到会馆里去，第一是省了房钱。第二呢，有钱吃一餐，无钱饿一餐，也很自由，不用得去受公寓账房的逼迫。有了十几块钱，在会馆里就可以住一个月，有一个月之久，难道我还想不出一点儿办法？早知如此，倒不该去找同乡四处碰壁了。

他如此想着，心里真是异常的宽展，看到天上飞的雪片，也不像上午那样漠不关心，也赏鉴起来。平常的一条胡同，在下过大雪之后，便觉得二十四分的寂静。重的橡皮轮子在冻雪上辗着，只是卜卜瑟瑟地响着，眼看着前面有一带红墙掩护着一扇小小的圆框庙门，在门顶墙头上，垂下两丛雪树，红白显明，很有画意。惜时心里便想着，北京这市上，随时随地很容易地发现东方之美，只是市政办得不好，无处不脏，把美点常是埋没掉了。要不然，偌大的北京真是令人舍不得走。

如此想着，眼睛就不住四周观看，恰是这个时候，迎面一辆无篷的人力车拉将过来，车上坐着一位披枣红厚呢大衣的女郎，蓬松黑发迎人，露着雪白而带红晕的面孔在皮领子外面。惜时觉得这位雪中美人很是美丽，然而要仔细看时，车子一来一往就走开了。立刻回想起来，这人好像是白行素，看她那样子，好像是对我还微微地一笑，只是自己的目光太迟钝，没有看出来；然则她对我，并不记前怨吗？我这次失败到如此地位，不知道她是否知道。若是她知道的话，真会笑死了。第二次我要见着她还有什么面目？我必定奋斗，奋斗给大家看看；就是对她，也会有办法的，我还有十几块钱做资本，我就不能做出一番事业来吗？有了，我再冒一次险，试试看，若是这次冒险成功，我就什么事都解决了。他想着，就吩咐车夫暂不回公寓，改路去办那一件事。正是：岂无绝处逢生活，只是迷途返却难。

第二十回

起贪魔炉边成绮梦
涉虚想纸上做高谈

却说黄惜时当了十几块钱，正要回家去，走到半路上忽然变起计划来。心想：我要做一番事业，非发一笔浑财不可。刚才由大街上经过，看到电车上挂的广告牌，有“头奖志喜”四个字，这不知道是谁人中了奖券。这个人假如也是像我这样的穷光蛋一个，有了这笔钱，就什么问题都解决了。多么痛快呢！管他呢，我也去碰碰看。如此想着，他就吩咐车夫跑上大街，向彩票店里来。那彩票店门口挂着大红绸彩，上面缀着斗大的金字。一幅上是“头奖志喜”，一幅是“又中二奖”。柜台外面悬了好些红牌字，上面写了粉字，乃是各种奖券的名字和开彩日期，其间有块加大的牌子，上写着：“头奖五万元，本月十日开奖，每张五元，每条五角。”

惜时看了，心里不觉一动，一张五块钱，我就是买一张，也不过去我所有的三分之一，于我的经济状况绝没有什么损失，绝对不用犹豫了，于是走进店去，就掏出一张五元钞票，要买一张五万元头奖的彩票。店伙收了他五元钞票之后，将一个印着红字的封套套了一张奖券两手捧着，隔了柜台，连向惜时笑道：“恭喜恭喜！上次我们卖出那张头奖去的时候，有个蟢子在上面爬着，当时我们就说，准可以中奖。现在我们给您拿这一张奖券的时候，也有个蟢子在上面爬着，这岂不是一个好应兆吗?”说着，把那奖券交到惜时手上。惜时抽出奖券来看时，上面列着的数目字是五个，每一个数字隔上一个圈，非常地整齐。心里想着：这张奖券真有些奇怪，好几个应兆碰在一处，莫非我真是要中头奖吗？接着奖券在手里，犹豫了一阵，嘴角微笑了一笑。

那店伙道："这里还有几种奖券，开奖的日期更近，你先生还要不要呢?"惜时心里想着，难道靠这一回，把我所有的钱都拿出去拼一下子吗？他心里想着时，人就靠了柜台站住，两手不住地颠倒着那奖券封套，人就出了神。那店伙看他那犹豫的样子，知道他还有购买奖券的可能，便笑着向他一点头道："您贵姓?"惜时答应是姓黄。伙计又道："你府上住在哪儿？将来您要是中了奖，我好到您府上去报信。"惜时听了这话，不由心里一动，便道："现时我住在太平公寓，将来也许我要搬到会馆里去住，好在开奖的日子，我一定要到这里来一趟的，你想：有钱可捞，我还有个不来的吗?"伙计听他的话，简直就是接受了再来两张。于是又把头奖一万元、头奖二万元的奖券卖了五张给他，一共又是十块钱。惜时身上所剩已无几了，不过他花了这笔钱，是抱有无限希望的。一种抛砖引玉举动，以为此后一线生机都靠这十几块钱去转圜。这十几块钱，绝对不能认为是白花，所以把那些买的奖券向店里要了一张报纸整整齐齐地包好，揣在身上，然后坐车回公寓而去。

坐在人力车上的时候，想着奖券有如此之多，若是全中了头奖的话，大概有十几万元，那还了得？想着，自己又摇了摇头，天下没有这个道理，所有头奖的奖券都在北平，都由这家店里卖出，都由自己买得，天下固然有巧事，可是也不能巧到这种程度。这许多张奖券里面，能中那张五万元的，是千好万好！或者中二万元的，勉强也可以敷衍，若是只中一万元的那张，对于自己用途的支配就有点儿左支右绌。买了这多张奖券，大概总不能一点儿希望都没有吧！想时，又在身上把买的奖券都拿了出来，将号码的数目字各念了几遍，然后闭着眼睛，心里把那数字再念上几遍，于是再套好了揣到身上去。可是这奖券不是一张，记得这张的数目，就记不得那张的，就算记得，又把五万元头奖的，当了一万元头奖的。越默记越糊涂，只好又把那些奖券拿出来重看一遍。心里可又想着：不必看了，若是抽出来送进去，抽得丢了一张，也许那张就是头奖，丢了多么可惜！这样想着，不由自己吓了一跳。立刻把所买的奖券一张一张从头数了一遍，一张也不少，这才每张用他自己的封套一齐套好了，然后叠着揣到袋里去。揣到袋里的时候，而且用手按了一按，怕是搁在衣袋里会弄丢了，而且那只手就是这样隔住衣服按着口袋，一直等到了公寓门口下车掏车钱，才把那手放了。

到了公寓里，第二个感想跟着就来了。自己不是说了大话，今天拨付房饭费吗？现在身上的钱都买了奖券了，哪里拿得出一二十块钱付公寓费？心里只这样一动，似乎脸上就露出了畏缩的样子。那账房先生刚由里面出来，一见了他，就半鞠着躬道："您回来啦？"这在北京生意买卖人是一种极平常的礼节，可是惜时听了，仿佛就像人家含有一种讥笑的意思在内，以为以前说了大话，这几个房饭钱不算什么，何以到了现在一毛钱也没有掏出？但是这个哑谜不能让人家随便猜破，能瞒一时就是一时，于是乎挺了胸脯，板着面孔向账房点了一个头。

这种做作似乎有点儿效验。茶房由后面跟了来，先抢着开了房门的锁，其次便是掀开白炉子盖，放出煤火来，也不必惜时吩咐，捧了他的洗面盆就去打水。水打来了，接着便是沏茶。沏茶之后，而且倒了一杯茶，两手捧着放到惜时坐的桌子边，然后倒退一步，向他道："您这就吃晚饭吗？"惜时鼻子先哼了一声，接着又道："叫厨房里和我添两个饭菜，不用得记账，明天上午，我一齐付给他。放心吧！我决计少不了你们一文钱的。"茶房哪里还敢多说什么？只是笑着说"是"。一会儿菜饭都送来了，自然是很丰盛的。这餐饭依然吃得痛快。不过心里想着：大话说了又说，明天算账，却把什么钱来付人家？想到这里，焦上心头，再也坐不住了。背了两手在身后，只管就踱起方步来。

这样子走了许久，自己忽然将脚一顿，好像他已决定了一种事要办。他两眼望了自己那口衣箱摇了摇头，他又坐下了。原来他想着，这个日子，要和人家讲交情借钱，讲交情赊账，那绝对是不可能的事。既然今天已经当了一批衣服，走这条简捷易到的道路，那还只有当当，什么都完了，靠留着几件衣服，又中什么用？他有了这一不做二不休的主意。到了次日，一早起来，又把所剩下的几件中装衣服再送到当铺里去。今天比昨天所当的更少，共总还不到十块钱。就是要在这公寓里再住一个礼拜，也是不能够，这倒不如就是这样快刀斩乱麻的办法，先花光了再说，现在是不容犹豫的了，立刻就搬出公寓去。

当时也不动声色，吃过了早饭，却叫茶房把账房请到房间里来。账房以为是客人要给钱了，心里高兴得很，把昨天就开好了的账单子揣在身上，就笑嘻嘻地走到惜时房间里来。只走到房门口，他就鞠着躬下去，然后一点头向里面走一步，走到惜时面前，笑道："黄先生今天还没出门?"惜时大模大样地坐在一张圈椅上，向他微微一勾头，板住了脸道："我老实告诉你，我的钱都用光了。"账房又向他笑："黄先生，您还生气?"惜时道："我实在不是生气，我今天就要搬出去了，你们见谅点儿，不要照什么规矩算账。我虽过了两天房期，照日子算给你，你可不要按一个月算。"

账房看他那样子，似乎是真要搬，便笑道："伙食钱呢？您可以吃一顿算一顿，房钱都是按月算的，若是按日子算起来，跟黄先生一个人，那不要紧，可是将来别位客人都这样算起来，我们这买卖就不好做了。"说毕，又嘿嘿地笑了一声。惜时依然板着脸道："你们不要我走，我也就不客气，在这里住。可是我要拿不出房饭钱的时候，你可不能逼我要钱。"账房笑道："黄先生要找好些的公寓住，我们也不敢拦着，可是您也别让我们没法子交代。"惜时站起来道："你们不听我的话，我也没有法子，我为了免除将来的麻烦起见，我可要找个警察来当面声明一下，将来我要是给不起房饭钱的时候，那个时候你别来找我，你干不干？你不干让我自己去找警察也行。"说着，向门外提高了嗓子喊道："茶房！来和我收拾铺盖行李。"说毕，将两个枕头叠起来，放在被褥当中，就做个要卷行李的神气。账房站在屋子里，犹豫了一阵子，便道："好吧！让我去算算账看。"偷眼看惜时的神气也不理会，悄悄地走了。

惜时见公寓里不致留难，倒好像逃出了一个难关，立刻叫茶房进房来，帮着收拾行李。他当的那十块钱，有一张五元的钞票，他将五元的钞票放在外面，里头用一元的钞票和铜子票衬托着，做了一叠，拿在手里，当了茶房的面，将五元的钞票交给他，让他到账房里去交账。那茶房接下了钱，并不因为他是要走的客人就怠慢着他，笑嘻嘻地接着去了，也不知是何缘故，账房说是不能破坏规矩的，依然是按了日期算账。五块钱还找回零头来了。惜时也不惜小费，赏了茶房两块钱，茶房很高兴地道着谢，问惜时要搬到哪里，好和他雇车。惜时想了一想说：

是要搬到亲戚家里去住，让他雇车雇到会馆的那个胡同里去。于是一辆车子坐人，一辆车子拉东西，拉到会馆里来。

这时会馆里的人天寒岁暮都回家过年去了，屋子更是空着。惜时和长班商量着，随便挑了一个屋子住了。可是这样一番迁移之后，买炉火，买灯油，买吃食的东西。长班张罗了半天，他就耗费了两三元，今天当当的钱又所剩无几了。不过住在会馆里，却有一种好处，现在人少房多，像公寓里那样杂乱的声音却是没有。房子里笼着了一炉煤火，炉子上放着一把白铁水壶，响着细微的锣鼓声，暖气烘烘的。隔了玻璃窗子，看看屋脊上，昨天下的雪还积得很厚，眼前一片白色，窗子外的院子有两株松树和两棵落了叶子的树，上面洒了雪，染着雪白的枝干，就像银花玉树一般，非常之好看。

自己斜躺在床上，架了两只脚，抖着文气，心里可就想着，假使这会馆里并没有什么人住，永远是这样的清闲，我也很可以在这里住着。又转一个念头道："我若是没有金钱的接济，就是这一炉煤火、一把开水壶，也会生问题。让我住会馆，难道就这样干躺在屋子里不成？这样看起来，唯一的救星就是这几张奖券了，我若是中了五万元的奖券，我立刻就搬到最大的旅馆——北京饭店去住，何必还住在会馆里？当的衣服，那都不必去管了，应该重新置一千块钱的西服，因为天气还冷，一件狐皮大衣是少不了的。从前米锦华很羡慕人家戴着钻石戒指，我一定买两个戴着，至多也不过一千多块钱罢了。我穿了狐皮的大衣，坐着汽车，一定到寄宿舍里去拜访她一次。我猜着到了那个时候，她不能不见我吧！不但如此，我还要预备三千块钱带回家去，把我所花家里的钱一齐交还父亲。那个时候，我要说两句俏皮话，问问父亲我是不是个无用的人。那个时候，父亲当然无话可说了吧？至于母亲呢，我把单夹皮棉纱的衣服，一样和她预备几件，算是做儿子的尽了一点儿孝心，就是那寡妇嫂嫂和那小侄子也都预备着，送他们二三百元东西，让大家欢喜欢喜。假使白行素还可以和我做朋友的话，我必定要重重地报答她一阵，她现在还没有回南，假使她有回南的意思，我就订下火车上一个头等包房和她同住。记得由南京到北京来的时候，我们同在三等火车上认识的。现在回南，依然同车，可是坐了头等车了，这不但值得纪念，而且是十分安慰的了。本来我和她翻脸是我不好，她对我虽然冷淡下来，可是没有一点儿恶意，于今我竭力恭维她，也许她回心转意，可以嫁我了。那个时候，我和她由南京同坐轮船回安庆去，并肩倚栏，看江上的山景，那是多么快乐！只要她愿意，我还可以把她带回乡去，一同拜见父母，让乡下人看看，我什么都有了，我果然是个无用之人吗？

这样想着，一个人笑了起来，因为所想的种种幻象都是由几张奖券而起，把那奖券拿出来看看，到底是些什么号码。因为隔了许久的时间，号码的数字都记不清楚了，于是再打开箱子把奖券取出来，躺在床上将数目字看了一遍，眼睛看着奖券，心里依然不免揣想那中奖以后的滋味。

正想着，忽然有人在窗子外喊道："这里住着有位黄惜时先生吗？"惜时答道："哪一位找我？"只这一声，院子里噼噼啪啪、轰天轰地地响起爆竹来，立刻有两三个人抢进房来，向他拱着手道："恭喜恭喜！黄先生中了头奖了。"惜时听了这话，心里一阵乱跳，只见那个贩卖奖券店里的店伙手上提了一个大皮包，笑嘻嘻地放在桌上，然后向他一鞠躬道："您中的五万块钱，我们给您带来了。"说着，将皮包就打了开来。惜时上前看时，里面一卷一卷的钞票，比字纸篓里的纸还要充满。那店伙伸了手进去，将钞票几叠拿出来都放在桌上。他笑道："黄先生，你点点数目吧。"惜时于是将钞票拿起，一张张地掀着，点起数目来。这些来送钱道贺的人真是爽直，连小账也不要一文，就这样悄悄地走了。钱真是样好东西，无论什么人都得为了它而屈服。

黄惜时偶然回头看时，只见米锦华穿了粉红色的旗袍，笑嘻嘻地站在身后。惜时正想说她两句时，她握着惜时的手，将头偎着他的肩膀，用很平和的声音向他道："惜时，你还怪我吗？"惜时说："哼……"锦华拉着他的手，同在床上坐下，笑道："我现在很后悔，您饶恕我吧！"惜时被她拥抱着，心先软了；就是想说她两句，心里想说，口里也说不出来。结果，是让她麻醉了。

只在这时，房门一声响，拥进十几个人来，把桌上的钞票一阵乱抢，完全拿了走。惜时跳了起来，要上前去抢，被一个强盗反手一掌，打得自己向后一倒，出了一身臭汗，两眼漆黑，眼前的东西完全都看不清楚了。这一吓更非同小可，莫非是我双眼睛瞎了，于是竭力将眼睛睁着，打算恢复光明的原状，可是全身只管用力，人动转不得，只管要喊叫，可是口里叫不出来。

挣扎了许久，好容易睁开了眼睛，向前面一看，倒有些模糊的白影，却是离着好远，用手摸摸身边，倒很柔软，原来并不倒在地下，却是睡在床上。闭了眼睛定定神，再睁眼向前看，这才看出，那模糊的白影是院子外屋脊上的雪，天空上有几点星光，在玻璃窗子里，还可以看得出来。这是天色黑了，屋子里没有上灯，所以并非被人家打得如此，身边并没有女子，院子里静悄悄的，也没有什么强盗，分明是自己做了一场梦，梦中中了头奖了。

不过人是醒过来了，依然懒得起身，躺在床上，静静地想那桌上叠着钞票的滋味。固然，这是一场梦，可是有一天我真中了奖券，那滋味又何尝不是这样？记得睡觉的时候，奖券是拿在手里的，手捏了一捏，奖券并没有拿着，不由得跳了起来，赶快找奖券。只是这屋子是今天新搬来的，一切家具的位置都不大熟识，如何可以摸着灯火，所幸炉子里的煤火依然还抽着火焰。屋子四周，还映射着看得出来。自己立刻跑了出去，和长班讨了一盒火柴来点灯。

这馆里的长班以前和惜时见过一面，知道他是黄守义的同宗，后来因他打听黄守义的下落而后匆匆地就走了，看那样子好像很懊丧，心里想着：不要这个人就是黄老先生的儿子。这次惜时搬进来了，看他那魂不附体的神气，用钱又一点儿打算没有，更猜了几层准。于是见着会馆里寄住的先生就把这事报告一遍。照住馆的章程，本来要先得会馆值年的馆董认可，然而这时会馆里有的是闲房，馆董又因家事很久不曾到会馆来，所以惜时自行搬进来，并没有人注意到他。这时长班到处报道：不认老子的那个姓黄的来了！他一搬进会馆之后，笼一炉子火，就在床上躺着发愣，原来给他预备了火柴油灯的，可是他坐到黑过了一点多钟，才出来找火点灯，这个人怕有什么毛病。

黄守义被儿子驱逐这一幕戏，大家都是听够了的，一听黄守义的儿子也来了，大家当是一桩新闻，都要看看他是个什么样子。这时惜时正亮上了灯，会馆里人悄悄地走到窗户边，由壁缝里向里面张望进来；见他一人在屋子里，很是忙碌；时而打开箱子乱翻一阵，时而搬出网篮，将里面的东西都抖乱起来，时而打开桌子抽屉，时而掀起床上的被褥。看他的样子，很像是在找什么东西。他越急越找，越找也就越乱，网篮已是捡过一次的了，有些东西还不曾捡了进去，这次又再捡一次。这个屋子里也不过是他一个人和两三件行李，倒弄得乱作一团。有两个人起了疑心，立刻找着长班告诉他道："我看这个姓黄的，多少有些神经病。不要搬过会馆来，就出了乱子，你可以到他屋子里去瞧瞧，现时他在屋子里满屋子乱转，看他是在干什么。"

长班听到这话，就提了一壶凉水，假装和惜时添水，走进他屋子里去。惜时正将箱子放在床上，打开了箱盖，自己斜靠了箱子站定，只管低了头傻想，虽是有人进来了，他也不理会，只当不曾看到一般。长班将炉子上那壶盖掀开，用凉水斟了下去，搭讪着向他道："黄先生，这炉火快不行了，我搬出去和您添上一炉煤吧！"惜时依然在那里低头想着，他说的话，似乎听到，又似乎不听到，随便地点点头。长班望着他许久，才道："先生，您丢了什么东西没有找着吗？"惜时还是点点头。长班道："也没有第二个人进来，东西丢不了的。丢了什么呢？我替你找一找吧！"惜时这才说话，向他道："有几张要紧的稿件，现在不见了，找了半天，始终也没有找着。"长班道："那纸有多大一张呢？"惜时道："不多大一张，是信封套套着的。"长班道："那样子小，也许您顺手一揣，揣在袋里了吧？您摸摸看。"惜时听说，果然伸手一摸，掏出手来看时，一大束信封捏在手心里，不由得哎呀了一声。长班道："就是这个吧？"惜时将信封拿在手上检点了一番，并不少一张奖券，但是不好意思说全找着了，点点头道："还差一两张找不着，就算了。"长班笑着捧了炉子出去添火，也就不说了。这样一来，倒让惜时加倍地难为情。坐着定了定神，反是头晕眼眩起来。箱子网篮一概都懒于检理，就这样躺下了。

到了次日，他走出房来，见会馆里同住的人都目灼灼地向自己张望，倒有些莫名其妙，而且有两个人在一处的时候，当自己走过他们面前，他们就窃窃私议起来，虽然不知道人家说些什么，可是他们没有好意的批评，那是绝对无疑的了。自己虽然想少出房门，可是住会馆和住公寓不同，会馆里住上几十人，只有一个守门的长班伺候，哪里管得许多，所有饮食起居的事情，差不多完全自己料理。

在这冬天，第一便是这炉火，自己醒过来之后；在床上便喊着长班，打算学住公寓的时候一样，等茶房送进炉火来以后，屋子里热烘烘的，然后再起床。不料由早上八点钟熬到十点多钟，长班依然不曾进来，只好自己下床，将炉子搬到屋檐下，放下纸片木炭，擦了火柴，把纸点着。那炉口里烧出来的青烟，向人脸上直扑，眼泪水抛沙似的滚了出来。眼见炉口里冒出火焰来，这可以添上煤了，可是煤球和木炭都堆在窗户台下的，那木炭可以用指头钳着，放到炉子里去，这煤球可不能一个一个手指头钳着。踌躇了会子，望着煤球堆出神。那炉口上的火焰更冒着汹涌了，不能再等，只好两手在地上捧了煤球向炉里放进去，两手立刻染上一层黑漆。眼睛被烟熏着，也不能用手去揉擦，抬起袖子在眼上擦了几擦，看看这两只手实在忍不住。走到房里去，想找点儿水洗手，脸盆又是干的，只好右手拿了茶壶，将冷茶向左手淋着，淋过了，再淋右手，两手淋得湿湿的，撕了两张报纸将手擦着，虽没有干净，但手凉着，也再受不住冷茶淋了。

再跑到外面来看时，那炉子里一丝烟也没有，原来火势冷过去了，炉子里的煤球已是添得满满的，要重新引火，非把煤球取出来不可。昨天安置家具，又不曾买得火钳火筷子，如何取得出来？要将炉底翻转来，将煤球倒出来吧，这白炉子很像一口坛，它是泥质的，而且套着一个铁片架子，倒得不留心，就要把炉子碎了。没有法子，只得再用手把煤球一个个地向外钳出来。可是一炉煤球，总确一二百个，等他把煤球全钳出来时，连两只袖口都染成了两个黑圈。头发披到口里，灰尘扑了满身，都不能用手去管理，而且这屋檐下的雪风吹到身上来，是十分地难受。鼻子里拖出两道清水鼻涕，一直拖到嘴唇上来。两只手不但是黑，而且冻得皮肤全打起皱来，在廊檐下，简直是站不住了。火又笼不着，只好蹦跳着来去，借此取暖。

到底还是长班的妇人向后院来送茶水，看到黄惜时那个样子，很是不过意，就笑向他道："这位先生初到北京来，大概不会笼火吧？让我来替你笼上吧！前面门房里有水，您自己带盆去舀吧！"

惜时听到这话，真像得了皇恩大赦一般，就到屋子里去拿了脸盆到门房里来。这门房的房门用铁绷簧绊住拉开门来，后又关上了。那屋子漆漆黑的，中间一个大铁煤炉子，里面火焰冲出一尺多高。炉口四围放了两把铁壶、一大堆煤球。那壶里的水沸腾起来，把水洒在煤球上，嗤嗤作响，透出一种恶劣的臭味，加之炉圈上又放了一双男鞋、一双尖头女鞋，烘烤出那股汗味来，简直熏人的头脑子。那屋子坐着一个老妇人，是长班的母亲，她看到惜时进来了，倒是讲规矩，抢着上前接了脸盆过来，就把壶里的水给他斟上。破桌子边放了一口冷水缸，桌上有煤油灯，有整束的大葱，有破旧的灰色香炉，还有两双破污袜子。那老妇人就在袜子边拿了一只破碗，就在缸里舀了一瓢凉水向盆里掺着。她道："先生你先回房去吧！你还得沏茶，我把开水壶提着，送到你屋子里去。"惜时在这屋子里，实在受不了这一股子臭味，也只好依了她的话，先回屋子去。

不多一会儿，是长班将水送了来。他也不征求惜时的同意，在茶叶瓶里抓了一把茶叶，就和他放到茶壶里去沏了一壶茶。惜时洗着脸，又喝一杯热茶，算是有了一些暖气，可是喝着茶的时候，凝神想了一想：那长班屋子里的水缸，环境非常之肮脏，而且那缸是不曾盖着的，壁上的灰尘真个如堆花山水一般，那上面又不曾有生漆和胶水粘着，当然很容易落下来；而且桌子上摆着臭污袜子，今日如此，平日当然也如此，这缸里可难免落下脏东西去的了，这种水喝到肚子里去，可是有点儿不起好感。如此想着，这杯茶可就喝不下去了，只好渴着。

约莫过了半小时，长班代笼的那炉火算是着了，他就代搬进来，而且上了一壶凉水，在炉口边放着。惜时对于水既是怀疑，当然对这壶水也不大放心；可是这会馆里的自来水机头就在长班屋子里，若不由那缸里经过，要干净点儿，以后只有自己去放水喝了。于是茶壶里的茶不要，水壶里的水不要，自己拿了壶到自来水机头去放水，好在屋子里有了火，暖和得多，做事比较有精神，索性拿出钱来，叫长班去买了做饭的东西来。桌上于是摆了一个碗大的报纸口袋，那盛的是米，一张五寸见方的报纸，托了一块豆腐、一片青菜叶，包了一块巴掌大的生猪肉，又当菜，又当荤油使。一只缺口茶杯子装了两个铜子酱油，一个铜子大的纸包，那是盐；还有一棵大白菜，也压在书面上。

吃的东西是有了，还要自己来做。脸盆洗了米，先向长班借沙罐焖饭。其次向外面舀了水来洗菜，又要借菜刀砧板来切，又要借菜锅勺、锅铲子、菜碗、饭碗、筷子、小勺子，越是怕与会馆里人见面，越是想起了许多事要进进出出。好容易把饭菜做成功。饭既是夹生的，豆腐煮白菜，放多了盐与酱油，几乎咸得不能上口。胡乱吃完，把家具送走，累得伸不直腰，又躺下了。本来这种事是生平第一次干的，以前不但不愿做，看了别人做，还嫌他小家子气，现在自己为了经济的逼迫，也只好做起厨子来了。想到这里，悔恨自己以前把钱看得太松了，于今来吃这种苦处。又想到这种局面，也断断不能持久，不但自己不愿做，而且每日拿钱去买柴米油盐，也无以为继。你看会馆里这些同乡，又是在我背后私议；他们不是笑我贫酸吗？还是那一句话，假使我中了头奖，我一定天天坐汽车回来，还带两名听差在我后面跟着；就是听差穿的衣服，也让他们各穿着一件皮袍子。到了那个时候，摆出十足的威风来，看他们是不是还窃窃私议。

一人躺在床上想着，觉得无论一件什么事，若是自己想去解决，都非等着中头奖不可。在床上躺着想还不算，又跳下床来，就着桌上的纸笔，列起一张预算表来。第一笔开的是置房产一万元。第二笔是买汽车三千元。第三笔是预备一个小书库，经费约三千元。第四笔是置衣服二千元。第五笔回家费一万元。第六笔结婚费五千元。银行活期存款一万元。定期存款二万元。写到这里不觉从头校对一番，竟是超出了五万元的数目，果然有了钱，不能这样挥霍，还得仔细审查一下。于是把列的预算表全盘推翻，又再列过一张。

冬日天短，他足不出户，又是上灯时候了，这少不得又要做晚饭吃。但是上午那一餐午饭，把自己已闹得精疲力尽，现在哪里还能做第二回？简单一点儿，还是买几个烧饼和一毛钱酱肉，就这样对付一餐吧。如此想着，一个人悄悄地照办了。就这样度过了一天。

次日醒来，已领教昨日炉火的滋味，一切不忙，只缩在被里睡着，等长班代为笼过火以后，然后再起来，已是十一点多钟了。算着日子，正有两张一万元的奖券是今日开奖，在今天晚上，全部可以发表，中与不中，就在这几个钟头之内，决定命运的了。假使今天中了小奖，不见得还能中五万元的头奖。那么，就要另造一个预算表，照一万元的款项来支配了；反正在屋子里烤火，也没有别的事。于是乎又造起较小规模的预算表来，忙到两点钟，才出去找了家小饭馆，吃了三毛钱的饭，回来依然继续地造表。可是到了晚上，到奖券店里去对号码时，连附奖不曾中得一条。寒风凛冽中步行了回来，心里还自慰着，不中一万元的奖券也好，我的好运气留到中五万元头奖的奖券上去发泄，省得中了小的不能再中大的。

他如此想着，在整个星期之中，他都是预算着中五万元头奖的事，同时他也日日估量着他自己箱子里的存款。原来他搬到会馆里的时候，只有五六块钱了，添着东西和逐日的食用，已经耗费得只剩两块钱了，若是每餐到小饭馆里去吃三毛，又只能维持三天，三天以后，又将如何呢？为延长日子起见，还只有那个办法：自己来做饭吧！买十个铜子的米、十个铜子的油盐菜，五分洋钱就可以吃一餐，每天只要一毛钱的伙食罢了。于是把前几天所认为烦腻的事又干了起来。这个日子，所买奖券的对奖券日期都依次而过去，到了最后一个日子，便是五万元的开奖期了。

他经过了许多日期，知道中奖不是件容易事，所以也并不怎样注意，心里淡淡的，把这个日期混过去，直到过了一天整的，然后才到那个奖券店去，远远地看到那家奖券店门口，红艳艳地挂了许多红绸帐幔，正中那幅红绸缀了四个大金字："头奖志喜"。呀，这家店果然卖出头奖去了，买主不要就是我吧？想起来，心中立刻怦怦乱跳。及至到了大门口，只见一张大红纸上大书几行黑字："本期慈善奖券，头奖为四五六三号，由本号售出，为大发银行赵君购得。"原来购得头奖的另有其人，不是自己，还是银行里的人中头奖，真是越穷越没有，越有越方便。但是头奖不中，别的小奖能中一个也好。于是走进店去，要了十二奖的号码，仔细检查一番，又是一个也不曾相符。而且自己奖券上的号码最末一字也不和任何一奖末字相同，就是附奖也没有希望的了。算了，一场发财的梦到此完全告终。

垂头丧气走出店来，向回会馆的路上走，心里可就想着：要是不买这十几元奖券，在会馆里足可以维持一个半月，于今只剩了几毛钱，下午不但要吃饭，而且还要添炉火，就是今天已经不能过了。两手插在衣袋里，扛了两只肩膀，在马路上只管低着头走。忽然呜啦呜啦一阵乱响，汽车喇叭叫着，抬头看时，嘎叱一声，一辆大汽车在迎面停住，自己吓得赶紧将身子闪开，不免向开汽车的车夫瞪了一眼。那开汽车的是穿军服的人，他不但不怨自己莽憧，反向惜时瞪眼道："差一点儿没有轧死你这小子，便宜了你。"惜时尚待说他时，看那车上有个穿皮大衣的女子偎在一位穿长袍马褂的小胡子先生怀里。那人是谁？不就是培大之花米锦华吗？自己为她落魄到这般地步，她又在别人怀抱里看着自己微笑了。

第二十一回

狂饫肥甘酒楼傲客
勉抗冻馁野寺依僧

上回书说到黄惜时在大街上经过，看到米锦华和军官同坐一辆汽车，带着微笑过去，真个是前尘影事兜上心来，一种酸甜苦辣掺和的滋味简直把自己麻醉了。他站在街上，呆了半天，一步也移动不得，还是一个人力车夫拖了一辆车子过来向他兜揽生意，他这才回醒转来，坐了车子就回转会馆，给了一毛钱车钱。身上的钱又少了几分之几，这钱一方面的事，简直不能想。所幸那炉火还是其势熊熊的，屋子里充满着暖气，连那件破大衣也不脱，随身向床上一倒，就躺着不动。

可是他外表这样静止，心里头却是加倍地浮躁，前前后后的事仔细一想。想过了之后，又要后悔。悔着想着，在床上直躺到天色昏黑才叹了一口气。跳将起来，买了几个烧饼在炉口上烤着吃了。桌上放了一盏高不到一尺的煤油灯，倒罩着桌上放了一叠中奖以后的预算表；汽车算买了，洋楼算盖了，自己依然靠住了白炉子吃干烧饼。

正这样想着，忽然噗的一声，响入半天，自己想起来了，这已是旧历年边，旧京住户过旧年的思想很深，开始放年爆竹了。年年这时在南边，一担行李向乡下一挑，家人团聚，其乐融融。每日吃饱了饭，并无别事，不是背了手在河沿上看人打鱼，便是捧了一本书，坐在打稻场的稻堆上晒太阳，到了夕阳落山之下，看看那远山上，放着一丛丛的野火，非常有趣。南方虽到了严冬，也不过冷上两三天；其余的日子，依然可以在田陌上往来，尤其是下雪天以后，成千成百的斑鸠，它们到处寻找食物，庄稼人家的耕牛，放到干田里去吃草。那斑鸠有的站在牛犄角上，有的站在牛背上，那牛也并不知道，只管拖了那斑鸠走。这种景致在北方决计看不到，像这一类的事情越想越多，更是想到南方的好处了。

一人如此沉沉想着，那爆竹声依然是霹雳一响冲入半空。听了这响声，就由过年上面，连续不断地想到家乡。看起来，在北京这样无目标地挣扎，哪有多少希望？一个人恋家乡，最浓厚是三个时期，一个是害病的时期，一个是天寒岁暮的时期，一个是投奔无路、衣食不给的时期。论到惜时的现在，几乎与三个条件都吻合，所以他回乡的心意又浓起来，只是这种计划已经晚了。由北京回家乡去，火车轮船，至少也要三十块钱的川资，现在衣服差不多当光了，只有两条被褥还可以值几个钱，这个是不能当的，假使当了，就衣食住三个字索性全发生问题了。

他自思自想，熬到深夜。次日上午醒来，继续着又发生了煤火早饭的问题，待要不理会，只好饿着冻着，待要理会，买了煤火，就没有吃午饭的钱！预备了午饭，可又没有买煤火的钱，这个时候，实在是不好办；到长班屋子里去，要了一盆热水洗脸，漱了漱口，连茶也不曾喝，就把两手插在大衣袋里，只管在屋子里踱来踱去。那长班在他屋子门口过来过去两次，看看窗户脚下堆的煤球已经只剩一二十个，炉子冷冰冰地放屋子里，也不曾移动。看那样子，自然是不预备笼火。只望了一眼，并没有说别的什么，就走开了。惜时在屋子里踱来踱去，也不知道有多少时候，仿佛这样踱着步子，就能踱出什么办法来似的，足足地踱了两个钟头，也不曾停止一步。

俗言道得好：饱暖饱暖，一个人吃饱了，身上自然会和暖，反过来说，一个人肚子饿了，自然身上也格外觉得不能抗冷。所以惜时转着转着，身上抖擞着，有些支持不住，只好转身在床上坐了。想了许久，除了当当可以马上救急而外，其余没有别的好法子；然而以当当论，又只有床上的一被一褥是值钱的，当了之后又怎么样呢？他忽然用手拍着床，跳了起来道："事到于今，我也顾不得许多了。"于是一阵风似的，将两床被褥一卷，用一条半旧的洋线毯子一齐包了起来，自己跑到门口去，雇好一辆人力车，将铺盖提了出来，跨上车去，就让车夫拉上了当铺。这个日子当被褥，当然比以前当皮袍子还吃紧。当铺里的人看在天时分上，对于这种当当的人，不能不另眼相看，所以他们毫不犹豫地就当给惜时六块钱。照着典当规矩，当价不过本三成，说起来这两条被褥已是估价二十元，当然不算少了。

惜时有了六块钱，拿在手上掂了两掂，然后向袋里揣上，自己微微一笑，走出当铺门外。这日的天色虽然还十分晴和，可是北方的天气，只要一些寒风吹动，那冷气扑到人脸上来，就痛如刀割。惜时将破大衣的领子向上扶着，自己微笑了一笑，又抬着头看了看天空。他摇摆着头，又哧的一声笑起来。送他来的人力车夫还在门口等着呢！看了他这情形，心里就想着：难道这人疯了？三九寒天，扛了棉被来当，当了还是这样乐着。这个人力车夫所猜的，果然有几分相对。他笑道："是你拉我来的吗？你再拉我到前门正阳楼去，我要吃羊肉涮锅子。"车夫心想：羊肉涮锅子倒是冬天应该吃的。不过当了棉被去吃羊肉，可不知道是一种什么算盘。他如此想着，知道这个人不会少给钱，将车子拉过来，就请惜时上车，并不说多少价钱。惜时也不问他要多少钱，坐上车子，就让他拉了跑。

到了正阳楼，付了两毛钱车钱，一直冲到后进的雅座里，就叫伙计端火锅，端羊肉，真高兴得了不得。伙计正忙着张罗生意，对于这样一个穿破大衣的人并不怎样理会；只掀着帘子，走进来向惜时点了个头，笑着道："您来啦！"说毕，放了一双杯筷到惜时面前转身就走开了。惜时坐在一张木炕上，手拍了寸来厚的布垫道："坐得很舒服，穿了破大衣的人，那就不配坐了吗？"说着冷笑了一声。看那炕后面，高高的有个布枕头。伸了个懒腰，就向枕头上靠着，两腿弯了起来道："只管慢慢儿的吧！屋子里有火，我先躺一会子。"于是就闭了双眼，打着呼声，很舒服地睡了起来。伙计因为这屋子里不曾叫唤，也就没有来；事情既忙，几个转身一打，就把这屋子里的主顾忘了。惜时见伙计不来，抬头一看：屋角里的铁炉子火势烧得正是很旺，屋子里暖烘烘的，正好睡觉，就不理会，便稳稳当当地去睡觉。

正睡得有些兴味的时候，那门帘子的下档啪的一声将门打了一响，惜时抬头看时，屋子里进来四五个主顾，正各人脱了大衣，要坐下来，忽然看到木炕上坐了一个穿破西服的人，都道："这屋子里有人的，伙计为什么把我们让了进来呢？"他们就一迭连声来叫着伙计，伙计走了进来，半鞠着躬笑道：“先生要什么？”他们都说：“这屋子里有人，为什么把我们让了进来？”伙计看到，笑着啊哟了一声，连连打拱笑道：“对不住！对不住！重找一个屋子吧！”说着，他已抢着掀开帘子，让这班人出去。惜时依然不作声，只是在炕上坐着，又等了十分钟的工夫，并不见伙计进来。惜时微笑道：“怎么？又不来人了，你不来，我再睡觉，我家里哪里有这样暖和的屋子呢？”自言自语地说着，又在高枕上躺了下去。

这时，那伙计掀了门帘，弯腰走向前来，笑道：“先生，你就是一个人吗？”惜时笑道：“你有买卖，只管去张罗，我这里慢慢儿来没关系。我是当了棉被来吃涮锅子的，回家去，抗不了冷，你这儿屋子暖和，我在这炕上多睡一会儿，倒也不坏。”伙计听说，赔着笑脸道：“今天忙一点儿，短张罗，你别见怪！”惜时笑道：“我真不说假话，你不信，我拿当票子给你看。”伙计依然再三赔着不是，只是问他要些什么。于是惜时才说要一个锅子、半斤黄酒。伙计格外地巴结，将烧着热腾腾的一个大火锅子送了进来，锅子四围摆着十几个碟子，盛着酸菜豆腐粉条之类；又是几个小碗，盛着酱油汤醋虾油青椒油之类。他笑道：“先生，您是一个人，先给你来三碟子肉吧！”惜时点了点头，他立刻捧了三碟子肉进来，那切着五寸长不到一分厚的羊肉片，铺在碟子里，作胭脂色！尤其是那瘦肉上，连着的肥肉丝儿，如白棉花一般衬托得好看。伙计是加倍地恭敬，两手代掀开锅盖，里面的开水沸腾着乱滚，热气直升到屋顶上去，他将酸菜白菜冻豆腐等等陆续地向水里放下，用一个小碗，调和了酱油青椒油芝麻酱，放到惜时面前，笑道：“葱蒜你自己加，南方人有不吃这个的，可是到北方来吃羊肉，总得加上点儿。”说着，捧了一壶酒进来，用大杯子斟上一杯，放在面前。惜时笑着点头道：“你自便吧！我也不是第一回吃羊肉。”伙计总觉得怠慢了这位先生，惹得人家总不适意，所以格外客气一点儿。现在惜时老是用话讥讽着，只得退出去了。

惜时夹了一大夹羊肉，向锅里一浸，在水上涮了几涮，夹了出来，在作料小碗里蘸得饱满，向口里塞将下去，真个是香脆鲜嫩四字俱到，然后端起大杯子来喝了一大口酒。虽然这是一个人吃喝，不觉得拿了筷子向桌子上一敲道：“天有不测风云，人有旦夕祸福，快活一天，就是一天。”自言自语地说毕，又涮着羊肉，吃了起来。这一顿大吃大喝，真个痛快之极。那火锅子的炉胆里，几根木炭烧着火焰直冒，那青烟带着锅子里沸腾的蒸汽，弥漫了半间屋子，同时自己身上也不住地向外冒着热汗。北方人吃羊肉涮锅子，必定要做到脱了皮袍子那一步，才觉着酣畅淋漓，所以惜时也就把大衣脱下，一脚架在板凳上，只管喝着吃着。一会儿，伙计送了一碟子烤熟了的烧饼来，酥香利口，又拿上捏着吃了两个，这实在是肚子饱了，将筷子向桌上一丢，口里喊着道：“伙计！算账。”伙计进屋来，笑道：“你够了?”于是捡过碗碟，倒上一杯热茶来，走到柜上去，领了一张纸条，交到惜时手上，笑道：“我候着。”惜时看时，乃是一块五毛钱，在身上掏出两块现洋，当的一声向桌上一扔，笑道：“你别瞧我穿破大衣，不至于少给你们的小费吧!”伙计笑着连连点头道：“您多礼!”惜时也不再说什么，哈哈大笑了一声，披上大衣就走了出来。走出大门来，依然不问价钱，坐了车，就回会馆里来。

这屋子里，除了两只空箱子而外，便是些书本和零碎物件，冷冰冰的屋子里，除列着一副床铺板，这就更显得凄惨。惜时站在屋子中间，将东西都看了一看，不住地微笑。最后将桌上堆的一大叠书清理了一遍，在书本中找出两张相片，一张是米锦华的，一张是白行素的。他将米锦华的相片看了许久，向她微点着头道：“我领教了。”向字纸篓里一丢。再看那张相片，却是白行素的，他用手掌托了那相片，伸到远处看看，又拿着紧对了面孔看看，叹了一口气道：“事到于今，我也不知道是谁负了谁了。”于是放在桌上，且不动她，接着就把字纸篓里的纸片和米锦华的相片，一齐倒进白炉子里去，擦了一根火柴，由炉子眼里向上点着，把所有的字纸全燃烧着了，火头冲出炉子口来，差不多有两三尺高，屋子里当然就有了暖气。惜时坐在一边笑道：“这倒不错，省了买煤的钱了。”他烧得高兴起来，索性把桌上的书整本地向炉子里塞着烧去。也不过一小时，把所有的书本都烧了。自己看看，屋子里还有些换洗的小衣和零碎物件，于是捡捡拢拢，全收到手提箱子里去，白行素的那张相片，随手拿起来犹豫了会子，也放到小箱子里去。

那会馆的长班看到屋子里火光熊熊，倒吓了一跳，赶快跳了进来，看到惜时在烧书，心里才镇定了，便笑道：“我的先生，你怎么在屋子里烧这个。”惜时笑道：“我要回南去了，不愿留下这些字纸，这屋子里的东西，我没有带走的都送给你了，有人到会馆里来打听我，你就说我回南去就是了。”说完了，提了手提箱子，挺着胸脯就走出去了。长班因为得了他许多零碎东西，心里很是感激。跟着后面，送了出来，只见惜时坐上一辆人力车，头也不曾回转过来，就径直地让人拉走了。

惜时这一走，却是出人意料之外，他并不向东西车站出去，却坐了车子，向那上西山的大道西直门来。这城门口有个长途车站，每日有两道长途汽车通到万寿山去的。惜时就搭了车子，向万寿山来。万寿山乃是颐和园的别名，园门口有一道小街，却也应有尽有，这街向南，有个很大的军营，乃是西苑营房，终年是驻着兵的，往北有一座延寿寺，是个乡村古刹。惜时由长途汽车上下来，问明了路径，毫不犹豫地提了那小提箱，直向这延寿寺来。

这寺门口有一片寒林，百十来棵树木，高入云霄，可是树叶子都已落光，在寒风怒号的长空里，摇着光杆子呼呼作响。树是那样高，矮短的红墙，拥着个小庙门，越是觉得这古庙的低小了。那两扇庙门在半阴半暗的空气里紧紧地闭着，门外却有几十只寒鸦站在树枝上哑哑乱叫，走上前，将庙门上的门环连连敲了几下，里面才出来一个人，将庙门开了。

他头上虽然戴着一顶和尚帽，可是他身上穿的衣服不是那样大袖郎当，只是俗家穿的一件大棉袍子。看去大概有五十以上的年纪，瘦削的脸上长满了斑白的胡桩子，这样子，大概是这里和尚一分子，便向他点了个头。那和尚向他浑身上下打量了一番，见他穿的是一身西服，便道：“你先生是来逛万寿山的吗？这是一座破庙，没有什么可逛的。”惜时点头笑道：“破庙要什么紧？破庙才是古迹啦！”他口里如此说着，人已提脚跨过了门槛。那和尚看他有必逛之意，拦也是白拦，只得跟着他走了进来。

惜时走上正面的佛殿，看那佛龛外的幔帐都变成了灰黄色。这个地方没有人理会过，也就可想而知。桌上只摆了一套洋铁的五供，却有一大半是长了锈的，其间还有个黑色的香炉，也不知道是瓦质的还是铁质的。正面佛龛的两边也有两处配祀的小佛龛，只是泥涂的佛身都已丹垩剥落。右边观音大士手上拿的净水瓶子，只空了手，左边一尊长胡子的佛像，只剩了耳朵下十来根，断得其余都没有了。这样一个庙，其穷寒可想而知，不用得问了。

那和尚跟在后面道："先生！我不冤你吧！这里是什么看的也没有。"惜时道："这庙里就是师父一个人吗？"那和尚合掌道："阿弥陀佛，先生！你看这庙里还能容多少人？"惜时道："这里还有佛殿吗？"和尚道："后面还有一所佛殿，已经倒了！就剩下两间房，留着我住。"惜时想了一想道："我有件事和老和尚商量，不知道可能答应？"那和尚料着一个穿西服的游客，也不会和这破庙里的和尚要求什么，便笑道："有什么话，你先生请说吧！"惜时道："我老实告诉老师父，我是一个大学生，只因看破了红尘，想找个地方出家，但是那些大庙里，都富丽堂皇的，不像是出家人修行之所，我立意要找个老庙，在家里我听到人说，有个同学在你这庙出过家，后来转到大庙里去了。当时我听在心里，预备有一天出家，就来拜访，这也是有缘，今天居然来了。"

老和尚合掌啊哟了一声道："不错！是有这样一回事，三年多了。那位先生是个情场中失败的人，他书也不念，就跑到我这里来修行。我告诉他，出家不是一件容易事，请他还去念书，不料他无论如何劝不转，总要出家，在我这里住了半年，倒是真出家了。但是他心里可丢不开，后来一天比一天消瘦，闹成了很重的肺病，我这里没有法子和他治病，他就走了。你先生怎么样，也学他的样吗？"惜时道："我并不是情场失败……一个人要出家，不能说假话，虽然也有一点儿，但是以前的事了。"老和尚和他说着话，一双眼睛可不住地在他周身上下打量，便道："你先生既知道出家人是要说真话的，我也可以很老实地告诉你，一个没有来历的人，我们可不敢收容。"惜时道："这个我也知道，不过在大庙里收容，或者疑心我会拿去什么。像宝刹这样清净，我会拿去什么呢？出家人慈悲为本，何不把我收留了？"

老和尚对他手上提的小箱子又看了看，问道："你就是这一件行李吗？"惜时道："一个人出了家，四大皆空，还要行李做什么？不过我在年轻力壮的时候，绝不能白吃白喝，我身上有四块钱，先交给老师父买些吃的，晚上我只要有个容身的所在，那就行了。"说着话，就掏出身上所剩的四块大洋，一齐交到和尚手上去。

老和尚手上捏住了四块钱，待要不收留他时，简直是把上门买卖推掉；而且他一出手就给四块钱，行囊里大概还有几文，且让他在庙里住下，多少可以补贴庙里一点儿，只当他是赁房住的；至于他出家不出家，那就不必去管了。如此想着，就现出很踌躇的样子道：“你要在庙里住也可以，可是话要先说明，我这样一个穷庙，可不能添一口人，以后你得常拿出钱来补贴用费；从前那个人在这里出家，也是一个月贴我八块钱，你这四块钱只好算我们半个月的嚼裹罢了。”惜时这才明白，就是出家，也不少了酒色财气的财字，不过有了这四块钱，可以混半个月的了，过了半个月再说。当时就点头道：“这个好办，依着老师父就是了。”这老和尚于是替他提了皮箱，走到后面住房里去。

这里只有一个大土炕，上面铺张炕席，一床蓝色的布褥子和一床灰色的薄被卷成两个卷儿塞在炕角里，倒是屋子里暖烘烘的。原来炕眼里塞了个小火炉子，把炕烧暖和了。这半边屋子里倒也清爽。除了这张土炕而外，什么东西都没有。那半边屋子却当了厨房，一个白炉子上熬了一锅粥，一张半边桌子堆了白菜萝卜、锅盆碗盏之类，地下堆了一捆大葱，又是煤球散柴棒子零碎报纸，墙上也贴了一张木刻版的观音像，旁边却挂了一大把大蒜和两个茶壶大的干葫芦。这屋子里陈设便是如此，别的罢了。这些东西让暖气一烘，烘出一种奇怪的味儿来，向来在文字上所认识的和尚都是非常之高雅的，如今看起来，事实恰是与理想相反。

老和尚道：“你没有铺盖，先分我一条垫褥去睡吧！”惜时看那被褥都是油腻了的，料着这屋子里一种怪气味，有不少是由那上面放出来的。便道：“老师父也就只两条被褥，我怎能分你的？我就在炕上练习打坐得了。”老和尚这一垫一盖实在也不能分给旁人，就也不去勉强。他就端下粥锅，在屋那头切着萝卜，做起晚餐来。

惜时趁着这工夫，溜出屋来，在庙前庙后仔细看了一遍。这庙里不但没有什么经卷，而且和尚用的法器也不曾在外陈列着；若不是这正殿上有三尊佛像，简直要误认这是个平常人家了。在这种地方出家，能得些什么道学？好在自己一身之外已无多长物，混一天是一天，又不曾拜这老和尚为师，管他行为如何呢！如此想着就也不曾追问，胡乱地在庙中住下。当天和老和尚吃了一餐粥，晚上和着大衣在炕上睡了一宿暖炕。

到了次日，又吃了两顿窝头，这时大体已经知道老和尚为人。他叫智通，原来是庙里香火工人；因为老方丈死了，他就顶着这庙里的产业，住持下来。这庙里产业虽不多，但是收起来的粮食，一个人实在吃不了。智通不认识多少字，又没有学过佛事，索性关上庙门，就坐在庙里闷吃。

到了第三天，惜时知道一切了，又觉此行来得孟浪，四块钱，他只允许吃半个月，半个月以后，自己没有了钱了，岂不要被他轰出门外？为今之计，赶快先去找一条出路要紧。他如此想着，在寒风里听到一阵军号声，自己忽然得着一个感想，与其这样消极地做和尚，倒不如积极地去当兵，只是这一条路，除了有招兵的人，然后应征而外，绝不能够突然到军营里去投效。这颐和园大门口有一条小街，西苑军营里的人，总少不得有到那街上去消遣的，自己何不也到街上去溜溜？只要有机会认识两三个人，或者就可以向军界里进身的。摸摸身上还有几毛钱，于是乎披上破旧大衣，走到这半乡半城的街上来。

这样三九天气，所有的店铺都已经紧闭门窗，除是在那门外的厚棉帘子上有白布俎的字可以分别出这都是些什么店铺。街中间有家铺子，用棉绳穿了四块小木板，悬在屋檐下，那上面写着龙团雀舌的名字，这很可以看出来，乃是一家茶铺。这门口用纸糊了两个长方灯架子，一个上面写着“张乐亭今日白天准说《反唐》”；又一个上面写“李子和今晚《西游》”，原来这茶馆是靠了说书先生来号召的。这茶馆门外虽然没有什么人，里面却人声哄哄，像坐客不少。惜时知道这种茶馆是花钱不多的，于是一掀棉布帘子钻了进去，只见这里面一行行地摆了长桌子长板凳，上面也有个像学校里教室讲台的情景，有张小书桌和一把椅子。说书的人还不曾上去，长板凳上坐满了人，喝茶抽烟，说着闲话。

惜时觉得回庙也是无聊，就挑了桌子尽头处板凳上坐了，这种座位是两条丈来长的板凳，夹着一张丈来长的窄桌子，所以坐客都是对面地坐着。惜时对面恰好是个军人，他将军帽和一根瘦小的马鞭子都放在桌子上，抬起一只腿来，将腿架在上面，他见惜时是穿西服进来，向他看了一眼。惜时倒是很客气，反向他点了个头；那军人虽没有理会他，却也有点儿笑意。一会儿见伙计来和惜时张罗茶水，惜时将茶壶茶杯摆得远远的，离开着那军帽。那军人倒过意不去，将帽子戴到头上去。惜时看见有提篮子卖瓜子花生的，于是买了十个铜子的大花生放在桌上，向那军人道：“老总，吃一点儿。”那军人道：“不客气。”惜时又买了三支烟卷，敬他一根，他不便推却，只得抽了。

于是开始谈起话来，他叫孟占鳌，是个排长，最爱听书。他一排人就驻在颐和园门口，所以他天天有工夫来听说书。惜时也告诉他寄住在延寿寺里，只说跟和尚认得，却没有提起出家二字，到了说书的上台，孟排长有不大了解的，惜时又替他补充一两句，孟排长很是欢喜。听完了书，约着明日见，各自回家了。回得庙来，天气转变了阴暗，这旷野中的西北风比城里的西北风也不知道要厉害多少倍。风刮得脸上痛得像要裂开缝来，只好开着跑步跑回庙去。

这时智通又在屋子里蒸窝头，自己连大衣也不脱，立刻站到白炉子边，伸了两只手，遥遥地围了炉子取暖。智通拿了个瓦钵子，将切碎了的白菜完全向里面倒着，他两手捧着瓦钵子掂了几掂，向惜时问道：“你在街上回来，都不带一些菜回来吗？”惜时道：“我没有想到这件事。”智通道：“倒不是我要你带菜来吃；因为早上我看到你吃熬白菜，好像很没有味似的，下午也许你会带些吃的回来了。”惜时心里这可就想着，岂但白菜我不愿意吃，就是窝头我也没法子再吃了。现在闻到蒸窝头的这种气味，似乎就要做恶心，漫说还要继续地向下吃，我倒佩服这个老和尚，竟是餐餐蒸窝头，不做第二想。

智通见他对了白炉子上的小笼屉只管出神，料想他是想到了窝头的问题上来，便道：“明天上午，咱们包一餐角（读如饺）子吃吧！豆腐白菜馅，你只要拿出四毛钱来，全办得了。”惜时身上所有的也不过这个数目，对于智通的话就没有加以答复。智通见他不理会，也不再说，将蒸的小笼屉拿下，放上瓦钵子去，自言自语地道：“咱们是吃窝头的命，吃就吃到底，别三心二意的。”惜时只当没有听到，且在炕上躺着，等白菜熬汤熬得了，将钵子放在炕沿，两人就站在地上，一手拿窝头啃着，一手拿了筷子，向瓦钵子里连汤带水夹着白菜吃。这菜里头荤素油都不曾放，只是倒了一撮盐在汤里头，实在吃不出个味来。这窝头是吃过三天的东西，真有点儿够了，只吃了一个，实在吃不下去，就不想吃了。一个窝头当然是不够饱的，便是到了这天晚晌煮饭的炉子先灭，屋子便减少了许多热气，那烧炕的小炉子也像灭了。炕上并不是那样暖气烘烘的，睡到半夜，智通将被掩得紧紧的，手脚缩成了一团。

惜时和了大衣，睡在光光的炕席上，先是脊梁上犹如冷水冰了一般，渐次蔓延到四肢都有些冷，勉强忍耐着，在炕上翻了两个身，依然闭了眼睡去，但是到了半闭着眼睛要睡过去的时候，身上简直冷得有些抖颤，又把人冷醒了。这没有法子，只得走下炕来，在屋子里踱来踱去，身上越冷得厉害，自己就越跑得厉害，跑得屋子里只是噗噗作响。智通被这种声音惊醒，在被里翻了一个身道："你怎么半夜不睡，起来胡跑，你不睡，别人也不睡吗？"惜时道："我有什么不睡，但是炕里没有火，我又没有盖的，实在冷得受不了，假使我睡着冻病了，这不也是你的事吗？"智通被他这利害相关的话说通了，倒有些恻隐之心发现，便道："你这人怎么这样子想不开，屋子里有的是劈柴煤球，你不会把火笼着来吗？"惜时对于笼火这件事在会馆里已经领教过了，白天笼火已经觉得是筋疲力尽，现在漆黑了的中间，摸这样，摸那样，这个火如何笼得着？在屋子里将两手插在衣袋里，还是在屋子里跑来跑去。智通见他不听讲，将头向被里一缩，索性一切置之不理去呼呼大睡。

这冬日夜长，半夜起来是起来了，可是这天色依然黑沉沉的，窗子里看不到窗子外一些东西。没有法子，只得走出房去，走到大佛殿上，绕了大佛龛开起跑步来，先跑了三四个圈圈，还不觉得有什么变态，直等跑到上十个圈圈以后，上气喘息着接不了下气，渐渐地身上有些汗透出来；但是五官四肢依然还是冷着，还是继续地跑，直跑到脚提不动了，热气由手板心脚板心冒出来，这才摸着佛龛前一个支蒲团的木头架子上坐了。坐到十分钟，遍体暖气直冒，这才感到遍体舒适，就靠了桌子腿慢慢地睡去。可是不过睡到一小时以后，两只出了汗的脚板放在地上，首先冷了起来，接着两腿和脊梁也有些发冷，于是站起身来，又绕了佛龛开起跑步来。这样歇着就跑，跑了又歇，自己一个人这样闹到大天亮，直等智通起了床，然后才帮同笼起了火，烧水蒸窝头，把时光混到中午去。

吃过了饭，依然又到颐和园门外茶馆子里去听书。今天来得早一点儿，茶座上还没有什么人，于是先沏了一壶茶，买了一把铁蚕豆慢慢地咀嚼着。恰是那孟排长今天也闲着，不一会儿工夫，他也来了，今天见面，比昨日相识得多。孟排长渐渐知道他是个大学生，便笑道：“我有两三个月没有写信回家去了，请你替我写封信。成不成?”惜时道：“这是很容易的事，有什么行不行？有什么话请你说出来，我可以照写。”孟排长笑道：“我就是不知道说什么了，你替我写了一封吧!”

惜时心里想着：一个人不通文墨，就这样不讲理，我又不是你肚子里的蛔虫，我知道你要说些什么，这真也和那镇台大人要老夫子代写三代履历的一样笑话了，不过和他谈两天的话，也很知道他的近况，便笑道：“那也可以，我先替孟排长起张信稿子，写好了我念给你听，能用就寄出去，不能用就重新再写一张，您看好不好?”孟排长随便答应了，就和茶馆要了纸笔墨砚放到桌上来。惜时对于写这种家常信当然优为之；一面和他谈话，一面写信，把信写完了，便念给他听道：

双亲大人膝下：

上次奉禀而后，有三个月没向家里寄信了，这实在因为公事忙，而且不得便人写信的缘故。上两个月，奉令调防到万寿山守卫，并不天天上大操，清闲得多；只是两个多月才发一次饷。儿在外面，除了剃头洗衣买茶叶烟卷之外，又要结交朋友，钱不够花，所以没有往家里寄钱；所幸儿身体康健，比在家还好，望大人可以不必挂念。听说今岁年收很好，儿甚放心。现在年冬岁毕，望大人保重！过年以后，二弟还照前一样，好好做生意，不必三心二意。儿投军几年有什么好处？当差事不容易。可叮嘱二弟，不必出门，在乡一家团聚，岂不比我这样终年不归的好吗？今因年底已到，特写此信回家，向二老拜年。其余家中之事，二老自会料理，用不着儿多说了。敬叩

年安

儿占鳌拜上

惜时把这封信念完了。孟排长拍着手跳了起来道：“你这人有状元

之才，将来一定要发达，我心眼里的话，口里都说不出来，你怎么写得这样清清楚楚？你不要懂些奇门遁甲，会算命占课吧！”这茶馆子里还有几个喝茶的人，曾听到惜时把信念了，这时孟排长一嚷，大家围了拢来，都争着要信看。孟排长向大家道：“咱们听书，那些封侯拜相的人，不都是以前很落难的吗？这位黄先生你别看他现在倒霉，将来是难说的。”这茶馆子里最出风头的就是孟排长；孟排长这样抬举黄先生，当然大家也就跟着捧起黄先生来；当天孟排长高兴极了，听过书之后，就拉着惜时到隔壁二荤铺里大吃大喝一顿。

这个时候正是过年的日子，弟兄们都免不了要写信回家，于是他这一排人都来托惜时写信，有钱的请他吃一餐，没有钱的，惜时就和人家这样白写。只有一个礼拜的工夫，这万寿山街上就没有人不知道穿洋装的写信先生。惜时认识大兵多了，辗转介绍，连西苑的兵士都有找他写信的，他得了大兵的帮助，就终日不回延寿寺去吃那窝头；而且夜夜地住在街上的小客店里，也不回庙去睡，从此成了个随遇而安的野人。虽是饱暖两个字依然没有凭据，但是以目前而论，也不至于因两餐一宿发生多大的困难。自己索性把这个身子看着无挂无碍的东西，终日和那些没有什么知识的人在一处厮混着，糊里糊涂，就到了过年的时候，好在所认的朋友也都是作客在外的，大家不过年，也少引起一些感慨。万寿山附近并没有多少人家，过年的爆竹也放得不是那样厉害。

这天下午，孟排长约了他在小街上大酒大肉吃了一餐，晚上就在小茶铺里和几个拉长途车子的人力车夫赌了一晚小输赢的麻雀牌，然后就睡了。直至上午十一点醒来，心想既是住在延寿寺里，那个智通和尚多少可算一个屋子主人，自己应当去和他贺贺年。于是穿了大衣，匆匆地就回延寿寺来，往日这庙门总是闭得铁紧，要进去，要敲很久的门，今天这庙门却是半掩着的，用手推进门去，走到大佛殿上，远远地就喊着道：“老师父恭喜恭喜！和您拜年了。”不料后殿声音寂然，却没有一点儿答复的声音，心里想着昨天大除夕，应该和老和尚买些豆腐白菜回来，自己快活过年没有理会他，也难怪他生气了。心里这样想着，口里依旧叫着恭喜，及至走到屋子里去，事出意外，却吓了一跳。这样一来，让他在悲苦的境遇里又增加一番悲苦了。欲知此系何事，容在下回交代。

第二十二回

郊外藏踪激昂发奋
关东浪迹沦落相逢

原来那个智通和尚在大除夕之夜，想着时间是不问僧俗，也一人过起年来，不料到半夜他就圆寂了。惜时走到和尚屋子里，只见他斜躺在炕上，紧闭着双目，两边弯的眉毛将大半边眼睛都罩住了，脸上不是酒醉的红色，却是惨淡的紫色；不但是脸上紫了，一只手斜压在胸口，也一样地紫了。炕上有一只大海碗，碗里有一大块肉骨头和鸡脚鸡翅膀，一把酒壶和一双筷子都在和尚身边。惜时先还以为和尚醉了，近前一看，他的颜色不对，再一摸他的手其冷如铁，这才明白和尚是醉饱之余，已经涅槃了。

自己是跟和尚同处一庙，如今和尚出了事，绝不能置之不理，可是昨日还好好地大吃大喝，今天突然死了，恐怕也会受地方上人民的责难。因之站在屋子门边发呆，对了炕上这个和尚死尸没个作道理处。自己一人发了许久的呆，忽然掉转身，向颐和园街上跑来。首先就找着孟排长，报告这件事，未免要负一些责任，请孟排长和他做主。孟排长一口答应，这不算回事，亲自陪着他，往警区报告。

一个老庙里死了一个老和尚，本来算不得一回事，但是黄惜时巴巴地将孟排长一路找来，分明是找他保镖，这倒很有可疑，若不是他做亏心事，为什么要军人跟着一齐来报告呢？当时有了军人同来，也不敢怎样难为他，只是心里将黄惜时三个字记着，通知了地方上的村正，将老和尚收埋了事，庙宇暂行封闭。俟觅得僧人住持，再行开庙。

如此一来，黄惜时又不能在这庙里落脚了，所幸这街上两家茶馆，自己是很熟的，托了孟排长出面，和长春轩茶馆掌柜的商量，替他们店里记着来往账，不支工钱，也不吃伙食，就是白天用些茶水，晚晌容他在暖炕上睡觉。这家掌柜的佟在田是个谨小慎微的人，还有些不愿意。惜时言明了，只要度过残冬，天气一暖和，就离开颐和园，要别找出路，这才答应了。

黄惜时自己终日和一班无知识的有闲阶级厮混着，志气颓唐得厉害；因为穿西服皮鞋，和下等社会的人在一处，不但人家看了要笑话，自己也觉得有些不合调，所以将全身西服完全卖去，买了一件灰布棉袍在毛绳褂子上罩着，这件毛绳褂子既是细小得束缚在身上，那件棉袍子又是大个儿穿的，套在衣服上，未免幌荡着不适合身体。头发长得有两寸来长，干燥燥的，蓬松着像顶毛毡帽一样；而且头上沾着许多干灰，非常之难看。他脚上拖了一双大棉鞋，走起路来，踢踏作响，在形容上至少是大了十岁年纪。这茶馆里是每日下午两点以后才开始说书的，在未说书以前，没有事干，也没有人来和惜时说话，他只笼了两只袖子伏在那长板桌子上打瞌睡。这吃饭的问题，却幸他会写信的这个名声已经传扬开去，这西苑的兵士没有人不知道长春轩有一个会写信的先生，不断地来找着他写信。写一封信，就送他四五十个铜子。有时三四天写一封信，有时一天能写六七封信，牵长补短，每个星期总有十封信可写；大概有一元以上的收入，这不必吃什么好东西，大概一日两餐，总可以将肚皮混饱。

光阴易过，不觉又是国历四月天气，北方虽然春迟，这个时候也就杨柳垂条，桃花放蕊，东风吹到人的脸上已经觉得不冷。茶馆子里的格子窗户一齐都卸除了，敞着大铺面，春风满座。人在铺子里喝茶，望着对面颐和园里的万寿山，层层的宫殿，在绿树叶中，自然人事，两得其妙。惜时虽然是终日与庸保为伍，不过是不捧书本子，至于他心里原来的聪明，当然还不曾闭塞。这对他抬头向外一看，想起自己有言：一到春暖，就离开这颐和园。于今天气已经暖和有一两个月了，还不曾有离开茶馆的打算，就算勉强离开这里，宇宙茫茫，自己却向哪里去投奔？若不离开这里，就这样寄居在茶馆子里，靠写信来混两餐饭吃不成？他心里如此想着，人伏在一张长板桌子上，面朝了门外的万寿山，只管发愣。

掌柜的佟在田这天也是闲着无事，泡了一壶上等香片，一手撑在桌子上托住了头，脚架在板凳上，摇撼了膝盖，另一手摸了茶壶盖，也在那里闲着出神。偶然一回头，看到惜时那种样子，便道："老黄，今日天气很好，你不到园子里逛逛去！你瞧那些城里的学生，成群结队，带了吃喝，老远地还跑了来逛呢！你也是个学生出身的人，怎么不去凑个闹热去？你认识守门的，反正不买票。"惜时的头依然向正面的万寿山望着，冷冷地道："你以为我还很高兴吗？你想：人家也是青年，念着书，还找个乐子出来散闷散闷；我不但书念不成，现在还落个无容身之地。"佟在田走过来，拍了拍他的肩膀道："你别找急！以前我不让你久住着，是不知你为人，不能不限个时候，免得将来有什么事为难！现在我们相处了这样几个月，我知道你这人是个极安分的人，你在这里，又不搅乱我什么，白天坐半截板凳，晚晌睡半边炕，碍着我什么？再说你多少还替我做些事情啦！我好意思轰你吗？"佟在田口里说出一个轰字，惜时心里就够不好过的，不过在他这没有知识的人说出来，已经觉得这是好话，也不能怎样去批驳人家，因之微笑着点点头道："您说的是，我也很感谢，可是您想我一辈子就这样了事吗？"他如此一说，问题就大了。佟在田不能说什么，惜时自己依然两手伏在桌上，只管向前观望着。

半天，忽然听得有人喊道："这个地方有个小茶馆，就在这里灌一壶吧！"惜时低了眼光向铺面前一看，不由得魂飞天外。这并不是别人，有七八个女生站在远处，一个女生提了两个热水筒走将进来，她穿了短衣襟短袖子的条子黄绸旗衫，手臂上搭了一件蓝色夹大衣，脸上晒得红红的，那正是白行素，所幸她的眼光一直向前，并不朝侧面看来。惜时在这个日子，脱了里面的毛绳衣，外面没套着那件灰布大棉袍，如何可以和旧情人见面？可是要躲也躲不及，赶快将脸向伏在桌上的两只手臂里面一藏，当是睡着了。耳边听得有人道："密斯白真不在乎，怎么到这种茶馆子里面来灌水。"却听到白行素道："这要什么紧！我们要的是开水，又不要他的铺子；水烧开了，都是一样，你们还说到民间去呢！连这样小茶铺子里的开水都不喝吗？别的还能谈吗？喂！伙计！给我们灌两筒子开水，要多少钱？”听她那声音分明是指着自己当伙计，若告诉她说，我不是伙计，纵然脸不朝着她，自己的声音也许她依然听得出来，因之只装是睡着了，并不答复。白行素似乎很有气的样子道：“这个人像死了一样，叫着他老是不理。”惜时听说，心想：你倒骂起我来了。不过骂声是听了，自己依然作不得声。

所幸佟在田不曾走开，听了她的声音，和白行素来说话。白行素道：“你们店里的伙计怎么这种大模大样，人家叫到脸上来，他只管装睡，这样青天白日睡觉的伙计，还能要吗？”佟在田道：“小姐，你看错了，他不是我们这里的伙计，您别瞧他这样，人家也是当过大学生来的呢！”他说了这话不要紧，却听到大门外哈哈一阵笑声。又有人道：“不只是大学生，应该叫着博士！古书上对于茶馆里的伙计，不是叫着茶博士吗？这个博士，真个用不着出洋，就可以得到手呢！”惜时听到那群女学生这样的羞辱，真恨不得跳了起来，向她们对质两句！你们怎样知道我就不是大学生，我和你们比一比肚子里的墨水！只是白行素站在面前，自己拿什么脸面去见人？只好低了头，依然装睡着。

偏是那位佟在田掌柜的，不服女学生说的那句话，答道：“各位小姐哟！别小看了人。他真是个大学生，落难落到这步田地，他的笔下还真是不错。这西苑的军营里，谁不知道写信的黄惜时？”这时，只听到啪嚓一声，好像一个热水筒摔落在地，接上白行素很重的声音，问了两字：“什么？”惜时到了这里，千万也不能再装模糊了，忽然跳了起来，用手袖子挡住了脸，头藏着袖子底下，如一阵风似的就向外面跑了出去。

这一跑足有一里之遥，直把街道都跑完了，站在田陌上，手扶了道旁的一棵小柳树，望了远道的西山，只管出神，眼睛里两眶眼泪水几乎要抢着流了出来。自己心里想着：真不料在这种地方，偏偏会遇到了她。是了！她们必然是邀了女同学出来做春季旅行；她的近况虽然不知道是怎样了，但是依然做她的大学生，是不会有什么阻碍的；而且她兴致是这样的好，当然环境甚佳，不过她和女同学出来，不和男同学出来，也许她还没有得着新的爱侣吧？只听佟在田叫了声黄惜时，她手上的热水筒子竟是啪嚓一声落到地下来，她这种惊异之处，当然是很关心我的，那么，她还是未忘情于我呀。我这样一跑，不知她在那茶馆里所受的感触如何。好在她为人很持重的，对了那些女同学大概不能表示什么失意的样子；不过这样一来，真是予她一种难堪的了。我自己不争气，平白地让故人丢脸，我真是对不起人。想到这里，望着眼前一沟流水，恨不得钻了下去。

又想：假如我老在这里站着，她或者找着来了，也未可知；她问起来了，我又何辞以对？想到这里，仿佛白行素在后面已经跟着来了，立刻就走了开去，自己糊里糊涂地只管顺了两只脚走去，也不知走有多少路。回头看看西山，已经在很远的身后，自己也有些疲倦了，就在行人路边一片草地上坐着。心里慢慢地依然想到白行素身上去，假使她和佟在田追问起我流落的情形来，少不得她也会说我自甘堕落，所以有今日。我对茶馆子里人说，我只是家里闹水灾，自己又害病，所以穷到这个样子；那些无知识的人为了这话，却也和我表示相当的同情；若是知道我是自作自受的，今天回到茶馆子里去，少不得大家又要盘问我一阵。我已经受够了城市社会的指摘，所以跑到乡下来，难道我还能受这些无知识人的攻击吗？我决不回到长春轩去了，然而不回去，向哪里走？那个破庙已经是封了大门，要进去也不可能，若回北京去，一身之外，已无长物，如何又能回会馆去？

想来想去，简直没个办法。看看日落西山，大路上却有一群驴子，响着铃声，踢着道路上的飞尘，掀起多高。那驴子全是姑娘们骑着，嘻嘻哈哈，一路笑了过来，心里灵机一动，这不要就是白行素过来了吧？连忙将身子向那高坡的路埂下一缩，但伸出一点儿头来，看看过去的是些什么人。果然其中有个白行素，她在驴背上默然无言，手牵了缰绳，半低了头，只管向前走着。可是那驴子走了不多少步，她就要向后回头看上一次，一直待驴子走到地平线以下半截去了，她还是不住地回头来看着。惜时叹了一口气道："故人情重。只是我呢？站在这大路的埂下，两眼发赤，旷野的春风拂到身上，似乎有一种幽灵在那里告诉自己，你不觉得惭愧吗？"

这一条大路面前，却要穿过一条铁路，这时轰通之声大起，一列火车在一丛黑烟之下，风驰电掣地飞了过去。心里忽然起了一个感想：这个世界真是黄金时代，无论什么事情，都非钱不行，假使我有钱，我就不必受窘在北平，可以痛痛快快地坐着轮船火车，无论什么地方，听我所可了，但是无轮船火车以前，人就不出门了吗？没有钱，不乘轮船火车，我用两只脚走开北平，总是可以的！现在世界上许多好游历的青年，都徒步旅行全球，身上并不带多少川资，人家有了事业，有了家庭，还要摆脱一切来游历，我是个无挂无碍、一无所有的人，为什么倒不能走？我现在住的地方没有，吃饭的地方也是没有，至少走遍了中国，也不过穷困。我到这种地位，假使我徒步走遍中国作出一本游记来，卖得了几个钱，我再来求学，再来找事业，有何不可？我有脑力，有手有脚，我就能奋斗。好！我就是这样办，我徒步旅行，还不像别人，反正是穷得叫花子一样，不怕强盗抢，不怕贼偷，也不怕地痞流氓讹索，晚上睡在破庙里可以，睡在人家屋檐下也可以。东不通向西，南不通向北，哪儿都可以去。现在所认为有问题的，就是每日这两餐饭，将来不知怎样办？然而这也没有多大的问题，许多徒步旅行的人，不都是身上不带川资，靠了到处演说和卖相片，一截路一截路地混了过去吗？人家能做，自己也能做呢！想到这里，伸手在怀里掏了一下，却摸到有七八毛钱，有了！这七八毛钱，就是自己周游全国的资本，以后创造出新事业来，都在乎这区区的资本上了。

这样想着，在百无聊赖的时候，忽然大为高兴起来，一人站在土埂下，只管踏来踏去，心里可就计划着：这七八毛钱，要怎样地一本万利去开始经营？他一人这样地徘徊了一小时之久，有了办法了，当时太阳已快落山，苍茫四顾，看到离这里一二里地有个村子，且在那里住了一晚再说。于是望了那村子外的一丛树林，慢慢地走了去。那村子外正有个土地庙，有三棵大柳树遮护着，倒是天造地设的一个临时旅社，当时看着庙的前后，也没有什么人来往，于是低了头将佛桌上积的尘灰带吹带扫，就在上面坐着。天色一黑，就躺下去，虽然还不曾吃过晚饭，因为全副精神都注重徒步旅行的这件事上去了，也就忘了一切，深深地想着，到了半夜方才睡去。

这半年以来，惜时虽然受尽了痛苦，然而在露天之下、石案之上睡觉，总还是第一次。那旷野的晚风向人身上吹来，冷得人身上抖颤不已，因为自己贪睡得厉害，始而不过是在佛案上将身子扭了几扭，到后来冷得身子实在不能支持，只好坐了起来，在地上走着路。再说一条脊梁骨在石板上硬碰硬地过了大半夜，也觉脊梁骨酸痛得可怜，心里就想着：这不是办法，不如到了明日白天，在太阳底下，找块草地安息安息，补过这一场觉。因之索性不睡了，就离开了村子，暗中摸索，走到天亮，好在自己单身一人，行动是十分自由的。当日到了城里，买了一册日记本和两支铅笔，揣在了身上，又买两毛钱窝头，用一张旧报纸包了，即日顺着到天津的火车路就旅行起来。

行了两天，窝头业已吃尽，钱也只剩了二三十枚铜子，这就应该设法，因为行了两天，一路筹思着，也有了一个主意。这日走到了廊房镇，乃是一个小站，当地有商会，有小学校，自己先见了小学校长，说是个徒步旅行的，没有什么要求，愿意在学校里说两点钟的故事，略得一点儿钱，以便做两三日的路费。那校长和他谈话之后，证明他是受了高等教育的青年，他不至于是衣食不给的人，说是徒步旅行家，没有什么不相信的。当天晚上，这个校长和他邀请了地方上的绅商开了一个会。惜时就把他两月以来，在茶馆里听书所得的教训，神而明之，就演讲起来；在场的人听他所说的书，既是很有趣味，而且属雅俗共赏，没有下流习气，大家都很满意。惜时在场开口募捐，所望于人的，又并不多，只是几毛几分，也是好的。因此一场演讲，并不费什么事，就捐了一二十元。

这件事小小一试，总算成功。于是他就用了这个法子，顺着铁路走去。在他的原意，南方是不必去，风土人情，各省和家乡多少有些相同。黄河以北各省，交通也很便利，倒不如到东三省边境上去走走，自己这番游历，不光为个人扩充眼界，也当把内地人不大知道的东北情形调查一些介绍给国人。如此想着，就临时决定了按着北宁路一直线，向前走了去，因为沿路演讲，到了大些的城镇，又要勾留两三天；所以走了四十天，才到了沈阳。

这正是阳历五月天气，关外的草木还有些嫩绿，好像自己在关内把这挽留不住的阳春一直送到关外来了一般。旅行的人自然别有一番兴致，惜时一路行来，募捐所得的款项虽没有置什么行李，但是已经把自己的衣服置得较为清洁整齐。所经之处，都有地方团体，在他的一大厚册题名簿上签字盖章，这很可以证明他是徒步旅行家。他在北平读书的时候，曾认识一个辽宁同学，记得他的通信地址，是城内立志中学，自己是个徒步旅行家，谈不到什么衣冠问题，这样去见他，他当然也不疑心自己是逃命而来的。于是到了城里，就访问立志中学的所在，一直寻来。

在惜时未出关之前，觉得东三省是边省，那省会总是很简陋的。当他由新车站走上大街，经过大西门的时候，不由他不大吃一惊。那进出的汽车马车一辆跟着一辆，将街中心指挥的巡警夹峙着走动。在上海地方，这样的现象，当然是司空见惯，就是南京北京，这样的街道也没有多处。至于故乡的省会安庆，虽在扬子江边，做梦也想不到有此一日。边省的省会原来是这样热闹的，由城市里更推想到乡下去，这东三省的地面应该是怎样的富丽呢？走进城来，看看那街市，也就是个缩小的北京；最奇怪的，便是学生一类的青年，十有其九，都穿着西服，女学生的装束，除了头发比关内的女生还要长些而外，那薄而且长的绿旗衫、光而且亮的高跟皮鞋，绝对不亚于北京城里的摩登学生。自己原想着，到北京念书去的东三省学生，也许家里的钱寄得格外的多，所以比别省的学生要奢华些。于今到沈阳来一看，原来知识青年们根本就是这样欧化而又奢华的，这大概他们的父亲都是大地主，大批的农产物换来的金钱，让他们这样子放开手来花费吧！一人这样地想着，对于这些问题只管思索着。心里在想：我的游记上，第一件事就可以大书特书我进城来的这种感想吧！

正如此长思，忽然一个人由身后赶了来，在当面站定，向他打量一番。惜时抬头一看，这也是在北京一个旧同学，但是却没有多大交情，因问道："你不是金巩城君吗？"金巩城见他穿了灰色布的学生服，戴一顶大草帽，肩上背了一根白木棍子，棍子上挂了一个小小包袱，满脸油汗，黄中带黑，正是一个长途旅行家，便也笑起来道："果然是黄君，我看到报纸上登了你的相片和你的名字，以为你早该到了，不料你到今天才来。"说着，就伸出手来和他握着，连连摇撼了几下。惜时道："不错！我经过唐山锦州这些地方的时候，遇到了几位记者，他们曾和我谈过话，和我照过相，倒不料把这件事记到报上去了。"

金巩城道："你来了，现在打算在哪里投宿?"惜时笑道："这件事，在我已不算一个问题了，住在什么地方，我事前简直不能说定，有地方住，固然是好，没有地方住，在人家屋檐下，甚至路边树下，我也可以坐着打瞌睡。这几个月以来，我都是这样办。"金巩城笑道："那是你在野外旅行的事；到了这样热闹的沈阳城里，不应该还是那样。我既遇到了你，这也是我们老同学一点儿光荣，我一定和你招待招待，今天要找学校寄宿，那是来不及，我和你找个旅馆暂住一宿，一切明天再说，你看好不好?"惜时道："不必旅馆，无论什么公共场合，借住一夜都可以，我劳累惯了，不敢过舒服日子；过了舒服日子，怕会引起我的懒劲儿来的。"金巩城道："仅仅是一晚，我想那也没有多大问题，走吧！我们到城外南市场看看去；你瞧瞧我们辽宁地方很不坏呀！"惜时本是无可无不可的，在遇到老同学的一番高兴之下，就依了他的话，向南市场走来。

这里是一条很宽的柏油路，两边栽着的树木，正绿荫荫的，长了嫩叶子，各种店铺都现出很兴旺的样子。马路的两旁，许多横路也是柏油路，用树木来护着。路边的洋式楼房有盖好了的，有正在盖造的，有堆了木料砖瓦要动工的，但是奇怪得很！这些盖造的房屋都是洋式，没有一间是建造中国房屋的，因向金巩城道："这里在外表看来，建设事业是很不错，但是欧化太甚！将来推演下去，把中国固有的文化一切都忘了，那可不是好现象呀!"金巩城点头道："你这话诚然！你到此地也不过一小时，何以就看出来了?"惜时道："人生大问题，无非是衣食住行，除了吃，我还没有观察到以外，其余的事，我看贵省会都十分地趋重欧化了。"金巩城道："我老实告诉你吧！沈阳城里人的生活是两极端，上焉者是充量的欧化，坐汽车，住洋楼，吃大菜；下焉者，睡土炕，吃窝头，喝小米粥，就是没有中层阶级的生活，比如我们在北平，住十几块钱一个月的公寓，电灯电话全有，伙食也在内了，高兴去吃一餐小馆，花个块儿八毛，口味也很好；辽宁可不成，下层阶级的饭馆，冬天里面是黑烟煤味，夏天是臭汗味，做出来的东西，牛羊肉而外，便是大蒜葱，而且口味极坏，桌椅板凳龌龊得不敢倚靠，别说吃了。上焉者便是南式馆子和饭店，随便吃一餐，两个人也要花四五块钱，所以此地中层阶级人，简直是苦不过。”

二人说着话，只觉得走的路更光滑了。两旁的房子也华丽整齐了许多。惜时道：“呀！这里的市政办得是更好。”金巩城用手向一幢高楼的墙上一指道：“你不看看那个。”惜时看时，上面有块白底黑字的路牌，乃是“浪速通”三个大字。惜时哦了一声道：“我明白了！我们常听到说的，什么日本站，这就是日本站了！连街的名字都改为了‘通’，这可以就说是他们的了。”金巩城连连和他摇了几下手，轻轻地道：“不要说！不要说！”惜时听了这话，半晌说不出话来。许久，就向金巩城道：“行了！我们只要到这里为止，不必再往前进了。”金巩城微笑着道：“初到沈阳来的人，都不免受着刺激的；但是到了沈阳来久了的人，他的脑筋却刺激得麻木过去了，不但不觉得可耻，而且非享受他们代办的物质不算舒服呀！说到这里，我想起了一件事，就是我们那培本大学的校花米锦华，现在也到沈阳来了；嫁了一个阔人，做第四房的外室，我几次遇见她到日本站来买东西，她不是在学校里当众羞辱过你一场吗？你大可以见见她，问问她现在是非大白了，究竟谁做得对，谁做得不对。”惜时道：“你这话是真的吗？”金巩城道：“怎么不真？我觉得报告这个消息你听，你是很足以自慰的呀！”惜时低头走了许久的路，却叹了一口气。

金巩城也不愿意再引起他的伤心，就陪着他在南市场找了一家旅馆住下。惜时虽知道这旅费是用不着自己出，但是依然再三地向他说：“只能住三等房间。”金巩城也依了他的话办，然而那房间还是四块钱一天，加上伙食，每日恐怕要七八元了。到了房间里以后，惜时看到洋松木的家具，以至于床上台湾席子、毯子，上上下下，观察一遍，竟没有一样土货，因问道：“这是中国人开的旅馆吗？”金巩城笑道：“当然是中国人开的旅馆。”两人这样谈论着，虽不无感慨，究竟是他乡遇故知！多少还有点儿安慰。金巩城在旅馆里共吃了晚饭，代付了十块钱的房钱，然后约了明天会晤，告辞而去。

惜时有半年多不曾住过这样好的房屋，所以老早地就睡了觉。一觉醒来，却听得有人拍门声，一个翻身坐起来，看着却是这里的茶房手上拿了一张纸条进来。惜时道：“是你拍我的门吗？什么事？”茶房装着鬼脸，将那纸条递到惜时手上，轻轻地微笑着说：“你瞧吧！”说毕，他就带着门走了，惜时看那纸条，却是铅笔写的。上面道：

适见本旅馆客题名录，知君亦寓此，且知君为徒步旅行家，已名闻华北，对于故人，真是又佩又愧矣。华意志薄弱，在旧京识一武夫失身嫁之，当时只知彼家有一妻，及到此间，始知有一妻二妾。华不能入其门，另居一室，有健仆数人把守门户，非彼偕华出门，华不得越雷池一步，彼亦不常偕华出门。仅间日偕华至日站略买用物而已。家母奔来沈阳相探，居此楼上，凡两星期之久，华亦只见得四五面，身为人妾，不得自由，即父母亦不易相晤，则人生尚有何意义？况华亦受高等教育之人哉！今为探母之便，知君在此，本欲相晤，则以楼下彼之爪牙监视，恐为祸于君，特致此字于君，请于十二时在楼口相候，做一点首之相晤。华去后，家母当邀君畅谈，如能设一良策，将华救出火坑，必当长跪君前谢罪也。此字阅后付丙。

米锦华启

惜时看了这张字条，只觉周身血脉紧张。金巩城所说当面羞辱她一番的话，这时根本觉得有些不忍，真不料骄傲一时的培大之花于今会落到这步田地。待要理会她，想自己流落到与乞丐为伍，都是她所赐，不报她的仇，也就很对得住她了，要不理会她，而她这封信，说得也实在可怜。她总算在我面前屈服了，我又何必和她一般见识？不过这话又得说回来，她说嫁了一个武夫，究竟不知道是怎样一个武夫。假如这封信让那个武夫知道了，我是吃不了兜着走，我何必为这样一个薄情女子去冒这样大的险？她之有今日，那也是旧京人说的话：“活该！”如此想着，拿了一盒火柴在手，正待擦着一根把这信纸烧了。将纸一叠，看到纸的另一面，于是扔了火柴，再看那字，写的是：

若君不在楼口相晤，便是君谢绝华之要求，华以前待君种种不对，自已知之；君不援手，人之常情，何敢相怨！然而华希望已绝，唯有自杀而已！通信者得华重贿，必能保守秘密，请放心！

华又及

惜时越觉得这个女人可怜了。她并不是个糊涂女子，已经在我面前认错，我还能记人家的过，不如一个女子的器量大吗？去不去会她这个问题算是解决了；但是敢去不敢去这个问题，就继续而生。假使此去和她相会，纵然不说话，眉梢眼角略微露出一点儿春情来，她随身的健仆看到了这种情形岂能放过？甚至乎流血五步，也未可知呢。自己前程远大，犯得上吗？

惜时的身上原有个铁壳子表，想到这里，掏出来一看，已经是十一点五十五分了；在这五分钟之内，若是不去，她就认为我不救她，她没有了希望，或者真个自杀了。我去吧，同在一个旅馆里的人，在旅馆中楼梯口上一会面，这有什么裂痕给人看见？放大了胆子，只管去。于是走下床来，就去开房门，可是当他的手扶到房门的时候，却有两个武装兵士冲了进来。他心里一惊，不觉倒退一步，不用说，就是为了这张字条来的，他真不料还没有去，已经惹出祸来，再偷眼看看床上，米锦华写来的那张字正扔在枕头边，万一到了人家手上，更是铁案如山！可是心里尽管着急，又不敢把那字条捡起来，以致越显了痕迹，这一下子真把他急得冷汗交流。至于他是否能渡过这个难关，请诸君且看下回分解。

第二十三回

涉情嫌关山行不得
动孝思月夜归去来

上回书说到那两个敲门的兵士，急了惜时一身的大汗。但是那两名兵士并不是他想象中那种人物，他们乃是军警机关每日照例来查店的，及至问明了惜时是个徒步旅行家，他们不但没有什么为难的表示，而且非常地客气，点了个头，就替他带上门走了。惜时站在屋子里，将怦怦的心房静止了一会儿，心想：不管如何，决计到楼梯口上去站着。一个旅馆里旅客在别人房间外，当然可以行动自由。这样想着，便装着没有事情似的慢慢地走出房间来。

但是当他到楼梯口以后，恰好对面墙壁上挂了一口钟，都短针在十二点上，长针可是过了十分，这总算是自己失了约，有些对人不住。不过失了约了，这也就不会有什么嫌疑，可以不必负什么责任了。自己心里倒好像落下了一块石头，便背了两只手，走到柜房前面来，看看那旅客姓名表上的人名字，也不过看了三四个人名，地板上咚咚一阵乱响，回头看时，只见一个中年妇人挽了米锦华的手并排走了下来。她虽然是穿了高跟皮鞋，照理说，也不应该那样地走着响，这当然是不便叫出来，靠了这点儿响声就把心事来传。当惜时回过头去向她看时，她似乎受了很大的刺激，身子突然地站住，周身突地抖颤了一下，立刻抬起一只手来，摸了自己的额头，回过头对那中年妇人道：“妈！我突然头晕起来了，让我站一站吧！我晕得要倒下来了。”说着，右手还扶了楼梯栏杆，两只眼睛的眼光向惜时一溜。惜时虽没有说出一个字，可是在她眼光看来，自己的眼光看过去，犹如电闪一般，周身的热汗全由毫毛孔里向外直喷出来，自己也几乎要如她所说的话，人要晕倒了。她停了有两三分钟之久，总算彼此两方都看得很清楚了。她于是一步一顿地下着那楼梯，慢慢地走向惜时身边来。

惜时看她那眼光之中，在脉脉含情之外，又带上三分恐惧，千万不是在培本大学那样浪漫不羁的米女士了。她虽穿了那华光照耀的衣服，可是由各方面去看，她仅仅是个衣架子罢了。看了她这种情形，把以前恨她怨她想报复她的心事都抛到九霄云外去，恨不得走上前一步，握了她的手，安慰她几句。然而她已由身边走过去了，头也不敢回过来，只有那衣裳上发生出来的一种香气，却绕袭着人的身前身后。当她走到旅馆大门口的时候，两手在衣袋里掏了一掏，向她母亲道："哟！我的手绢丢了！"立刻回转身来，向里面望着。惜时也随着她的眼光向地板上看时，却有一条小小的花绸手绢落在地板上。心里灵机一动，抢上前一步捡了起来。他的意思很想把手绢拿到手，然后递给米锦华，这种令人不在意的动作很可以和锦华接近一下。可是当他将手绢拾到手的时候，忽然有个兵士由大门口抢了进来，喝道："呔！放下。谁要你捡！"惜时见他身上正挂了一支盒子炮，自己无论如何胆大，也犯不上和这样的人去计较长短，只得将手绢交给兵士，自己倒退了一步。在他这一捡、兵士一喝之中，米锦华心里是又羞又恼又苦闷。刚才在楼梯上说着要晕倒，那是假要晕倒，现在只真的要晕倒了，所幸母亲依然在身边扶着，要不然就会躺在旅馆的大门口了。她怔怔地将手绢接到手，也不再说第二句话，就在两个卫兵夹辅之中，坐上汽车去了。惜时的心里当然和她一样，也是又羞又恼又苦闷，站在柜台边，直了一双眼光只管射住了大门外。

米锦华的母亲米太太究竟是个不认识字的妇人，凡事不能有什么仔细的考虑。当她回转身来，向店里走的时候，就和惜时先点了个头，笑道："黄先生，你几时到奉天来的呀？"她如此一打招呼，惜时是不能不理会，只得和她也点了个头，随便答道："今日到的。"米太太道："你的房间就在楼下吧？我到你屋子里去坐坐。"惜时踌躇了一会子，也只好引她到屋子里来。当然，米太太所谈的无非是锦华所告诉的话。一说之后，连经过与将来足说了有两小时；而且她说着的时候，还是泪珠滚滚，哽咽个不了。直等惜时打了几个呵欠，米太太才告辞回房去。

惜时已经过了半年苦恼的生活，这次好容易想得了个力排万难徒步旅行的办法，不料冤家路窄，到了沈阳来，偏是遇着了自己那位欢喜冤家米锦华。人是感情动物，在她这样求援的时候，自己绝不能置之不理。到了第二日，不想去找朋友，也不想去游览名胜，一个人只是坐在屋子里纳闷。

到了天色傍晚，金巩城跑来了，见他躺在床上，便问道："你今天游览了一些什么地方？大概走乏了吧？"惜时坐起来，摇着头道："我今天没有出门，在旅馆里睡了一天。"金巩城道："你为什么不出去呢？"惜时看着房门是开的，于是赶着把门关上了，然后和他坐在一处，将昨晚的事对他仔细说了一遍。金巩城听着的时候，脸色时时变换，到了最后连连跌着脚道："嗐！这是我大意，不该把你送到这旅馆来；现在沈阳城里的阔人很多是商业化，不少的人投资集股，在南市场开店。这家旅馆正有那位阔人的大股子，要不然，他怎样会让锦华到这里来。这里的茶房少不得有和他接近的。你这种行动若是让他知道了，你的性命莫保。你现在正在创造新生命，你值得为这样一个忘恩负义、寡廉鲜耻的女子去牺牲吗？"

这一篇话说得惜时哑口无言，对了他只管呆望。许久，才道："你这话是真的？"金巩城道："我为什么骗你？你无论如何要躲开这个旅馆，要不然非出乱子不可。"惜时道："人家正求着我呢！我搬开去，不是忍心拒绝她们吗？"金巩城道："你真是要救她的话，你搬了旅馆，也并非就没有办法，而且这旅馆用费这样子大，也不是你所能担任的。我已和你在城里中学寄宿舍找好了一个寄宿的地方，打算请你今天搬去。"惜时道："就是要走，也不忙在今天一晚，就是今晚要走，今天也要给旅馆里钱的了。"金巩城道："虽是那样说，但是这乃是非之地，你住在这里，没有什么好处。"惜时道："你也太小心了。这里虽然是是非之地，我不过和米太太谈了两个钟头的话，并没有什么越轨的行为，阔人用势力压人，多少也要有些缘故，我有什么错处拿在他手里呢？"金巩城见他执意如此，也没有法子，陪他坐了一会儿，告辞而去。惜时道："在家里也是烦闷得很，我送你上街溜溜吧！"于是二人缓步走出旅馆来。

到了大街上，惜时道："关于日本站，我还没有仔细看到，你引我再走一个圈子，好不好？对于这种地方，我很愿意有个详细的认识。"金巩城却也无可无不可，陪他走了几条街，然后回来，金巩城由日本站进城，正要经过那旅馆门口，二人走着路，远远地就看到那大门口站了七八名警察。金巩城究竟是留了心的，一见之下，赶快抢上前一步，扯住了惜时的衣服。惜时也看见这种情形了，将脚步突然停止，心里怦怦跳将起来，低声道："你看这情形有点儿不好吗？"金巩城道："当然！你过去不得，你先在这个横胡同里站一站，让我走过去看看，你不用忙着回旅馆去。"

惜时看到街灯影后，正有一条小小的横胡同，自己就悄悄地走进去了。一人在这里来回走着，约有十分钟之久，只见金巩城忽然跑了来。他走近前握了惜时的手，张了大嘴轻轻地道："糟了！是那事情爆发了；刚才我故意由那旅馆门口经过，只听到一个警察骂道：'姓黄的这小子，怎么到这时候还没回来，准是跑了吧？我们别在这里守着吧！他一看到了我们，也不肯来，这不叫打草惊蛇吗？'"惜时道："这怎样办？我虽没有什么行李，可是那个包里置有我徒步一千多里的成绩，若是把它丢了，未免可惜！"金巩城道："你怎么如此想不开，还是东西要紧呢，还是性命要紧呢？我劝你关外旅行的这件事把它中止了吧！你若是不中止你的旅行，老实说，你走到哪儿都可以干涉你。今天晚上是来不及计划善后了，你可以在日本站找个旅馆暂过一夜，明天我们再计议一切。"惜时被他说得也没有主意了，只好由他指挥，在日本站找了一家旅馆住下，所幸身上还带有七八块钱，暂时用费还不成问题，就糊里糊涂在日本站旅馆住了一晚。

到了次日清晨，金巩城又忽然地跑来了，向他道："我昨晚打听清楚了，完全是为了你和那米太太点个头说过话，事主儿很是疑心，大概已经把米太太找去，问出点儿情形来了，现在是要找你去对质，无论你实说不实说，他绝不能轻易放过你。我看你为了事出万全起见，还是搭南满车到大连的好；至于由大连回天津，或回上海，让你自己做主了。"惜时听到这件事真做坏了，没有了主张，叹了口气道："女人真是坏事的东西！我不料九死一生的刚刚有了条出路，又让女人打断了。今生今世，我永远不要和女人接近了。”金巩城道：“这回的事情不能怪你，怪也无用。这里到大连的车票我和你代办，另外我送你十块钱川资，你赶快走吧！”惜时受了这样一个打击，有了学友这样慷慨帮助，也不敢再延误，依了金巩城的话，当天乘车上大连。

一路之上，无可消遣，只管想着心事消磨时间。仔细想着：当然还是由大连回天津，由天津回北平为妙，北平究竟是旧游之地，多少还可以想些法子。于是并没有什么考量，又回转旧京去。但是自己却想出了个难题和自己来解决，就是到关外去，一路都听到人说我徒步旅行这件事，京津报纸上都已登载过好几回，这在中国这样的热闹社会里，报上登过去了，也就登过去了，不见得有什么人来注意。可是自己那班朋友以为黄惜时居然能做出这样一番事来，那是了不得的一个人，必定很羡慕我。现在我又回来了，一无所成，岂不让人家加倍地耻笑？那还不如以前没有这种宣传呢！到了北平，第一个便是要看看邱九思这班人物！因为他们在学生界里很活动的，外面对自己的舆论怎么样，他们必是知道得很清楚，见了他的面，我可以撒上一个谎，就说关外得了两个伴侣，改向陕西甘肃旅行，若是社会上很注意这件事，我立刻就走，社会上若不注意这件事，我还有几个零钱，不妨来做个小生意买卖，实行去做苦工，半工半读。

他如此想着，感到是个上策了。于是先就到原住的太平公寓打听一班朋友的下落。这才知道邱九思这班人亏空太多，不容于公寓，也各人散住各县的会馆去了。这在惜时倒是一种安慰。只要朋友在穷困中，无所谓相形见绌，倒好去见他，于是找向邱九思的会馆来。他和卓新民是县同乡，到了这会馆门口，就向长班打听二人是不是在此，并对长班说了自己的姓名，原来是老同学。长班道：“一天到晚，有朋友来找他的，我们没许多工夫给他回话，你自己去找他吧！都住在第二进东边屋里。”

惜时依了他指的所在找来。推门进去，并没有人，大概不在家，将门带上，依然走了出来，他们这东边屋角有个小走廊，转到跨院里去，见那走廊下堆了许多的旧报纸，还有绳子捆着，似乎刚刚清理出来，要卖给贩报纸的人。心里想着：正是要查查两个月来的北京报纸，对我是怎样鼓吹，现成的报何不看看？于是坐在走廊的栏杆上，捡起一叠报来看看日期，果然是过去一个多月的，这就巧极了。闪到屋角后的小空地里，一棵老紫藤花架下，坐在一块石头上，把旧报纸一张一张看起来，看了十几张，居然发现了关于自己徒步旅行的一段记载，这就引起了他很大的兴趣，索性把两叠报都移到面前来翻看。

也不知看了有多少时候，却听到两三个人说话的声音，由外面嚷着走进院子里来，有一个人道："他说姓黄，是邱先生卓先生的同学，而且听他那口音也好像是同乡。"却听到邱九思的嗓音道："姓黄的同学又是同乡，只有一个黄惜时，他正要轰轰烈烈做出一番事业来给人看啦，怎么会回北京来？"卓新民道："也许是他回来了，徒步旅行本来就够苦的，他只一个人，而且又在东三省的边地走，那地方专出胡匪，恐怕也不能耐这个劳吧？"邱九思道："这算什么？有许多人还到生番的境里去探险哩！要旅行当然以不好走的地方为目的。若依你说，必定要像在北京城里在树荫下走着柏油路，那才是徒步旅行不成？"卓新民道："这小子我真看他不出，他那样只会花钱做公子哥儿的人，也能出这个风头，我就料他吃不下去这个苦，真是他回来了，也说不定。那小子有钱的时候，不和我们见面，没了钱想跟我们一块儿走，就来找我们了；如果是他来找我们了，一定又是失败回来了。"邱九思道："这次他要失败，又来找我们，我敢输脑袋给你，你想：他自从搬出了公寓以后，为了面子问题，躲着不和我们见面。有人说，在西郊碰到过他，他做了和尚了；他那种困苦的时候也奋斗过去，并不来和我们求助，现在多少有些办法了，倒会在这个日子由关外老远转折回来吗？漫说是他，就是我老邱极模糊的人，有了这样一个机会，我也轻易不肯牺牲哩！"

惜时听了这话，只是一阵阵的冷汗由四肢里直涌出来，尤其是脊梁上，整个背部都是汗湿了。衣服和肉已经粘成一片。这时自己也不敢移动一步，总怕一走后，会遇到邱卓二人，面子搁不下来。直听得房门有推开的响声，二人已经到房里说话去了，他方将头上的帽子低低地向下戴着，悄悄地由墙角转了出来，到了院子门边，低了头就向外面一冲，走到会馆门口，听到那长班在屋子里和人说话。他道："先前来找邱先生的那个姓黄的，只看到他进去，可没看见他出来。"惜时暗叫两声惭愧，幸是他在这里说，他若先对邱卓二人说，立刻在院子里找着，我不但自己无面目，邱九思那样不成材料的人，都可以拿脑袋打赌，我出来了，他虽不能真个输掉脑袋，可是人家也不好转圜啦，人家都相信我能奋斗一番，难道我自己倒不能奋斗吗？这样看来，熟人谁不是对我有希望的？北京城里简直是不能露面了，自己身上还有几块钱，坐火车不够，走旱道总可以走个一千八百里，走吧！他这样想着，就决计离开北京城。

他也不敢走热闹街市，怕是遇见了熟人，只是在那冷胡同里走。他心想北京这条路已经试验过一次的了，就是由北京到天津这一段，在各大小路都给予市民一个很大的印象，于今再来一回，人家真会疑心我是个极下等的骗子，这回南下，只好走平汉路了。南下的目的地现在虽没有定，但是河南为古中州之地，愿意先到河南去看看，由那里南往湘粤也好，北往陕甘也好，到了那里看了有办法再定行止吧！他急促之间，立了这样一个主意，也不等次日，当天就顺着平汉路南行起来。好在他对于徒步旅行，已经有了半年的经验，却也不怎样引以为苦，慢慢地就由河北省境走向河南省境来。

这个日子，天气更是凉了。惜时走到了新乡，忽然得了一场疟疾，大寒大热，所幸他一路行来，依然用他那老法，经过大小镇市，都向学界接洽，人家认他是个徒步旅行家，一宿两餐，总也不至于发生多大问题。这时惜时在一个市立中学寄宿，人家看到他得了疟疾，这是个传染病，不能让他随便住着，学校外面操场的角上，那里有一间小小的矮屋子，原是到了冬天，预备给学校里堆放煤炭用的，现时在那屋子里安下了一副铺板又一副桌椅，权当一个养病室。但是他这样一个穷人，教员学生看得起他，校役却不必看得起他，除了学校里的职员引着医生来看他一二次而外，简直没有什么人来理会。这里在操场的角上，叫人喊人，全没有人听到。身上发冷的时候，倒也罢了，唯有身上发热的时候，口里干渴得厉害，想要讨杯茶喝，竟是不能够。加之脑袋昏沉，睁开眼来便觉天旋地转。

心里便想着：假使这样死了，也不知道要经过多少时候才能够发现；自己正还想轰轰烈烈做一番事业，若是这样就死了，未免太冤！假使我听父亲的话，好好地在北京读书，一个电报回家，就是几百块钱汇来了。想来想去，还是自己父母待自己不错，什么是人类同情心？什么是社会互助？自己在这样要死不死、要活不活的期间，有谁来怜悯我？想起来是仲老掌柜劝我的话对了，天下无不是的父母，我纵然奋斗，不需要家庭的帮助，那是一件事，记念父母的恩德，又是一件事。绝不能说自己要谋经济独立，就把父子的恩情断绝了，做儿子的自己要硬起脊梁来做个人，这是很好的事。照理说，父母未尝不欢喜，若是因为自己要硬起脊梁来，倒和父母绝交，那是把好事情坏做了。

他有了这种感念，突然地发生了回家的思想，自己回去一趟，投在父亲母亲怀里，哪怕他打，哪怕他骂，自己把罪认了，把志愿说明了，然后一个人再出来奋斗，无论到什么地方去了，也可以向父母通一封信，就不像现在这样的苦闷了。由回家更觉这样流落的凄惨，由这样流落的凄惨，又更觉在父亲羽翼中的舒适，这就不能不感念父母的恩德了。想到了极点，自愧自恨，却呜呜咽咽地哭了起来。

在新乡养了一个星期的病，略略痊愈，那学校当局也劝他暂时回家养息一两个月，等着身体好了再出来旅行，就凑了一笔仅仅够他由河南回家乘船坐车的钱。惜时没有这项川资，还打算回家去呢！现在有了川资，更是趁着他的心愿，再也不加考量，即日就搭了南下的火车到汉口，由汉口乘下水轮船赴安庆。

这轮船到安庆的时候，正是烟水苍茫快要近夜的当儿。惜时低头看看自己身上穿了灰色的短夹衣，已是左一片、右一片沾了不少的泥渍油痕，衣裳的口袋，三个有两个脱了线缝，下面穿了一双厚底蓝布鞋子，差不多是黄泥糊平了鞋口，穿的袜子被黄灰染了一半，黑袜子居然可以变成灰袜子了。惜时一想：省城里读书多年，随处都有熟人，若是人家看到我这样子不疑心我是个逃兵，也疑心我成了叫花子了，这如何可以和熟人相见？趁了这天色昏暗，就由旱道回家。今天是月头，天上必有月亮；走到天明，大概已经到家了。那个时候，偷偷溜回家去，一定不会让村子里人碰到的。

惜时如此想着，放开了胆子，顺着由省回家的大道慢慢地走去。走了一个更次，一轮圆月已经由树梢上涌了出来。大地之上，立刻镀上了一层银灰色。在月光之下，看看树木村庄，近处都很清楚，还处在烟露朦胧之中，隐隐约约的，有如水墨画境。秋夜的南方乡野，露水是特别的重，一个人走着，只觉空气里的水分袭到身上来，汗毛孔里有些冷瑟瑟的。于是放开步子，又紧紧地走上十几里路，逼出身上一身汗来。到了夜深，月色更清辉多了，眼面前犹如白昼一般，远远地听到两声鸡叫，在一切都寂寞的平野上，有了这几声断续的咯咯之音，越是显得寂寞起来。自己走了几里路，到了一道石板桥上，见那石板桥在月光下照着光滑干净，就随身坐了下来。

走长路的人，得了一个休息的地方，往往是舍不得走的。惜时既是一个人走路，寂寞之间越显着累赘，坐下来之后，更觉周身舒适，只管静静地坐下去。坐静了，耳朵里听到这桥下面的流水声，淙淙的是格外响。心想：这水流的速度不知它是怎样。但是无论它流得怎样的慢，只有去的没有来的，只在我这一转念头之间，原来听着作响的水已不知流去了多少；可是也不但水是如此，人的光阴又何尝不如此？在我这一转念之间，光阴又不知去了若干分秒了。今天今晚，月色如此之好，明天明晚，却不知我在哪里，月又如何。再想到去年今日，又何尝会想到有今年今日哩？自己有那样好的家庭，可以充量地接济去念书，而且读书的时候，又得了白行素那样一个好女朋友，而且自己又在青春，何曾不能有为求学求爱求业。在去年秋间，可以说绝对不成问题。那样一个好的黄金时代，糊里糊涂过去了，于今落得失学失爱失业，我何颜去见我的父母哩？光阴去了，像流水一般不能回来了，黄金时代，只成了这生一个苦恼的回忆；我哪里还去找这样一个黄金时代去？想到十分悔恨之处，恨不得立时就向这桥下水里一钻。

但是抬头一看，那像水晶盘子似的月亮，照见面前一带萧疏的柳树林子，林子外清光闪闪是一道河，河水映着月色，反射出光来，心里便想着：这个大自然的美，是多么可以留恋，难道我知道黄金时代只有一个，就不知道人生只有一个吗？我自杀了，哪里再去找这个可爱的宇宙去？眼光由上而下渐渐看到平地，只见野草堆里，暴露一具未曾掩埋的棺材来，心里转了念头，毛骨悚然！再也不敢在这桥上留恋，站起来就跑了。

走到月亮西偏的时候，看看到家已近，这便很觉有种兴趣，无论遇到什么东西都审视一番，看看是不是在别后有些变化。到了家门口的稻场上，只见今年的稻草堆比去年堆得更大，犹如一幢圆顶的房子一般，这自然是今年丰收了。父亲在这种情况之下，一定是口含了旱烟袋，在稻场上巡视着，不住地微笑。心里如此想着，仿佛在屋子里真个就闻到父亲旱烟袋里那股旱烟味；于是在稻草堆边，找了一个石磙坐下；对了自己的大门望着。在那淡月西斜之下，看到自己家的屋脊沉沉地在那一丛大树下，便又想着那屋子里头，家中人一定睡得很甜蜜，万万想不到大门外稻场上，会有这样一个万里归来的人在那里独坐着呢。设若这个时候，我上前去敲门，家里人看到我，一定会疑心是梦中相见的，我何不鼓起勇气，马上就去敲门去?

于是大了胆子，就走到大门边来，但是自己一双手始终没有那股勇气，抬着刚刚要去靠近门板，无论如何拍不下去。心里想着：半夜三更敲门，一定是惊动大众，还是等明天天亮自己家里有人开门，然后溜了进去吧！这样想是对了。不免抬头四顾，呀！不料在这个时候，大门框上发现了一样东西，就是新添了一块很大的横匾了，白底黑文，有一尺见方四个大字，看得明白，乃是教子成名。什么？“教子成名”？我父亲哪可以受这样的恭维呀！若说不是送我父亲的，别人的匾额可不会挂在我家大门口。仔细看看那匾额的两端，正写有几行跋文，便爬上门斗上，在月光之下，仔细看来，那文写的是：

> 族人守义先生，为人急公好义，上岁由北京归，慨于乡人风气之闭塞，及青年远道求学之不易，出其家财一半，在镇办理中学一所，在乡办理小学一所，乡人子弟之得沾其惠者，数百人焉。无何，消息转来，公子惜时为个人徒步旅行家，已出关而东，远涉边荒，举国惊叹，赞为创举！此岂为迷信者言，为善良报，实公善于教养，有以致之耳。同人爰榜其门，以为乡人劝！

惜时不能再向下看了，心慌意乱，两手一松，由门斗上跌了下来。

好哇！我还想回来见父母，乡下人已经说我远涉边荒了，这样看来，不但我父亲未曾把我的坏处宣布，而且一定对我还夸奖了许多，父亲对我实在是仁至义尽了，不过他表面如此，心里可愤恨极了，所以回家之后，就分出一半家财来办学，他大概觉得留了家财也是无用的了。好父亲！我实在对不住他，所幸我这个徒步旅行家的名义，已经为乡下人知道，这足以安慰他于万一。我现在回来，戳破了这个纸老虎，首先要把大门口这个匾额取下来，我能让父亲这样失面子吗？我宁可永远在中国埋名，只让人疑心我在关外失踪了，我决不能在家乡露出面目，至于人家疑心徒步旅行乃是一段谎话，我回来看父母，是我受良心的驱使，现在我的良心反要驱使我赶快离开家乡，免得父亲丢脸了。我决计走，但是今天晚上走了一晚，人实在地疲倦了，哪里还能再走？想起来了，家门口河岸那边，芦苇里头有片沙洲，平常是不大有人去的，暂到那里去做个芦中人。到了明天晚上，再起程走开，好在身上带着干粮，就一天在芦苇中不出头，也没有关系。

主意定了，趁天色未明，就走到河岸上来，看看家里那只自用的小船，还是系在岸边一棵柳树下，去年曾在这船上逍遥终日，于今是不能享有这种清福了。于是在万分难过的时候，悄悄地上了船，在船上坐着，向河上下游看了一遍，又手把船栏杆，以至于篙桨都摸索了一会儿，然后叹了一口气，上了岸向上游走来。这上游有道长板桥，可以渡过河去的，于是过了桥，在那河边，反向下游走来，在紧对家门口码头的芦丛中坐下。辛苦了一夜，人也委实是疲倦，在芦叶下面就放头睡了起来。

一觉睡醒的时候，太阳已由芦叶子里射进猛烈的光与热来，掏出那只铁壳表一看，已有十一点钟。在芦叶下，悄悄地钻到一个河湾子里，掏河水洗了脸，吃了些干粮，钻进丛芦中继续地又睡。二次醒来，便是太阳偏西了。由芦丛缝里向外偷看：水面上的野菱角叶子，大部分变着赭红色，在那鱼纹的波浪上飘荡着。一片河洲之上，在水草上挺出几棵枫树，太阳晒着红得可爱，令人记得去秋在河中遇到采菱的白行素，那风光和现在不是差不多吗？

一人怔怔这样望着，忘其所以地由芦叶里走出来，这对岸就是家里上船的小码头，只见一个中年妇人在那洗衣石上蹲着洗衣服，一个老年妇人坐在另一块石上望着。那不是别人，不就是自己的嫂嫂与母亲吗？母亲的脸似乎瘦削了许多，已是老得多了；这个样子，莫非是想儿子想成的。可怜的母亲，心里如此想着，可怜的母亲！两手一张，几乎口里也要叫了出来，突然一想：她的儿子，还在山海关外徒步旅行，怎么在这里叫母亲呢？于是掉转身来就向芦苇里走，但是他的母亲老眼非花，已经看见到了。她道："呀！那个人的后影子，好像是我们惜时呀！"惜时听了这话，心想已经是逃不了母亲的目光了，不免将脚步停了一停。要知他们母子就此团圆与否，下回交代。

第二十四回

河上逍遥见人怀旧
天涯咫尺舍父登程

当时黄惜时听到母亲的呼声，原禁不住自己感情的冲动要应声而出，可是他想着全乡人都恭维他父亲的时候，那么，父亲的儿子正在做张骞、班超这一流人物，如何会变成个无业游民的样子跑了回来？第一件事，便是自家大门口那块横匾可以取消了。他如此想着，身子立刻向芦苇里面一缩，缩得一点儿形迹都不外露！但遥遥地听到有人对他母亲道："你老人家心眼里想着儿子，所以看到青年人都疑心是自己的儿子了。"惜时听说，心想母亲大概是无时无刻不念我，我真正在她面前，我却不敢认她，这是谁人来造成这种局面的哩？这个时候，我想父母固然望我回来，但是希望我成功回来，不能望我失败回来！我若不回来，父母不过是伤心；我若回来了，父母更是伤心。我不回来，父母伤心还有一线的希望，我若回来，父母伤心，就是绝望的事了。这样看起来，择善而从，还是不见父母的好，不能再在自家门口徘徊了，一来是怕让家里人看见，二来是刺激得自己神经不安。这就下个决心，赶快地走开。于是悄悄地在芦苇里走了开去，在不大有人过去的河汊干滩上，藏在青芦苇里再行睡觉起来。

这天晚上，月亮依然在天空里亮晶晶地照着。惜时坐下后，一排山影在树林的梢上青隐隐的，烘托着月亮周围的云彩。底下树林子里，闪出一点儿灯光，大概是自己家里。那灯光之下，不知道母亲可在想着儿子没有。即使她想着儿子的话，做梦想不到儿子就在家门外吧？惜时隔着河，对了自己家里，遥遥地垂了两行泪。这时，偏是那树林里发出几声狗叫。听那狗叫的声音很是像自己当年喂养的那条黄狗。不但说是家人父子之情，就是这鸡鸣犬吠，想了起来，也令人不胜其怅惘了。形势如此，这地方实在不容人再事徘徊，低了头就像有魔鬼追逐一样，很快地就走上到省垣的大道上来了。

他一面走着，一面想着将来的出路。现在别的事不用说，第一便是这出门川资两个字从何而出，本来以自己这财主之子的资格，在家乡筹划个一千八百的数目，那绝对不成问题的，然而现在的亲戚朋友都以为黄惜时是个少年志士、全国徒步旅行家，到了现在，忽然黄惜时在家乡钻了出来，那不是笑话吗？这还是适用以前的办法，走一截算一截，便是讨饭，也不可以在亲戚朋友之前露出本来的面目。我在山海关外，那样人地生疏的所在，我都奋斗过来了，这江南是我生长之乡，人情风土我都知道，难道我还奋斗不过去？经这一番思索之后，自己鼓动了自己，穿过省垣，渡江而南；由皖南到江西，由江西越大庾岭到广东，便是到了隆冬，在那地方也不怕冷，仅仅要解决吃饭二字而已。五尺之躯，难道这还有什么问题？

他越想是胆子越大了。走到下半夜，虽然是旷野无人，清风明月，不免寂寞，转念一想：不是自己落魄，怎样可以南北驰驱，走许多路，而且这种大自然的风景，自己领略最多，同岁同样的青年，哪个又能做到这种地步？一个人到了极无可奈何的时候，必是在这万般无奈的当中，强词夺理地找出一线长处来安慰自己！惜时这种思想就是如此。他上半夜的悲哀，让下半夜的自豪一齐解释掉了。

走到天亮，已离省城不远。白天有些不便进城，找到一幢古庙，且在那里睡了半天。到了下午，方开始向进省的路上走。到了夕阳西下、红霞半天的时候，离城还有七八里路，这里是一带乱山岗子，并没有什么高大的树木，只有那高不过人的小树零落在几堆古冢之间，在淡黄色的斜照日光里，更觉得这风景是格外的凄凉。惜时翻过了一座乱石岗子，由北朝南望去，只见那岗峦之前，黑影沉沉，外围一道城堞，这正是安庆城里的人家。在这黑影之外，一道白气茫茫的影子横在大地上，便是千里迢迢、绵延不断的长江。那日色斜照在大地上，腾起一层青青的矮雾，越是显得暮色苍茫起来。惜时站在山岗子上一看，却回想到当年在城里念书的时候，常是和三五同学走到江边，看那烟水晚景，如今江景还是这样，还想当年的生活，却是不可能了。有了这个观念，就不免呆了一呆。

就在这时，有三个行人匆匆地跑上山岗子来，两个是挑行李的，一个是徒手走路的，看了惜时这发呆的样子，他三人都非常地注意。有一个便道："这位先生到了这个时候还在这里站着，回头岂不要摸了黑进城去吗?"惜时看那个徒手走路的人，却也是学生的样子，便也点头答应他道："本来我就不打算进城的。"有一个人问道："若不进城，在哪里投宿呢?"惜时一时大意，不禁笑起来道："一年以前，我还成个问题，一年以来，我就走到哪里，睡到哪里；树下也好，草上也好，破庙也好，荒园子也好，什么地方我都可以安身。"这话一说，这三个人更是同时注意他起来。惜时一想：话已说出来了，若不解释清楚，倒会疑心我是个游方道人了。便笑道："三位不必疑心，我并不是什么奇形怪状、异乎平常的人，我不过是一个徒步旅行的。"

那个徒手的，听到他是个徒步旅行的人，像吃了一惊的样子，再向他周身上下看了一遍，问道："你先生是哪处人?"惜时听他也是邻县口音，当然不能把自己的口音都瞒了过去，便道："我就是怀宁人。"那人道："哦！就是怀宁人。贵县有个徒步旅行家黄惜时，报上宣传了有半年多了，阁下认识他吗?"惜时听了这话，呆了一呆，摇摇头道："也只听到说罢了。"那人笑道："听说这位黄先生徒步旅行的缘故，是受了爱情的刺激，对吗?"惜时道："也不尽然!"那人道："不过报上也有这种记载；你先生风尘满面，自然是个走长路的人，此地是家乡，当然不是初由家乡出来吧?"惜时听他所问的话，渐渐要逼到本题上来了，再说下去，恐怕会露出马脚，只是笑而不答。那三个人是赶路的，看到惜时的行为有些奇怪，既是不肯说，也就不追问，依然赶着向城里而去。

不过惜时听了这话，又引起他一腔心事，报上都记载着，我为了爱情而旅行的，是说我和白行素的事情呢，还是说我和米锦华的事情呢?米锦华的结果都是不难预料的；白行素的为人，以及白行素的学问，自己是知道得很清楚的，自从颐和园前一别，不知道她对于我的态度如何，似乎她不至于像米锦华那样无情吧？自己现在有了徒步旅行家的大名，许多毫不相识的人都很恭维我，难道她和我很有交情的人，还漠不关心吗？有了！她家就住在西门外，一个靠皖河的村庄上，何不到那里去打听打听？那村庄上的人并不知道我是黄惜时。这个时候，她在北京，正是修业时间，当然也不曾回家，我可以大大方方地到那里去探访情人的下落了。

他如此想着，当晚且在乡客店里住了一宿。次日问明了路径，就向那个村庄上来。这个村子在沿河一带种了许多的野竹，由野竹林子里辟出一条小小的绿巷，直通到水边，若是人坐船由这里过，只听到竹林子里的鸡鸣犬吠，却看不到村庄里面的人家。惜时是由陆路走来的；由村子后一条人行大道绕到村庄口上来，这里正有两家夹道而峙的茶饭客店，惜时走进一家，先要了一壶茶，坐在靠路的一副座位上，慢慢地喝着。

这客店里只有个六十多岁的老人在泥灶边下烧水，带照应着买卖，因为时间不曾到打中尖的时候，除了惜时，并没有第二个人，所以他倒是很闲。惜时也看到他有些无聊的样子，便搭讪着道："老人家，没有什么现成可吃的东西吗？"老人道："我们这小店，不预备吃的，客人饿了，可以打米煮饭吃，做起来也很快的。"惜时道："那就不必了，我还要赶路，不过这里的景致不错，回来的时候，我要在这里耽搁一天的。"老人听说还有一回下次买卖，而且他说这里风景好，便道："我们这里是有名的白家花屋，要不然我们这里也不会有财主在这里住家。"惜时道："对了，我听到说，你们这儿有家财主，这人多大年纪，有儿子吗？"

提到这里的财主，老人便觉这是一种光荣，走过来站到桌边，向他笑嘻嘻地道："怎么着！你也知道我们这里的财主，老太爷已经不问事了，大老爷没有儿女，二老爷有一个儿子、一个女儿，儿子在省里做官，逢礼拜回来。姑娘原在北京念书，新近也回来了。"惜时道："这个时候，也不是寒假，也不是暑假，哪有工夫回来呢？"老人道："她是回来办喜事的！"惜时听了这话，不由得心里一跳，便竭力矜持着，将壶里的茶缓缓地斟到茶杯子里来，又缓缓地端了杯子喝茶。喝完了一口茶，这才放下杯子问道：“这个姑娘叫什么名字?”老人道：“学名叫什么我可不知道，她在家里的名字，叫秀兰。”惜时心想：并不曾听到行素说她有这样一个名字，也许是错了，依然慢慢地喝了茶道：“怎么?丢了书不念，回家来办喜事吗?”老人道：“她原在北京办喜事的，这里的二老爷还赶到北京去办喜事的呢！办过了喜事，因为老太爷要想看看孙姑爷，所以二老爷把新郎新妇送回来，过了几天，他们还是要走的。河边上停了一只船，那就是他们坐着由省里来的了。”惜时脸都有些发热了，便问道：“那姑爷姓什么?”老人笑道：“姑爷的姓太好了，姓双，也在北京住家的，和这里原是亲戚呢！他原来娶了亲的，上半年死了，这里白姑娘算是填房。”惜时心想：这简直是对了！怎么办?于是将茶壶里的茶只是向杯子里斟着，斟满了便喝，喝完了又斟。

老店家笑道：“我们这里是自己摘的茶叶，又是一口好活水，你这位大哥爱喝我这里的茶，我再给你泡一壶好不好?”惜时不作声，点了点头，人家泡了茶来，他就继续地喝着，水喝多了，他觉得肚里有些膨胀，方始站起来，会了茶钱要走。老人道：“到吃中饭的时候了，你何不索性做了饭吃再走。”惜时道：“也好!”他说完这话，便坐下来了。那老人虽觉得这位少年神色有些不好；然而他也料不着与刚才的话有什么相干，自去打米做饭。惜时守着那茶壶，依然呆坐在那里。

这个时候，忽然一阵洞箫之声悠扬婉转，随风送来。坐在这里也是无聊，不如寻声而往，看看什么雅人有这好的兴致，于是将包裹交给店家，走出店来。由这里向前，经过一片打麦场，坐北朝南的，有所精致的房屋，在那土库墙的黑漆大门框上，扎了松柏的架子，门是半开半掩着，掩着的门上有半副四字对联，乃是“快婿乘龙”，大概就是欢迎新姑爷的人家了。门对过一排树林，乃是垂杨杂着老枫和梧桐。这个日子，柳条是萧疏了，梧桐半黄了，枫叶也就有三停之一变了红色。在晴光之下，觉得秋气迎人。树林之外，便是竹林；这种临水的竹子，都只有二指粗细，乡下人专种了打凉簟子用的，是非常之繁密，在竹林外看不到竹林里。

惜时听那箫声，不但未曾断绝，而且有一种歌声相和。顺着竹林子中间的一条小路前往，转了一个小湾，远远看到一片活动的白色，分明是河道了。心里忽然一动，这种箫声和歌声不要就是那位乘龙快婿带了他的夫人在水上取乐吧？且不由小路上前，钻进竹林子里，勉强在枝叶间挤着，钻到水边上来，在竹叶里向外张望，果然在一棵斜伸的老杨树下泊了一只船，河中间有一只没有盖篷的小艇，艇头上插了一根竹篙，将船停在河心，船上坐了一男一女，男的穿了一件蓝的绸夹袍，将两袖微微卷了一层，手里横了洞箫吹着，那女的穿了水红色的衣服，梳着堆云式的烫发，手里拿了一束鲜花，笑嘻嘻地向着吹箫的那人唱歌。这里到那河心，也不过五六丈路，看得清清楚楚，那正是白行素。

呀！她果然嫁了，嫁了这样一个少年俊秀的丈夫。她现在是很快乐了，怎会记得我这个音信隔绝的老朋友呢？记得在采菱河上遇着她的时候，她还是学生本色，于今是青闺甜蜜生活里的少妇了。那个男子的面孔也似乎在哪里见过，但是要说到他姓双的话，在北京却不曾有过这样一个朋友，哦！是了，他和白行素不是亲戚吗？初到北京的时候，自己曾到双家去会过行素，有位小姐，她的脸子和这个男子差不多，这男子应该是那小姐的哥哥，所以自己觉得会过他了。

他如此藏在竹叶子里面傻想时，船上的箫声歌声业已停止，只看那两人全副笑容，唧唧哝哝地在说话。因为隔了这样宽的水面，却听不清楚他们说的是些什么。因为听不见他们的声音，就不免看到他们的形状上来。这个时候，太阳微微地有些偏西，照着水面，很清楚地倒出一只小船的影子来；因为这男女二人，一个穿红，一个穿蓝，被水里的阳光倒射着，两个有很浓色彩的影子被波光摇撼着，只在水里飘荡着。那男子和女子并不知道岸上有人羡慕着他们的生活、他们的境界。他们有时高声哈哈大笑，有时一个眉飞色舞，看了新娘说话，一个拈花弄带，俯首微笑。旖旎环境是这样的好，行为是那样的快乐，怎能说他们不是一对如花美眷？这个如花美眷，本来是自己的，只因为自己主张不定，见异思迁，平白地牺牲了；当时白行素是如何地迁就我，我始终是拒绝人家，设身处地一想，假使我是白行素，我能够不另去找爱的途径吗？现在她的丈夫言笑都欢，是个能安慰她的样子，她得了这种安慰，她不但不会想到我这样用情不专一的人，而且也不应该想到我这抛弃过她的人。

他如此沉沉地想着，也忘了身在何所。过了一会儿，只见那男子拔起船篙，自荡了双桨，将这小艇移靠了岸，把船停住了。他先跳上岸来，然后用手把白行素扶上岸来，他二人转进了那一条竹林子里的绿巷就看不见了；不过那步履声和笑语声依然传入耳鼓来。自己深深地叹了一口气，低了头走回饭店去。

那老人一见他就埋怨着道："饭早就做好了，你这位大哥到哪里去了？"惜时强笑道："你这宝庄上的风景不错，我看呆了。"那老人搬出饭来，盛了一碟咸菜放在桌上，向他道："我们这里只有这个是现成的；你事前没有告诉我，我也不知道和你做什么菜吃，你若是不嫌剩菜的话，我这里还有鸡肉骨头的杂拌，可以送你一碗吃。"惜时还不曾答言，那老人已经盛了一瓦碗来。惜时看时，有鸡头鸡脚、豆腐块、猪蹄骨之类，便问道："老人家！你饭店里怎么有这些东西？"老人道："这也不是我的，这两天白家大请客，我们是吃了无数顿，吃了不算，他们厨房里还把整钵整盆的剩菜送给我们，这是喜酒上的菜，你吃一点儿，也可以沾沾喜气！"他不如此解释，倒也罢了，他解释一番之后，惜时觉得遍身的毫毛管子里都不免向外冒出一阵酸气，勉强将神气镇定住了，就微笑道："我一个出门的人，不想沾这种喜气，有什么喜气，留着老人家去沾光吧！"低了头，匆匆吃过两碗饭，会了饭钱，提了包裹便走。

他到这白家花屋来的时候，那是有目的的，现在把所要探的消息完全得着了，除了付之一叹而外，还有什么办法子，一人不胜其怅惘地走上大路，心里并无目的，也不知道向哪里去好。自己只是低了头，顺着大路边上走，不知不觉地又走到一道长堤上，堤上面，还是乱栽了些水竹，不过竹子很低，可以在竹梢上看到河面。那偏西的太阳这时越发地向下坠落了，恰好是由河的上流头斜照着河的下流头。一道沉落的黄色日影被波纹流动着，犹如一道黄金之塔。河的两岸都有长堤，堤上都是水竹，映着河水，绿森森的。水竹子丛里很寥落地伸出几棵大树，隔岸互相参差地立着。在清淡的阳光里，秋叶被晚风吹了瑟瑟作响，点缀得风景如画。这河心里的水流得却是很缓，因为上流头落下的红叶在水面上漂浮着，陆陆续续地缓缓而去，便看出这水不是怎样的急了！然而虽不是怎样的急，那些红叶终于是由面前流向远处，慢慢地流，慢慢地远，大概也许随着水流到东洋大海里去。自己的身世现在也和这落叶差不多，一凭造化的播弄，流落到哪里为止，自己是毫无把握。

他顺了长堤走几步就立着观望一会儿，观望一会儿又走几步。想着：这样好的风景，让给别人去度蜜月了，假如我好好地念书，不要浪用爱情，这个良辰美景也许是我的，那样好的黄金时代，自己看成了粪土，结果，是失恋！失学！失业！这话又说回来了，前半年是我的错，这半年以来，我是如何地奋斗，偏是逐次失败，这就可以说，是非战之罪也。在黄金时代，什么都是便利的，失了那个黄金时代，想再创造一个黄金时代，那是不容易的了，越想是越感到希望断绝，不能走了。眼望那太阳从上流头沉沉地落下水去，周围是慢慢地黑暗，也不知道今天应当向何处投宿，简直呆了。

在这时候，当当的几下钟声由长空传来，打破了这河上的沉寂。惜时一想：是哪里来的这钟声？这声音清脆而不宏大，并不是庙里的钟声，这个地方，不会有礼拜堂，当然也不是礼拜堂的钟声，若是由耳朵听音的训练说起来，这应该是学校里上课下课的钟声了。于是向堤里张望着，见那钟声响出的所在，已隐隐地现出几点灯光，心里念着：假如那里是个学校，今天晚上，可以到那里去投宿。便向着亮灯的地方，一步一步走了过来，当他走到那有灯的地方，发现周围的矮墙绕着一些半中半西的屋子。看那样子，正是一所学校。

学校的大门敞开着，许多乡下男子扶老携幼，都向这里面走去。惜时正诧异着，这是为了什么？只见三五个人在门里一棵树下，忙碌着悬挂汽油灯。灯光大亮，照见墙上贴了很大的纸条，上书："同乐会场。由此前往，是大礼堂。"哦！是学校里办同乐大会，何妨前去看看。于是提了包裹，跟了众人前往。在种种标记方面观察，已经知道这是个农业学校和乡村师范学校，两校合并的校址。到了大礼堂上，已经是挤满了乡下人和学校里的学生。惜时挤了进去，座位是没有了，只在墙角落里找了个地方站着。

这礼堂上面，有个小小的讲台，正垂着红幕，一个穿长袍马褂的老先生站在台口上报告。他道："在我们未开会之先，有件事可以报告的，就是我们很荣幸，在开会的前几天，曾派人去请热心教育的黄守义老先生来参加这个会，他居然来了。不但黄老先生来了，而且还有新由美国回来的双玉照先生，他就是我们这里白府上的新姑爷。现在请黄老先生说一说他办学校的经过，并请双先生说一说美国教育的状况。诸位不要大意，这是值得注意的。”于是在全场鼓掌的声中，那位老先生将黄双二人引上台来。

惜时看看父亲的颜色，格外苍老了，由两腮到额顶上，一齐折叠了许多皱纹，他缓缓地走到台口，说道：“诸位，我不过是个乡下老头子，我不会演说，我也不敢说什么热心教育，因为我家里还有一点儿财产，孙子很小，有一个儿子，他……他很好，他一文不带，去做了徒步旅行家，我这样一个人，要许多银钱做什么？所以就拿钱出来办几个学校，诸位都羡慕我的儿子，我希望诸位将来学成之后，都有一种才能表现，再让人家去羡慕。”惜时听了这话，看了父亲的颜色，浑身都抖颤起来，两只眼睛的眼泪怎样也忍耐不住，要流出来了。只得低了头，提了包裹，悄悄地由人丛中挤了出去，站在一丛树下的背影里，用袖子擦了两回眼泪，听听那大礼堂上，依然是掌声雷起，却听到有个女子的声音由这里经过，她道：“我不愿见那老先生，我和他儿子认识，见了面，提起他儿子，我心里……”一个男子道：“去吧！去吧！那有什么关系呢？”这男子不知是谁，女子正是白行素。这一幕幕的人物引起惜时的回忆，完全都在心上加着一道创痕。心想：多看老父一眼吧！自此一别，知道什么时候相逢？然而看了他之后，假如有人把我识破了，又当怎样办？踌躇复踌躇，他还是赶快地离开了这学校之门，上大路而去。

走了几十步的路，回头看看学校里面的灯光，以及那嘈杂的人声，不知是何缘故，自己还是停住了脚，又向那学校的大门走来，可是他的勇气到了门口就消沉下去了，站在一堵墙边停住了脚。这堵墙上贴了许多标语，其中有一张纸，大书特书“欢迎一个徒步旅行家之父”。惜时想到父亲为了有个徒步旅行家的儿子，便到处受人欢迎；假使这儿子一旦不做徒步旅行家了……

他在月光之下，正对了墙如此注意着，忽然有人很低声地在身后问道：“先生，你怎么注意这一张字，你也愿意做个徒步旅行家吗？”惜时听得清清楚楚，乃是老父的声音，尤其是那旱烟叶的气味，一闻之下，决计不会错的，他心想回头是不能的，虽然在月光下，父亲也看得出是他儿子，答应也答应不得的，父亲听得出声音来，然而跑也跑不得，跑了会引起父亲的疑心，他于是举起一只手来，指了指自己的耳朵，又摇了几摇手，可是他依然面墙而立，不说一个字。黄守义在身后道："原来是个聋子！"他说毕，自走了。

惜时站在这里，身上又抖颤了一阵。许久许久，才沿了墙脚慢慢走开，然后一阵狂奔，跑上了大堤，回头看那学校，在月光下，只有一丛黑影，然而笙歌之声已经开始突破长空了。惜时站了许久，不觉向那屋的影子叫了一声父亲，接着，伸出两手，向空中要做一个抱人的势子，口里喊道："父亲！父亲！可爱的父亲！可怜的父亲！刚才我们相隔不到一尺路呀！父亲！这一尺路，便是山海关外，不许会面，不许交言的了。"他这样连叫几声，忍不住哭了；就把背上的包裹解下，身子伏在草地上，头睡在包裹上，呜呜大哭起来；哭到最厉害的时候，就将头在包裹上乱撞一阵。他也不知道哭了多少时候，竟是沉沉地睡去。

睁开眼睛看时，天色已经大亮，这里不能勾留了，就走到河边，用河水洗洗脸，又喝了两口，再走上大堤来。这时一轮红日又在下流头拥了起来。站在堤上，上边一丛屋基，那是农业学校，父亲在这里。下边一丛屋基，那是白家花屋，爱人在那里。这很容易，只要在半小时之内，全可会面了。然而我，就宣告死刑了。不但我宣告死刑，我父亲也宣告死刑了，我一家人都宣告死刑了。这都不算，我的行为要完全公开了。社会上便是个大大的失望，这片刻的情感冲动，我必须按捺住了。他用脚一顿，背了包裹，就顺了大堤，向前走去。

走了若干路，当然少不得回头来看，只见一个老人背了两手由平原向大堤走来，那也许是父亲，不敢回头了，就低了头，赶快地顺河而走，走到白家花屋的门前一段，却有一阵噼噼啪啪爆竹之声。钻入竹林子里，张望河面，那只大船已顺流而下。双玉照和白行素站在船头上正和家人告别呢！这些都不必看了，还是自己走自己的路吧！

走上大堤，继续地向前走去，这一道大堤卫护着皖河，通到扬子江岸，一望无际，直接青霭，那东起的红日迎面而来，正把这河上的秋水秋烟照得似有似无。这大堤的前面，晴光照着尘雾，也朦胧一片，在苍莽的前途中，一个孤独的旅客在那里走着，那人的情感，应当如何？而况他正不知是向哪里走的人啦！

自这时候起，在黄惜时的故乡已经不再发现这个人的踪影，也再没有这个人的消息，许多人说他出洋了，也有人说，他旅行到云南贵州去了，不过在旅行杂志上，常常有一个署名“浪子”的人发表旅行日记，日记上，总是记着他一个人的事。他有时在大江以南，有时又在黄河以北，成了个无一定标准的旅行家。有人向旅行杂志社打听他的下落，编辑人说：“两三年以来，这人是不断地投稿，并无真实姓名。所有的稿费，他托我按月寄到安徽怀宁一个镇市上黄守义老先生收，社里只有照办，不知其他。”大家听说，便猜着这一定就是黄惜时，然而为什么不肯露真实姓名，就不得而知了。

这样地过了五六年之久，东三省已非我有了。辽东地方有一支义勇军最是厉害。他们的首领只有二十六岁，带了五千人，横行二三十县，而且他们所到的地方，对老百姓秋毫无犯。旗帜上大书两个字，就是“黄金”。于是有人说：“辽东有了黄金的义勇军，那就是黄金时代了。”这黄金的军队在辽东转战半年以后，声势更是浩大，他们的首领派人到南方联络各界，请予以接济，这才发表了黄金先生就是黄惜时先生，算是他明白了怎样去造成他的黄金时代，怎样宝贵他的黄金时代。以前失掉了的黄金时代，并不难加以补救的呀。

图书在版编目(CIP)数据

似水流年 / 张恨水著. — 北京 : 中国文史出版社, 2018.6

(民国通俗小说典藏文库 · 张恨水卷)

ISBN 978-7-5034-9932-6

Ⅰ. ①似… Ⅱ. ①张… Ⅲ. ①章回小说-中国-现代 Ⅳ. ①I246.4

中国版本图书馆 CIP 数据核字(2017)第 326970 号

整　　理：萧　霖
责任编辑：卢祥秋

出版发行：中国文史出版社
社　　址：北京市西城区太平桥大街 23 号　邮编：100811
电　　话：010-66173572　66168268　66192736（发行部）
传　　真：010-66192703
印　　装：廊坊市海涛印刷有限公司
经　　销：全国新华书店
开　　本：720×1020　1/16
印　　张：20.75　　字数：309 千字
版　　次：2018 年 6 月第 1 版
印　　次：2018 年 6 月第 1 次印刷
定　　价：59.80 元